퇴
마
록

퇴마록

말세편 3

이우혁

VANTA

공통 일러두기

- 도서는 『 』, 단편이나 서사시 등은 「 」, 그림, 글씨, 영화, 오페라, 음악, 필담 등은 〈 〉, 전화, 방송, 라디오 등은 [ ]로 구분했습니다.
- 각주는 모두 저자 주입니다(엘릭시르 판본에서 용어 해설로 처리된 부분 중 가감된 내용의 일부가 이에 해당).
- 영의 목소리(빙의됐을 경우 제외)와 전음이나 복화술 등 육성으로 하지 않는 말은 등장인물과의 구분을 위해 고딕체로 표기했습니다.
- 피시(PC) 통신에서 사용하는 메시지는 별도의 서체로 구분했습니다.
- 본문의 ( )는 편집자 주이며, − 는 저자가 보충하려 덧붙인 이야기를 구분한 것입니다.

차례

종말의 서곡   • 7

두 사람의 기적   • 145

방황하는 유대인   • 219

退魔錄   Exorcism Chronicles

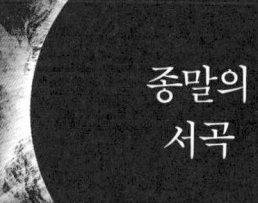

종말의
서곡

불안한 출발

서울의 밤하늘이 점점 어두워져 갔다. 해가 져 밤이 되니 당연한 일이지만, 수많은 전등과 가로등, 간판과 자동차 헤드라이트에서 점멸하는 빛들이 그토록 많은데도 서울의 밤은 조금씩 침울하게 어두워져 갔다.

단순히 빛이 없는 상태를 의미하는 어둠이 아니다. 무엇인가 보이지 않는, 빛을 빨아들이는 무언가가 서울의 밤거리를 뒤덮고 있는 듯한 느낌을 많은 사람이 받고 있었다. 신경이 예민한 사람들은 언짢은 표정을 버리지 못했고, 다른 사람들도 매연이 심해진다느니 광화학 스모그가 발생하는 것 같다느니 하는 이야기들을 해댔다. 그러나 문제는 그런 데 있는 것이 아니었다.

준후는 요즘 얼굴빛이 몹시 어두웠다. 키가 훌쩍 자라기는 했어도, 아직 앳된 기가 남아 있던 하얀 살결이 꺼칠해질 정도로 근심에 잠긴 표정을 지우지 못했다. 그러나 같이 지내는 그 누구도 준후에게 염려된다고 말하지 않았다. 왜냐하면 준후만이 아니라 모두가 그랬기 때문이다. 현암이나 승희, 박 신부까지도.

현암이나 승희는 특별히 대놓고 어두운 행동을 하지는 않았다. 허나 어딘지 모르게 그늘이 져 있는 듯, 행동에 생기가 없었다. 박 신부는 거의 입도 열지 않고 반쯤 눈을 감은 채 가만히 앉아서 하루를 보내곤 했다. 그들이 그렇게 가라앉은 것처럼 지내는 이유는 다른 데 있지 않았다. 아무것도 하지 못하기 때문이었다. 하루하루 날짜가 지나가는 것이 초조하기 이를 데 없었지만 움직일 수가 없었다.

모든 것은 벌써 열흘 전에 있었던 회의에서 시작됐다. 이미 사태는 심각할 정도로 진행돼 있었다.

바이올렛은 이반 교수를 통해 급보를 보냈다. 마녀 협회가 검은 바이올렛―바이올렛은 마녀 협회를 거머쥔 다른 바이올렛을 이렇게 불렀다―을 중심으로 뭉쳐 뭔가 무서운 일을 계획하고 있다고 말이다. 그리고 현암과 승희의 앞에는 블랙 엔젤이 나타나 메소포타미아의 점토판을 얻어야 한다고 말했고, 종말이 결정지어지는 날까지 사십 일밖에 남지 않았다는 무서운 예언을 했다.

그리고 로파무드는 인도에서 칼키파의 행동이 엄청나게 확산하고 있으니 도와 달라는 편지를 계속 보냈다. 백호는 아사신의 암살 대상에 올라가 바깥출입조차 제대로 할 수 없는 처지였으며, 점토판 문제로 야기된 교황청 이단 심판소와의 오해도 어떻게든 풀어야 했다. 그런가 하면 성당 기사단이 무슨 일을 꾸밀지도 짐작하기 힘든 판국이었다.

생각하면 생각할수록 갈피를 잡기 힘들 정도로 일이 복잡하게 흘러가고 있었다. 더구나 시간도 없었다. 악마의 말을 굳이 믿지 않더라도 그러한 경고는 『해동감결』의 일부분에서도 비치고 있었다. 『해동감결』에 의하면, 모든 일이 저절로 그들 앞에 닥쳐올 것이라고는 했지만 그래도 초조한 기분을 어찌할 수는 없었다.

결국 현암의 제의로 열흘 전, 그러니까 현암이 블랙 엔젤을 만난 지 이틀 후 박 신부와 현암, 준후와 승희는 한자리에 모였다. 모두가 상의해도 이야기가 풀릴까 말까 할 정도로 복잡하게 얽힌 일들이었지만 여러 가지 문제 때문에 다른 사람들을 끼워 넣을 수가 없었다.

백호에게 그가 블랙 엔젤의 하수인이 됐던 것을 알게 할 수 없었고, 연희에게는 자신이 라미드 우프닉스라는 것을 알게 할 수 없었다. 수아는 말할 것도 없이 너무 어렸으니 이야기 상대가 될 수 없었고, 아라나 준호도 그런 이야기를 나누기엔 너무 어렸다.

이반 교수도 지금은 다 나았을 테지만 상처를 치료하러 일단 모국인 스웨덴으로 돌아갔고, 윌리엄스 신부도 이반 교수와 같이 가 있었다. 그리고 바이올렛, 성난큰곰 등은 모두 미국에 있었다.

현암은 먼저 박 신부의 방에 들어가 그와 한동안 이야기를 나누고 난 다음, 얼굴만 내밀고 승희와 준후를 불렀다. 다 모이자 박 신부가 간단히 말을 꺼냈다.

"의견을 나눠 보세나. 현암 군부터."

"저는 이제 때가 됐다고 봅니다."

현암이 기다렸다는 듯이 말했다. 현암의 목소리에 긴장된 울림이 느껴져서 승희와 준후의 표정도 엄숙해졌다.

"『해동감결』의 예언은 정말 무서울 정도로 맞는 것 같습니다. 모든 것이 그대로 이루어져 가고 있거든요. 『해동감결』에 언급됐던 열 사람의 협조자도 다 만났다고 볼 수 있고요."

현암이 말하자 승희가 눈을 깜짝였다.

"열 명? 난 아홉 명밖에 모르겠는데?"

현암은 약간 부자연스럽게 웃어 보이며 말했다.

"열 명 다야."

"보자, 열 명 중 노인 셋이라면…… 윌리엄스 신부님, 이반 교수님, 그리고…… 성난큰곰인가?"

승희가 손가락을 꼽으며 말하자 현암은 피식 웃었다.

"성난큰곰이 왜 노인이냐? 나랑 동갑인데."

그 말에 승희는 눈이 휘둥그레졌다.

"뭐? 정말이야? 아니, 예전부터 완전 아저씨던데."

"정말이에요, 형?"

준후도 놀란 듯 웃어 보이며 끼어들었다. 그러나 준후는 속으로 거의 고함을 치고 있었다. 안 된다고, 더 이상 나아가면 안 된다고 말이다. 준후는 그런 말을 입 밖에 낼 수 없었다. 다만 모든 힘을 다해 참아 낼 뿐. 준후의 마음은 알 리 없는 현암이 웃으며 말했다.

"한 명은 바이올렛이겠지. 틀림없어."

"엥? 그 할머니가? 난 그 할머니 싫은데."

준후가 일부러 과장되게 말하자 승희도 맞장구를 쳤다.

"흠…… 나도 사실 그럴 거란 생각은 했지만 그 할망구는 싫어. 정말, 정말 싫어."

"하지만 틀림없어. 바이올렛은 분명 중요해. 마녀 협회는 아무래도 심상치 않은 곳이니 말이야. 점토판도 노리고 있고, 지난번 준후와의 일도 있고. 마녀 협회와 관련이 있던 사람은 바이올렛뿐이니 바이올렛도 열 사람 중 한 명이 분명해."

"할 수 없지, 뭐. 사천 년 전 대(大)할머니의 예언인데, 거역할 수야 없지. 그러면 젊은이 셋은? 연희 언니는 당연히 들어갈 테고. 백호 씨도?"

"그렇겠지."

"하지만……."

준후가 고개를 갸우뚱하면서 말했다.

"블랙 엔젤이 백호 아저씨의 몸을 빌리니 백호 아저씨는 적이 되는 것 아닌가요? 그건 물론 싫은 일이지만."

"일단 백호 씨가 완전히 조종당하는 것은 아니잖아. 그리고 백호 씨가 없다면 우리가 꼼짝이나 할 수 있었겠니? 그 한 가지만 가지고도 백호 씨는 우리에게 가장 중요한 협조자인 셈이잖아."

"그럼 나머지 한 명 젊은 사람이…… 성난큰곰?"

"그래. 성난큰곰은 승희 너랑 같이 성당 기사단을 대적하기도 했으니 관계가 없다고 보기는 어렵겠지."

승희는 손가락으로 책상을 피아노 치듯 톡톡 두들겼다.

"그러면 이제 아이들 넷인데⋯⋯ 난 이게 좀 감이 안 잡힌단 말이야. 수아는 일단 확실할 거고."

준후도 그 말에 고개를 끄덕였다.

"맞아요. 수아란 아이를 그런 식으로 만나게 될 줄은 미처 정말 몰랐지 뭐예요."

"그리고 아라도 그렇다고 볼 수 있는데. 다른 둘은 누구겠어? 준호?"

"준호는 좀 그렇지 않나요? 사실 아라도⋯⋯."

준후는 말하다가 스스로 입을 다물었다. 마음 같아서는 아라와 준호를 이런 일에 휘말리게 하고 싶지 않았다. 하지만 이것은 숙명적인 일이 아니겠는가? 더군다나 더 어린 수아는 태연히 인정해 놓고 아라나 준호만 뺀다는 것이 마음에 걸렸다.

"준호, 아라 둘 다 맞을 것 같아. 우리가 보기엔 아직 좀 약할지 몰라도 그 정도 능력이나 재능도 쉽게 찾아볼 수 없는 것들이야. 준호가 준후에게 배운 지 몇 년도 안 되는데 벌써 오행술을 어느 정도 쓰게 됐고, 아라는 제대로 누구에게 배운 적도 없는데 조요경을 마음대로 부리고 있어. 이건 놀랄 만한 일이라고 생각해. 그 둘 다 나중에는 대단해질 거야."

"그런데 또 한 명이 누군지 나는 도저히 감도 안 잡혀. 혹시 블랙 서클에서 키운 신동 같은 애를 만나게 되는 건 아닐까?"

승희의 말에 현암이 웃으며 말했다.

"그 한 사람을 모르겠니? 너하고 아주 가까운 사람인데?"

"뭐? 누군데?"

"로파무드가 있잖아."

"뭐?"

현암의 말에 승희와 준후 모두가 놀랐다. 로파무드는 승희와 동갑인 아가씨인데, 어떻게 로파무드를 아이로 계산한단 말인가? 현암은 천천히 자신의 생각을 설명해 주었다.

"물론 로파무드는 승희와 동갑이니 어린아이라고 할 수는 없겠지. 그러나 나이를 먹은 건 그녀의 몸일 뿐이야. 그녀는 솔직히 몇 년 전까지 영혼이 없는 상태였잖아. 그러다가 마스터의 영이 정화해 다시 태어난 셈이고 말이야. 그녀의 영혼은 아이 상태나 마찬가지라고. 전에 로파무드의 부친에게서 온 편지를 보니 로파무드는 아주 어린 어린아이처럼 다시 말과 세상사를 배웠다던데? 『해동감결』의 예언은 영적인 힘을 빌려서 한 것일 테니 몸보다는 영혼의 상태를 더 분명히 읽었다는 편이 말이 되잖아. 그러니 그녀를 아이로 기록했다고 해도 무리는 아니잖아?"

"그러고 보니 그럴 것도 같은데. 백 퍼센트 장담할 수 있어?"

승희가 정색하자 현암은 웃으며 고개를 끄덕였다.

"나는 예언가가 아냐. 물론 백 퍼센트 장담할 수는 없지만……. 맞다고 생각해."

"내일이라도 수아 때처럼 신기한 아이 한 명이 휙! 나타나면 어떻게 할래? 책임질래?"

"원 참. 시비 걸지 마. 그런 일이 그렇게 자주 있겠니?"

이야기가 옆으로 새려고 하자 박 신부가 웃으며 말했다.

"내 생각도 현암 군과 같단다. 아무튼 그것이 중요한 문제는 아니니 일단은 넘어가자꾸나."

박 신부가 말하자 승희나 준후도 고개를 끄덕이며 입을 다물었다. 박 신부가 현암에게 눈짓하자 현암이 말했다.

"좌우간 이제 정말 때가 임박했다는 증거는 또 있습니다. 『해동감결』의 예언에 보면 열 개의 길이 가로막히고 아홉 명이 아홉 길을 튼다고 했지요? 그리고 나머지 한 길은 넷과 한 사람이 막아야 한다고 했고."

마지막 말은 현암이 준후를 보고 말한 것이었다. 준후는 놀란 표정으로 대답하지 않고 고개만 끄덕였다. 준후는 『해동감결』의 내용을 자신에게 묻자 뒷부분의 예언이 생각나 마음이 뜨끔해져 말하기 힘들었던 것이다. 그런 상황이라는 것을 모르는지 현암은 같이 고개를 끄덕여 보이고 박 신부를 보며 다시 말을 이었다.

"솔직히 아홉 명이 어떻게 해서 길을 트는지는 전혀 모르겠습니다. 솔직히 가로막힌다는 열 개의 길은 무슨 난관 같은 것 같은데, 그게 어떻게 풀리는지도 전혀 감조차 잡을 수 없고 말입니다."

승희가 영 마음에 들지 않는다는 듯 중얼거렸다.

"준호나 아라는 그래도 혹시 모르지만 수아 같은 아이가 뭘 할 수 있겠어? 더구나 바이올렛이 우리의 난관을 뚫어 준다고? 만들

지나 말라고 하지, 원."

 현암은 그 말을 못 들은 척 박 신부를 바라보며 계속 말을 이었다.

 "어쨌거나 그 열 개의 길이란 것이 무엇인지는 아직 모릅니다만…… 아마 그것은 나중에 겪어야 할 난관 같은 것이라 생각됩니다."

 "승희와 준후에게 구체적으로 일러 주게나. 나하고는 이미 다 논의하지 않았는가."

 박 신부가 말하자 현암은 좀 머쓱한 듯 승희와 준후를 보고 말했다.

 "신부님과 나는 그 열 개의 길이 난관이라면 그것은 어떤 집단을 가리키는 것이 아닐까 생각했어. 신부님께서는 『묵시록』에 언급된 말세의 양상 중 하나로 열 개의 뿔을 가진 짐승을 이야기하셨는데, 그 열 개의 뿔이란 열 개의 나라 혹은 열 개의 집단을 의미한다고 해. 물론 우리는 지금 양상이 정말 『묵시록』에 언급된 말세일 것이라고 생각하지는 않지만, 비슷한 비유 같다는 거지. 아직 다는 모르겠지만 대략 많은 숫자의 집단이 우리를 거쳐 가게 됐어. 그것만 해도 벌써 열 개의 길이 열리는 것, 아니 열 개의 난관이 우리 앞을 가로막는 일이 시작됐다고 봐야겠지."

 "열 개의 집단이 뭔데? 그렇게 많아?"

 승희가 말하자 현암은 입맛을 한 번 다시고 말했다.

 "일단 성당 기사단, 마녀 협회, 검은 편지 결사, 아사신, 검은 지하드. 이 다섯 곳은 확실해. 우리나 백호 씨, 바이올렛이나 이반 교수님 같은 분들을 노린 바 있으니까 말이야. 그리고 신부님이 수아를 데려오실 때 만났던 칼키파라는 인도 종교 집단도 틀림없이 걸림돌이 될 거라고 생각해. 로파무드의 편지도 있고 말이야. 그렇게 여섯 군데는 분명히 드러났어."

현암은 잠시 호흡을 가다듬은 다음 말을 이었다.

"그리고 나머지는 아직 확실하지 않지만 이름만 언급되기는 했으나 로지크루시언, 즉 장미 십자회하고 프리메이슨, 시온주의자들이 있지. 그것들이 성당 기사단과 별개인지, 아니면 통하는 조직인지는 아직 알 수 없지만 말이야. 지난번에 얻은 정보에 의하면, 성당 기사단이 프리메이슨의 하부 조직이라고도 하던데. 뭐, 새로운 조직이 나타날 수도 있지만 우선 그 네 곳도 무시할 수는 없으니 염두에 둬야 할 거야. 그리고 블랙 엔젤이 직접 모습을 나타내기까지 했으니. 악마들의 세력이야말로 가장 무시할 수 없는 존재겠지."

"그렇게 열 군데인가요?"

준후가 묻자 현암이 고개를 저었다.

"그렇다고 한다면 차라리 나은데 말이야. 아무래도 위에 언급한 조직들 중 최소한 한두 개는 겹치는 조직인 것 같아. 사실 한 군데가 더 있거든."

"그게 어딘데요?"

승희는 짐작 가는 바가 있었지만 준후는 캐물었다.

"마지막 한 군데는…… 흠, 좀 마음에 걸리는 곳이야."
"어디냐고요?"

준후가 다시 묻자 현암은 박 신부의 얼굴을 보면서 말했다.

"교황청이야."

그 말에 준후도 놀라서 박 신부의 얼굴을 뚫어지게 쳐다보았다. 신부님이 비록 사제직은 그만두었다지만 신앙의 본산으로 삼아 온 곳이 교황청인데, 그곳과 맞서게 되다니.

승희는 지난번 현암과 함께 아우구스티노 수사를 만난 바 있어서 짐작하고는 있었지만 그래도 한숨을 내쉬며 박 신부의 얼굴을 바라보았다. 박 신부의 기분이 어떠할지 살피려는 듯 승희와 준후가 눈을 빛내자 현암이 무마하려는 듯이 얼른 입을 열었다.

"물론 교황청 전체는 아니고, 아마도 이단 심판소라는 곳이겠지만…… 아무래도 오해가 좀 심각하거든……."

침묵을 지키고 있던 박 신부가 고개를 끄덕이며 말했다.

"그럴 걸세. 뭐, 지난번 현암 군이 겪은 일 때문이 아니라도 우리가 하는 일은 그쪽의 일과 완전히 반대가 아닌가. 말세가 오게 한다는 징벌자, 적그리스도를 우리는 도리어 보호하려고 하니까 말이야."

그러고는 자기 얼굴을 들여다보고 있는 세 사람의 얼굴을 죽 훑어보더니 웃으며 말을 이었다.

"너무 신경 쓰지들 마렴. 나는 괜찮단다. 어차피 파문당한 몸이 뭐 걸릴 게 있겠니? 소신대로 할 뿐이지."

박 신부가 웃으며 말하자 그제야 세 사람은 조금 안심하는 것 같았다. 약간 침묵이 흐른 후 현암이 말했다.

"좌우간 이제 뭔가 본격적으로 움직여야 할 때가 된 셈이지. 그런데 신부님과 내가 아직 의견 일치를 보지 못한 부분이 있거든."

"그게 뭔데?"

승희가 묻자 현암은 머리를 긁적였다.

"다름 아니라 아우구스티노 수사가 가지고 왔던 점토판. 그걸 어떻게 해야 할지에 대해서 말이야."

아마도 현암은 해독하고 싶어 하고, 박 신부가 반대하는가 보다고 생각한 승희는 현암 편을 들 심산으로 냉큼 말했다.

"일곱 개 전부 찾아서 해독해 봐야 하는 거 아냐?"

"나도 찾아보는 게 좋을 것 같은데요?"

승희와 준후가 말하자 현암은 고개를 저었다.

"글쎄. 난 별로 그러고 싶은 마음이 없어."

"왜?"

"악마가 한 말을 어찌 믿겠어? 아무리 우리 편을 드네 어쩌네 해도 블랙 엔젤은 악마야. 악마가 바라는 대로 움직이는 건 원치 않거든. 더군다나, 그중 세 개의 점토판은 교황청에 있다잖아. 그렇다면 그걸 어떻게 해? 가서 빼앗아 와야 하나? 아무리 그래도 그럴 수는 없잖아."

그러자 박 신부가 말을 건넸다.

"현암 군, 자네가 꺼림칙하게 여기는 것도 이해는 하네만, 그 점토판은 또 다른 중요한 예언이 적혀 있을 가능성이 있네. 사실 『해동감결』에는 구체적으로 우리에게 어떻게 하라는 말은 없지 않은가? 블랙 엔젤이 점토판을 얻으라고 말하기는 했지. 허나 악마가 그렇게 말했다고 필요한데도 그러지 않을 필요는 없다 생각하네. 우리가 그것을 얻어 그 내용을 본다고 악마의 뜻대로 움직이는 건 아니야. 그러니 일단 얻으려 시도는 해 봐야 한다고 보네만."

승희가 보아하니 현암은 다른 이유보다 박 신부의 신앙이 배척될까 봐 일부러 더 얻으면 안 된다고 하는 것 같았고, 박 신부는 오히려 현암이 그런 주장을 하니 더 얻어야 한다고 하는 것 같았다.

승희는 별다른 말을 하지 않고 "풋!" 하고 웃고 말았다. 승희 본인은 어떻게 되든 상관없다고 여겼으니까.

현암은 고개를 저었다.

"아우구스티노 수사는 내가 그걸 얻으려고 사람을 몇이나 죽이고 악마를 불러냈다고 여기고 있어요. 그런데 세 개의 점토판까지 얻으려 했다간…… 오해를 풀 길이 없을 것 같아요."

박 신부가 담담하게 되받았다.

"어차피 우리는 오해를 사게 돼 있네. 징벌자, 적그리스도를 보호할 생각을 가졌다는 이유 하나만으로도 말일세. 지금 우리가 오해를 무서워할 계제는 아니라고 여기네만."

"그러면 교황청에 쳐들어가 그걸 빼앗아 오나요? 그러고 싶지는 않은걸요."

그러자 박 신부가 말했다.

종말의 서곡

"아무리 그래도 그런 짓이야 할 수 있겠는가? 가서 솔직하게 말하고 협조를 구해 보는 게 어떻겠나?"

"그러기엔 오해가 너무 클 것 같은데요? 공연히 싸움이라도 나게 된다면……."

"자네나 승희는 오해를 사고 있으니 갈 수야 없지. 그러니 내가 가 봄세."

"예? 신부님 혼자서요?"

"교황청 같은 곳에서 설마 찾아온 손님을 어떻게야 하겠는가?"

"어떻게는 안 한다 해도 점토판을 주지 않으면요?"

"그렇다면 그때 가서 생각하지, 뭘."

박 신부가 실없이 웃자 현암도 공연히 기분이 좋아졌다.

"그럼 이렇게 하죠. 교황청 이단 심판소인가요? 만약 거기서 점토판을 못 주겠다고 하면 그냥 없던 걸로 하는 게 어떨까요? 그냥 돌려줘 버리고요."

그때 느닷없이 준후가 외쳤다.

"안 돼요! 그걸 왜 돌려주나요?"

현암과 박 신부는 둘 다 눈을 크게 뜨고 준후를 돌아보았다. 승희가 듣기에도 준후의 목소리는 너무 컸고 너무 다급하게 들렸다.

"도대체 왜 그러는 거니?"

"어…… 아, 아니 그냥요. 그러니까…… 그러니까 그걸 돌려줬다가 만에 하나 그들이 그 내용을 해독하게 되면 그것도 문제잖아요."

"뭐가 문제지?"

"그러니까…… 그들이 뭔가를 알아내어 우리보다 선수를 치면 어떡해요. 우리는 모르고 다른 사람들만 먼저 내용을 알게 되면 그것도 문제라고요!"

현암은 준후를 보고 고개를 끄덕여 보이긴 했지만 눈빛은 이상하게 빛났다. 준후의 말에도 일리는 있었지만 아무래도 그 태도가 이상해 보였기 때문이다.

"그러면 그 점토판에 쓰여 있는 게 우리가 찾는 거라고 너는 생각한단 말이구나?"

"그…… 그렇지 않나요? 메소포타미아에서 유래된 것이고……. 또 이단 심판소나 성당 기사단에서 그만큼 결사적으로 찾는 물건이라면…… 그건……."

"어떻게 그렇게 확신할 수 있지?『해동감결』에는 우리가 해 나가야 할 일에 대해서는 분명 아무런 단서도 나와 있지 않다고 말했었잖아? 그런데 넌 꼭 뭔가 더 알고 있는 듯한 눈치구나?"

현암의 말에 준후는 얼굴이 조금 하얗게 질리는 것 같았지만 이내 응수했다.

"나도 더 아는 건 없어요. 다만 그렇게 생각했을 뿐이죠. 성당 기사단은『우사경』의 존재에 대해서도 알고 미리 손을 쓰려고 했었잖아요. 그만큼 대단한 사람들이라면 그들이 찾는 그 점토판 역시 대단한 예언이 쓰였을 거라고요. 그렇게 생각할 수 있지 않나요?"

준후도 상당히 급하게 말했다. 물론 나름대로 일리가 있는 말이기는 했지만 아무래도 준후의 태도가 미심쩍어 현암은 뭔가 한마디를 더 하려 했는데, 박 신부가 먼저 말했다.

"그래, 준후의 생각이 맞는 것 같다. 준후도 이제 다 컸구나."

"좌우간 그 점토판은 꼭 찾아볼 필요가 있다고 생각해요. 내 의견은 그렇다고요."

준후는 예전에 없이 화를 내고 있었다. 현암은 좀 의아해서 기어코 한마디 더 물었다.

"의견이 그런 것은 알겠지만, 그런 의견을 내는 이유가 뭐지?"

"그냥 내 의견이 그렇다는 거예요!"

"왜 그런 의견이 나온 거지? 혹시라도 너, 뭔가 아는 게 있다거나……."

"그냥 의견이라니까요! 난 더 아는 거 없어요! 내 의견이 마음에 안 드는 건가요? 아니면 내가 거짓말을 한다는 건가요? 그런 생각이라면 회의는 뭐 하러 해요! 난 안 할래요!"

준후는 예전에 한 번도 볼 수 없었던 태도로 화를 벌컥 내며 자리에서 일어섰다. 그러자 옆에 있던 승희가 고함을 빽 질렀다.

"야! 장준후! 너, 뭐 하는 거야!"

"누나는 왜 그래요?"

"너 머리 좀 컸다고 반항하는 거니? 엉?"

당사자인 현암과 박 신부는 오히려 멀뚱히 쳐다만 보고 있는데, 승희가 앙칼진 목소리로 화를 내자 준후는 벌컥 얼굴이 붉어지면서 밖으로 뛰쳐나가 버렸다. 그러자 승희도 자리에서 벌떡 일어서며 소리쳤다.

"야! 장준후! 거기 못 서?"

현암이 승희를 말리려 했다.

"승희야, 넌 또 왜 그래? 도대체."

그러나 현암이 승희를 말릴 틈도 없이 승희마저 준후를 뒤쫓아 거의 살기등등한 모습으로 밖으로 나가 버렸다.

현암은 좀 멍해진 채 다시 자리에 앉았다. 화가 난 것은 아니었지만 뭔가 좀 이상하다고 생각됐다.

"신부님, 준후가 왜 저러죠? 좀 이상하지 않은가요?"

박 신부도 조금 놀란 듯했지만 아무 대답도 하지 않고 가만히 준후가 일어난 자리를 바라보았다. 그러다가 현암에게 말을 건넸다.

"글쎄……."

"사실 전 그냥 한 번 물어본 거였거든요. 그런데 저렇게 말을 돌리려 하고 화를 내다니. 전에는 한 번도 없었던 일이잖아요? 반항기라도 된 건가?"

현암이 볼멘소리로 말하자 박 신부는 조용히 듣다가 갑자기 웃으며 말했다.

"자네는 더 심하지 않았나? 지금 준후보다 더 나이가 든 후에도 말이야."

"예에? 아니, 제가 언제…… 으음…… 그랬나요?"

현암도 실소를 금할 수 없었다. 박 신부가 차분하게 말했다.

"어쨌거나 나는 준후를 믿네. 물론 자네도 그렇겠지?"

"예? 아, 물론이죠!"

"그렇다면 좀 이해가 안 가는 점이 있더라도 그냥 넘어가 두세나. 준후도 이제는 아이가 아닐세."

"전 그래서 더 걱정되는 겁니다. 저 녀석이 혼자서만 뭔가 고민을 하고 있다면…… 왜 그럴 필요가 있나요? 힘든 일은 같이 상의해야 하는 건데."

박 신부는 슬쩍 웃어 보이고 자리에서 일어섰다.

"아무래도 그 이단 심판소인가는 내가 가 봐야 할 것 같군그래. 자네나 승희나 준후는 안 될 것 같으니."

현암은 왠지 걱정됐다. 박 신부의 체구는 여전히 건장해 보였지만 절룩거리는 다리와 날로 늘어만 가는 흰 머리카락이 왠지 가슴을 움켜쥐는 것 같아서였다. 그런 현암의 눈빛을 의식했는지 박 신부는 안경을 고쳐 쓰며 말했다.

"염려 말게. 몇 사람하고 같이 갈 테니 말일세. 마침 나 같은 늙은이들이 유럽 쪽에 가 있으니."

"제가 안 따라가도 될까요? 아무래도 요즘 분위기가 안 좋지 않습니까?"

"괜찮네. 『해동감결』에 나온 대로 늙은이들끼리 모여서 가지, 뭘. 그럼 될 걸세. 어차피 나눌 이야기들도 있고 뭔가 알아봐야 할 것도 있으니 말일세. 길게 끌 이유가 없으니 지금 출발하는 게 좋겠네."

"예? 아니, 지금 당장 출발하신다고요?"

박 신부는 조금 허탈한 듯 웃어 보였다.

"원래 오늘 떠나려고 준비하고 있었다네. 말을 꺼내지 않은 것뿐이지. 준후는 괜찮을 테니 너무 염려하지 말게나. 그것보다……."

"예?"

"요즘 자네, 서울의 밤공기가 이상하다는 소문 들어 봤나?"

"글쎄요……."

"주시하고 있게나. 자네와 준후가 있으니 안심이네만, 폭풍 전야 같은 느낌이야."

"폭풍 전야라뇨?"

"터질 일들은 너무 많은데 너무 조용해. 기분이 묘하네. 조만간 걷잡을 수 없는 일이 밀어닥칠 것 같은 예감이 들어."

박 신부는 뭔가 깊은 생각에 빠진 듯한 표정이 돼 안으로 들어가 버렸다. 현암은 준후 이야기를 더 할 수가 없었다. 현암은 준후보다 박 신부의 말에 더 신경이 쓰였다.

"준후야!"

밖으로 나온 승희는 조금 전의 화난 듯한 어조와 다른 목소리로 준후를 찾았다. 승희는 준후가 멀리 가 버린 게 아닐까 걱정스러웠다. 퇴마사들의 아지트는 오래된 폐선을 개조해 쓰는 것이라 승희가 밖으로 나가려면 시간이 꽤 많이 걸렸기 때문이다. 주변을 둘러보니 저만치 방파제 건너편의 기둥 밑에 사람 그림자가 보였다.

'다행이다. 그리 멀리 가지는 않았구나…….'

승희는 준후에게로 다가갔다. 준후는 고개를 숙여 낡은 나무 기둥에 이마를 대고 말없이 서 있었다. 승희가 가까이 다가가자 준후의 어깨가 가늘게 떨리고 있는 것이 보였다. 울고 있는 것 같았다.

"준후야……."

승희는 준후의 어깨를 건드리려다가 생각을 바꾸어 준후의 앞으로 다가간 다음, 준후에게 등을 돌리고 방파제에 털썩 앉아 바다 쪽으로 다리를 뻗었다.

"뭔지는 모르겠지만…… 울고 싶으면 실컷 울어, 뭐."

승희는 실없이 중얼거렸으나 준후는 아무런 말도 하지 않고 울음을 그치려는 것 같았다. 승희가 다시 입을 열었다.

"너, 요즘 신경이 날카로워진 것 같은데…… 아, 아까 내가 소리 지른 건 일부러 그런 거니까 마음에 두지 말아 줘. 잘못하면 현암 군이나 신부님이 화내실 거 같아서 내가 일부러 더 화낸 거야. 알지? 그리고……."

승희가 두서없이 계속 중얼거리자 준후는 갑자기 고개를 돌리더니 승희를 보고 말했다.

"승희 누나…… 혹시…… 내 마음속 본 거 아니에요?"

"어? 아, 아냐. 안 했는데…… 난 원래 너나 현암 군 마음은 안 들여다 봐. 솔직히 다들 정신력이 너무 세서 보기도 어렵거니와 볼 생각도 없다고!"

승희는 고개를 설레설레 저었다. 그러나 준후는 다소 차가운 눈빛으로 승희에게 다시 물었다.

"정말인가요?"

승희는 준후의 그런 눈빛을 한 번도 본 적이 없었다. 자신도 모르게 승희는 뒤로 주춤 물러서면서 소리쳤다.

"정말이라니까! 너, 혹시 정말 무슨 일이 있는 건……."

그러자 준후는 괴로운 듯 몸을 휙 돌린 다음 승희에게 외치듯이 말했다.

"어디 좀 다녀올게요. 한 며칠 걸릴 거예요."

준후는 뒤도 돌아보지 않고 달려가 버렸다. 승희는 놀라서 준후의 이름을 부르며 따라가려 했지만 준후는 힐기보법을 썼는지 눈 깜작할 사이에 사라져 버리고 말았다.

"준후가 도대체 왜 저러지? 아무래도 뭔가 좀 이상해."

돌아가면서 승희는 몇 번이나 고개를 갸웃거렸지만 그녀의 마음속은 아직도 섬뜩한 그대로였다. 사실 승희는 준후의 마음을 들여다볼 생각을 언뜻 하기는 했다. 고의로 그런 것은 아니고 대화에 열중하다가 현암이 준후가 뭔가 더 아는 게 있는 것이 아니냐고 말할 때 무심코 준후의 마음을 볼 뻔한 것이다.

물론 얼른 이러면 안 된다 싶어 투시를 중지했다. 그래서 준후의 마음을 읽은 것은 아니었지만 준후가 어떤 심정인가 정도는 넌지시 눈치챌 수 있었다. 그런데…….

'그건 공포심이었어……. 그리고 슬픔…… 준후 같은 아이가 무엇을 두려워하는 걸까? 그리고 왜 슬픈 걸까……?'

승희는 자신과 가까운 주변 인물들의 마음을 가급적 읽지 않으려 했다. 남의 마음속을 훤히 읽는 것은 그 사람과 멀어지는 결과

밖에 낳지 않는다고 승희는 믿고 있었다. 물론 같이 지내면서 그들의 마음을 들여다보고 싶은 생각이 들 때가 많은 것도 사실이었다.

하지만 준후나 현암, 박 신부 등의 마음을 읽어 내는 것은 승희에게도 몹시 버거운 일이었다. 일단 그들이 남에게 밝히기 싫어하는 문제일 경우에는 아무리 애써도 읽을 수 없다고 보는 편이 옳았다.

승희는 염력 수련을 통해 정신력이 과거보다 강해진 상태였지만 상대의 정신력과 감정과 이성을 넘어서는 정신력을 갖기 전에는 그들의 마음을 꿰뚫어 볼 수 없었다. 평범한 일반인이라면 몰라도 약간의 영적 능력을 지닌 사람의 마음도 읽기 어려웠다. 그러니 나름대로 최고의 경지에 들어가 있는 박 신부나 현암, 준후의 마음을 완전히 읽는다는 것은 거의 불가능했다.

단 한 가지, 비집고 들어갈 수 있는 틈은 있다. 무심한 상태나 마음을 열어 놓은 방심 상태, 아니면 뭔가에 놀라거나 충격을 받아 마음의 빗장이 열린 것 같은 상태일 때가 그 틈새라고 할 수 있었다. 그러나 그런 방심한 상태에서도 작은 감정의 색깔 정도나 느낄 수 있을 뿐, 자세한 내용을 읽어 낼 수는 없었다. 조금 전 승희는 준후의 마음에서 그런 감정의 느낌을 강하게 받은 것이다.

'준후가 돌아오면 조용히 다시 이야기해 봐야겠다.'

그러나 그럴 수 없었다. 준후는 수련을 떠난다는 전화 한 통만 남기고 어디론가 틀어박혀 이야기할 수조차 없었다. 그리고 박 신부가 교황청에 다녀온다면서 떠난 다음 날 밤, 퇴마사들의 아지트로 팩스가 연이어 날아들고 현암과 승희도 어디론가 급히 가야 했기 때문이다.

검은 하늘

 한편, 아라는 얼굴이 퉁퉁 부은 채 병원 침대에서 뒤척이고 있었다. 벌써 며칠째 준후가 문병을 오지 않았기 때문이었다. 오늘쯤 꼭 올 줄 알았건만 거의 밤이 돼 가는 시간인데도 준후는 코빼기도 비추지 않았다. 오히려 꼴 보기 싫은 준호만 한두 번 드나들었는데, 보기 싫다고 반은 내몰다시피 쫓아낸 판국이었다.
 '처음에는 좀 자주 오는가 싶더니. 이 인간이 이젠 아예 코빼기도 안 보이는구나. 좌우간 남자란 것들은.'
 아라는 심심하기도 했고, 또 그렇다고 찾아올 사람도 별로 없는 게 서글프기만 해서 불을 다 꺼 버리고 죄 없는 베개만 두드려 대고 있었다.
 그때 병실 문이 열리면서 누군가가 들어왔다. 어둠 속에서 언뜻 보니 키가 훤칠한 것이 혹시 준후인가 해서 아라는 얼른 고개를 들었다. 그러나 들어선 사람은 준후가 아니라 수아를 품에 안은 연희였다.
 "어? 자고 있었니?"
 "아…… 아니."

어쨌거나 반가운 마음에 아라는 얼른 병실의 불을 켰다. 조그마한 수아는 연희의 품에서 쌔근쌔근 잠들어 있었는데, 연희는 능숙하게 수아를 소파에 누이고 아라에게 말했다.

"이야기는 들었어. 그런데 상처는 좀 어때? 많이 나았지?"

"거의 다……. 근데……."

아라는 수아를 힐끗 보고 연희에게 말했다. 아라는 혀가 끊어질 뻔한 중상을 입었지만 이반 교수가 냉정하게 응급조치를 취했고, 서둘러 병원으로 옮긴 덕분에 회복이 빨랐다. 아라의 상처는 이십여 일 만에 많이 좋아져 지금은 거의 멀쩡한 상태였다.

처음에 아라는 말을 잘할 수 없었다. 지금도 약간 발음이 어눌해진 것을 의식해서 그러는지, 아니면 그때 말을 거의 안 하던 것이 습관이 돼서 그렇게 재잘거리던 예전과 달리 말수가 퍽 적어졌다. 물론 과묵한 성격이 됐다는 것은 아니지만.

"언니…… 딸?"

아라는 수아를 본 적이 없었다. 그 말에 연희는 웃으면서 말했다.

"무슨. 난 아직 미스야. 내가 돌봐 주는 아이인데, 혼자 놓고 올 수는 없잖니. 그래서 데리고 왔단다. 오늘은 여기서 자고 갈 예정이니까 이따가 애한테 침대 한구석 좀 내줘."

"응, 미안."

"뭘. 애는 수아라고 해. 그나저나 혼자서 심심했지? 지금 다들 어디론가 가 버려서 아무도 못 올 거라고 그러더라. 그래서 내가 왔지."

"언니, 고마워."

"좌우간들 바쁘게 다니는 모양인데⋯⋯ 이젠 통역도 필요 없는가 봐. 나는 완전히 애 돌보미에 왕따야, 왕따. 하하."

"어딜?"

"몰라. 다들 흩어져서 외국에 간 모양인데. 백호 씨마저 없으니 어딜 갔는지 알 수 있나. 자, 신경 쓰지 말고 이거나 먹어."

연희는 밝게 웃었다. 연희도 이제 거의 중년에 육박하는 나이가 됐지만 겉으로는 전혀 그렇게 보이지 않아 아라는 연희를 언니라고 부르며 승희보다 더 잘 따르게 됐다. 승희는 왠지 좀 차가운 느낌이 들고 그렇게까지 마음에 들지 않았지만 연희는 퍽 따뜻한 면이 있어서 아라도 마음에 들어 했던 터였다.

다들 나가서 병실에 오지 못했다는 말에 아라도 조금은 마음이 풀려서 연희가 가져온 간식거리를 먹으며 오랜만에 웃어 보였다.

"그런 줄도 모르고 괜히 눈치 보이게 폼 잡고 있었네."

아라는 입원 중이었지만 헐렁거리는 환자복을 싫어해서 ─정확하게 말하면 행여 준후가 문병 왔을 때 그 꼴을 보이기 싫어서─ 검진 시간만 빼고는 귀여워 보이는 평상복을 입고 뒹굴고 있었다─물론 간호사 말 따위는 듣지도 않았다─.

연희도 웃었다.

"정말. 환자가 왜 환자복을 안 입고 있나 했는데. 그러면 너 혹시⋯⋯."

그러자 아라는 급히 고개를 내저었다.

"아냐, 아냐, 아냐! 언니, 언니. 옛날얘기나 해 줘. 응?"

오랜만에 연희에게 옛날의 모험담을 비롯해 이 이야기, 저 이야기를 듣다가 아라는 어느새 깜박 잠이 들었다.

얼마나 지났을까? 아라는 퍼뜩 잠에서 깼다. 뭔가 이상한 느낌이 들었기 때문이다. 급히 눈을 돌려 보니, 병실의 불은 꺼져 있었고, 연희는 수아를 옆에 눕혀 두고 보호자용 간이침대에서 자고 있었다.

수아 역시 쌕쌕거리며 잘도 자고 있다.

'괜찮네. 그런데……'

그런데 마음이 견딜 수 없을 정도로 불안했다. 물론 그냥 기분 탓이겠지만, 무엇인가가 다가오고 있는 것 같았다. 아라는 인상을 쓰면서 창밖을 내다보았다. 밤이 깊어서인지 밖은 캄캄했다. 그러나 바랐던 위안은 얻지 못하고 창에서 눈을 돌렸다.

아라는 문득 귓전에서 웅웅거리는 나지막한 소리를 들었다. 많이 듣던 소리였다. 아라는 얼른 몸을 일으켜 한쪽 구석에 있는 벽장을 열고 자신의 손가방을 꺼냈다. 가방을 열자마자 가방 안에서는 환한 빛이 번져 나왔다.

'조요경이야!'

웅웅 소리는 조요경에서 나는 소리였다. 조요경은 삿된 것을 꿰뚫어 볼 수 있게 해 주고 다른 생물에게 명령하는 능력을 소유자에게 주기도 하지만, 위험한 영적 존재가 근처에 있을 때는 빛을 내고 웅웅거리며 울어 일종의 경보기 구실까지 했다. 지금껏 아라는 그런 현상을 몇 번이나 봐 왔으나 이번만큼 조요경이 크게 울고 밝은 빛을 내는 경우는 한 번도 본 적이 없었다. 아라는 긴장하면서 조요경을 움켜쥐고 정신을 집중했다. 근처에 무엇이 있는지 알아보기 위해서였다. 그러나 아무리 정신을 집중해도 근처에는 강아지 한 마리 없었다. 쥐나 벌레 따위는 조금 있는 것 같았지만 그런 것들은 눈을 빌릴 만한 대상이 될 수 없었다.

'이거 정말. 서울은 이게 문제라니까!'

아라는 연희를 깨울까 하다가 일단 좀 더 두고 보기로 하고 창가로 다가섰다. 그때 갑자기 유리창이 와장창 부서지면서 바람이 쏴아 하고 안으로 몰려들었다.

"으앗!"

아라는 유리 조각이 날아드는 줄 알고 깜짝 놀라 조요경을 떨어뜨리고 반사적으로 얼굴을 가렸으나 파편은 날아들지 않았다. 신기하게도 바람은 안으로 몰아쳤는데, 유리 조각은 모조리 창밖으로 튕겨 날아가 버렸다.

"무슨 일이니?"

뒤에서 연희의 놀란 목소리가 들려왔다. 연희는 어느 틈에 일어났는지 아직 자고 있는 수아를 민첩하게 품에 안고 아라를 뒤에서 팔로 감쌌다. 아라는 놀라기도 하고 무섭기도 해서 얼른 연희에게 달라붙었다.

"창문이 갑자기……!"

그 순간 창밖에서 검은 물결 같은 것이 출렁거렸다. 꿈틀거리는 생명체처럼 검은 물결은 창문 안으로 몰려들어 오려 하고 있었다. 그것은 아라뿐만 아니라 연희의 눈에도 보였다.

"으악!"

아라는 기겁했고, 연희는 얼굴이 하얗게 질린 채 수아와 아라를 양쪽에 안고 얼른 문 쪽으로 다가섰다. 그런데 멀쩡하던 문이 잠겨 버렸는지 아무리 잡아당겨도 꼼짝하지 않았다.

"대체 뭐야!"

연희는 다급하게 뒤를 돌아보았다. 검은 물결은 창가에서 용솟음치고 꿈틀거리며 시시각각 모습이 변했다. 사람의 얼굴 같았다가 손 같은 형상이 되기도 했으며, 무엇인지 알아볼 수 없는 부정형의 기이한 모습이 되기도 했다. 끔찍한 몰골이라 하지 않을 수 없었다.

연희는 덜덜 떠는 아라와 아직도 곯아떨어져 있는 수아를 안고 방 한구석으로 주춤거리며 뒷걸음질 쳤다. 그러면서도 연희는 계속 문손잡이를 돌렸다. 문은 끄떡도 하지 않았다.

몸을 떨면서 가만히 지켜보니 검은 물결 같은 것은 창밖에서 안으로 들어오려고 발버둥 치는 것 같았다. 유리가 흔들리는 것을 보아 창문 정도는 단숨에 부수고 들어와도 충분한데, 유리 아닌 무언가가 막고 있는 듯했다. 보이지 않는 어떤 힘 때문에 헛되이 꿈틀거리기만 할 뿐 안으로 밀려들어 오지 못하는 것 같았다.

"뭐지?"

아라가 해쓱해진 얼굴로 중얼거렸다. 그러나 연희는 그 틈을 이용해 문을 열려고 했다. 아라의 말에 대답해 줄 경황은 없었다. 연희는 이를 악물고 문손잡이를 양손으로 거칠게 돌리다가 결국은 문손잡이를 수도(手刀)로 내리쳤다.

연희는 호신술이 삼 단이었고, 혼신의 힘을 기울여 친 것이라 웬만한 쇠 파이프라도 절단할 위력이 있었다. 하지만 가느다란 문손잡이는 꿈쩍도 하지 않았다. 이번에는 몸을 휙 돌리면서 아예 문을 부수려고 돌려차기로 문을 걷어찼지만 얄팍한 나무문은 그 타격에도 꼼짝도 하지 않았다.

"뭔가 있어!"

뭔가가 문에 수작을 부린 것이 분명하다고 판단한 연희는 수아를 얼른 왼팔로 옮겨 안고 오른손에 정신을 집중했다. 연희의 오른 손바닥에는 과거 준후가 심어 준 부적의 힘이 아직 남아 있었다. 그때 아라는 조요경을 떨어뜨린 것을 깨닫고 얼른 방 안을 살폈다. 조요경은 재수 없게도 하필 검은 물결이 일렁이는 창가에 떨어져 있었다.

아라는 불안한 눈빛으로 창가를 바라보았다. 검은 물결은 다시 한번 힘을 모으려는 듯 뒤로 조금 물러나 있었다. 그 틈을 타 아라는 조요경 쪽으로 달려갔다. 연희는 막 정신을 집중해 문을 내리치려다가 아라가 뛰어나가는 것을 보고 기겁했다.

그 순간 검은 물결은 무서운 기세로 병실 창문을 향해 덮쳐들었다. 와장창하는 소리와 함께 남아 있던 유리들이 모조리 산산조각

나면서 알루미늄으로 만들어진 창살이 고무처럼 휘청하고 반구형으로 부풀어 올랐다.

아라는 조요경을 집어 들었지만 그 충격으로 데구루루 굴렀고, 연희도 수아의 몸을 감싼 채 창문 쪽에서 등을 돌리면서 몸을 웅크렸다.

그러나 비수처럼 날아들던 유리 조각들과 방 안을 온통 휩쓸어 버릴 듯 덮쳐들던 검은 물결은 보이지 않는 보호막 같은 것에 부딪친 듯 구형으로 크게 부풀었다. 의외의 상황이 벌어지자 연희는 다시 눈을 들어 검은색 구체를 바라보았다.

보이지 않는 막은 팽팽하게 버티고 있었지만 압력이 계속 증대되는 듯, 중간에 낀 유리 조각들은 으깨져 가루가 되고 있었다. 그리고 창문에서 떨어져 나간 알루미늄 철골과 벽돌 조각도 뒤틀리며 으깨졌고, 막은 금방이라도 터져 나갈 것 같았다. 그리고 아라는 넘어진 채 막 부풀어 오르는 막에 휩쓸릴 것같이 보였다.

연희는 황급히 정신을 추스른 다음 아라의 왼쪽 손목을 잡고 무작정 끌어당겼다. 또 한 번 있는 힘을 다해 오른손으로 문을 내리치려는 찰나, 어이없게도 문이 저절로 활짝 열렸다. 뭔가 이상하다는 기분이 들었지만 머뭇거릴 여유가 없었다.

연희는 아라를 일으키지도 못한 채 있는 힘껏 아라의 손목을 쥐고 문밖으로 몸을 날렸다. 툭 하는 감촉이 손끝에 전해져 왔다. 급히 잡아당기는 바람에 아라의 팔이 탈골된 듯했다.

아라와 연희가 병실 밖으로 몸을 날리는 순간이었다. 검은 물결 같은 것이 기어코 보이지 않는 막을 뚫고 폭발했다. 그 순간 문이 거칠게 쾅 소리를 내며 저절로 닫혔고, 그 틈을 이용해 연희는 아라를 일으키며 외쳤다.

"뛰어!"

아라는 왼팔이 아픈 것을 느낄 겨를도 없이 냅다 복도로 달렸고, 연희도 곧 그 뒤를 따랐다. 그제야 수아가 잠에서 깨어나 울음을 터뜨렸지만 연희는 그냥 수아를 꽉 끌어안고 아라와 함께 있는 힘껏 복도로 뛰어 달아났다.

연희와 아라의 등 뒤로 다시 쾅 소리와 함께 폭탄이라도 맞은 것처럼 문이 산산조각 나 허공에 파편을 뿌렸다. 검은 물결은 살아 있는 것처럼 꿈틀대면서 복도로 쏟아져 나와 두 사람을 뒤따라오기 시작했다.

그렇게 달리다 보니 복도 저편에 간호사 두 명과 의사 한 명이 보였다. 그들도 굉음을 듣고 놀라서 달려오는 듯했다. 그들을 본 연희는 온 힘을 다해 소리쳤다.

"도망가요!"

연희와 아라의 등 뒤에서는 휠체어와 링거 걸이, 손수레 등의 병원 소품들이 마구 뒤집히면서 부서졌고, 문들도 쾅쾅 소리를 내며 계속 터져 나갔다. 그것을 본 간호사와 의사는 석상처럼 굳어져 버렸다. 그러다가 연희가 다시 소리치자 그들도 얼른 뒤돌아서 달렸다. 더 이상 말할 틈도, 다른 것을 생각할 틈도 없었다.

복도 끝에 있는 문을 박차고 연희가 뛰어들자 그곳은 계단이었다. 연희는 달려오던 속도를 이기지 못해 방향을 바꾸지 못한 채 창틀에 부딪혔고, 뒤따라오던 아라도 연희에게 부딪혀 버렸다. 간호사와 의사들은 병원 구조에 익숙해서인지 급히 구르면서 계단으로 뛰어 내려갔다. 이번에는 연희와 아라가 그 뒤를 따랐다.

와장창하면서 문이 부서지는 소리에 놀란 연희가 뒤를 돌아보았다. 그 검은 파도 같은 것도 미처 방향을 바꾸지 못했는지 문을 박살 내고 난 뒤 벽에 붙은 창문을 모조리 부수면서 병원 건물 밖으로 밀려 나갔다.

"어서 아래로!"

잠시 시간을 벌기는 했지만 검은 것이 언제 다시 덮칠지 몰랐다. 연희는 아라를 재촉하면서 아예 몸을 날려 계단 아래로 뛰어내렸다. 아라는 급히 서두르느라 발을 헛디뎠는데, 그때마다 연희가 밑에서 받쳐 주어 계속 달려갔다.

일 층까지 내려가자 사람들이 꽤 많이 웅성거리며 모여 있는 것이 보였다. 일부는 환자들이었고, 일부는 간호사와 의사 등의 병원 직원들이었다.

이 병원은 박 신부가 잘 아는 친구가 운영하는 작은 병원이라 절대적으로 비밀이 보장되는 곳이었다. 그래서 퇴마사들이 다쳤을 때는 이곳을 이용하곤 했다. 작은 병원인 데다 시간도 늦은 터라 병원 안의 사람이라고 해 봤자 환자 서너 명과 간호사 서너 명, 의사 한 명과 수위, 기타 직원 두 명이 전부였다.

그곳은 놀란 사람들의 목소리로 마치 도떼기시장처럼 시끄러웠다.

"뭐죠? 뭡니까?"

"무슨 일이 난 거예요? 전쟁이 난 겁니까?"

"테러 아니야? 이거?"

환자들은 간호사와 의사를 붙잡고 떠들어 댔지만 연희도 뭐가 뭔지 모르는 판에 의사나 간호사가 상황을 알 리 없었다. 사람들이 앞을 가로막은 채 웅성거리고만 있자 연희가 소리쳤다.

"일단 밖으로 나갑시다! 다들 나가요!"

그러자 맨 앞에 서 있던 남자가 외쳤다.

"나갈 수가 있어야 나가죠!"

"예?"

"문이……! 뭐가 끼였는지 꼼짝도 안 해요!"

남자 두어 명이 끙끙거리면서 병원 현관의 유리문에 달라붙어 힘을 쓰고 있었으나 문은 꼼짝도 하지 않는 것 같았다. 연희는 조금 전 병실 문도 그랬다는 것을 떠올렸다.

"그럼 갇힌 건가?"

다른 환자들은 시끄러운 소리에 놀라 모여들었지만 연희와 같이 내려온 의사와 간호사들은 기이한 현상을 직접 본지라 얼굴이 하얗게 질린 채 말도 하지 않았다. 그들은 마치 약속이라도 한 것처럼 간호사 두 명이 곁에 있던 수납 테이블을 밀어 내자마자 의사가 철제 의자를 번쩍 집어 들고는 유리문을 향해 내던졌다.

그러나 유리문은 깨지지 않았다. 두꺼운 쇠 파이프로 만들어진

의자만 휘청하니 찌그러졌을 뿐 유리문은 흔들리지도 않았다.

"뭐야, 이거? 방탄유리야?"

사람들이 다시 웅성거리는 소리를 들으며 아라는 걱정스러운 눈빛으로 연희를 바라보았다. 이것은 분명 영적인 현상이었다. 조금 전에도 그랬던 것처럼 무엇인가 보이지 않는 존재가 문을 막고 밖으로 나가지 못하게 하는 것이다.

연희는 울고 있는 수아를 달래면서 한편으로 오른손에 힘을 주다가 생각을 돌렸다. 아무리 급하다 해도 지금처럼 웅성거리는 사람들 앞에서 묘기(?)를 보이고 싶지는 않았다. 그때 아라가 쥐고 있던 조요경에서 다시 빛이 나기 시작했다. 아라가 울먹이며 외쳤다.

"또!"

병실 창문 앞이 어두워지면서 검은 물결 같은 것이 다시 모여드는 낌새가 보였다. 연희는 사람들에게 어서 물러나라고 소리치고는 아라와 수아를 끌고 급히 계단으로 뛰어 올라갔다. 어디 한 곳도 안전한 데가 없는 판이었지만 형체도 없고, 정체도 모르는 검은 물결과 대적하고 싶지는 않았다.

한 층을 올라가니 꽤 튼튼해 보이는 철문이 보였다. 무슨 수술실 같았다. 일단 여기가 낫겠다고 여긴 연희는 그리로 들어갔다. 들어가 보니 그곳은 창문이 하나도 없고, 출입구가 문 하나뿐이라 오히려 버티기 쉬울 것 같았다. 도망치지 못할 바에야 최대한 안전한 곳이 나을 듯싶었다.

수아를 내려놓고 연희는 닥치는 대로 주변의 물건들을 쌓아 문을 막고 바리케이드를 쳤다. 그런 상황에서 수아는 언제 울음을 그쳤는지 멀뚱히 서 있기만 했다.

"뭐야?"

"괜찮아. 괜찮을 거야……! 안심해, 안심……!"

"그런데 언니는 왜 울어? 울지 마."

아라가 수아를 달랜다고 거의 울 듯한 얼굴로 다가서자 수아가 말했다. 수아는 사태를 깨닫지 못했는지, 아니면 원래 그런 성격인지 조금도 놀라거나 당황한 얼굴이 아니었다.

오히려 수아가 아라의 등을 톡톡 두들겼다. 아라는 기가 막히고 자존심도 좀 상했지만 성질을 부릴 상황이 아니었다.

연희는 더 이상 문 앞에 쌓을 것이 없자 수아와 아라를 끌고 구석에 앉힌 다음 자신이 그 앞을 막아서듯 버티고 섰다. 연희는 몹시 긴장해 있었고, 아라는 오들오들 떨고 있었다. 그렇게 한참이나 시간이 흘러갔는데도 밖은 조용하고 어떤 기척도 느껴지지 않았다. 연희는 이상하게 생각해 뒤를 돌아보며 말했다.

"조용한걸?"

그러나 아라의 표정은 여전히 밝지 않았다. 아라는 아직도 환하게 빛을 발하는 조요경을 연희에게 내밀어 보이며 고개를 저었다.

"아직 있어. 그것도 가까이에……."

연희는 그 말을 듣고 한숨을 내쉬었다.

"무서워……."

아라가 중얼거렸다.

"준후 오빠도…… 아무도 없는데……."

연희는 또다시 한숨을 내쉬었다. 현암이나 신부님이나 준후나 하다못해 승희라도 있으면 좋았을 테지만 지금은 연락조차 취할 수 없는 상태였다. 비록 그들이 이 장소에 없고, 금방 달려올 수 없다 하더라도, 그들이 같은 하늘 아래 있는 것과 없는 것이 이렇게까지 사람의 마음을 약하게 만들 줄은 몰랐다.

아라는 제법 당찬 아이였지만 아라로서도 준후나 누가 부근에 없는 상태에서 이렇게 기괴하고도 거대한 존재와 마주친 것은 처음이었다. 연희는 수많은 일을 겪었지만 자신의 능력은 거의 없는 것이나 다름없다는 사실도 잘 알고 있었다. 공포감이 엄습하지 않을 수 없었다.

잠시 침묵이 흐른 후 아라가 연희에게 물었다.

"그게…… 뭘까?"

서 있던 연희가 앉으면서 대답했다.

"모르겠어. 그게 뭐든 간에 이상해."

"뭐가?"

"아까 말이야. 왜 막혔던 문이 갑자기 열렸을까? 문이 안 열렸다면 우린 꼼짝없이 그것한테 잡혔을 텐데……."

"응……."

아라도 이상하다는 듯 고개를 끄덕였다. 그러다가 불쑥 말했다.

"근데 아까…… 유리 조각은…… 어떻게 된 거지?"

아라는 아직 발음이 좀 어눌했지만 제법 길게 말하자 연희는 머리를 쓸어 올리면서 말했다.

"모르겠어. 유리 조각을 덮어썼다면 우린 모두……. 그런데 왜 그러지 않았을까?"

그때 연희의 머릿속을 스치고 지나가는 것이 있었다. 그 순간, 누군가가 문을 탕탕 두드리는 바람에 연희는 그만 그 생각을 접어 둘 수밖에 없었다. 탕탕 소리가 들리자 아라는 흠칫 놀랐지만 연희는 침착하게 몸을 일으켜 세웠다.

"나가지 마, 언니!"

그 말에도 아랑곳하지 않고 연희는 문 쪽으로 걸어갔다.

"아까 그게 문을 두드리지는 않을 거야. 아마 사람이겠지."

연희는 문에 나 있는 작은 창문으로 바깥을 살폈다. 언뜻 보니 아까 같이 도망쳤던 의사와 간호사들인 것 같았다. 그것을 확인한 다음 연희는 문을 열었다.

"지금 도대체……."

연희가 더 말할 틈조차 주지 않고 의사와 간호사들이 손을 뻗어 연희의 옷자락을 잡았다. 깜짝 놀란 연희가 먼저 의사의 팔을 비틀어 구석으로 집어 던졌다. 그러나 이번엔 간호사들이 매달리는 바람에 연희는 뒤로 넘어지고 말았다. 그 와중에 언뜻 보인 그들의 눈은 정상이 아니었다.

"언니!"

아라가 뛰어오면서 간호사 한 명을 발로 찼다. 그사이에 연희는 곧 놀란 정신을 가다듬고 또 한 명의 간호사를 밀쳐 내며 일어섰다. 방금 집어 던진 의사가 어느 틈에 다시 일어나 연희의 뒷덜미를 잡으려 했다. 보통 사람이 그렇게 가차 없이 집어 던져졌으면 한동안 일어나지 못할 텐데, 그들은 충격을 받지 않는 것 같았다.

아라는 안간힘을 쓰면서 간호사들을 마구 퍽퍽 때렸지만 그들은 아픔을 느끼지 못하는 듯, 아라의 양팔을 잡았다. 일단 잡히고 나자 무술 실력이 좀 있는 아라로서도 어른의 힘을 이겨 낼 수 없었다.

그것을 보고 연희가 다시 간호사 한 명을 집어 던지는 순간 의사가 달려가 수아를 번쩍 안아 들었다.

"수아야!"

연희는 순간적으로 눈에서 불이 번쩍 튀는 것 같았다. 연희는 다짜고짜 몸을 날려 의사의 등을 호되게 걷어찼다. 하지만 의사는 몸을 휘청거리면서도 수아를 끝내 놓지 않고 비틀거리며 문밖으로 달음질치려 했다.

연희가 자세를 가다듬고 의사를 잡으려 하는데, 이번에는 뒤에서 간호사가 쇠 쟁반으로 연희의 머리를 내리쳤다. 땡 하는 소리와 함께 연희가 비틀거리면서 넘어지자 아라는 몹시 놀랐다.

죽을힘을 다해 자신을 잡은 간호사의 손에서 간신히 벗어난 아라는 비틀거리는 연희를 끌고 구석으로 물러섰다. 그사이 의사는 수아를 안고 문을 나서려 하고 있었다. 그런데 문이 왈칵 열리면서 의사의 몸이 허공에 붕 뜨더니 털썩 땅에 처박혔다.

"누구……?"

놀란 아라와 간신히 정신을 가다듬은 연희의 눈에 수아를 받아 안은 낯선 남자의 모습이 보였다. 우리나라 사람은 아니었는데, 키가 무척 크고 건장했으며 눈매가 날카로웠다. 그 남자는 몸을 날려 연희와 아라의 앞에 서 있던 간호사 두 명을 한 손으로 한 명씩 잡아 가볍게 휙휙 던져 버렸다.

맞아도 아픔을 모르던 간호사들이 그 남자의 손에 닿자마자 전혀 기운조차 쓰지 못하고 기절해 버리는 듯했다. 그 사람은 뚜벅뚜벅 두 사람 앞으로 걸어와 연희에게 손을 내밀었다.

"당신은······?"

연희가 머뭇머뭇 묻자 남자는 간단히 영어로 말했다.

"위험하오. 당신은 위험한 일에 말려서는 안 되오."

남자는 미소를 지으면서 연희를 일으켜 주려는 듯 내민 손을 흔들어 재촉했다. 일단 연희는 남자의 손을 잡았다. 그 순간 남자는 깜짝 놀라면서 연희의 손을 놓고 뒤로 물러섰다. 연희도 찌릿한 느낌을 받았다. 연희의 손에 심어져 있던 부적의 힘이 그 남자의 힘과 충돌을 일으킨 것 같았다. 남자도 상당한 수준의 영능력이 있는 것 같았다.

"당신은 누구죠?"

연희의 물음에 남자는 대답하지 않고 수아를 안은 채 뒤로 돌아서서 걷기 시작했다. 그러자 그때까지 멀뚱히 있던 수아가 갑자기 울기 시작했다. 연희가 소스라치게 놀라 외쳤다.

"그 애를 내려놓아요!"

남자는 뒤도 돌아보지 않고 말했다.

"이제 이 아이에 대해서는 잊으시오."

연희와 아라는 깜짝 놀라 펄쩍 뛰었다. 연희는 곧 남자에게 달려들었고, 아라는 잠시 망설이다가 조요경을 꽉 쥐고 눈을 감았다. 순간 뚜벅뚜벅 걸어가던 남자가 비틀거렸다. 남자의 발에 뭔가 걸린 것 같았다.

그러나 남자는 코웃음을 치면서 한쪽 손을 휙 내둘렀다. 허공에서 뭔가 보이지 않는 것이 펑펑 터져 나갔다. 남자의 등을 향해 달려들던 연희는 그 모습에 뭔가 떠오르는 것이 있었다.

'정령들이야!'

잠시 잊고 있었지만 수아는 정령들의 여왕이었다. 보이지 않게 수아를 지켜 주는 것은 정령들이었다. 아까 유리 조각이 날아오는 것을 막아 주고, 문을 열리게 해 주었던 것은 정령들의 힘인 것 같았다. 그리고 지금 이 남자의 앞을 가로막은 것도 정령들임이 분명했다. 지난번 박 신부와 함께 보았던 정령들의 힘은 가공할 만하지 않았던가. 하지만 이 남자는 얼마나 강한지 정령들의 힘을 먼지 털듯 툭툭 떨쳐 냈다. 아무튼 수아를 그냥 둘 수는 없었다. 지난번의 아랍인과 마찬가지로 이 남자도 수아의 힘을 노리는 자임이 분명했으니까.

연희는 남자가 보이지 않는 정령들을 상대하는 사이, 있는 힘을 다해 남자의 등줄기 한복판을 노리며 주먹을 뻗었다. 만만치 않은 연희의 주먹이 등줄기 한복판에 명중하자 남자도 휘청거렸다. 그러나 남자는 넘어지지 않고 화난 눈으로 휙 뒤를 돌아보면서 외쳤다.

"까불지 마!"

남자는 휙 몸을 돌리며 연희의 뺨을 찰싹 후려쳤는데, 어찌나 기운이 셌던지 연희는 그만 눈앞이 캄캄해져 순간 벽에 몸이 부딪혔다. 그것을 본 아라는 조요경을 붙들고 애를 쓰다가 그만두고 남자를 향해 달려들었다. 제법 멋지게 날아 차기를 시도했지만 아라도 남자의 손바닥 한 방에 저만치 나가떨어졌다.

"계집애가 감히 대들다니!"

그 와중에도 정령들이 수없이 달라붙는 듯 남자는 계속 손을 휘둘러 댔다. 정령들은 남자의 손에 의해 수없이 터져 나가면서도 끈덕지게 달려드는 듯했다. 연희는 눈앞이 캄캄했지만 포기할 수 없었다. 다시 주먹을 쥐고 남자에게 달려들었다. 막 손을 뻗는 순간 연희는 아까 오른손의 부적 힘과 남자의 힘이 충돌을 일으켰던 것이 기억났다. 남자의 손바닥이 날아드는 순간 연희는 손을 펴 남자의 손바닥을 자신의 손바닥으로 찰싹 맞추었고, 동시에 할 수 있는 한 최대로 기운을 내뿜었다.

"아앗!"

효과가 있었다. 준후의 부적에서 비롯된 기운과 남자의 힘은 상충하는 듯 연희의 기운이 밀려들자 남자는 고통에 찬 비명을 질렀다. 물론 고통을 받는 것은 남자만이 아니었다. 연희도 차마 말로 할 수 없는 고통을 느끼고 있었다. 그러나 이 방법이라도 쓰지 않으면 남자를 물리칠 수 없었다.

'조금만······! 조금만 더 버티자······!'

연희는 눈앞이 아릿아릿해지고 금방이라도 기절할 것 같은 지독한 고통을 버텨 내려고 애를 썼다. 그때 아라가 저만치 떨어져 있던, 아까 연희가 맞았던 쇠 쟁반을 집어 들고 달려들어 남자의 머리를 인정사정없이 갈겨 댔다. 남자와 연희는 마치 자석의 극이 붙고 전기가 통하는 것 같은 상태였기 때문에 움직일 수도 없었다. 덕분에 아라는 꼼짝도 못 하는 남자의 머리를 마치 이불 털듯 무자비하게 두들겨 팰 수 있었다.

쾅쾅 소리를 내면서 쇠 쟁반이 원래의 형체를 잃을 정도로 찌그러졌으나 남자는 수아를 놓지도, 쓰러지지도 않았다. 남자의 얼굴이 퉁퉁 붓고 코피가 터졌지만 눈에는 오히려 노기가 치밀어 올라 더욱 무서워졌다. 때리는 아라가 더 지칠 판이었다. 다시 한 대를 치는데, 손에서 힘이 빠져 이미 구겨진 쇠 쟁반이 저만치 날아가 버렸다. 아라가 헉헉대면서 남자의 얼굴을 쳐다보았다. 남자는 금방이라도 아라를 죽일 것처럼 노려보고 있었다.

아라는 너무 겁이 난 나머지 손가락을 세워 남자의 눈 주위를 확 할퀴어 버렸다. 그러자 그때까지 근근이 버티고 있던 남자가 비명을 지르며 수아를 놓아 버렸다. 아무리 강건한 사람이라도 눈을 긁히고 버틸 수는 없었다. 남자가 쓰러지자 연희의 손도 풀렸다. 연희도 그동안의 고통이 너무 지독했던지 핑그르르 돌면서 쓰러져 버리고 말았다.

아라가 깜짝 놀라 보니 연희는 얼마나 심한 고통을 참았는지 입술을 깨물어 피가 흐르고 있었다. 수아도 연희가 걱정되는지 연희에게 달라붙었다.

"언니! 어서!"

아라는 연희를 잡아끌었으나 연희는 꼼짝도 할 수 없는 것 같았다. 아라는 발을 동동 굴렀지만 연희를 끌고 갈 기운이 없었다. 그렇다고 혼자 도망칠 수도 없었다. 아라는 연희를 흔들었지만 연희는 희미한 신음만 낼 뿐, 움직이지 못했다. 의식이 있는지조차 알 수 없었다. 그런데 넘어졌던 남자가 서서히 몸을 일으키는 것이 아닌가.

"악!"

아라는 소스라치게 놀라면서 남자를 때리려고 뭔가 잡히는 것이 없는지 손을 휘저어 보았지만 아무것도 잡히지 않았다. 급한 나머지 주먹으로라도 남자를 쳐서 기절시키려 하는데, 어느새 자신의 손목은 남자의 억센 손아귀에 덜컥 잡혀 있었다.

남자는 잔뜩 얻어맞아 퉁퉁 부은 얼굴에 무서운 눈을 하고는 아라의 손목을 잡은 채 허공으로 들어 올렸다. 허공에 대롱대롱 매달린 상태가 되자 아라는 꼼짝달싹할 수 없었다.

남자는 아라를 무서운 눈으로 보면서 뭔가 알아들을 수 없는 말로 떠들어 댔다. 욕지거리하는 것 같았으나 아라의 귀에는 한마디도 들리지 않았다. 수아의 겁먹은 눈동자가 커다랗게 확대된 것이 보였다. 이제야말로 정말 죽었구나 싶었다. 그 순간 남자가 별안간 몸을 움찔하면서 아라를 놓쳐 버렸다.

아라는 땅에 쿵 떨어지면서도 도대체 무슨 일인지 몰라 주위를 둘러보았다. 쓰러지지 않고 몸을 휙 돌린 남자의 등에는 불에 탄 자국이 있었다. 그러더니 저쪽에서 조금 가느다란 불길이 획획 날아들었다. 저만치를 보니 복도 저편에 누군가가 있을 것 같았다.

"준후 오……!"

엉겁결에 아라는 입을 열려다가 그만 입을 다물었다. 언뜻 보고는 잠시 준후로 착각했지만, 준후가 아니라 준호였다. 예전의 준후와는 비슷한 모습이었으나 지금의 준후는 훨씬 커 버렸으니까.

준호는 오만상을 다 쓰면서 있는 힘을 다해 오행술을 부려서 불길을 쑥쑥 손에서 뿜어내고 있었다. 남자는 조금 놀란 것 같았으나 곧 정신을 가다듬은 듯 겁도 없이 손으로 준후의 불길을 퍽퍽 받아 내 옆으로 쳐 냈다.

몇 년 지나지 않은 사이에 준호가 준후의 지도를 받아 오행술을 이만큼 사용하게 된 것은 놀라운 일이었지만 아쉽게도 위력은 너무도 약했다. 준호는 기를 쓰고 불길을 두어 번 더 쏘아 댔지만 남자는 차가운 얼굴로 준호를 비웃듯 불길을 쳐 내면서 준호 쪽으로 성큼성큼 다가갔다. 그러자 준호가 소리를 질렀다.

"뭐 하는 거야! 얼른 도망가!"

"어디로?"

"아무튼 어서! 아이구!"

준호는 이제 한계에 달한 것 같았다. 하지만 도망을 치려고 해도 도망칠 곳이 없었고, 도망칠 여건도 되지 못했다. 아라는 수아의 겁먹은 큰 눈망울과 쓰러진 채 신음하는 연희를 바라보았다. 이번에는 아라 쪽에서 독기가 살아났다.

"너 죽고 나 죽자!"

아라는 앙칼지게 소리를 지르면서 남자의 다리를 노리고 달려들었다. 아라가 몸을 날려 남자의 다리에 부딪치자 의외로 거대한 체구의 남자는 중심을 잃고 넘어지면서 벽에 호되게 머리를 찧었다. 그때 준호가 쏘아 낸 오행술의 불길 한 줄기가 하필 남자의 머리카락에 맞아 불이 붙었다. 남자는 비명을 지르면서 몸을 데굴데굴 굴렸고, 그 틈을 타 준호는 아라와 연희가 있는 쪽으로 달려왔.

"어서!"

준호는 다짜고짜 연희를 부축해 어깨에 메면서 외쳤다. 연희는 여전히 몽롱한 상태였지만 그래도 몸을 일으켰다. 아라도 수아를 번쩍 들어 안고 마구 달리기 시작했다. 남자는 머리에 붙은 불을 끄느라 정신이 없어 그들을 제지하지 못했다.

고립

어떻게 올라갔는지도 모르게 계단을 오르자 네 사람 모두 숨이 턱 끝에 닿았다. 연희도 계단을 올라가면서 조금 정신을 차린 것 같았다. 일단 어느 빈 병실로 들어가 문을 잠그고 숨을 돌리자 연희가 물었다.

"준호구나……. 어떻게…… 어떻게 알고 왔니?"

준호는 주위를 두리번거리면서 말했다.

"말하자면 좀 길어요. 오늘 혹시 사부가 없나 하고 배에 갔었거든요……."

"배?"

"아지트 말이에요."

"아, 응. 그런데?"

"그런데 그 근처에 수상한 사람이 얼씬거리는 것 같았어요. 아까 그 남자 말이에요. 나는 좀 겁이 나서 가만 보고 있었는데……. 배에 아무도 없는 것 같으니까 어디론가 가는 것 같았어요. 난 어떻게 해야 하나 하며 망설이는데……."

"그런데?"

"신부님이 갑자기 나타나셔서 얼른 이 병원으로 가 보라고 하셔서 온 거예요. 근데 신부님은 어디 계세요?"

"신부님?"

아라가 이해가 가지 않는다는 듯이 말끝을 올렸다. 신부님이라면 박 신부를 말하는 것 같은데, 박 신부가 도대체 어디에 있단 말인가? 그러나 그 말을 듣자 연희는 한숨을 내쉬면서 말했다.

"그랬구나. 정령들이 한 거야."

"정령들요?"

궁금해하는 두 사람에게 연희는 수아를 보호하는 정령들이 사람의 모습을 흉내 내어 나타나는 능력이 있다는 것을 알려 주었다. 연희는 지난번에 그런 일을 겪은 뒤라 짐작이 됐다. 정령들은 의문의 남자가 수아를 강제로 데려가려 하자 남자를 막으려 했지만 남자의 능력이 대단해 막을 수 없었다.

그러자 정령들은 그나마 가장 가깝다고 할 수 있는 준호에게 나타난 것 같았다. 다른 사람들은 모두 외국이나 지방으로 가 버렸으니 데려오려야 데려올 수 없었을 테니까.

"그런데 검은 물결 같은 거. 그 안개 비슷한 게 병원을 덮고 있을 텐데. 어떻게 들어왔지?"

"물결? 안개? 몰라, 난 그냥 들어왔는데?"

"그냥 들어와? 문이 열렸어?"

"응."

준호가 이해가 가지 않는다는 듯 대답하자 연희와 아라는 놀라서 서로 얼굴을 마주 보았다.

"의사나 환자 같은 사람들도 있었어?"

"아뇨, 아무도 없던데요."

"정말 문도 안 잠겨 있었고?"

"전혀요."

그 말을 듣자 연희는 급히 몸을 일으키다가 몸이 욱신거리고 머리가 띵해져 비틀거렸다. 아라가 급히 부축하려 했으나 연희는 괜찮다는 듯 손을 내저으며 숨을 고르고 말했다.

"그러면 어서 나가자. 여긴 지옥이나 마찬가지야."

"근데 검은 물결이란 게 뭐예요?"

준호가 궁금해하자 아라는 앙칼지게 쏘아붙였다.

"안 보는 게 나아."

네 사람은 다시 일어섰다. 준호가 연희를 부축하려 하자 아라가 준호를 밀어 내고 수아를 준호에게 떠넘겼다. 준호는 아라의 행동이 너무 쌀쌀맞아 조금 화가 난 듯 말했다.

"난 목숨을 걸고 도와주러 왔는데, 왜 이래?"

"그건 고맙지만. 난 너 싫어. 좀 떨어져 줘."

연희가 듣기에도 아라는 조금 지나칠 정도로 쏘아붙였다. 그러나 준호는 대꾸하지 않고 그냥 입을 꾹 다문 채 수아를 안아 들고 아라를 뒤따라갔다. 병실에서 나와 조심스레 주위를 둘러보았으나 아무도 없었다. 그런데 툭 하면서 병원 내의 전기가 나가 암흑천지가 됐다.

네 사람은 모두 깜짝 놀랐지만 아무도 소리를 지르진 않았다. 연희는 부축하던 아라의 손을 떼어 내고 앞장서서 조심스럽게 걷기 시작했다. 창문에서 들어오는 희미한 빛 외에는 온통 암흑천지였다. 손으로 벽을 더듬어 가며 계단이 있는 곳까지 왔으나 계단 밑은 마치 검은 구멍처럼 캄캄하기만 했다.

다시 계단을 내려가려니 아까의 남자가 또다시 나타날까 봐 아라는 은근히 걱정스러웠다. 이번에 걸리면 뼈도 못 추릴 것 같았다.

"근데…… 아까 그놈은 뭐지? 언니, 그놈이 다시 나타나면……. 언니, 그 검은 것도 없어졌다는데 여기 그냥 숨어 있자. 응?"

아라가 말하자 연희도 용기가 나지 않는 듯 중얼거렸다.

"글쎄······."

그때 갑자기 준호에게 안겨 있던 수아가 외쳤다.

"안 돼! 난 싫어! 여기 무서워! 무서워!"

연희가 재빨리 수아의 입을 손가락으로 막으며 말했다.

"쉿! 쉿! 수아야, 착하지? 어둡다고 걱정하지 마."

수아는 계속 얼굴을 흔들다가 연희의 손가락을 떼고는 말했다.

"어두워서 그런 거 아냐. 여기······ 뭐가 있어! 너무 많이······. 무서워, 잉······."

"뭐가 있다고 그래?"

"많아······ 많아. 너무너무 많아······! 무서워!"

수아의 울음 섞인 목소리에 다른 세 사람은 머리끝이 쭈뼛 솟아오르는 것을 느꼈다. 지금은 박 신부도, 현암도, 준후도, 승희도 옆에 없었다. 보통 사람보다 뭔가 특별한 네 사람이기는 했지만 이런 상황에 빠지고 보니 정말 앞이 캄캄할 뿐이었다.

아라는 눈에 보일 정도로 몸을 덜덜 떨었고, 준호도 티를 내지 않으려는 것 같았지만 흰 한복 저고리 끝이 가늘게 떨리고 있었다.

주변은 온통 캄캄했다. 게다가 사람의 인기척조차 없는 흰 벽으로 가득 찬 병원. 수아의 말대로 무엇인가 튀어나와도 전혀 이상하지 않을 분위기였다. 그 남자도 지금쯤 정신을 차리고 그들을 찾아다닐지 몰랐다. 그리고 아까 보았던 검은 물결 같은 것이 다시 들이닥친다면?

연희는 그래도 정신을 차려야 한다는 책임감 때문에 이를 악물고 참았지만 아라나 준호나 수아는 그 자리에 주저앉을 것 같았다. 연희는 서둘러 어떻게 하는 것이 좋을까 판단해 보려고 애썼다.

그때였다. 저만치 복도 끝에서 아주 작은 발소리 같은 것이 들리는 듯했다.

"난, 난 정말……."

"쉿!"

아라가 왈칵 두려움을 느끼는 듯 말하자 연희는 급히 아라의 입을 막았다. 그런 연희의 손도 촉촉이 젖어 있었다. 연희는 모든 신경을 귀에다 집중했다. 병원 복도는 양쪽 끝에 모두 비상계단이 있었다. 그런데 저쪽 계단에서 소리가 들리는 것이었다.

귀를 기울여 보았지만 거의 들리지 않을 정도로 작은 발소리 같은 것이었다. 그리고 그 소리는 점점 수가 늘어나는 것 같았다. 하나…… 둘……. 그러다가 대여섯 명, 다시 수십, 수백 명의 웅성거리는 듯한 발소리가 됐다. 수없이 많은 무엇인가가 계단을 올라오고 있는 듯했다.

수아가 다시 끙끙거리며 연희를 재촉했다. 겉으로 보기에 수아는 평범한 아이였고, 정령들이 섬기는 것 외에는 특별한 능력이 없다고 알고 있었으나 그래도 정령들의 여왕이니만큼 남다른 예감 같은 것이 있지는 않을까?

"수아야, 저게 뭐지? 혹시 정령 같은 거 아냐?"

아라가 묻자 연희는 재빨리 아라에게 입을 다물라는 신호를 보냈다. 수아 본인은 정령이나 무엇이건 간에 아무것도 모르고 있는 아이였기 때문이다. 다행히 수아는 고개를 휘휘 저었다.

"난 몰라. 정령이 뭐야?"

"아냐…… 아무것도. 좌우간 저게 뭐건 간에…… 우린 여기 있어서는 안 돼!"

연희는 결단을 내리고 아라와 준호를 잡아끌었다. 그리고 조금씩 더듬으며 시커먼 심연 같은 계단으로 걸음을 옮기기 시작했다. 그나마 바깥의 희미한 불빛이 창문으로 비쳐 복도는 보였지만 비상계단은 완전한 암흑 속이었다.

등 뒤에서 들려오는 작은 발소리는 점차 가까이 다가오고 있었다. 비록 하나하나는 아주 작은 소리였지만 수백, 수천을 헤아리는 소리였으며, 마치 물결처럼 밀려들고 있었다.

네 사람은 감히 입을 열 생각은 하지 못했지만 약속이라도 한 듯 죽을힘을 다해 어두운 계단을 달려 내려갔다. 그사이의 시간은 그야말로 수십 년 같았다.

마지막 계단을 내딛고 나자 병원 정문에서 들어오는 희미한 불빛이 보였다. 그러나 문 쪽을 본 순간 연희를 비롯한 모두는 그 자리에 우뚝 멈추어 서고 말았다.

병원 문 앞에는 아까의 의사와 간호사, 환자 등등이 모두 한데 엉켜 즐비하게 쓰러져 있었다. 죽은 것인지, 기절한 것인지는 알 수 없었지만 모두가 시체 같아 보였다. 으스름한 달빛 아래 쓰러져 있는 사람들을 보자 누구도 선뜻 발걸음을 옮길 수 없었다.

그러나 연희의 귀에는 뒤에서 들려오는 발소리가 울렸다. 연희의 본능은 그것이 더 위험할 것이라고 외치고 있었다. 그것은 무수한 숫자인 듯, 이제는 발소리가 아니라 파도치는 것 같은 소리를 내며 다가왔다. 아까의 검은 물결. 수아를 지키던 정령들조차 막아 내지 못한 검은 물결을 생각하자 연희는 몸을 추슬렀다.

"가자, 어서!"

연희가 떨리는 손으로 준호에게서 수아를 받아 들며 말했다. 그러자 그때까지 참으려고 애쓰던 아라가 주저앉았다.

"나…… 난 못 가……. 난…… 난……."

아라는 아래턱을 덜덜 떨면서 간신히 말했다. 준호는 주저앉지는 않았지만 마찬가지 상태였다. 그러나 연희에게 안긴 수아는 어서 연희에게 가자는 듯 연신 뒤를 바라보며 연희의 어깨를 두들겼다. 수아를 안아 든 연희 역시 떨리는 다리를 억지로 움직여 죽을 힘을 다해 문 쪽으로 걸음을 옮겼다. 바닥에 쓰러진 사람들은 모두 죽었는지 꼼짝도 하지 않았다.

"언니…… 언……."

아라가 움직이지 못한 채 울먹이며 부르자 연희는 작지만 단호하게 외쳤다.

"빨리 와, 아라야!"

"못…… 못 가겠어……."

"아라야, 어서! 준후는 이보다 훨씬 심한 경우도 다 겪어 냈어! 이까짓 걸로 주저앉으면 어떡해!"

준후를 들먹이자 역시 효과가 있었다. 그러자 준호도 용기를 내어 아라를 잡아끌면서 재촉했다.

"빨리!"

그 말을 듣자 아라는 조금 기운이 나는 듯 억지로 몸을 일으켜 움직이기 시작했다. 연희는 초조한 마음으로 두 사람과 문 중간쯤에 서서 기다리고 있었다. 그때였다. 쓰러져 있던 사람들이 벌떡벌떡 몸을 일으켜 연희와 수아에게 달려들었다.

"으아악!"

아라가 가장 먼저 기겁하면서 소리를 질렀다. 연희도 몹시 놀라기는 마찬가지였지만 그래도 재빨리 몸을 돌려 달려드는 사람 한 명을 발로 찼다. 준호도 놀라서 연희에게 달려들려는 사람 한 명의 다리를 걸어 다시 넘어뜨렸다.

그러나 사람들의 숫자가 너무 많았다. 연희와 수아를 향해 십여 개나 되는 손들과 초점이 풀린 번득거리는 눈동자들이 다가들었다. 그때까지 떨고만 있던 수아가 울음을 터뜨리며 외쳤다.

"누가 좀 도와줘요!"

갑자기 획 하는 바람이 일면서 연희의 주변에 둘러섰던 사람들이 와르르 사방으로 튕겨 나갔다. 그냥 넘어진 것이 아니라 아예 원형으로 둥글게 멀찌감치 밀려 나 버렸다. 수아가 소리를 치자마자 그렇게 된 것으로 보아 정령들의 힘이 분명했다.

연희는 이때다 싶어 재빨리 문으로 뛰어들었다. 몸으로 문을 깨고서라도 나갈 생각이었지만 그다지 두껍지 않은 얄팍한 유리문은 마치 철벽같아 연희는 호된 충격만 받았다. 하마터면 정신을 잃고 넘어질 뻔했다.

"문이……!"

준호가 아라를 끌고 연희에게 달려오면서 외쳤다.

"내가 올 때는 안 그랬는데……!"

그때 아라가 중얼거렸다.

"근데…… 밖이 왜 저래?"

연희나 준호 모두 문이나 문 안의 살벌한 광경에만 관심이 있던 터라 문밖이 훤히 보이는데도 미처 관심을 기울이지 못하고 있었다. 유리문 밖의 모습은 정말 괴이하기 이를 데 없었다. 분명 이곳이 조금 변두리이긴 하지만 그래도 시내에 있는 병원인데, 바깥 광경이 하나도 보이지 않았다. 마치 먹물 같은 것이 공기를 꽉 메우고 있는 것처럼 창문이며 유리문 등이 모두 시커멓기만 했다.

"아까 그거야! 병원을 완전히 덮어 쌌어!"

연희가 다급하게 외치는데, 넘어졌던 사람들이 다시 꾸물꾸물 기계처럼 몸을 일으켰다. 할 수 없이 연희는 준호와 아라를 부르고 수아를 안고서 계단 쪽으로 향했다. 정말 어떻게 하면 좋을지 알 수 없었다.

그런데 계단 위쪽에서 누군가 소리치며 달려 내려오는 것이 보였다. 깜짝 놀라서 보니 수아를 데려가려 했던 남자였다.

"엄마야!"

그 남자를 보자 아라가 제일 먼저 기겁했다. 비록 네 사람이지만 그와 맞서 싸우는 것은 자살행위였다. 연희는 몸을 돌려 정문 쪽으로 향했지만 그쪽에서는 무엇에 홀렸는지, 아니면 조종을 받는 것인지 모를 사람들이 이쪽으로 다가오고 있었다.

"어떡해요!"

준호가 외치자 연희는 이를 꽉 악물고 말했다.

"차라리 이쪽이 나아! 닥치는 대로 밀어 버리고 통과하자!"

연희는 말을 끝마치기도 전에 소리를 지르며 사람들 사이로 달려 나갔다. 그러면서 두세 명을 치고 차서 넘어뜨리기까지 했다. 준호는 헐렁헐렁한 택견 동작을 응용해 사람들의 손을 용케 피하면서 빠져나갔다. 아라는 준호의 뒤에 붙어 따라갔다. 그러면서 아라도 두어 명의 손을 쳐 내면서 간신히 빠져나갔다.

그때 뒤에서 남자가 외치는 소리가 들렸다. 영어로 하는 소리라 아라와 준호는 알아들을 수 없었지만 연희는 알아들을 수 있었다. 연희는 놀라서 하마터면 그 자리에 멈춰 설 뻔했다. 천만뜻밖에도 남자는 제발 살려 달라고 비명을 지르고 있었다.

"도, 도와줘요! 제발!"

그 소리가 너무도 애절하게 들려 제정신이 아닌 사람들을 간신히 헤치고 나온 다음 연희는 멈추어 서서 뒤를 돌아보았다. 놀랍게도 꼭두각시가 된 사람들이 남자를 공격하고 있었다.

남자는 그 사람들을 뿌리치려 애썼으나 아까 준호와 아라에게 공격당한 것 말고도 어디에서 다쳤는지 팔다리에 심한 상처를 입은 것 같았다. 움직임이 부자연스러워 그대로라면 저 사람들에게 당하고 말 것 같았다. 아라가 달려가다가 뒤를 돌아보고 있는 연희에게 외쳤다.

"언니, 뭐 해!"

"저 사람이……."

아라는 다시 크게 소리를 질렀다.

"속임수면 어떡해?"

"아냐, 그대로 두면 위험해……!"

아라도 연희처럼 그때까지 저 남자가 이 모든 기현상을 일으킨 사람이라고 생각했는데, 그것은 아닌 듯했다. 그러나 설령 그렇다고 해도 자신들을 공격했던 자가 아닌가?

"무슨 상관이야!"

"하지만……."

연희가 망설이는 사이 남자는 기운을 잃은 듯 쓰러져 사람들 속으로 파묻혀 가고 있었다. 그때 준호가 말도 없이 휙 사람들 사이로 뛰어들었다. 그리고 남자를 끌어내리려 꼭두각시가 된 사람들과 있는 힘을 다해 싸우기 시작했다.

그것을 본 연희도 가만있을 수 없어서 아라에게 수아를 얼른 맡긴 다음 같이 달려들었다. 이에 아라가 크게 외쳤다.

"뭐 해, 언니! 그냥 내버려둬!"

하지만 연희와 준호가 그 남자를 구하기 위해 악전고투를 벌이자 아라도 그냥 보고만 있을 수 없어서 그 속으로 뛰어들었다. 그러자 혼자 남은 수아는 잠시 겁에 질린 듯 그 광경을 보다가 다시 잉잉 울기 시작했다.

수아가 울음을 터뜨리자 갑자기 강한 기운이 휘몰아치면서 연희 등과 뒤엉켜 싸우던 사람들이 거짓말처럼 뒤로 나가떨어졌다. 또다시 정령들이 도움을 준 것 같았다. 그런데 갑자기 저쪽 계단 위에서 웅성거리는 소리가 들려오기 시작했다.

"으악! 내려와!"

아라가 고함을 지르면서 먼저 빠져나와 수아를 안았다.

"그 사람 내버려둬!"

"그냥 죽게 둘 순 없잖아!"

아라가 악을 쓰자 연희도 크게 외쳤다.

"하지만 어떻게……."

연희는 큰 눈을 더욱 크게 뜨고 아라에게 말했다.

"신부님도, 현암 씨도, 준후도, 누구라도 이 사람을 그냥 버려두지는 않을 거야. 어떤 상황이라도 말이야."

그 말에 아라는 입을 다물었다. 그사이에도 계단참에서 웅성거리는 소리가 가까워지면서 주변에 기분 나쁜 공기가 가득했다. 아라는 발을 굴렀으나 연희와 준호는 그 남자를 결사적으로 질질 끌며 간신히 움직이고 있었다.

아라는 초조하게 사방을 둘러보았다. 아까 내려온 계단은 그 이상한 것들이 가득할 것 같았고, 남자가 내려온 반대편 계단에서도 웅성거리는 소리가 들리는 것 같았다. 그리고 문은 철벽같이 잠겨 있었다. 그러면 어디로 가야 하는 걸까?

"어디로 가?"

연희가 외쳤다.

"아래로! 아래로라도 가!"

"거기로 가면 더 갈 데가……."

"거기 말고는 갈 데가 없어!"

연희와 준호가 남자를 끌고 나오자 아라도 얼른 수아를 다부지게 고쳐 안았다. 그리고 계단 아래로 마구 달음질쳐 내려갔다. 그 남자는 팔과 다리와 어깨까지 온통 상처투성이라 피로 범벅이 돼 있었다. 뭔가에 쥐어뜯기거나 물린 것 같은 작은 상처들이 수도 없어서 준호의 흰 한복과 연희의 옷은 피로 얼룩져 버렸다.

지하로 내려가자 아주 튼튼한 철문이 보였다. 아라가 그 문을 열자 연희와 준호는 남자를 끌면서 간신히 안으로 들어섰다. 그때 계단이 갑자기 시커먼 기운으로 가득 차는 것이 보였다.

아라는 끔찍해서 문을 쾅 닫아 버렸고, 연희와 준호도 문에 달라붙어 필사적으로 문고리들을 잠갔다. 문은 몹시 튼튼했고, 빗장도 여러 개라 믿음직했다.

문을 닫고 나자 지하실 내부는 빛 한 점 없는 암흑 속이 되고 말았다. 아라는 주위가 너무 어두워 불안한 마음에 조요경을 꺼냈다. 조요경에는 여전히 환하게 빛이 나고 있었다. 조금 시간이 지나 눈이 어둠에 익숙해지자 연희와 준후의 얼굴을 대강 알아볼 수 있게 됐다.

"도대체 이 지하실은 뭐 하는 곳일까?"

아라가 중얼거리다가 문득 시체실 같은 곳은 아닐까 싶어 진저리를 쳤다.

'아냐, 아냐. 아닐 거야. 시체도 없잖아? 으음…….'

검은 물결도 무서웠지만 시체실도 못지않게 무서웠다. 아라는 그런 잡념을 거두려고 연희에게 말을 건넸다.

"이젠…… 이젠 어떻게 하지?"

연희는 초조한 얼굴이었지만 나름대로 침착해지려 애쓰고 있었다. 연희는 일단 수아를 안아 들고 말했다.

"수아야, 언니 부탁 하나 들어줄래?"

수아는 너무 무서운 일을 많이 겪어서 그런지 흑흑 울다가 선선히 고개를 끄덕였다.

"으응…… 뭔데?"

"여기 아무도 들어오지 못하게 해 주세요. 해 보렴, 응?"

연희는 예전에 박 신부가 했던 것처럼 정령들의 힘을 빌리려고 말한 것이었고, 수아는 순순히 그렇게 말했다. 연희는 빗장들을 다시 만져 보았다. 신기하게도 빗장들은 마치 용접된 것처럼 달라붙어 꼼짝도 하지 않았다. 연희는 전에 눈으로 확인한 바 있었지만 정령들의 힘은 과연 대단했다. 그런데 그 정령들이 어찌지 못하는 검은 물결 같은 것은 또 뭐란 말인가?

'버틸 수 있을까? 달리 방법이 없으니…….'

그사이 준호가 어떻게 지압이라도 했는지 남자가 신음과 함께 서서히 몸을 일으켜 앉았다. 남자가 일어나자 아라는 찔끔해서 뒤로 돌아앉았다. 남자는 주변을 둘러보더니 연희에게 말했다.

"날 구해 준 게 당신이오?"

"아뇨. 여기 아이들도 도와주었어요."

남자는 조금 멋쩍은 듯 고개를 끄덕여 보였다. 특히 아라와 눈이 마주치자 남자는 무심코 아직도 부어 있는 얼굴을 슬쩍 어루만져 보았다. 아라는 찔끔해서 준호 뒤로 한 발짝 물러섰으나 남자는 곧 미소를 지으며 괜찮다는 표정을 지어 보였다.

그러면서 아라의 손에서 빛을 발하고 있는 조요경을 희한하다는 눈빛으로 쳐다보았다. 조금 전까지 남자는 상처가 상당히 심한 듯 신음하고 있었는데, 눈을 뜨자마자 평온한 표정을 짓는 것을 보아 자제심이 극도로 강한 사람 같았다. 아직 밖에서 별다른 소리가 들리는 것 같지 않자 연희는 안심하고 남자에게 물었다.

"그런데 당신은 누구죠? 이름은?"

"왜 묻소?"

연희는 남자의 말투에서 느껴지는 다소 딱딱한 악센트를 느끼고는 독일어로 물었다. 아무래도 남자가 모국어에 더 익숙할 것이고, 혹시라도 아라나 준호가 학교에서 배운 영어 실력으로 알아들으면 나중에 골치 아픈 일이 생길까 염려된 때문이었다.

"독일인인가요?"

"그렇소. 독일어도 할 줄 아오?"

"예. 그런데 당신은 누구죠? 왜 저 아이를 데려가려고 했죠? 당신은 왜 여기 나타난 거죠?"

"말할 수 없소."

"지금도 저 아이를 데려갈 생각인가요?"

연희가 차갑게 묻자 남자는 눈을 빛내다가 고개를 설레설레 저었다.

"지금은 그럴 상황이 아닌 것 같소. 일단 이 지옥에서 빠져나가는 게 급선무요."

"그러면 또 저 아이를 데려가려 할 건가요? 여기서 빠져나간 다음에는?"

남자는 쓸쓸하게 웃어 보이며 대답했다.

"내가 왜 그러겠소. 아깐 뭔가 오해가 있었을 뿐이오."

남자는 조금 딱딱하게 말했으나 오히려 가식이 없어서 거짓말 같아 보이지는 않았다. 연희가 다시 물었다.

"당신도 검은 지하드나 칼키파 같은 곳의 사람인가요?"

남자는 놀랐다는 듯 연희를 가만히 보다가 물었다.

"당신은 그 이름을 어떻게 아시오?"

"저 아이와 같이 있으려니, 모르려고 해도 모를 수가 없더군요."

"그렇군. 그렇다면 당신은 박 신부나 이현암, 장준후와 아는 사이요?"

"좀 알죠."

"역시…… 당신도 기이한 능력이 있더군. 더구나 당신은……."

남자는 무엇인가 말할 것처럼 연희를 바라보다가 미소를 짓고 말을 멈추었다.

"뭐죠?"

"아니오, 말하지 않는 편이 나은 이야기요."

연희는 궁금했으나 그냥 자신이 더 궁금해하는 쪽으로 말머리를 돌렸다.

"당신이 검은 지하드나 칼키파가 아니라면…… 혹시 성당 기사단원인가요?"

"성당 기사단에 대해서도 알고 있소? 흠……."

남자는 조금 생각하는 것 같았으나 말을 하지는 않았다. 연희가 다시 말했다.

"잘 들으세요. 우린 여기 꼼짝없이 갇혔고, 어떻게 될지 몰라요. 하지만 당신도 보통 사람은 아니니 이럴 때는 어떻게든 힘을 합쳐야 한다고 생각해요. 나중 일은 어떻든 간에 당장 떼죽음을 당하면 아무 소용없잖아요. 그렇죠?"

"맞는 말이오."

"그런데 아무리 상황이 급하다 해도, 아까 우리를 공격했는데도 불구하고 목숨까지 구해 줬는데 자신의 정체조차 전혀 밝히지 않는 사람과 서로 의지할 마음이 들까요? 그쪽은 다 알고 있는 모양인데, 이쪽은 아무것도 모르잖아요?"

연희가 조목조목 따지자 남자는 부끄러운 듯했으나 그래도 정체를 밝히지 않았다.

"그것만은 밝힐 수 없소. 그러나 어떻게든 여기서 빠져나갈 수 있다면 힘을 합하겠소. 맹세하겠소. 나는 칼 하겐이라는 사람이고, 이것이 내가 말해 줄 수 있는 전부요."

"하지만 하겐 씨, 당신은 왜 이 아이를 노렸던 거죠? 그걸 설명하지 않는 한 난 당신을 믿을 수 없어요."

할 수 없다는 듯이 하겐이 말했다.

"솔직하게 말하겠소. 나는 원래 저 아이에게는 관심이 없소."

"뭐라고요? 그럼 왜……?"

"내가 한국, 그것도 여기 온 목적은 무엇인가를 찾기 위해서요. 이현암이 가지고 있는 무엇인가가 내가 원하는 것일 뿐, 저 아이의 존재는 알지도 못했소."

"무엇인가라면……? 혹시 메소포타미아에서 나왔다는 점토판?"

"당신도 알고 있군. 당신은 아무래도 그들과 상당히 가까운 관계인 것 같은데?"

"잘 아는 사이라고 했잖아요. 그런데 점토판을 찾는 걸 보면 성당 기사단원이 분명한 것 같은데요?"

"아니오. 내가 어디의 사람인지 밝힐 수는 없지만 성당 기사단원은 아니오. 좌우간 나는 그들이 사는 곳을 방문했지만 그들을 만날 수 없었소. 한참을 기다려 보았지만 올 것 같지 않더군. 그렇다고 그들이 어디로 갔는지 내가 무슨 수로 찾는단 말이오? 그들을 만나지 못하면 나는 몹시 곤란해지고, 또 다른 일도 있기 때문에 마냥 기다릴 수도 없는 판이었소."

"점토판을 빼앗으러 온 것인가요?"

"아니오. 나는 그들과 이야기를 나누고, 가능하면 그것을 우리에게 넘겨 달라는 말을 하러 온 것이지, 싸우러 온 것은 아니오.

솔직히 나는 그들과 상대가 되지 못하니까."

"그들에 대해 잘 아는 모양이군요."

"동양의 옛 가르침에 이런 말이 있지 않소? 적을 알고 나를 알면 백 번 싸워서 백 번 다 이긴다는."

"백 번 다 이긴다는 게 아니고 백 번 싸워도 위태해지지 않는다는 거죠. 아무튼 좋아요. 계속해 보세요."

"그러다가 나는 문득 이런 이상한 느낌을 받았소. 여기, 서울에 이상한 분위기가 맴돌고 있었던 거요. 나는 그때 이런 생각을 했소. 그들은 이러한 영적인 이상한 현상을 퇴치하는 일을 주로 하니, 마침 서울에서 나타난 이런 현상을 놓칠 리 없을 것이다. 영적인 힘이 강하게 느껴지는 곳에 가면 그들을 만날 수 있을 것이라고 말이오."

남자의 말은 사실처럼 느껴졌지만 연희는 그래도 불안해 준호를 불렀다.

"준호야, 여기 이 남자가 아까 아지트에 갔던 게 확실하니?"

"예."

"거기서 뭐가 난폭한 짓은 하지 않았니? 안을 뒤진다거나."

"아뇨, 그러지는 않았어요. 그냥 한참 왔다 갔다 하면서 기다리다가 뭔가 깊이 생각을 하더니 이 병원으로 향한 거예요. 나는 수상해서 조용히 뒤를 따라오다가 병원 입구에서 신부님을 만나서 들어오게 된 거고요."

"그래, 알았다."

연희가 다시 남자에게 말했다.

"좋아요. 그런데 왜 다짜고짜 저 아이를 데려가려고 했죠?"

"내가 처음 병원에 들어올 때만 해도 이상한 기운이 그렇게까지 강하지 않았소. 그러나 병원에 들어오니 그 기운은 엄청나게 강해져 있었소. 나는 이 안에 있는 누군가가 영적인 힘을 사용하고 있는 것이라고 생각했소. 그 힘이 너무 강해졌다고 느끼고 보니, 이미 나갈 수 없을 정도가 돼 버린 거요. 나는 당황했소. 그래서 이건 일종의 함정이며, 저 검은 안개는 누군가가 불러낸 것이 틀림없다고 생각한 거요. 그러던 중 당신들을 만났는데, 당신들에게서는 영적인 기운이 강하게 느껴졌소. 특히 저 아이…… 저 아이는 그야말로……."

하겐이 수아를 보며 말하자 연희는 하겐의 말을 잘랐다.

"됐어요. 그러니까 당신은 우리가 저 검은 것을 불러냈다고 믿은 거군요?"

"그렇소, 나도 살아야 하니까. 처음에는 그런 짓을 하는 당신들을 모조리 혼내 줄 생각이었지만 당신을 보니 그럴 사람 같지는 않더군. 그래서 이 일은 당신들이 고의로 그런 것이 아니고, 저 아이의 잠재된 힘이 이런 상황을 만든 것 같다고 추측했소. 그래서 저 아이를 데려가려고 했던 거요."

"만약 그랬다면, 저 아이를 데려가서 어쩌려고 했는데요?"

연희의 말에 하겐은 얼굴을 조금 붉혔다.

"만약 저런 아이가 이런 큰일을 벌이는 거라면 그냥 두어선 안 된다고 생각했소."

"당신은 어떻게……."

"하지만 할 수 없소. 저 아이 때문에 수많은 사람이 다치게 된다면 어쩔 거요? 나는 그런 일을 당한 경험이 몇 번 있소."

"아무리 그래도 아이를…… 그러고도 죽어서 천당에 갈 것 같아요?"

그 말에 하겐은 슬픈 듯 중얼거렸다.

"이미 지옥 불에 탈 각오는 돼 있소. 그렇지 않았으면 이런 일에 뛰어들지도 않았지……."

연희는 하겐의 생각이 마음에 들지 않았다. 물론 하겐의 생각이 틀린 것이라고만 할 수 없는 것이, 지금의 세상은 하겐이 말하는 대로 돌아가고 있는 게 아닐까? 대를 위한 소의 희생. 그리고 그 희생을 치르기 위한 또 다른 희생. 죄로 죄를 덮은 악순환의 연속. 그 때문에 세상이 나락으로 빠져들고 있는 것은 아닐까?

연희는 잠시 생각하다가 조용히 말했다.

"그러나 그건 옳은 길이 아니에요. 현암 씨나 신부님이라면 그런 식으로 처리하지는 않을 겁니다."

"다른 방법이 어디 있겠소?"

"있어요, 항상! 우리가 이해하지 못해도 언제나 옳은 해결책은 존재하죠. 그러나 사람들은 그것을 찾지 못하고, 나름대로 생각해서 어서 끝내 버리려고만 해요. 많은 사람이 그렇게 믿고, 그렇게 행동한다고 그것이 옳은 것이 되는 건 아니에요."

"비현실적인 이야기일 뿐이오. 그런 방법을 찾을 수 없을 것이 분명하잖소. 그 전에 모두가 피해를 볼 텐데."

"아뇨. 그 사람들은 그런 방법을 찾아내고야 맙니다. 내가 그 사람들과 친한 이유는 그들에게 신기한 힘이 있어서가 아니에요. 그건……."

그러나 하겐은 엄숙한 표정으로 고개를 저었다.

"좋소. 그러나 여기서는 그만합시다. 지금은 논쟁을 벌일 때가 아니지 않소?"

그 말에 연희도 이야기를 멈추었다. 하겐은 곧 표정을 바로 잡으며 말했다.

"본론으로 돌아갑시다. 좌우간 이게 전부요. 나도 당신들에게 호되게 당했으니 벌을 받았다고 생각해 주시오. 이제 오해는 풀렸소?"

하겐이 거짓말하는 것 같지는 않았다.

"당신이 왜 그 점토판을 원하는지, 당신이 어디에 속한 사람인지는 밝힐 수 없나요?"

"나도 나름대로 사정이 있으니 몰아붙이지는 말아 주길 바라오."

더 몰아붙여도 하겐이 입을 열지 않을 것 같자 연희는 살짝 한숨을 쉬며 화제를 돌렸다.

"할 수 없군요. 그런데 무엇이 당신을 그렇게 다치게 했죠? 당신은 꽤 강한 것 같던데."

하겐은 연희를 잠시 바라보다가 대꾸했다.

"검은 안개…… 엑토플라즘의 일종인지, 염체의 일종인지는 모르지만 지독하더군."

"역시 그건 당신이 불러낸 것이 아니었군요."

남자는 조금 쑥스러운 듯 씩 웃어 보였다.

"당연히 내가 아니오. 아까까지 나는 당신들이 그것을 불러낸 줄 알았소."

"당연히 우리도 아니에요. 우리도 그것 때문에 갇힌 거라고요."

그러면서 문득 무슨 생각이 들어 연희는 불안해졌다.

"그런데…… 당신, 아까 위층에서 정신 나간 사람들에게 붙들렸죠?"

"그랬소."

"그렇다면 저 위의 사람들을 정신 나가게 만든 것은 누구죠, 하겐 씨?"

하겐은 미간을 찌푸리며 되물었다.

"당신들이 그런 것 아니오?"

"우리가 왜 그러겠어요!"

우리는 그럴 능력도 없다고 하려다가 연희는 재빨리 말을 바꾸었다. 아직 하겐을 완전히 믿을 수 없으니 자신들이 무능력하다고 공연히 실토할 필요는 없을 것 같아서였다. 물론 직접 겨뤄 본 하겐도 대강은 눈치챘겠지만.

하겐은 곰곰이 무엇인가 생각에 잠겼다.

"아무래도 우리 말고 다른 자도 와 있는 것 같은데."

"그러면 그자가 저 검은 안개를 불러낸 것 아닐까요?"

하겐은 고개를 저었다.

"모르겠소. 하지만 저 안개는 너무도 강력하오. 만약 염체나 에너지의 일종이라면 한 사람의 힘으로 만들어 내기에는 너무도 거대한 힘이오. 그렇다고 엑토플라즘으로 보기에는 너무나 대단히 특성이 다르고. 무슨 부유령의 집단 같은 느낌도 들었지만 꼭 집단이라고 보기에도 그렇고……."

말하다 말고 하겐은 몸서리가 쳐지는 듯 어깨를 부르르 떨었다. 그러나 연희는 하겐이 몸소 그 검은 안개를 겪어 보았고, 뭔가 집히는 것이 있는 것 같아 다시 물었다.

"그럼 저 검은 안개는 누가 불러낸 거죠? 그 정체는 뭐고요?"

"나도 모르오."

연희는 지치지 않고 집요하게 캐물었다.

"짐작 가는 것도 없나요?"

하겐은 아랫입술을 살짝 깨물면서 말했다.

"저것과 비슷한 것은 보지 못했소. 일종의 부유령과 비슷하다는 느낌이 들었지만 그런 것 같지도 않고."

"무슨 말이죠?"

"저 검은 안개의 모습이나 느낌을 놓고 볼 때는 부유령과 흡사하오. 그러나 그것도 말이 안 되는 소리요."

"왜 그렇죠?"

"부유령 하나가 저렇게 클 수 있겠소?"

"그러면 집단이 아닐까요? 하겐 씨도 아까 저것이 부유령의 집단이 아닐까 했잖아요?"

하겐은 고개를 저었다.

"부유령이 왜 부유령의 상태가 되는지 알고 있소? 강한 충격이나 사념의 장해를 받아서 그렇게 되는 거요. 그렇다면 부유령에는 그 영이 지닌 사념이 느껴져야 하는데, 저것은 그런 강한 사념이 느껴지지가 않소. 더군다나 저것이 집단이라고 한다면 각 부유령들의 사념이 모두 한데 엉켜 그야말로 머리가 깨질 듯한 느낌을 받게 되는 법인데, 그런 것이 전혀 느껴지지 않았단 거요. 텅 빈 것같이 말이오. 나도 도무지 이해가 가지 않소."

"만약 인간의 영이 아니라 동물령이나 정령이라면?"

하겐은 단호히 고개를 저었다.

"동물령이라도 사념의 정도는 더 심하면 심했지, 이렇게 약할리 없소. 그리고……."

하겐은 슬쩍 수아 쪽을 바라보면서 말을 이었다.

"정령이라면 저 꼬마에게 덤빌 이유가 없지 않소?"

하겐이 아직도 수아에 대한 미련을 버리지 못하는 것 같자 연희는 저절로 인상이 써졌다.

"아이를 노릴 건가요?"

"그건 아니오. 좌우간 그냥 그렇다는 것뿐이오. 좌우간."

하겐은 얼굴에서 웃음기를 거두며 다소 불안한 듯 사방을 찬찬히 둘러보았다.

"여기 피신한 것이 잘한 일 같지는 않소. 당장은 어쩔 수 없었는지 모르지만."

그러면서 하겐은 힘겹게 몸을 일으켰다. 연희가 하겐을 바라보자 하겐이 연희에게 말했다.

"가급적 빨리 여기서 나갑시다. 여긴 피하기 좋은 장소가 아니오."

그러나 밖으로 나가는 게 겁난 연희가 하겐에게 물었다.

"왜요?"

"뭔지는 몰라도 저것들은 어둡고 밀폐된 곳을 찾아다니는 것 같소. 언뜻 보기에 숨기 좋은 장소일 것 같아도 여기야말로 어둡고 밀폐된 장소가 아니오?"

"어떻게 알죠?"

하겐은 씁쓸하게 웃어 보이며 말했다. 인상은 좀 험상궂고 덩치는 큰 사람이었지만 미소를 지으니 아무리 보아도 악한 같지는 않다고 연희는 생각했다.

"아까 나도 그런 데 숨었기 때문에 아오. 덕분에 이 꼴이 됐지."

"하지만……."

하겐은 연희가 우물쭈물하면서 일어나려 하지 않자 말했다.

"힘을 합치자고 하지 않았소? 아까 당신들과도 겨뤄 봤지만 당신들이나 나나, 저것의 상대가 되지 못한단 말이오."

그러면서 하겐은 자신의 양손을 펴서 연희에게 보여 주었다. 처음에는 아무것도 없는 것 같았지만 연희가 조금 더 눈을 크게 뜨고 보니 거기에는 언뜻 보아서 잘 알 수 없을 정도로 아주 가늘고 촘촘히 새겨진 복잡한 문양이 있었다.

"내 왼손에는 정령을 물리치는 어둠의 부호가 새겨져 있고, 오른손에는 악령을 물리치는 빛의 부호가 있소. 지금껏 내가 이것으로 물리치지 못한 영은 없었소. 하지만 저것들은 이것조차 듣지 않는단 말이오. 당신들 각각이 뭔가 재주가 있는 것 같기는 하지만 저것들에게는 상대조차 되지 못할 거요."

생각해 보니 아까 연희의 오른손에 새겨진 준후의 부적의 힘과 충돌한 것은 남자의 왼손에 새겨진 어둠의 부호였던 모양이었다.

만약 준후가 연희의 왼손에 부적을 새겨 주었거나 남자가 왼손에 빛의 부적을 새겼다면 아까 남자를 쓰러뜨릴 수 없었을 것이다. 그랬다면 남자가 수아를 잡아갔을 것이고, 그렇다면 아까 남자가 당할 때 수아도 당했을지도……

"그것이 이 근처에 있기는 하지만 다행히 아직은 좀 멀리 있는 것 같소. 지금 여기서 나가지 않으면 늦을지도 모릅니다. 서두르시오!"

연희는 조금 멍한 상태에서 상념에 잠겼다가 하겐이 재촉하자 비로소 정신을 차렸다.

'아차, 내가 뭐 하는 거야. 그나저나 어쩌지? 이 남자를 믿어야 하나, 말아야 하나……'

연희는 곰곰이 생각하다가 결국 하겐을 잠시 믿어 보기로 마음먹었다. 아라와 준호와 수아는 알아듣지 못하는 독일어로 하겐과 연희가 이야기를 나누는 모습을 불안한 듯 바라보다가 연희가 하겐에게 고개를 끄덕이는 것을 보고는 궁금해졌다.

먼저 아라가 물었다.

"근데 언니? 저 사람…… 뭐라고 하는 거야?"

"우선 힘을 합해야지. 일단 밖으로 나가자는데."

그 말을 듣고 준호와 수아는 선선히 몸을 일으켰지만 아라는 펄쩍 뛰었다.

"언니 미쳤어? 밖이 훨씬……."

"저 사람 말에도 일리가 있는 것 같아. 나가는 게 나을 것 같아."

결국 하겐을 필두로 연희와 준호, 아라와 수아는 조심스럽게 밖으로 나섰다.

복도는 어둡고 텅 비어 있었다. 그들은 복도를 나서서 조심스럽게 정문 쪽으로 향했다. 기껏해야 조요경에서 나오는 빛이 전부여서 사오 미터 정도까지밖에 보이지 않는 형편이었다.

그렇게 조금 걸어가다 보니 저만치 쓰러져 있는 사람들이 어렴풋이 보였다. 아까와 같은 광경이라 연희 등은 모두 긴장했다. 그러나 하겐은 두려워하는 기색도 없이 조금 절뚝거리면서 걸어갔다.

"저 사람들……."

연희가 하겐에게 말하려 하자 하겐은 짧게 말했다.

"저들은 전부 죽었소. 시체일 뿐이오. 아이들이 못 보게 하시오."

그 말에 연희는 얼굴이 해쓱해졌다. 물론 아까처럼 이성을 잃고 덤비는 것보다 나을지는 몰라도 시체들이 즐비한 곳을 걷기는 싫었다. 죽은 사람들이 불쌍하기도 했고……. 시체 주변에 낭자한 핏자국과 붉은 덩어리 같은 것들이 눈에 들어와 연희는 자기도 모르게 걸음을 멈추었다. 연희가 걸음을 멈추자 아라가 물었다.

"뭐라 그러는 거야, 언니? 저 사람들 어떻게 해?"

"저 사람들…… 전부 죽었대. 수아가 못 보게 눈 가리고. 너희도 가급적 보지 마."

기겁한 아라는 수아가 보지 못하도록 꼭 껴안은 채 준호의 뒷덜미를 잡고 걸어갔다. 준호는 뭐라 가타부타 말하지 않고 여전히 고집스러워 보일 만큼 입을 꾹 다문 채 연희를 뒤따라 걸어갔다. 어둠 속이라 잘 보이진 않았지만 가까이 가서 보니 상황은 비참하고 끔찍하기 이를 데 없었다.

시체들은 그들이 조금 전까지 움직이던 사람들인가 싶을 정도로 엉망이 돼 널브러져 있었고, 아예 박살이 나서 흩어져 버린 시체도 있는 듯했다. 연희는 너무나 끔찍한 광경에 욕지기가 치밀었으나 간신히 참고는 아이들이 보지 않도록 다시 주의를 주었다.

그런데 하겐은 무표정한 얼굴로 시체들을 여기저기 뒤적거리면서 뭔가를 살피고 있었다.

"뭐 하는 거죠?"

연희가 금방이라도 토할 것 같은 기분을 억지로 참으며 하겐에게 묻자 그는 이상하다는 듯 중얼거렸다.

"이상하군……."

"뭐가 말이에요?"

"이 시체들을 좀 보시오. 뭔가 이상하다고 여겨지지 않소? 왜 남자들만……?"

그러고 보니 사방에 널브러져 있는 시체들은 남자뿐이었다. 연희는 이상해서 물었다.

"왜 남자들만 죽은 거죠? 간호사 같은 여자들도 있었는데……."

하겐은 고개를 저었다.

"남자들만 죽은 게 아니오. 여자들도 죽었는데, 여자들은 형체도 없이 찢겼소……."

"어…… 어떻게……."

"나는 아까 그것에 한 번 휩싸였소. 나는 주술적으로 충분히 보호했고 상당히 단련된 몸인데도 즉사할 뻔했소. 그 검은 것은 보통 사람이었다면 갈가리 찢긴다 해도 이상하지 않을 만큼 강한 힘을 가지고 있소……."

"그래도 설마……. 남자들의 시체가 그냥 남은 이유는 뭐죠?"

"나도 이해가 되지 않소. 남자들의 몸이 특별히 더 단단해서 그런 것 같지는 않은데. 여자들은 완전히 가루가 된 것 같군……. 맞소. 시체의 파편을 보니 여자들이 맞군그래."

그 말을 듣고 나자 사방에 흩어진 붉은 것들이 갑자기 확대돼 보이는 것 같았다. 연희는 더 이상 참지 못하고 욕지기를 했다. 하겐은 그런 연희에게 신경 쓰지 않고 계속 말했다.

"분명 이 사람들은 누군가의 조종을 받았소. 그런데 이 사람들의 상태로 봐서는 아까 그 검은 것에 당한 것 같은데. 그렇다면 이 사람들을 조종한 자도 그 검은 것에 대해서 모른다는 건가?"

하겐은 혼잣말처럼 이야기했으나 연희는 욕지기를 참으려 애쓰는 와중에도 그 말을 모두 들었다. 그러다 보니 정문 쪽에도 희미하게 눈에 들어오기 시작했다. 하겐은 복도 모퉁이에서 조심스럽게 정문 쪽을 들여다보고는 입을 열었다.

"그런데…… 보시오. 이상하군. 시체들이 문 쪽으로 일종의 원을 그리고 있지 않소?"

정문 부근에는 대여섯 구의 시체가 더 있었는데, 이 병원에 원래 사람이 그리 많지 않았던 것을 고려한다면 복도에서 죽은 사람 외에는 모두 정문에 모여서 죽은 것 같았다. 그리고 하겐의 말대로 그 시체들은 정문을 중심으로 일종의 원 같은 것을 구성하고 있다가 죽은 것 같았다.

그 광경을 보며 하겐이 다시 말했다.

"아무래도 사람들을 조종한 주술사도 그 검은 것을 무서워해서 자신이 조종하는 인간으로 일종의 벽을 친 것 같소. 그다음 빠져나간 건지도……. 그나저나 왜 이리 어둡지?"

하겐은 조심스럽게 정문 쪽으로 다가갔다. 그러다가 정문 밖이 간신히 보일 만한 자리에서 하겐은 우뚝 멈추어 섰다.

"오지 마시오!"

안 그래도 겁을 먹고 있던 연희는 그 말을 듣고 깜짝 놀라 그 자리에 멈추어 섰고, 준호도 멈추었다. 주변을 보기 싫어서 준호의 옷자락만 잡고 따라오던 아라는 준호의 등에 부딪치고 나서야 멈추어 섰다. 그 와중에도 아라는 눈을 뜨지 않았다.

"뭐죠?"

"우린 나갈 수 없소. 아아……."

"왜 그러는 거예요? 문이 잠겨 있나요?"

"아니오, 지금 문은 열려 있소. 그러나……."

하겐이 막 뭐라고 더 말하려는 순간 정문 쪽에서 검은 물결이 왈칵 밀어닥쳤다. 정문 유리가 박살 나자 하겐은 즉시 뒤돌아서 달리기 시작했다. 연희도 얼른 뒤돌아 달렸고, 준호와 아라도 달렸다. 그때야 눈을 뜬 아라는 주변의 시체들을 보고 입을 딱 벌렸으나 비명을 지를 틈도 없었다. 맨 뒤에 있던 아라와 준호가 이번에는 가장 앞서 달리고 있었다.

"어서!"

하겐이 뒤에서 소리쳤다. 언뜻 연희가 돌아보니 하겐은 뒤에 서서 양손을 허공에 휘저으며 무엇인가를 하고 있었다.

"어디로 가요?"

아라가 외치자 연희가 독일어로 소리쳤다. 그러자 하겐은 손가락을 튕겨서 빛 같은 것을 사방에 뿌리면서 외쳤다.

"할 수 없소! 아까 그 지하실로 돌아가시오!"

그때 막 검은 물결이 밀어닥쳤다. 그러나 하겐은 조금씩 뒷걸음질 치면서 주문을 외우고 있었다. 들이닥치던 검은 물결은 하겐이 쳐 놓은 일종의 주술 막에 걸려 잠시 지체하는 것 같았다. 그것을 보고 하겐도 죽을힘을 다해 연희를 뒤따라 달렸다. 달리 도망칠 곳이 없자 준호와 아라는 자연스레 지하실로 다시 뛰어들었고, 연희와 하겐도 그리로 향할 수밖에 없었다.

지하실로 하겐이 뛰어드는 순간 연희는 문 앞에 대기하고 있다가 재빨리 문을 닫았다. 문을 잠근 다음 다시 수아를 어르고 윽박지르다시피 해서 문을 보강한 연희와 하겐 등은 헉헉거리는 숨을 가다듬었다.

하겐은 몸 상태가 좋지 않아 연희보다 훨씬 더 힘겨워하는 것 같았다. 그러나 조금 숨을 가다듬자마자 하겐은 문밖의 동정을 살피더니 고개를 설레설레 저었다.

"얼마 버티지 못할 것 같소. 오 년 만에 처음 써먹는 강력한 주문인데도."

하겐은 쓸쓸히 웃어 보였다.

"도로 갇혀 버렸군. 아무래도 끝장인 것 같소."

그 말을 듣자 연희는 암담한 기분이 됐다. 아이들을 쳐다보자 더더욱 암담한 기분이 될 수밖에 없었다. 연희는 억지로 그런 기분을 떨쳐 버리려고 말을 꺼냈다.

"안 돼요. 뭔가 방법이 있을 거예요."

하겐이 말했다.

"아무리 전기가 나갔어도 주변이 왜 이리 어두운지 모르겠소? 저 빌어먹을 것이 이 건물을 온통 에워싸고 있소. 제길! 문을 잠근 건 저 검은 것이 한 짓이 아니오! 분명히 정령들이 한 걸 거요."

"정령들이? 어째서?"

연희가 이상해서 묻자 하겐은 화가 난 듯 씩씩거렸다.

"멍청한 것들이지! 바깥이 위험하니 제 딴에는 사람들…… 아니, 저 아이를 도우려고 한 걸 거요. 밖에 한 발짝만 디디면 금방 그 여자 꼴이 될 테니 말이오."

"그 여자라뇨?"

"하라치. 검은 지하드에서 온 하라치 말이오. 난 그 여자를 알고 있소. 상당한 주술사인데……."

하겐은 이제는 다 틀렸다 싶어서 몹시 화가 난 것으로 보였다. 연희도 각오하는 심정이 돼 있었다. 그러나 아이들 때문에라도 연희는 하겐을 진정시켜 보려고 부드럽게 말을 건넸다.

"흥분하지 말아요. 도대체 무슨 말을 하는 거죠? 하라치는 누구고, 아까 왜 문밖을 못 보게 했죠?"

하겐은 잠시 씩씩거리다가 연희의 얼굴을 유심히 살펴보고 아이들을 보더니 한숨을 한 번 깊이 내쉬었다.

"하라치는 검은 지하드의 여자 주술사요. 그녀도 이 병원에 왔던 모양이오."

"그녀가 대체 왜요?"

"난들 어떻게 알겠소? 하지만 아마도 그녀는 저 아이를 노리고 온 모양인데."

검은 지하드 소속의 인물이라면 그럴 수도 있다는 것을 연희는 알고 있는 터였다.

"그런데요?"

"이 병원에 있던 사람들을 조종한 것은 그 여자의 짓이 분명하오. 그 여자는 흑주술에 상당히 능한 편이오. 사람들 눈에 잘 띄는 편도 아니고 말이오. 하지만 저 검은 것의 상대는 못 되지. 아무도 상대가 되지 않을 거요. 그래서 아마 그 여자도 공포에 질렸겠지. 아까 당신들과 내가 싸운 것처럼 그 여자도 나름대로 강구책을 마련하려고 사람들을 조종하는 주술을 쓴 걸 거요. 그건 아무리 검은 지하드라도 함부로 쓸 수 없는 사악한 짓이거든."

"그랬나요?"

"좌우간 그녀도 도망칠 생각을 한 게 분명하오. 사람들을 방패막이로 어떻게든 빠져나가려 한 거겠지. 정문과 복도의 시체들이 그 증거요. 그래서 그녀는 일단 정문을 나서는 데 성공한 모양이지만……."

"그런데요?"

"그녀는 죽었소. 아주 토막토막 잘게 나누어져서 보기 좋게 진열돼 있더군. 정문 앞에서 말이오. 나도 시체를 여러 번 보았지만 절대 다시는 보고 싶지 않은 꼴이었소."

이미 끔찍한 광경을 여러 차례 본 연희였지만 그 말에는 소름이 돋았다.

"그럼 그건 누가 한 짓일까요?"

"그 빌어먹을 검은 것이 아니면 뭐겠소? 그건 뭔가를 꾸미고 있소! 오…… 신이여, 저렇게 엄청난 것이 어떻게 인간 세상에 돌아다니는 건지."

하겐은 다시 흥분했다. 연희도 불안해서 금방이라도 미쳐 버릴 것 같았다. 그때 떠오르는 생각이 있었다.

'신부님이나 현암 씨라면 어떻게 했을까? 이렇게 포기했을까? 아냐. 그렇지 않아. 침착…… 침착해야 해……. 그러면 뭘 하지? 내가 힘으로 할 수 있는 일은 없잖아……. 그러면…… 그러면 어떻게 해야 하지?'

연희는 필사적으로 머리를 굴려 보려고 애썼다. 일단 중요한 것은 박식해 보이는 하겐이나 검은 지하드의 주술사도 그 검은 것이 어떤 존재인지 정체조차 알지 못한다는 점이었다.

'그래. 일단 그게 뭔지 알아내야 해. 그리고 그게 왜 사람들을 해치고 날뛰는 것인지 알아야 조금이라도 희망이 있어.'

연희는 하겐에게 물었다.

"저 검은 것은 대체 뭘까요? 예? 일단 뭔지 알아야 대처할 길도 생길 수 있을 거 아니에요?"

하겐은 거의 외치다시피 말했다.

"나라고 그런 생각을 안 한 줄 아시오? 하지만 모르겠소! 사람인 것 같은데, 또 그런 것 같지도 않고. 또 수천, 수만…… 아니, 수십만인 것 같은데 의식은 하나뿐이고. 도대체 그런 것이 어떻게 생긴단 말이오?"

"잠깐만요. 그것은 여자들을 더 미워하지 않나요? 그게 무슨 단서는 안 될까요?"

"여자를 미워한다고 갈가리 찢어 버리고 해부하고 싶어 한단 말이오? 더군다나 저토록 끔찍한 악의와 적대감에 가득 찬 그런 존재가 어떻게 수십만씩 있을 수가 있소? 더구나 자신이 살해당한 정도의 원한이 아니라면 저 정도의 악의를 풍기지는 않소! 지옥문이 열린 게 아니고서야 그런 인간이 어떻게 저렇게 모일 수 있단 말이오? 조금 아까 다시 느낀 건데, 저건 분명 하나의 존재가 아니오! 수십만이 넘어 보이는 집합체 같단 말이오. 말도 안 되지!"

"왜 말도 안 되죠? 수십만의 집합체도 생길 수 있는 거 아닌가요?"

흥분 때문에 두 사람의 언성은 점점 높아지고 있었다.

"당신, 바보요? 저게 인간 영의 집합체라고 합시다. 여자를 미워하고 갈가리 찢고 싶어 하는 변태가 어떻게 수십만이나 있을 수 있소? 그리고 저게 인간이라면 어떻게 그 수십만의 의식이 똑같이 통일될 수 있단 말이오? 개성이 저렇게 없고, 아는 게 그토록 없는 영혼이 있을 수 있겠소?"

"그럼 인간이 아닌가 보죠!"

"인간이 아닌 존재가 어떻게 저렇게 강한 영력을 낸단 말이오? 모기나 개미 떼라면 수천억이 모여도 저렇게는 안 돼!"

"그럼 대체 뭐예요! 이것도 아니고, 저것도 아니라면……!"

"나도 모르오! 모르니 미치겠단 거 아니오!"

두 사람이 언성을 높이며 싸우다시피 하자 준호와 아라는 아까 검은 것이 덮쳤을 때보다 더 얼굴빛이 하얗게 질렸다. 더구나 그 대화조차 한마디도 알아들을 수 없는 독일어라 아이들은 더더욱 불안해했다.

결국 그 상황을 깬 것은 수아였다. 수아가 "으앙!" 하고 울음을 터뜨리자 연희는 제정신으로 돌아왔다.

"언니, 모야…… 싸우지 마앙……."

연희는 얼른 수아를 안고 다독거렸다.

"미안해. 미안…… 정말 미안해……. 언니가 잘못했어……."

그것을 보고 하겐도 부끄러운 듯 얼굴이 붉어졌다. 하겐은 묵묵히 서 있다가 연희에게 말했다.

"미안하오. 내가 못난 꼴을 보였군. 아이들에게도 미안하다고 해 주시오……."

하겐이 중얼중얼하자 연희도 더 참지 못하고 울음을 터뜨렸다. 아라도 덩달아 울음을 터뜨리고 말았다. 이에 연희는 억지로 눈물을 훔치고 준호와 아라를 보고 말했다.

"포기하지 마, 응? 절대 포기하면 안 돼. 알았니? 우리 같이 생각해 볼까?"

연희는 준호와 아라에게 하겐과 나눈 대화를 들려주고, 뭐, 감이 잡히는 게 없느냐고 물었다. 그러나 아라는 원래 그쪽에 무지한 편이었고, 준호도 잘 모르겠다고 고개를 저었다. 연희도 꼭 답을 구한다기보다는 아이들에게 무슨 생각이라도 하게 해서 무서움을 덜고 포기하지 않도록 말한 것이었다.

둘은 자못 심각하게 생각에 잠겼으나 감이 잡히는 것이 없었다. 아무것도 모를 수아까지 뭔가 생각하는 표정을 지어 보였다. 그 광경을 보면서 연희는 다시 눈시울이 뜨거워져 아무것도 아닌 것처럼 하겐에게 슬쩍 말했다.

"우리는 어떻게 되더라도 아이들은 구하도록 해 봐요, 예?"

그러자 하겐은 심각한 표정을 지었다.

"안 되오. 만에 하나 아이들은 포기하더라도 당신은 반드시 살아야만 하오. 알아들었소?"

"지금 무슨 소리를 하는 거죠? 제정신이에요?"

"분명 제정신이오."

"그런데 왜……?"

하겐은 더욱더 심각한 표정으로 말했다.

"잘 들으시오. 나는 이미 각오가 돼 있소. 나도 이래 봬도 남자고, 아이와 여자가 우선이라는 것도 잘 알고 있소. 굳이 따지면 아이들이 위겠지만 당신은 안 되오. 당신은 반드시 살아남아야만 하오."

"왜…… 어째서……?"

"그 이유는 말할 수 없소, 절대로. 좌우간 당신은 죽으면 안 되오. 절대로 말이오!"

"미쳤어요? 내가 무슨 대단한 존재라고. 아니, 설혹 내가 무슨 존재일지라도 아이들보다는……."

그때 문 저편에서 와글와글하는 소리가 들려왔다. 문 가까이에 있던 하겐이 크게 소리쳤다.

"조심!"

다음 순간 정령들의 힘으로 수호까지 한 두꺼운 철문이 갑자기 쾅 소리와 함께 깨져 활짝 열렸다. 철문의 커다란 파편이 날아와 하마터면 앞장서 있던 하겐이 맞을 뻔했으나 하겐은 간신히 그것을 피했다. 그러나 곧 틈도 주지 않고 시커먼 기운이 문을 통해 마구 밀려들었다. 하겐은 비명을 지르며 피하려 했으나 금세 그 기운에 휩싸여 보이지 않게 됐다.

"무서워!"

수아가 고함을 치자 연희 일행 앞으로 희뿌연 빛줄기 같은 것이 모여들었다. 그러자 무시무시한 기세로 들이닥치던 검은 물결 같은 것이 그 빛줄기 같은 반투명한 장벽에 충돌했다. 굉음과 함께 장벽이 밀려서 뒤로 쑤욱 늘어났고, 연희는 아이들을 몸으로 감싼 채 눈을 질끈 감아 버렸다.

벽과 천장이 충격을 이기지 못하는 듯 흔들리면서 돌가루 같은 것이 마구 떨어졌다. 연희가 공포에 질려 눈을 떠 보니 희뿌연 장벽이 연희에게 닿을 정도로 늘어나 있었지만 그래도 간신히 버티고는 있었다.

정령들이 결사적으로 수아를 보호하려는 것 같았다. 하시만 벽의 여기저기가 밀어붙이는 힘을 이겨 내지 못하고 터져서 구멍이 날 것으로 보였다.

갑자기 하겐의 몸이 그 투명한 벽에 퍽 소리와 함께 불쑥 들이밀어졌다. 연희는 코앞에 피투성이의 얼굴이 들이밀어지자 그만 까무러칠 듯 놀라 비명을 질렀다. 안 그래도 하겐은 만신창이가 된 상태였는데, 지금은 얼굴에 피가 나고 있어서 더더욱 보기가 끔찍했다. 아라와 수아도 비명을 질렀다.

수아가 동요하자 벽은 휘청하면서 금방이라도 터져 나갈 듯 출렁거렸다. 두 힘의 가운데에 낀 하겐은 튕겨 나가 저만치 쓰러져 버렸다. 아무래도 벽의 힘이 검은 기운을 이겨 내지 못하는지 벽의 한쪽 구석이 찢어지기 시작했다. 그것을 본 준호가 말했다.

"제기랄! 모르겠다! 이거나……!"

준호는 어쩔 줄 모르면서도 이를 악물고 그곳으로 오행술의 불길을 내쏘았다. 비록 위력적이진 않았지만 검은 물결은 주춤하면서 밀어붙이던 기세가 조금 둔해지는 것 같았다. 예상 밖의 일이었다. 연희가 재빨리 그것을 보고 외쳤다.

"불! 준호야, 불을!"

연희는 하겐이 저 검은 물결은 어둡고 밀폐된 곳을 좋아한다고 말했던 것이 기억났다. 그렇다면 그 반대되는 불을 싫어할 것은 당연한 이치였다.

"불? 그럼 화염진의 부적이 있어요!"

준호는 어리둥절하고 있다가 재빨리 소매에서 부적 뭉치들을 우르르 꺼냈다. 그중 일부는 준호가 만든 것이었지만 아직 준호는 부적을 자유자재로 만들 정도의 솜씨가 없었기 때문에 상당수는 준후에게 받은 것이었다. 그리고 그중에 화염진의 부적이 있다는 것이 기억난 것이다. 그러나 손이 떨려 부적을 찾는 데 시간이 걸렸다. 잠시 주춤하던 검은 물결이 또다시 밀려들어 벽의 한구석이 터져 나갈 것 같았다.

"엄마!"

아라가 있는 쪽의 벽이 터져 나가려 하자 아라는 깜짝 놀랐으나 이내 마음을 독하게 먹고 들고 있던 조요경을 그쪽으로 들이밀었다. 물론 조요경은 불을 내뿜는 물건이 아니었지만 최소한 빛이 나는 물건이기는 했다. 그러자 역시 그 부분의 검은 물결이 조금 주춤하면서 벽은 다시 스르르 메워졌다.

그때부터는 정신이 없었다. 연희는 오른손의 빛을 극도로 내서 벽 여기저기에서 벌어지는 구멍에 들이댔고, 아라도 조요경을 이리저리 휘둘렀다. 정말로 간신히 버티고 있었는데, 준호는 그때까지도 화염진의 부적을 찾지 못해 쩔쩔매고 있었다.

그때 연희 앞에 또 하나의 틈이 벌어지자 연희는 그곳을 향해 손을 내뻗었다. 그런데 그냥 들이댄 것이 아니라 조금 냉정을 잃고 지나치게 팔을 뻗은 모양이었다. 처음에는 몰랐지만 육중하게 밀어 내는 힘의 감촉이 느껴져 연희는 자신도 모르게 고개를 돌렸다. 그 순간 연희는 화들짝 놀라 얼른 손을 뗐다.

연희가 그쪽으로 눈을 돌린 순간 감당할 수 없을 정도로 엄청난 느낌이 손을 통해 연희의 마음으로 전달됐다. 라미드 우프닉스인 연희에게는 진실을 뚫어 볼 수 있는 심연의 눈이 있었기 때문에 하겐 같은 술사도 알지 못한 그 존재와 접촉하는 순간 그것의 속마음을 읽을 수 있었다. 그것은…….

'나를 미워하고 있어! 아니, 나만이 아니라…… 이건, 이건……!'

연희가 충격을 받고 잠시 멍해진 순간 검은 기운이 연희를 왈칵 무서운 힘으로 밀어 버렸다. 연희는 밀려 나면서 벽에 머리를 부딪쳤고 그 충격으로 기절해 버리고 말았다.

"언니!"

아라가 소리쳤으나 연희를 부축할 수는 없었다. 당장 급한지라 아라는 재빨리 그 구멍으로 조요경을 들이밀었다. 그러면서 아라는 꾸물거리는 준호에게 소리를 빽 질렀다.

"이 등신아! 뭐 해!"

준호는 온통 땀으로 범벅해서 부적들을 마구 파헤치다가 간신히 화염진의 부적을 찾아냈다. 그리고 너무 급한 나머지 연희와 아라에게 비키라는 소리도 하지 못한 채 눈을 감고 수인을 맺으면서 화염진의 부적을 사용했다. 벽 주변을 따라 무서운 불길이 확 일어나면서 사방으로 둥글게 번져 원을 그렸다.

아라는 미처 경고도 받지 못한 상태에서 불길이 번져 나오자 기겁하면서도 불길을 무릅쓰고 연희의 쓰러진 몸을 잡아끌었다. 간신히 피하기는 했지만 연희가 팔을 약간 데이고 아라의 머리가 조금 그슬렸다. 커다란 불길이 훨훨 솟구쳐 방 안이 환해지자 검은 물결은 움찔하면서 썰물처럼 뒤로 빠져나갔고, 그와 더불어 반투명한 빛의 벽도 사라져 버렸다.

준호는 화염진의 부적을 쥔 순간부터 그때까지 숨도 쉬지 못하고 있다가 비로소 숨을 내쉬었다. 그런 준호의 뒤통수를 아라가 딱 소리가 나게 후려갈겼다.

"이 밥통이! 누굴 태워 죽일 작정이야?"

물론 자신이 실수하기는 했지만 그래도 맞은 것이 좀 분해서 준호는 아라를 돌아보았다. 아라의 얼굴은 정말로 화가 난 것 같은 표정이 아니었고, 또 다행히 위기를 막 벗어난 참이라 준호는 혼자 꿍얼거리면서 불만을 애써 삼켰다.

그때까지도 연희가 깨어나지 못하자 준호와 아라는 덜덜 떠는 수아를 사이에 두고 둥근 불길 가운데 앉아 불안하게 연희와 부서진 문만 번갈아 바라보았다.

수아는 칭얼거리면서 연희를 흔들어 대고 있었으나 연희는 얼굴이 창백해져 축 늘어진 채 눈을 뜰 줄 몰랐다. 불길로 된 원 가운데 앉아 있으려니 계단 위쪽의 문 말고 다른 것은 하나도 보이지 않았다. 불길을 보면서 떨고 있던 아라가 준호에게 물었다.

"이거…… 오래 가?"

준호는 말이 잘 안 나오는 듯 헛기침을 몇 번 한 뒤 침을 삼키고 말했다.

"별로……."

"얼마나 버티는 거야?"

"몇 분 정도나 갈까. 워낙 큰 술수라서."

"또 없어?"

"귀한 거야. 하나뿐인데……."

"그럼 다른 건? 불 나오는 거 뭐 다른 거 없어?"

"부적은 없어."

"그럼 주술은 뭐 없어?"

"아까 봤잖아. 오행술밖엔……. 난 아직 워낙 약해서."

아라가 준호를 원망스러운 눈빛으로 노려보며 말했다.

"약한 게 자랑이냐? 준후 오빠라면……."

준호는 화가 나는 듯 언성을 높였다.

"내가 사부보다 약한 건 당연하잖아! 그러니······."

그러다가 준호는 말끝을 누그러뜨렸다.

"······좌우간 어떻게든 해 봐야지. 안 그러면 아까 그 남자처럼 죽을 거야."

피투성이가 됐던 하겐의 얼굴이 떠올라 아라는 몸서리를 쳤다. 당장은 불길 덕분에 무사할 수 있지만 그다음은 어떻게 해야 할까? 연희까지 기절해 버린 상태에서 막막하기만 했다. 아이치고는 상당히 담담하게 지금까지 잘 버티던 수아도 연희가 기절하고 나자 징징거리면서 눈물을 뚝뚝 떨어뜨리고 있었다.

"어떡해. 언니 죽으면 어떡해······."

수아가 울자 아라도 눈물이 글썽글썽해져 수아를 끌어안았다. 그것을 보던 준호는 입술을 깨물면서 생각에 잠겨 있다가 이윽고 뭔가 결심한 듯 아라에게 말했다.

"아무래도 안 되겠어. 여기서 나가자."

"뭐?"

"이 불길은 오래 못 가. 이것만 꺼지면 아까 같은 일이 또 벌어질 거야. 그러면 그때는 정말 어떻게 할 수도 없잖아."

"그러면? 언니도 기절했는데 언니를 업고 뛰어서 도망이라도 다니리?"

"아까는 우리가 문만 생각해서 그랬는데, 꼭 문으로만 나가란 법은 없어. 정 안 되면 뛰어내리기라도 해야지."

그러자 아라는 준호가 멍청하다고 생각해 악을 썼다.

"문이 그냥 잠긴 게 아니잖아! 저것이 문도 안 열리게 어떻게 힘을 쓴 게 분명하다고! 창문은 열릴 것 같아?"

그러나 준호는 고개를 저었다.

"아니, 한 군데 있을지도 몰라. 아까 그게 문 부수고 들어온 거 봤지? 그러면 그게 들어올 때도 창문을 열고 들어오진 않았을 거 아냐. 저게 부수고 들어온 창문을 찾으면 되는 거야!"

그럴듯한 소리였지만 아라는 곧 고개를 저었다.

"저건 내 방 창문으로 들어왔어. 거긴 오 층이라고. 거기서 뛰어내리면 성할 것 같아?"

"오 층 정도라면 잘 뛰어내리면 죽지는 않아!"

아라는 기가 막힌 듯 준호를 바라보면서 말했다.

"너는 그럴지 몰라도 이 애는 어떻게? 집어 던지니? 기절한 연희 언니는 어떻게 하고? 오 층에서 집어 던질 거야?"

준호의 말문이 막히자 아라는 홧김에 준호에게 마구 퍼부어 댔다. 혀 수술을 한 것도 개의치 않았다. 입원하고 난 뒤 처음으로 마음껏 지껄여 대는 것 같아 시원하다는 느낌까지 들었다.

"넌 도대체 머리가 있는 거야? 두개골 속에 뼈만 꽉 찬 거 아냐? 넌 정말 모자라도 너무 모자라. 준후 오빠가 어쩌다 너 같은 걸 그냥 두는지 몰라. 도대체……."

아라가 마구 욕을 해 댔으나 준호는 시무룩한 얼굴로 입을 꾹 다문 채 조개껍질처럼 버티고만 있었다. 그러자 아라도 조금 미안해져서 하던 욕을 멈추고 말했다.

"어쨌든…… 흠. 미안. 신경이 좀 날카로워져서."

준호가 불쑥 물었다.

"너, 우리 사부 좋아하지?"

느닷없는 말이라 아라는 말문이 탁 막혀 버렸다.

"무, 무슨 소리야? 난데없이……."

"말끝마다 사부를 들먹이는데…… 뭐, 네 자유 의지이기는 하지만 언감생심, 생각하지 않는 게 좋을 거야. 물론 여기서 살아 나간 다음의 얘기이기는 하지만."

"뭐? 이게 별소리를 다 해? 네가 뭘 안다고 나불거리냐? 응?"

준호는 아라를 외면한 채 계속 말했다.

"사부는 그런 생각 조금도 없어. 나는 알아……."

"너 지금 나한테 욕먹었다고 복수하는 거야? 왜 악담해? 응?"

아라가 대들자 준호는 입을 다물었다. 그렇게 침묵이 흐르고 나자 준호는 중얼거렸다.

"어떻게 여기서 빠져나가지?"

"네가 알아서 해! 그 잘난 사부에게 배운 게 정말 없어?"

"모르겠어……. 아무것도 생각나지 않아……. 무섭고……."

"정말 웃기네! 강아지처럼 사부, 사부 하고 졸졸 따라다니더니, 막상 일이 닥치니 꼼짝도 못 하는 거야? 넌 이것밖에 안 돼?"

준호가 얼굴이 붉어지면서 시무룩한 표정이 되자 아라는 계속 준호를 닦달했다.

"우리 꼴을 좀 봐. 지금 꼼짝도 못 하고 있는 이 꼴이란! 너희 사부는 지금까지 이런 일을 수도 없이 이겨 왔는데…… 넌, 넌 뭐야!"

"나도 방법을 찾아보려고 애쓰고 있다고! 하지만!"

"애만 쓰면 뭐 해! 이 등신아!"

"너는 뭐가 나아서!"

준호가 더 참지 못하고 대들자 아라는 창피하기도 하고, 분하기도 해서 눈꼬리를 치켜떴다. 그때 아라의 품에 있던 수아가 입을 여는 바람에 둘의 대화는 끊겨 버렸다.

"언니…… 저쪽에 아저씨 소리."

"응? 누구?"

아닌 게 아니라 저쪽에서 신음이 들려오고 있었다. 아라는 무서워서 깜짝 놀랐다. 준호는 그 소리를 듣더니 아라에게 말했다.

"아까 그 외국 남자인 것 같아. 숙지 않았나 봐."

준호가 일어나자 아라는 놀라서 소리쳤다.

"어떻게 하려고?"

"밖에 두면 죽을 거야. 이리로 데려와야지."

"불을 끄려고?"

"일부분만 끄는 방법도 있어. 죽게 그냥 둘 순 없잖아."

준호는 뭐라고 중얼중얼 수인을 짚고 진언을 외웠다. 그러자 불로 된 고리의 한 귀퉁이가 꺼졌고, 준호는 그리로 나아가 쓰러진 채 신음하는 하겐을 끌고 왔다. 아라는 하겐이 무서웠지만 그렇다고 눈앞에서 사람이 죽게 놔두는 것도 못 할 일이라 더 이상 아무

종말의 서곡 101

말도 하지 않았다.

하겐은 거의 죽어 가고 있는 듯이 보였다. 아까 엄청난 기운 사이에 휩싸였기 때문에 여기저기 셀 수도 없을 정도로 많은 상처를 입은 것 같았다.

그러는 사이 머리를 부딪친 연희가 신음을 내면서 몸을 조금 움직였다. 아라는 "언니, 언니" 하고 불렀으나 연희는 눈조차 뜨지 못했다. 가벼운 뇌진탕을 일으킨 것 같았다. 연희는 뭐라고 자꾸 말하려고 했다. 아라가 급히 연희의 입에 귀를 갖다 댔는데, 그러자마자 연희는 다시 아득하게 정신을 잃어버렸다.

"뭐지? 방금 연희 누나가 뭐라고 했어?"

준호가 묻자 아라는 울먹이며 말했다.

"아기들한테 잘해 주라는 것 같아. 아마 나하고 저 아저씰 착각했나 봐. 불쌍한 언니……."

그때 다시 바깥에서 술렁거리는 소리가 들려오는 것 같았다. 준호는 깜짝 놀라 자리에서 일어섰다. 아라도 기겁하며 수아를 꼭 끌어안고 쓰러져 있는 연희에게 매달렸다. 아까보다 더 무서웠다.

"아이구……! 어떡해!"

아라가 발을 구르자 준호가 주변을 둘러보더니 한쪽 구석으로 달려갔다. 그곳에는 약품을 담은 듯한 빈 상자들이 쌓여 있었다. 준호는 그것들을 마구 끌고 와 계단 쪽에 쌓았다. 화염진의 부적도 다 써 버렸으니 직접 불을 지르는 것밖에는 방법이 없을 듯했다.

"불! 성냥이나 라이터 없어?"

준호가 외치자 아라는 답답해서 다시 발을 굴렀다.

"밥통아! 불이 어딨어! 있으면 아까 꺼냈지!"

그러다가 아라는 좋은 생각을 해냈다.

"오행술은 뒀다가 뭐 해!"

그러자 준호는 "아!" 하고 말하면서 급히 수인을 맺었다. 그사이에도 바깥에서 술렁거리는 소리는 점점 더 커졌다. 금방이라도 깨진 문을 통해 들이닥칠 것 같았다. 마침내 준호가 수인을 맺으면서 손가락을 튕기자 조그마한 불줄기 하나가 상자 쪽으로 뻗어 나갔다.

"야호! 너 정말······."

아라가 환호성을 질렀다. 환상적인 준후의 술수와 비교해 준호의 주술을 탐탁지 않게 보던 아라의 눈에도 지금 이 작은 불줄기는 성날 삼봉석이었다. 그러나 불줄기는 상자에 옮겨 붙지 않고 금방 꺼졌다. 지하실에 쌓여 있던 상자라 습기가 차 있었기 때문이다. 아라는 대뜸 짜증이 났다.

"······밥통! 어서······!"

아라는 외치면서 급히 상자 더미로 달려들어 두꺼운 판지 조각에서 껍질을 벗겨 냈다. 그러는 사이 복도와 계단이 우릉우릉 흔들리면서 검은 물결이 코앞까지 다가온 것이 느껴졌다. 아라는 미친 듯이 종이를 찢으며 비명을 질렀다.

"어서!"

다음 순간 준호가 뿜어낸 불줄기는 아라의 손에 들린 종잇조각에 멋지게 옮겨 붙었다. 곧 박스 더미에도 불이 붙어 활활 타오르기 시작했다. 불길이 일어나자 다가오던 검은 기운은 불길의 빛을 피해 다른 곳으로 가 버리는 듯, 소리가 점점 멀어지는 것이 느껴졌다.

"됐다!"

아라는 기뻤으나 준호는 박스 더미가 얼마 가지 못한다는 것을 잘 알고 있었다. 상자는 상당히 많았지만 상자를 태우자 지하실에 연기가 차올랐기 때문이다. 공기가 잘 순환되지 않는 곳이라 지하실은 금방 매캐한 냄새로 가득 찼다.

아라는 수아를 안고 불 뒤에서 발만 동동 굴렸다. 그사이 준호는 입술을 깨물고 뭔가를 생각하더니 갑자기 쓰러져 있던 하겐에게로 달려갔다.

"아…… 왓…… 왓 위 머스트(What We Must)……!"

준호는 혀가 돌아가지도 않는 영어로 하겐에게 자초지종을 설명하려는 것 같았다. 일단 조금이라도 시간을 벌었으니 다소 박식해 보이는 하겐에게 도움을 청하려는 것이었다. 그러나 하겐은 준호가 뚱딴지같은 소리를 하자 의아해하는 표정만 지을 뿐, 무슨 말을 하는지 알아듣지 못하는 것 같았다.

"아이구! 답답해!"

아라도 답답한 나머지 되지도 않는 단어, 맞지도 않는 단어를 소리소리 지르면서 끼어들었다. 손짓발짓이 다 나오고 온갖 흉내를 다 내 가면서 둘은 필사적으로 하겐에게 저것들이 불을 두려워한다는 것을 알려 주려고 난리를 쳤다.

연기와 불똥이 가득한 지하실에서 콜록거리면서 두 아이가 쇼에 가까운 동작을 해 대는 것은 남이 보면 웃을 일이었지만 그들에게는 심각하기 이를 데 없는 상황이었다. 한참 지나자 하겐은 비로소 알아들은 듯이 보였다.

"오우 마인 고트(Oh Mein Gott)……."

"알아들었나요? 두 유…… 두 유 언더스탠드(Do You Understand)? 그럼…… 그다음 어떻게 해야지?"

"방법이 없냐고 물어봐!"

"방법…… 하우 매서드(How So Method)……. 아이고, 모르겠어!"

"그럼 어떻게 해야 하냐고 해 봐! 얼른!"

"뭐라고…… 뭐라고 해야 하지?"

"나도 몰라! 네가 나보다 더 배웠잖아!"

"왓…… 왓 위 아 두잉 나우(What We Are Doing Now)……?"

준호가 간신히 묻자 하겐은 한숨을 쉬면서 이렇게 말했다—말했다기보다는 준호는 이렇게 알아들었다—.

"방법은…… 모르겠지만…… 저것이 불을 싫어한다면…… 나갈 수도 있을 것이다……."

'맞아! 횃불이라도 만들어 들고 휘저으면 나갈 수 있을지도 모르겠다! 왜 그 생각을 미처 못 했지?'

준호가 내심 쾌재를 부르는데 하겐은 연희를 가리키며 다시 말했다—그 말을 준호는 이렇게 알아들었다—.

"그러나 이 사람은 몹시 중요하다. 죽어서는 안 된다. 너는 남자니까…… 무슨 일이 있든 이 여자를 지켜 주어라. 세상의 흥망성쇠와도 관련이 있다. 도움이 될지는 모르지만…… 너에게 내 모든 힘을 주겠다…….."

"하지만 밖에 나간다고 해도 그게 쫓아온다면 어떻게……?"

"나도 모른다."

"저걸 물리칠 방법은 없나요?"

"모르겠다…… 없는 것 같다……."

"방법이…… 없다고요?"

준호가 자기도 모르게 외치자 아라도 외쳤다.

"뭐? 그럼 끝장이란 말이야?"

아라의 얼굴이 백지장처럼 질리는 것을 보고 준호는 급히 고개를 저었다.

"아냐…… 아냐……. 일단은 불을 이용해 밖으로 나갈 순 있을 거야. 그러면 어떻게든……."

그때 하겐이 갑자기 준호의 손목을 무서운 힘으로 꽉 움켜쥐었다. 준호는 놀라서 손을 빼려 했으나 이미 다 죽어 가는 하겐이 어디에서 그런 힘이 나오는지 준호의 손을 꽉 쥐더니 자신의 손바닥을 갖다 댔다. 따끔따끔하고 화끈한 느낌이 손바닥에 전해지자 준호는 깜짝 놀랐으나 여전히 손을 뺄 수가 없었다.

잠시 후 하겐은 준호의 손을 놓아주었고, 준호는 손바닥이 얼얼한 느낌에 영문도 모른 채 멀뚱히 하겐의 얼굴만 바라보았다. 아라도 도대체 뭐가 어떻게 돌아가는지 몰라서 그 광경을 보고만 있었다.

하겐은 다시 힘없이 손을 뻗어 준호의 다른 손목을 잡고 한 번 더 그런 행동을 되풀이했다. 그러자 이번에는 차갑고 저릿저릿한 느낌이 준호의 손에 전해졌다.

그리고 나자 하겐은 무척이나 힘들었던 듯, 푸욱 한숨을 내쉬고는 뭐라고 독일어로 말했으나 준호는 한마디도 알아들을 수 없었다. 준호는 무의식적으로 하겐의 기운이 거의 빠져나감을 느낄 수 있었다.

"이 사람…… 죽으려나 봐……. 근데 나한테 뭘 한 거지?"

준호가 멍하니 말하자 아라는 측은한 듯 잠시 하겐을 바라보았지만 곧 주위를 둘러보며 울상을 지었다.

"큰일이야. 물이 꺼져 가……."

그러는 와중에 하겐은 자꾸 손을 저으면서 준호에게 연희를 데리고 가라고 말했다. 그러면서도 자신은 괜찮다는 듯 연달아 손을 저었다. 준호는 좀 측은하기는 했지만 하겐의 당부가 워낙 엄숙하게 여겨져 연희를 둘러업었다.

연희의 체중이 그렇게 많이 나가는 편은 아니었지만 키가 커서 준호는 거동이 무척이나 불편했다. 여기에 더해 준호는 가질 수 있는 최대한의 박스 종이를 왼팔 겨드랑이에 끼워 넣고, 오른손으로는 불붙은 종이를 들었다. 아라도 수아를 안은 채 종이를 들 수 있는 데까지 들었지만 한 팔로는 많은 종이를 들 수 없었다. 그러

종말의 서곡

자 수아가 말했다.

"나도 지고 갈게. 나도 뛸 수 있어."

"안 돼. 수아야, 위험해!"

"아냐, 아냐. 괜찮아, 나도 할 수 있어. 나도 도울게."

수아가 조그마한 손으로 종이를 쥐자 아라는 차라리 이게 더 나을지도 모른다고 생각하며 바지의 벨트를 풀어 수아에게 한쪽 끝을 꼭 잡고 따라오라고 말했다. 그리고 자신도 오른손으로 불붙은 큰 박스 종이를 하나 들고, 왼팔로 종이를 들 수 있는 데까지 들었다.

준호는 연희를 업고 있었기 때문에 아라보다 종이를 훨씬 적게 들 수밖에 없었다. 준호는 안되는 영어로 하겐에게도 같이 가자고 말했지만 하겐은 완전히 탈진한 듯 말이 없었다. 손에 든 종이가 타들어 가자 아라가 재촉했다.

"안 갈 거야?"

"그럼…… 이 사람은 놓고 가야 하나?"

"할 수 없잖아. 너무 커서 지고 갈 수도 없어……. 여기 그냥 있으면 전멸인데."

"하지만……."

"언니 업고 갈 수 있겠어?"

"여차하면 뛸 수도 있으니 염려 마."

아라도 종이 짐을 들쳐 안고 몸을 일으켰다. 하겐은 쓰러진 주제에 미소까지 억지로 지어 보이며 어서 가라고 그들을 자꾸 재촉했다. 그것이 멀리 간 것 같으니 이 기회를 놓치지 말라고 말하면서 말이다.

걸음이 좀체 떨어지지 않았으나 결국 준호와 아라는 조심스럽게 지하실을 나섰다. 아라는 다리가 후들후들 떨렸지만 억지로 참고 앞장섰다. 손이 자유로운 자신이 나서지 않으면 안 되기 때문이었다.

"여차하면 종이에 불을 붙여 뛰면서 하나씩 던지자."

이렇게 말하고 아라는 조금씩 걸음을 옮겼다. 몇 걸음 걷자 아라는 달리다시피 점점 걸음이 빨라졌다. 그러나 아라의 마음은 점점 무거워졌다. 이래야 하는 걸까? 이래도 되는 걸까?

천행으로 정문 부근까지 왔는데도 검은 기운은 기척조차 없었다.

'정말 운이 좋은가 봐. 그런데……'

아라는 짓눌러 오는 마음을 이기지 못해 자신도 모르게 문득 걸음을 멈추고 뒤돌아보니 준호는 저만치 뒤에 이미 멈춰 서 있었다. 아라는 뒤를 돌아보고 준호와 눈이 마주치자 힘없이 씩 웃었다. 수아는 입을 다물고 뒤에 서 있었지만 수아도 무언으로 같은 생각을 하는 것이 분명했다.

"저 아저씨도 데리고 가자. 안 그러면…… 매일 꿈에 나올 것 같아."

아라가 멋쩍은 듯 말을 꺼내자 준호도 기다렸다는 듯 웃으며 고개를 끄덕여 보였다.

"네가 연희 누나 업을 수 있어?"

"죽기 살기로 업어야지, 뭐."

맨날 아웅다웅하던 둘은 처음으로 무언중에 의견의 일치를 본 셈이었다.

"알았어. 넌 여기서 기다려."

준호는 연희를 복도에 살짝 내려놓고 지하실로 달려갔다. 물론 하겐을 데리러 가기 위해서였다. 아라는 불안하게 주변을 둘러보았다. 준호가 안 보인다는 것이 이렇게까지 마음이 무거울 줄은 정말 몰랐다. 몇 초 지나지 않았는데도 벌써 몇 년이 지난 것 같았다. 그사이 손에 든 종이가 다 타들어 가 얼른 다른 종이로 옮겨 붙이는데, 저만치 뭔가가 보였다. 언뜻 보니 바로 환자를 옮길 때 쓰는 바퀴 달린 침대였다.

"맞아! 이거야, 이거!"

아라가 뛸 듯이 기뻐하면서 무서운 것조차 잊고 날듯이 달려서 침대를 끌어오자 준호도 숨이 턱에 닿아서 올라와 있었다. 하겐은 덩치가 크고 무거웠기 때문에 끌어오기가 힘들었던 것이다. 준호도 아라가 끌어온 바퀴 달린 침대를 보고 좋은 생각을 했다며 기뻐했다. 그러나 아라는 또 불길한 생각이 들었다.

"근데 왜 이리 조용하지?"

"글쎄. 안이 문제가 아니라 밖이 문제야. 잘못하면……."

준호는 차마 조각조각 날 거라는 말까지 하지는 못했다. 아라도 생략된 말이 무엇인지 잘 알고 있었다. 연희와 하겐을 침대에 싣고 수아까지 태운 다음 종이를 조금 더 실었다.

아라는 앞에서 양손에 불을 들고 준호는 침대를 밀면서 앞으로 나가기 시작했다. 정문까지는 아무런 저항이 없이 왔지만 정문 밖은 먹장같이 깜깜하기만 했다.

준호는 잠시 침대를 멈추고 앞에 있는 아라에게 물었다.

"각오했어?"

그 말에 아라는 침을 꿀꺽 삼켰다.

"응! 수아야. 우리 나간다. 너는 눈 꽉 감아. 알았지?"

"알았어."

다음 순간 두 사람은 같이 침대를 힘껏 밀었다. 수아가 앞에 타고 있었기 때문인지, 정령들의 힘이 풀려서인지 정문은 별 저항 없이 스르르 밀렸다. 그 순간 준호와 아라는 있는 힘을 다해 손에 든 종이 횃불을 사방으로 위협하듯 휘둘러 댔다. 그러나 한참을 밀고 간 것 같은데도 어둠은 없어지지 않았다.

그 순간 준호가 고함을 질렀다.

"이게…… 이게 전부 다!"

바깥이 단순한 어둠 속일 것이라고는 생각지 않았지만 바깥의 공간 전부가 검은 물결로 가득 차 있을 줄은 미처 몰랐다. 아니, 그들은 바깥으로 나간 것이 아니라 검은 물결 한가운데로 들어가 버린 것이었다. 그리고 그 캄캄함 속에서 무엇인가에 걸려 바퀴 달린 침대는 옆으로 쓰러져 버리고 말았다.

재현

 준호와 아라는 미친 듯이 종이 횃불을 휘저으며 검은 물결이 가까이 다가오지 못하게 막아 냈다. 처음에는 가급적 그냥 돌파할 생각이었지만 이렇게 된 이상 연희와 하겐, 그리고 수아까지 버려두고 마냥 달아날 수는 없었다. 아니, 그런 생각까지 할 겨를조차 없었다.

 다행히 검은 물결은 불을 두려워해서인지 아까처럼 무시무시한 힘으로 밀고 들어오지는 않았다. 만약 그랬다면 일 초도 버티지 못했을 것이다. 팔이 떨어질 것처럼 아팠지만 잠시도 멈출 수 없었다.

 검은 물결은 사방을 가득 메우고 있었다. 발 딛고 선 땅을 제외하고는 모든 곳이 음산하게 움직이는 검은 물결로 가득 차 있었다. 그것들은 마치 준호와 아라를 희롱하듯 수없이 많은 얼굴로 나타났다가 날카로운 가시 같은 것이 잔뜩 돋은 거대한 손이나 가위, 칼 같은 모양으로 사방에서 찌르고 들어오려 했다.

 종이가 다 타들어 가면 불을 옮겨 붙여야 했는데, 그때마다 사방에서 검은 물결이 가늘게 찌르고 들어와 두 사람의 몸에는 여기저기 상처가 났다. 그리고 주변에는 정체를 알 수 없는 웅성거림과 고함, 울음소리 같은 것들이 가득 차 귀가 먹먹할 지경이었다.

 "저리 가! 저리 가! 이러지 마!"

 아라는 미친 듯 소리를 지르며 불을 휘둘러 댔다. 준호는 소리를 지르진 않았지만 아라보다 더 분주하게 불을 휘둘러 대고 있었다. 수아는 불안한 듯 눈물을 글썽거리면서 종이 뭉치를 안고 넘어져 있었는데, 일어나기에 앞서 종이를 부지런히 아라에게 넘겨주고 있었다. 그러나 정말로 순식간에 종이 뭉치는 줄어들었다.

급기야 아라는 더 이상 버티지 못하고 종이들을 사방에 마구 던졌다. 불붙은 종이가 날아간 한쪽 공간은 조금 비어 갔으나 아라는 순식간에 빈손이 됐다. 그러자 그것들은 장난치듯 아라를 마구 치고 지나가 아라는 삽시간에 여기저기 상처를 입고 넘어져 버렸다.

주위는 알 수 없는 소음으로 가득 차 견딜 수 없을 지경이었다. 그러나 그것들은 치명타를 가하지 않고 아라를 가지고 놀듯 툭툭 치면서 몸을 이리저리 빙빙 돌렸다. 아라는 무서움도 잊을 정도로 화가 났다.

"좋아! 맘대로 해! 죽여! 죽여!"

아라는 독에 받쳐 소리를 질렀다. 그때쯤 준호가 가진 종이도 떨어졌다. 준호는 눈을 감고 앞으로 한 걸음 나서면서 크게 외쳤다.

"이 사람들은 건드리지 마! 나만 죽여!"

아라와 준호, 둘 다 마지막 순간이 왔다고 체념했다. 그때 수아가 째지는 목소리로 소리를 질렀다.

"저리 가! 다들 가! 미워! 다들 가!"

그 순간 놀랍게도 갑자기 주변의 검은 물결이 휙 뒤로 물러나면서 그들을 중심으로 반구형의 공간이 생겨났다. 그때 그 속을 뚫고 지나가는 기이한 소리가 있었다.

아라와 준호는 둘 다 이젠 죽었구나, 생각하고 눈을 감고 있었는데 그 소리를 듣고 둘은 눈을 번쩍 떴다.

"이게…… 무슨 소리지?"

준호가 중얼거리자 아라가 멍하니 말했다.

"울음소리야……."

그냥 울음소리가 아니었다. 그것은 아기 울음소리였다. 그런데 한두 명이 아닌, 수없이 많은 아기가 울어 대는 합창 같은 소리였다. 그리고 보통의 울음소리보다 훨씬 더 격렬하고 처절한, 듣기 어려운 울림이 그 안에 배어 있었다.

준호와 아라는 주변을 둘러보았다. 그들의 주변은 수없이 많은 작은 구멍들로 가득 차 있었다. 그 작은 구멍들은 모두 움찔거리며 소리를 지르고 있었다.

"이…… 이게 뭐야……."

그때 수아가 다시 외쳤다.

"너희도 나빠! 정말 나빠!"

"수…… 수아야……."

아라는 도대체 영문을 알 수 없었다. 지금 상황이 어떻게 돌아가는 것이며, 수아는 누구와 이야기하고 있는 것일까?

"누구에게…… 말하는 거니?"

"아기. 아기들."

"아기가 어디 있어?"

"아기가 많아."

수아는 매서운 눈빛으로 사방을 둘러보면서 말했다.

"여기 전부."

그다음 순간 수아의 몸이 돌연 저쪽으로 밀려 났다. 수아도 놀라 비명을 질렀지만 아라가 수아를 잡을 틈조차 없었다. 수아는 순식간에 한쪽 벽을 뚫고 사라져 갔다. 그리고 사방의 벽은 다시 시커멓게 닫혀 버리고, 아까 나타났던 작은 구멍들도 어디론가 사라져 버렸다. 사방의 벽은 둥글게 아라와 준호의 한 발짝까지 조여 들어온 다음 정지해 버렸다.

"뭐, 뭐지?!"

준호가 외치는데, 불현듯 사방의 벽이 조여져 들어왔다. 아라는 다시 놀라 비명을 질렀고, 준호는 쓰러져 있는 연희와 하겐을 막아섰다.

불현듯 아라는 등골이 서늘해졌다. 준호는 남자라 감을 못 잡았는지 모르지만 아라에게는 감이 잡히는 것이 있었다. 아까 들었던 이야기들이 순식간에 아라의 머릿속에서 정리돼 지나갔다.

살해당한 인간……. 수십만……. 다른 생각이 없는 동일한 의식……. 그리고 연희가 말했던, 아기에게 잘해 주라던 말……. 수아가 외쳤던, 아기가 여기 많이 있다는 얘기……. 그 생각을 하자 저절로 목소리가 떨렸다.

"준…… 준호야……."

"왜?"

"혹…… 혹시…… 아까 이게 아기들 아냐?"

"뭐가 말이야?"

"이거…… 그리고 아까 검은 거……. 아……! 맞는 것 같아. 어떡해…… 어떡해! 그게 수십만이 모인 거라고 했지? 맞아! 그럼 이건 틀림없이 아기들이야!"

준호는 새파랗게 질린 아라의 얼굴을 어이가 없다는 듯 쳐다보았다.

"아기들이라고? 말도 안 돼."

"왜…… 왜?"

"아기들이 이렇게 끔찍한 짓을 할 리 없잖아! 그리고 어떻게 죽은 아기들의 영혼이 수십만씩 뭉쳐 다닐 수 있어? 그리고 아기들은 엄마를 좋아할 텐데, 왜 여자들은 참혹하게 죽인단 말이야? 아기들이라면 남자는 죽여도 여자는 봐줘야지. 안 그래?"

그러나 아라는 몸을 떨며 고개를 저었다.

"아냐…… 안 그래……. 안 그럴 수 있어……."

"무슨 소리야?"

아라는 준호의 눈을 피하면서 떨리는 목소리로 말했다.

"너 낙태 수술이…… 어떻게 하는 건지 알아?"

"뭐?"

"낙태 수술…… 그래, 그거야……. 난 들어 봤어. 칼을 넣어서 태아들을 조각조각 자른대……. 칼을 넣으면…… 닿지도 않았는데도 태아들이 막 꿈틀거리면서 반대쪽으로 도망치려고 한대……. 그걸…… 그걸 산 채로 잘라서……. 한 조각씩…… 꺼내는…… 꺼내는……."

　아라의 말을 듣는 준호의 얼굴이 점점 일그러졌다. 준호로서는 처음 듣는 이야기였다.

　"세, 세상에……."

　"난…… 난 이제 이해가 가……. 우리…… 우리 처지를 좀 봐. 그 아기들이랑 다를 것도 없어……. 컴컴한 여기에 갇혀서……. 도망도 못 가고…… 죽는 거야…… 조각조각 나서……. 나는 여자니까 더 조각조각 나겠지……."

　"아냐, 그럴 리 없어!"

　준호가 억지로 부정하듯 소리를 질렀다.

　"그렇다면 칼을 들이댄 의사들을 미워해야지, 왜 여자를 미워해? 여자 의사보다는 남자 의사가 훨씬 더 많잖아!"

　그러나 아라는 울먹이면서 말했다.

　"아냐…… 아냐……. 아기들도……. 다…… 다 안대. 엄마 뱃속에서……. 엄마가 자기를 죽이려고 결심한 걸…… 아는 거야. 다 듣고…… 무서워서……. 사형수가 되는 거야. 태어나 보지도 못하고……. 내가 아는 애들 중에도 그런 수술을 한 애들이 있어!"

　그 말에 준호가 외쳤다.

　"엄마 탓만이 아니잖아! 아빠는 뭐고! 또 그렇게 하라고 시키는 건 딸을 싫어하는 시어머니 아냐? 또 저만 좋다고 마구 그런 짓 한 남자들이 더 나쁜 놈들 아냐! 그런데 왜……."

　"아기가 다 아는 건 아니잖아. 엄마 뱃속에 들어 있으니…… 엄

종말의 서곡　117

마가 생각하는 것만 느끼는 거지……. 여자들만 불쌍해……. 아기들도 불쌍하고……!"

"하지만 어떻게 그런 아이가 수십만이나……."

부정하려고 소리치던 준호는 제풀에 입을 닫았다. 준호로서도 수십만이 무리가 아니란 생각이 들었다. 준호는 세상 물정에 좀 어두운 편이지만 그 정도로 모르지는 않았다.

우리나라는 낙태 수술이 흔했다. 거기다가 미성년자들이 임신해서 마구 아기를 떼고 성생활은 점점 문란해져 아기 지우기를 밥 먹듯 하는 여자들도…….

'맞아. 수십만이 아니라 수백만이라는 소리도 들었어. 그것도 일 년에만.'

준호는 차마 입으로 이야기를 꺼내지 못하고 속으로만 공허하게 부르짖었다. 할 말이 없었다. 그러고 보면 이 아기들은 어머니의 자궁 속에서 피하지도 못하고 비참하게 몸이 잘려져 죽은 것이다. 그런 아기가 수십만이 뭉쳐서…….

그리고 지금 준호와 아라가 갇혀 있는 이곳의 모습이 아기들이 겪었던 그것과 다를 바 없었다. 그렇게 생각하자 두 사람의 등골이 서늘해졌다.

"그렇다면……?"

아라와 준호는 서로 입 밖으로 채 말을 꺼내지 못했지만 같은 생각을 하고 있었다.

'그렇다면 지금 그 상황을 도로……?'

다음 순간 준호의 눈에서 아라가 스르르 없어졌다. 그리고 아라의 눈에서는 준호가 사라졌다. 둘은 제각기 다른 알지 못할 공간 속에 갇힌 채였다. 방금 옮겨졌지만 캄캄함 속이라 시간이 얼마나 지났는지조차 알 수 없었다.

연희는 머리를 부딪쳐 몸을 전혀 움직일 수 없었지만 의식을 완전히 잃지는 않았다. 직접 눈을 뜨고 볼 수 없었지만 귀는 열려 있었다. 물론 반쯤 몽롱한 상태였지만 귀와 감각으로 어느 정도 주변의 상황을 알 수 있었다.

검은 물결과 직접 부딪쳐 그 정체를 제일 먼저 알아낸 사람은 연희였다. 그러나 연희는 곧바로 정신을 잃어버려 말조차 할 수 없는 비몽사몽 상태가 됐다. 준호와 아라는 연희가 머리를 부딪쳐 그렇게 된 거로 생각하고 있었지만 실은 그것만이 아니었다.

검은 물결은 물리적인 힘 외에도 상대방을 환각 상태 비슷한 것으로 몰아넣는 힘이 있었다. 연희는 이미 그것과 직접적으로 손이 닿았을 때부터, 현재의 준호나 아라가 처해 있는 상황에 빠져 있었다.

연희는 주변을 둘러보았다. 주위에는 아무도 없었다. 병원 자체가 존재하지도 않았던 것같이, 텅 빈 곳이었다. 분명 꼼짝달싹도 할 수 없었지만 그곳에서는 몸이 움직였다. 하지만 몸이 움직인다고 특별히 갈 곳이 있는 것은 아니었다.

사방으로 한 발짝 정도의 공간을 제외하면 시커먼 벽이 사방을 가로막고 있었다. 그리고 그 안은 몹시 캄캄했다. 아무것도 보이지 않았다. 오른손에 들어 있는 부적의 힘에서 빛을 낼 수 있어야 하는데, 그것도 되지 않았다. 그것을 보고 연희는 생각했다.

'이건 환상이구나……. 아기들의 의식 속일까? 아니면 그 애들이 만들어 낸 생각 속?'

연희는 퇴마사가 아니었지만 퇴마사들과 오랜 시간 같이 다니다 보니 그 정도는 직감적으로 느낄 수 있었다.

'환상 속이라면…… 대화도 될 거야.'

연희는 용기를 내어 아기들을 향해 말했다.

"내 말 들리니, 너희들?"

순간 주변의 벽들이 웅성거리듯 잠시 흔들리다가 잠잠해졌다. 대답 같은 것은 없었다.

"너희에 대해 알아. 느낄 수 있었어……."

그러나 역시 주위는 침묵뿐이었다.

"너희들은 왜 그러니? 무엇을 바라는 거지?"

주변이 약간 떨리면서 나직하게 웅성거리는 듯한 소리가 전해져 왔다.

어머니의 뜻대로…….

어머니의 생각대로…….

"어머니?"

연희가 묻자 주변은 다시 잠잠해졌다.

"너희 어머니가 누구지?"

우리 어머니…….

어머니…….

우릴 죽인 어머니가 아니야…….

진짜 어머니…….

"진짜 어머니?"

연희는 아기들이 무슨 말을 하는지 이해할 수 없었다. 그렇다고 되물어 본다고 대답을 들을 수 있을 것 같지도 않았다.

"어머니가 뭘 바라시는데?"

세상…….

이 세상…….

망해야 해…….

없어져야 해…….

연희는 흠칫하고 놀랐다.

"어머니가 바라는 것이…… 이 세상의 종말?"

어머니가 바라셔…….

바라셔…….

세상이 어머니를 그렇게 만들었어…….

연희는 상상외로 내용이 심각한 것 같아지자 참지 못하고 물었다.

"잠깐! 세상이라니? 어머니가 누구신데?"

어머니…….

우리가 따르는 어머니…….

"너희의 어머니는 한 분일 리가 없어. 너희가 이렇게 많은데, 너희의 어머니는 각각 다 다를 거야!"

그건 어머니가 아냐…….

절대 아냐…….

우리의 몸을 만들었다고 어머니는 아냐…….

그 몸도 도로 뺏어 갔어…….

우리와는 관계없어…….

"그래서……? 그래서 너희의 어머니들이 미워서 그러는 거야? 그래서 너희의 어머니들이 있는 세상을……?"

아냐!

아냐…… 그런 건 아냐…….

밉지만…… 그래서 그러는 건 아냐…….

"그럼 왜?"

어머니가 바라시니까…….

진짜 어머니가…….

우릴 받아 준…….

진짜 어머니…….

연희는 혼란스러웠다. 이 가엾은 아이들의 영혼을 받아들여 주었다면 악인이 아닐지도 모른다. 그러나 세상을 망하게 한다는 것은 또 무엇인가? 아기들의 영혼에 그런 명령을 내렸다면 용서받을 수 있는 걸까?

"어머니가…… 너희의 진짜 어머니가 그렇게 시켰니?"

그건 아냐…….

아냐, 아냐!

우리가 온 거야…… 그냥…….

연희는 좀 더 강하게 나가기로 마음먹었다. 물론 연희도 이 아기들이 불쌍하지 않은 것은 아니었다. 그러나 연희의 보기에 이 아기들이 분명 뭔가 잘못 생각하고 있었다. 불쌍하다고 잘못 생각하는 것까지 덮어 준다는 것은 옳지 않다고 연희는 생각했다.

"너희는 불쌍해. 가엾어……. 그러나…… 너희는 지금 잘못하고 있는 거야."

뭐가 잘못이란 거야?

왜 잘못이란 거지?

"너희가 불쌍하게 된 것은 분명히 어른들의 책임이 맞아. 그러니 그 어른들이 만든 이 세상의 책임이기도 하지. 하지만……."

어른들을 미워하는 것은 아냐!

우린 그렇게 아무것도 모르지 않아…….

우린 오랫동안 세상을 돌아다녔어…….

세상 구석을 봐 왔어…….

우리가 미워하는 건…… 이 세상이야…….

연희는 흠칫 놀랐다. 아기들이라서 단순히 본능적으로 움직인 것이라고 생각했는데, 그런 것이 아니었다. 이 아기들이 죽은 지는 상당한 시일이 흐른 듯했다. 그렇게 떠돌아다니면서 아기들은 하나하나가 아닌, 전체로서의 의식과 생각을 지니게 된 것 같았다. 물론 '진짜 어머니'의 생각이 반영된 것일 테지만.

"세상을 미워한다고……?"

맞아…….

우린 알아. 어른들도…….

그래, 어른들도 우리와 같았지…….

다 아기였어. 처음에는…….

그런데…….

그런데…….

그 어른들이 우릴 없앴어…….

아무것도 아닌 이유로…….

귀찮다고…….

걸리적거린다고…….

하지만 그 어른들도…….

아기였어…….

그런데 왜 그랬을까?

우린…….

우린…….

오래오래 생각했어…….

아주 오래…….

네가 생각하는 것보다 훨씬 오래…….

연희는 눈앞이 아득해지는 것 같았다. 어른의 한 사람으로, 이 아기들 앞에서 입이 있어도 할 말이 없었다.

"그래……서……?"

그 어른들을 이렇게 만든 건 이 세상이야…….

죄는 이 세상에 있어…….

세상이 모든 벌을 받아야 해…….

모두…….

모두…….

'아아…….'

연희는 하마터면 무심코 아기들의 생각에 동조할 뻔했다. 그 순간 연희의 눈앞에 낯익은 무엇인가가 보였다. 그것은 오래전, 리가 그녀에게 남겼던 염체의 빛이었다. 연희는 정신을 차리고 생각을 돌리려 애를 썼다.

'그래…… 그럴 수는 없어. 이 세상은…… 세상은 아직…….'

비록 이 세상이 죄악과 부패로 가득 차 있다고 해도, 연희는 이 세상을 사랑할 수밖에 없었다. 그 추억을 위해서라도…….

"안 돼…… 그래서는 안 돼. 그건 잘못된 생각이야……."

우리도 알아…….

잘못됐는지도 몰라…….

하지만 어머니의 뜻인걸…….

어머니의 뜻이야…….

연희는 안간힘을 썼다.

"너희도 고통스럽지 않았니? 너희의 처지는 충분히 이해해. 하지만…… 그렇다고 모든 이들에게 그런 죽음을 안겨 주는 게 과연 옳은 일이라 할 수 있을까? 그런 고통을 나눠 주는 게……."

넌 몰라…….

넌 아무것도 몰라…….

우리는…… 그들을 미워해서 죽인 게 아냐.

그런 게 아냐…….

앞으로 그들이 범할 죄악에서…….

그들을 구하고…….

다가올 더 큰 고통에서…….

더 큰 분노에서…….

그들을 구한 거야…….

그 순간 연희는 뭔가 느껴졌다. 아기들의 모순을 발견한 것이다. 연희는 자신도 모르게 크게 소리를 쳤다.

"거짓말!"

그 순간 목소리들은 조금 당황한 것 같았다.

거짓말이 아냐…….

아냐…….

"그건 궤변이야! 너희는 증오심을 지니고 있어. 너희가 처했던 처지는 가엾지만 지금 너희는 엉뚱한 곳으로 증오심을 전가하고 있어! 그리고 너희가 했던 짓을 그대로 돌려주려 하고 있어. 그건…… 그건 그래도 이해할 수 있어……. 그러나 너희는…… 너희는……."

연희는 눈물을 주르륵 흘리며 외쳤다.

"너희는 너희가 증오한다는 세상을 그대로 닮았어! 너희가 지금 하려는 행동이…… 너희를 죽게 한 그 행동과 뭐가 다르지? 바보 같은 짓을 바보 같은 짓으로 갚으면 서로 없어지는 게 아니라 두 개의 바보 같은 짓이 될 뿐이야……. 그리고……."

연희는 묵묵히 고개를 저으며 말을 이었다.

"너희가 불쌍해……. 가엾게 죽은 것보다도…… 스스로 타락한 너희가……."

연희의 주변이 조용해졌다가 여기저기서 나오는 웅성거림으로 점점 소란스러워지기 시작했다. 여태껏 이 아기들은 모두 공통의 생각으로 움직여 왔다. 그러나 연희의 말에 처음으로 분열이 일어나기 시작한 것 같았다.

지금까지도 마음으로 대화를 해 왔던 터라 연희는 그들의 분위기가 심상치 않음을 느낄 수 있었다. 하지만 수십만이나 되는 아기들이 동시에 말하는 것 같아 무슨 말을 하는지 하나도 엿들을 수 없었다.

연희가 있던 공간의 빛은 점차 붉어지고 우르릉거리며 움직이기 시작했다. 그리고 연희 앞으로 무엇인가 무섭게 뻗어 나왔다. 연희를 해치려는 것 같았다. 그러나 연희는 피하려고 하지 않았다.

'마음대로 하렴……. 그러나, 그러나 너희는 가엾어…….'

연희는 눈을 감았다. 그 순간 무엇인가가 연희 앞에 나타나 연희 몸을 저쪽으로 떠밀었다. 연희는 깜짝 놀랐다.

그때 돌연 연희가 있는 곳이 밝아지면서 하겐의 모습이 드러났다. 하겐의 머리 부근에서는 흰 후광 같은 것이 떠올라 내부를 밝게 비춰 주고 있어서 그의 모습을 볼 수 있었다.

지금 이 안은 현실이 아니라 의식 속의 세계일 텐데, 하겐이 어떻게 여기 들어왔는지는 알 수 없었다. 아마도 하겐의 정신력이 대단해서 과거 준후가 쓰던 동몽주와 비슷한 방법을 써서 들어온 것인지도 몰랐다. 사방에서 은빛 나는 것들이 하겐과 연희를 향해 달려들고 있었다.

하겐은 정신없이 그것들을 쳐 내면서 연희를 보호하려고 애썼다. 그러면서 하겐은 고함을 질렀다.

"안 돼! 너희는 틀렸어…… 너희는……."

다음 순간 하겐의 몸은 은빛 나는 물체에 퍽퍽 몸이 꿰뚫려 두 동강이 나고 말았다. 연희는 깜짝 놀라 비명을 질렀다. 하겐의 몸에서는 피도 나오지 않았다. 다만 몸이 서서히 투명해질 뿐이었다. 하겐은 점점 투명해지는 얼굴로 연희에게 소리쳤다.

"포기하면 안 되오! 여기는 의식 속이오! 무슨 일이 있어도 의지로…… 의지로 버틴다면……."

연희는 너무도 무서워 자신감을 잃고 중얼거렸다.

"그러나 나는…… 내가 어떻게……."

하겐의 모습은 금세 희미해지더니 얼굴 윤곽만 희미하게 남았다. 하겐은 최후까지 소리를 질렀다.

"당신에게 달렸소! 이 애들은…… 이 애들은 당신을 없앰으로써 세상을 덮으려고……."

"뭐라고요?"

"당신은…… 결코 타락하거나…… 인간이 아닌 존재에게 죽어서는……."

연희가 깜짝 놀라는데 하겐은 더 이상 말을 잇지 못한 채 사라졌고, 사방에는 다시 암흑만 남았다. 그런데 의외의 일이 벌어졌다. 사방에서 무엇인가 부딪치는 듯한 느낌이 자꾸 왔지만 직접적으로 연희의 몸에는 아무것도 닿지 않았다.

'도대체 뭐야…… 대체 어떻게 돼 가는 거지……?'

그 순간 사방에서 갑자기 폭풍처럼 목소리가 밀어닥쳤다.

우리끼리 다투지 말자…….

그래선 안 돼…….

시험이다…….

시험해 보자…….

과연 저 여자의 말대로인지…….

우리가 잘못이라면…….

원망하지 않을 거야…….

그러나 우리와 같다면…….

우리와 같이 원망한다면…….

우리가 옳아!!!

돌연 연희의 눈앞이 캄캄해졌다.

준호는 몸을 떨었다. 불안해 몸부림을 쳐 보고 이리저리 뛰어 보기도 했다. 그러나 빠져나갈 수는 없었다. 분명히 알 수 있었다. 도망갈 곳은 없다. 그리고 무엇인가 다가올 것이다. 자신의 몸을 조각조각 낼 날카로운 무엇인가가……. 아무리 몸을 비비며 피하려 해도 피할 곳조차 없다. 그리고 그 날카로운 것이 다가와서…… 자신의 사지를 산 채로 잘라 내고 후벼 파서 꺼내려고…….

준호의 눈에 저만치 하얗고 반짝거리는 무엇인가가 검은 벽을 뚫고 비집고 들어오는 것이 보였다. 자신의 몸만큼이나 큰, 거대한 것이…….

준호는 헉 소리를 내면서 반대편 구석 벽으로 달라붙어 어떻게든 피해 보려 했지만 허사였다. 어느 틈에 자신의 팔다리가 커다란 은빛 집게에 잡혀 있었다. 아니, 핀셋인가? 그리고 다가오는 것은 메스. 아니면 거대한 가위…….

준호는 눈을 질끈 감았다.

아라도 어둠 속에 있었다. 불안하고 무섭기는 아라도 마찬가지였다. 그러나 아라는 두려움보다 슬픔과 비통함에 빠져 있었다. 아라는 캄캄한 어둠 속에서 울었다.

'왜 이렇게 해야 하지? 왜 이런 일이 생기고 이런 결과로 풀려야만 하는 거지……? 그리고…… 왜……? 왜 하필 나야……? 왜 하필 우리가 이런 꼴을 당해야 해!'

아라는 자기도 모르게 외쳤다.

"왜 우리한테 이러는 거야!"

그때 아라의 귀에 아주 나직한 웅얼거림이 들려왔다. 부드러운 속삭임 같았지만 소름이 쫙 끼치는 소리였다.

세상은 없어져야 해…….

이런 세상은 망해야 해…….

없어지게 할 거야…….

무너뜨릴 거야…….

"그런데…… 그런데 왜 하필 우리냐고!"

아라는 악을 썼다. 그러나 대답은 없었다. 대신 웅얼거리는 목소리가 수천, 수만으로 늘어나면서 걷잡을 수 없이 점점 커지기 시작했다. 귀로 들어와 고막을 울리는 것이 아니라 온몸을 울리는 나지막한 진동으로……. 자신을 만든 사람, 자신을 키운 사람이 한숨을 내쉬며 하는 소리.

지워야겠어…….

할 수 없지…… 떼야지…….

언제 생겼지? 나 참…….

쯧, 안됐지만 할 수 없지, 뭐…….

또 딸이야? 하느님도 무심하시지…….

시어머니가 펄펄 뛰실 테니…….

아라는 귀를 막았지만 애당초 귀로 들리는 소리가 아니니만치 소리를 막을 수 없었다. 소리는 점점 커졌다. 몸을 찢어 버릴 것처럼 고통스럽게……. 아라는 고통을 참지 못하고 몸을 데굴데굴 굴렀다.

차갑고 섬뜩한 칼날이 몸에 닿는 순간 준호는 몸을 부르르 떨었다. 준호는 준후를 떠올렸다.

'사부라면 어떻게 할까? 이럴 때 어떻게 했을까?'

아무런 생각이 나지 않았다. 준후라면 의연히 대처했으리라. 그러나 준호는 솔직히 무서웠다. 아무리 태연해지려고 애써도 되지 않았다. 그때 준호는 자신도 모르게 외쳤다.

"너희가 당한 대로 돌려주고 싶으면 그렇게 해. 하지만…… 난 무서워……. 나도 무섭다고! 이러면…… 이러면 나도 너희만큼 아플 거야!"

날카로운 것이 몸속으로 후비고 들어오는 순간 준호는 단말마의 비명을 질렀다.

"아파……!"

아라는 걷잡을 수 없는 고통 속에서 무엇인가 소리치고 있었다. 그러나 자신이 무슨 소리를 외치고 있는지조차 들리지 않았다. 아라는 무서웠다. 아기든 뭐든 간에 자신을 이렇게 괴롭히는 존재가 미워서 견딜 수 없었다. 만약 처지가 바뀐다면 아라도 주저 없이 같은 고통을 주고 싶어질 정도로……. 그러나 아라는 울고 있었다.

그런 미움과 공포를 고스란히, 똑같이 느끼면서 아라는 그와 동일할 정도로 슬프고 가엾고 불쌍해서 울었다. 조금의 가식이나 거짓도 없이, 너무도 한탄스럽고 슬퍼서 아라는 엉엉 울었다. 그리고 사방에서 독한, 알 수 없는 것이 점점 차올라 아라를 그 속으로 빠뜨려 갔다. 숨이 막히고 몸을 움직일 수 없게 돼 갔다.

 정신을 잃어 가는 두 사람의 뇌리에 누군가의 얼굴이 비쳤다. 그것은 바로 어떤 여자의 얼굴이었다. 지극히 평범하게 생겼고 특별히 곱지도, 밉지도 않으며 어찌 보면 우리나라 사람 같기도 했고, 어찌 보면 외국인 같기도 한…….

 우리들의 어머니야…….

 우리 모두의 어머니야…….

 이젠 이별이야…… 우리는 떠나…….

 떠나…….

 고통에 몸부림치는 두 사람의 뇌리에는 이 말들이 수십만 번이나 스치고 지나가고 있었다.

 그리고 두 사람은 정신을 잃었다.

의문

 무엇인가 자신을 툭툭 건드리는 느낌에 준호는 몸을 꿈틀했다. 매일 당연하게만 생각했던 몸의 감각이 새롭고 신기하게 여겨졌다. 준호는 천천히 눈을 떴다.

 '내가 살았나, 죽었나?'

 조심스럽게 눈을 뜨자 가장 먼저 눈에 들어온 것은 수아였다.

수아는 조금 멍한 얼굴로 준호를 톡톡 건드리고 있었다.

"수, 아야?"

준호는 수아의 얼굴을 보자 아까의 기억이 되살아났다. 준호는 급히 주변을 두리번거렸다. 바로 코앞에 아라가 쓰러져 있는 것이 보였다. 연희도 땅바닥에 쓰러져 있었다.

준호는 급히 아라의 어깨를 흔들었다. 아라는 준호와 달리 벌떡 몸을 일으켰다. 아라나 준호나, 아까 불을 붙여 던졌던 종이의 재를 뒤집어써서 얼굴이 새카맣게 변해 있었는데 아라의 얼굴은 눈물 자국 때문에 더더욱 만신창이가 돼 있었다.

"너…… 살아 있었구나."

준호는 다행이다 싶어 오히려 멍해 있는데, 아라는 부스스 눈을 뜨자마자 멋쩍은 목소리로 심드렁하게 말했다. 그러나 아라의 볼에 다시 한줄기 눈물이 훑고 지나가는 것을 준호는 보았다.

"너도…… 다행이야……."

둘은 잠시 그렇게 있다가 연희를 살폈다. 연희도 아직 정신을 차리지 못하고 있었지만 숨을 고르게 쉬고 있었다.

"그런데…… 그 남자는?"

수아가 대신 대답했다.

"여기 누워 있던 아저씨? 조금 아까 일어나서 그냥 가 버렸어."

"그냥? 죽은 거 아니고?"

"아냐. 누가 죽어? 그냥 걸어갔어……."

"그래……?"

준호는 차라리 잘된 것 같아서 고개만 끄덕여 보였다. 병원 마당은 자신들이 아까 집어 던진, 타다 남은 종이와 재로 그득했다. 그리고 눈을 돌려 보니 병원은 한참 연기가 솟구치고 있었다. 아마도 아까 지하실에서 붙인 불이 번진 것 같았다. 준호는 큰일 났다 싶어 몸을 일으키려다가 생각을 고쳐먹었다.

'아니, 아니…… 차라리 이 편이 나을지도……. 어차피 다 죽었는데…….'

사람들이 불구경하려는지 주변에서 웅성거리며 모여들고 있었다. 당혹스러워진 준호는 얼른 아라를 부추겨 수아를 안게 한 다음 연희를 둘러업고 그곳에서 빠져나갔다.

사람들은 불이 난 곳에서 빠져나온 아이들이려니 생각하고 길을 비켜 주었다. 다른 무엇보다도 얼떨떨함과 창피함에 둘은 걸음을 잽싸게 놀렸다. 그리고 사람이 보이지 않는 구석으로 도망치듯 피한 다음에야 숨을 돌렸다.

그때 아라가 갑자기 엉엉 울기 시작했다. 준호는 아라가 왜 우는지 묻지 않아도 능히 짐작할 수 있었다. 그러나 준호는 슬픔보다 앞서서 참을 수 없는 분노가 치밀었다.

'이게…… 이게 뭐야……. 그렇게 죽은 애들인가……. 그래서 또 사람들을 죽인 거고? 이게 뭐야! 뭐냐고! 이게 세상이 돌아가는 꼴이야?'

이렇게 생각하다가 준호는 화가 치밀어 냅다 소리를 질러 버렸다.

"제기랄! 이딴 놈의 세상, 콱 망해 버려!"

생각할수록 끝도 없이 분통이 터질 따름이었다. 준호는 평소답지 않게 소리소리 지르면서 주변의 담벼락을 마구 걷어찼다. 아라는 계속 훌쩍훌쩍 울기만 할 뿐이었다. 수아는 아무것도 모르는 듯 조금은 멍한, 그러나 어찌 보면 무척 많은 것을 아는 듯 기묘한 표정으로 나이답지 않게 말없이 앉아 있었다.

아라가 어느덧 울음을 그쳤다. 그때쯤 준호도 어느 정도 마음을 가라앉히고 잠잠해졌다. 그렇게 한참 동안 말없이 앉아 있다가 아라가 먼저 말을 꺼냈다.

"근데…… 어떻게 된 거지?"

"뭐가?"

"우리가 본 거…… 다 환상이었나?"

"글쎄……."

준호는 조금 생각하다가 시무룩하게 말했다.

"다는 아닐 거야…… 사람들이 죽은 것은 정말인 것 같아……. 병원 안에서 일어난 일은 진짜고…… 병원에서 나온 후부터만……."

아라가 불쑥 물었다.

"너도 그 소리 들었니? 우리들의 어머니……."

준호도 깜짝 놀라며 되물었다.

"너도 봤어?"

아라는 고개를 끄덕였다.

"그런데…… 어떻게 수십만의 낙태 당한 아기들의 어머니가 한 사람일 수 있지?"

아라의 질문에 준호가 말했다.

"혹시…… 그 사람이 그 아기들의 영혼을 한데 모은 사람은 아닐까?"

"음, 그런데 그 영혼들이 왜 하필 우리가 있는 이곳에 온 거지? 왜 여기서 사고를 친 걸까?"

"글쎄 말이야. 물어볼걸……."

아라는 준호가 너무나 고지식하게 대꾸하자 피식 웃었다. 그때가 뭘 묻고 어쩌고 할 상황이었던가?

"혹시…… 그게 수아와 무슨……."

준호가 무심코 말하려 하자 아라가 문득 말을 끊었다. 수아는 아직 이이에 불과했고, 그런 말을 함부로 하는 것은 좋지 않다고 여겼기 때문이다. 아라는 이번에 목숨을 걸고 수아를 구해 내면서 수아에게 친동생이나 딸-아직 가져 본 적은 없지만- 이상 가는 정을 느끼게 됐다.

"수아, 너는 어떤 일을 겪었니?"

"나?"

수아가 눈을 크게 뜨며 말했다. 아라가 고개를 끄덕이자 수아는 대답했다.

"난 몰라. 아까 눈뜨고 나니까 바깥이었어. 언니랑 오빠도 거기 있었고. 그래서 나는 계속 거기 앉아 있었는걸?"

"넌 아무것도 본 거 없어?"

"뭘?"

수아가 고개를 갸웃하자 아라는 다시 물었다. 그러나 머릿속이 잘 정리되지 않았다.

"그러니까…… 아까 아기들이라고 네가 그랬잖아."

"나 안 그랬는데?"

"응? 아까 네가 아기들 많다고……."

"몰라. 난 그냥 아까 언니랑 자다가. 일어나니 바깥이어서……."

"그렇지만……."

"난 아무것도 몰라……."

수아는 입을 꾹 다물어 버렸다. 아라는 도대체 뭐가 뭔지 갈피를 잡을 수 없었다. 그러나 준호는 그 말을 듣고 혹시나 싶었다. 혹시 그렇다면 아까까지 수아로 알고 같이 다닌 그 아이는 수아가 아니었던 것은 아닐까?

수아가 정령들의 여왕이라는 것을 준호는 들어서 알고 있었다. 그리고 정령들이 사람의 모습으로 변해서 나타나기도 한다는 것도. 그렇다면 혹시 수아는 아라나 연희도 알지 못하는 사이에 정령들에 의해 바꿔치기 됐던 것은 아닐까? 그러나 언제?

'시간은 있었어. 아까 그 남자나 내가 들어갔을 때 병원 문이 닫히지 않았으니까.'

그렇다면 아까의 무서운 경험은 전부 정령들이 대신 떠맡았던 것인지도 모른다. 여왕님을 위해서 말이다. 그렇게 생각한다면 수아의 입을 빌려 도움을 준 것도 사실은 정령들이 아니었을까? 그러나 달리 생각해 보면 지금의 수아가 혹시 가짜 수아인지도 모른다는 생각이 스쳤다.

'아니, 그건 지나쳐. 그렇다면 수아가 나이답지 않게 모든 것을 꿰뚫고 있어서 입을 다문 것은 아닐까? 태아에 불과한 아기들도 그런 기억을 다 가지고 있고 판단할 줄 안다는데, 수아가 어리다고 그런 것을 꼭 못한다고만은……'

그런 생각을 하자 수아가 무섭게 여겨졌다. 그러나 다시 보니 수아는 그냥 그 나이 또래의 천진하고 조금은 조용한 아이일 뿐이었다.

'아니, 아니. 내가 대체 무슨 생각을 하는 거야?'

준호는 서둘러 생각을 돌렸으나 머릿속을 떠도는 의문이 끊이질 않았다.

아라는 다른 생각을 하고 있었다.

'그런데 우리는 왜 죽지 않았을까? 아까 그 아기들은 분명 증오심으로 똘똘 뭉쳐 있었는데. 우리도 비교적 어려서 어른들과는 다르다고 여기고 살려 준 것일까? 아니면 그 아기들이 보기만큼 악하지는 않다는 것인가? 그럴지도 몰라. 아기들은 죽고 사는 것도 모를지도……. 그냥 당한 일이고 그게 싫으니까 똑같이 해 주는 건지도……. 아냐, 그렇다면 사람들을 들이받아서 박살 낸 건? 아니, 아니 그것도 너무 많이 모여 힘이 강해져 그런 것인지도 몰라. 아니, 그렇다면 그 애들이 잘한 거란 말이야? 그건 아닌데! 아이

고, 머리 아파. 모르겠다, 모르겠어!'

둘은 골똘히 생각에 잠겨 있다가 문득 고개를 들었다.

"야, 밥통? 머리 아프지?"

아라가 돌연 심술궂게 묻자 준호는 여전히 입을 꾹 다문 채 뭔가 불만스러운 듯한 표정으로 아라를 바라보며 고개를 끄덕였다. 그러자 아라는 피식 웃으면서 말했다.

"에라, 모르겠다. 어쨌든 우린 살았고, 그것들은 없어졌잖아? 우리 다른 병원이나 찾아가자. 연희 언니가 걱정돼."

준호는 여전히 그 특유의 태도로 우물우물하면서 말했다.

"하지만…… 우린 결코 잘한 게 아냐. 사람들도 너무 많이 죽었고. 사부라면 이렇게는 안 했을……."

"너 지금 꼭 그래야 하니? 그나저나 네 손바닥에 그 아저씨가 힘쓴 건 대체 뭐야? 뭔지 알기나 해? 써먹지도 못했잖아."

"난들 알아? 알겠어, 아무튼 가자. 모르는 건 나중에 사부한테 물어보지, 뭘."

그때 수아가 불쑥 말했다.

"나 배고파."

아직 풀리지 않은 의문이 많았지만 준호와 아라는 수아의 한마디에 그만 떨치고 일어설 수밖에 없었다. 그러면서 두 사람은 겨우 하루 사이에 서로가 어느새 예전보다 조금 어른이 된 것 같아 보인다는 생각을 동시에 하고 있었다.

준호나 아라나 수아도 모르는 사이, 그들 뒤편의 그늘에서 하겐은 골목 어귀로 걸어가는 아이들을 먼발치에서 바라보고 있었다. 몸과 정신이 모두 만신창이가 돼 완전히 회복되려면 얼마나 걸릴지 몰랐다. 그러나 그는 안도의 한숨을 내쉬었다.

'저 아이들이 아니었더라면⋯⋯ 모든 게 끝날 뻔했다⋯⋯.'

눈에는 보이지 않았지만 두 꼬마가 정령들의 결사적인 도움을 받아-그들의 힘만으로는 빠져나올 수 없었을 것이다- 침대를 밀어 병원 문을 나선 순간 아기들의 영혼은 물리적으로 그들을 다시 잡을 수 없었다. 그러나 더더욱 무서운 정신의 함정에 빠지게 된 것이다.

하겐은 비록 육체적으로 의식을 잃은 상태였지만 유체 이탈 상대로 모든 것을 지켜보았다.

그는 상대가 수십만의 아기들이 뭉친 군집령이라는 것을 알고 어떻게든 연희를 구해 내려 했지만 수십만이나 되는 아기들의 영이 뭉친 힘은 자신의 힘과 비교조차 되지 않았다.

그가 할 수 있었던 것은 고작 아기들의 정신이 흐트러졌을 때 연희가 있는 곳으로 잠시 뛰어든 것뿐이었다. 그리고 곧바로 밀려 버렸지만⋯⋯.

'그때 내가 한 판단은⋯⋯ 옳았구나⋯⋯.'

하겐은 눈 큰 여자가 라미드 우프닉스 중 한 사람이라는 것을 알고 있었다. 라미드 우프닉스는 신의 분노 앞에서 인간을 정당화하는 존재다. 그러므로 라미드 우프닉스가 만약 인간의 손에 의해 죽는다면 다른 라미드 우프닉스가 태어나므로 문제는 없다.

그러나 라미드 우프닉스가 스스로 타락하거나, 인간이 아닌 존재에 의해 죽게 되면 그를 대치할 새로운 라미드 우프닉스는 나오지 않는다. 반면 라미드 우프닉스가 자신의 정체를 스스로 알게 되면 그녀를 대치할 다른 존재가 탄생한다.

사실 하겐은 마지막 순간에 연희를 구하기 위해서만 뛰어든 것이 아니었다. 최악의 경우, 연희를 자신의 손으로 없애려고 의식 안으로 뛰어든 것이었다. 연희를 없애는 것은 힘으로 하지 않아도 되는 일이었다. 그녀가 그 존재라는 사실만 알려 주면 그만이니까.

그러나 마지막 순간 그는 도저히 그럴 수 없었다. 그녀를 둘러싸고 있는 무엇인가가 있었던 것이다. 어떤 힘을 가진 것은 아니었지만, 그녀를 둘러싸고 있는 슬픈 그림자를 꿰뚫어 보았을 때 하겐은 도저히 그녀를 없앨 용기가 나지 않았다.

결국 하겐은 나름대로 세상을 거는 도박을 한 셈이고 연희에게 격려만 남긴 채 떠날 수밖에 없었다. 그리고 연희와 두 아이는 아기들의 시험을 이겨 냈고, 아기들의 영혼은 비로소 뿔뿔이 흩어져 갔다……

"하지만 나답지 않았어."

하겐은 천천히 걸음을 옮기면서 중얼거렸다. 마지막 순간 그는 아무래도 무엇인가에 홀렸다고 보는 편이 옳을 듯했다. 홀렸다기보다는 너무도 강렬한 연민과 간청의 눈길에 지고 말았다고 볼 수도…….

"내가 다른 자에게 홀리다니…… 마지막 순간에 냉정하지 못했어. 다시는…… 다시는 그러지 말아야 해……."

하겐은 중얼거리면서 자기 손을 펴 보았다.

"이럴 줄 알았으면 능력을 전해 주지 말 것을……. 아아. 이게 무슨 꼴이람. 목적한 물건을 얻기는커녕 구경도 해 보지 못하고. 더구나 가진 능력마저 깎여서 돌아가는 신세라니. 천하의 하겐이 이 무슨……."

한탄하고 있었으나 하겐의 얼굴은 미소를 띠고 있었다. 어쨌거나 그는 전 세계를 판돈으로 도박을 걸었고, 비록 얻은 것은 없었지만 이겼으니 말이다.

"아니, 얻은 것이 있지……."

하겐은 연희와 세 아이의 얼굴, 그리고 마지막 순간에 자신을 그렇게 행동하게 만든, 연희의 의식 뒤에서 잠깐 모습을 보였던 슬픈 표정의 남자 얼굴을 떠올리며 어두운 골목길 쪽으로 사라져 갔다.

두 사람의
기적

성훈

 피가 뚝뚝 떨어져 바닥에 흘러내렸다. 그 피는 중앙에 앉은 남자의 손에서 흘러내리고 있었다. 그의 주변에는 누구도 그 모습을 보고 놀라지 않는 사람이 없었다. 그러나 흘러내리는 피를 보고 두렵다거나 어떤 조치를 취해야겠다고 아무도 생각하지 않았다.
 "이, 이것은……."
 주변에 둘러선 사람 중 나이 많고 몹시 뚱뚱한 체구의 남자가 떨리는 목소리로 옆 사람에게 말했다. 그의 목소리는 기쁨과 경악이 반반씩 뒤섞인 듯했다. 놀랍고 기뻐하기는 다른 사람들도 마찬가지였다.
 중앙에 앉은 남자는 손에 아무런 상처도 입지 않았고, 어떤 행동도 하지 않았다. 그저 아무것도 느끼지 못한다는 듯 조용히 앉아 있을 따름이었다. 그런데도 돌연 피가 솟구쳐 흘러내린 것이다. 그것은 단 한 가지 말로 설명할 수밖에 없었다.

"성, 성흔(聖痕)이 아닙니까?"

예수 그리스도가 임종 때 입었던 것과 똑같은 부위의 상처, 그것을 성흔이라고 불렀다. 그것은 기적을 나타내는 징표 중 가장 대표적이라 할 수 있으며, 선택받은 복자(福者)를 나타내는 상징이기도 했다.

주변에 있던 사람들이 수군대는 동안에도 중앙에 앉은 남자는 아무것도 들리지 않는다는 듯 기도만 계속 올리고 있었다. 그러는 사이 그의 이마에도 돌연 붉은 자국이 생겨나면서 손만큼은 아니었지만 가느다란 선혈이 흘러내리기 시작했다.

남자의 얼굴은 여전히 평온해 보였으며, 전혀 아픔을 느끼지 않는 것 같았다.

"이마에도…… 주님께선 가시 면류관을…… 그러니 틀림없습니다."

젊은 축에 속하는 다른 한 명의 남자가 다시 수군댔다. 그는 화사한 금발의 남자였는데, 다른 사람들처럼 칙칙하고 어두운 빛깔의 후드를 눌러썼어도 얼굴이 더욱 빛나 보일 정도로 미남이었다.

"아멘. 정말로…… 정말로 기적이군요……."

그 말을 듣던 인자한 얼굴의 노인은 손을 들어 성호를 그으려 했으나 그의 오른팔은 석고로 단단하게 깁스가 돼 있어 움직일 수 없었다. 노인은 겸연쩍은 듯 왼손으로 조금 어색하게 성호를 그었다. 그 사람은 세븐 가디언 중의 한 명인 아우구스티노 수사였다.

그의 주위에 있는 세 사람도 세븐 가디언의 일원이었다. 세븐 가디언의 우두머리인 베드로 수사도 있었으며 뚱뚱한 노인은 루카 수사라 했고, 젊은 남자는 가브리엘 수사였다. 그리고 중앙에서 성흔의 기적을 보이는 사람은 바로 프란체스코 주교였다.

프란체스코 주교는 무아지경으로 기도에만 몰입해 있어서 자신의 몸에 그러한 징표가 나타나는 것도, 그의 주변에 네 명의 가디언이 서 있는 것조차 느끼지 못하는 것 같았다.

세븐 가디언 정도 되는 능력자들에게 성흔 같은 기적을 보는 것은 그리 희귀한 일이 아니었다. 그런데 이번에 일어난 성흔의 기적은 그들의 우두머리인 프란체스코 주교에게 일어났다는 점에서 특별한 의미를 지녔다.

그들은 급한 일이 있어서 프란체스코 주교를 만나러 온 것이었다. 하지만 프란체스코 주교가 깊은 기도에 빠져 있고, 성흔까지 나타나는 기적을 보이자 감히 프란체스코 주교의 기도를 방해하면서까지 굳이 용건을 꺼내려고 하지 않았다.

시간이 한참 지난 후에야 이윽고 프란체스코 주교는 어깨를 움찔하면서 서서히 기도를 마쳤다. 그가 최후의 마무리로 성호를 긋자 손에서 흐르던 선혈이 조금 튀었다. 프란체스코 주교는 조금 놀란 듯 어리둥절한 표정을 지으면서 피가 흐르는 두 손바닥을 들여다보았다.

그때야 베드로 수사가 입을 열었다.

"주교님……."

"아. 베드로 형제, 무슨 일입니까? 그리고 이건……? 이건 어떻게 된 일이죠?"

"주교님, 그건 성흔입니다. 기적이란 말입니다."

"성흔? 오오, 설마……."

프란체스코 주교는 의아한 얼굴로 자신의 두 손바닥을 한참 동안 들여다보다가 이마께가 간지러운 듯 슬쩍 손가락을 대 보았다. 그의 이마에도 가시에 긁힌 것 같은 상처가 나서 가늘게 피가 흘러내리고 있었다.

프란체스코 주교의 얼굴에 비로소 놀란 표정이 스치고 지나갔으나 곧이어 화제를 바꿨다.

"그런데…… 무슨 일 때문에 다들 이렇게 모인 거죠?"

"지금."

베드로 수사는 잠시 주변을 한 번 둘러보면서 무엇인가 보이지 않는 힘을 발휘해 본 뒤에 말을 이었다.

"주변에 몇몇 이상한 사람들이 와 있는 듯합니다."

"이상한 사람들이라고요?"

"심상치 않은 사람들 같습니다. 몇몇은 이교도인 것 같고."

"이럴 때는 이교도라는 말을 쓰지 마세요. 우리는 다른 종교도 존중할 줄 알아야 합니다."

그러고는 프란체스코 주교가 조용히 덧붙였다.

"이상한 사람이 몇몇 왔다고 가디언이 넷이나 모일 필요가 있습니까?"

네 사람의 가디언은 서로의 얼굴을 바라보면서 우울한 눈빛을 교환했다. 베드로 수사가 다시 말했다.

"일곱이 다 모여도 부족할 것 같습니다만…… 아녜스 수녀는 지금 부를 수 없는 상황이고, 다른 둘은 아직 병원에 있습니다. 교황청 경비대에 도움을 요청하는 것이 어떨까요?"

프란체스코 주교는 인상을 찌푸렸다. 네 명의 가디언이 모여도 부족한 정도라니. 그러나 프란체스코 주교는 고개를 저었다.

"그럴 수는 없어요. 교황청 경비대에게 우리나 그들의 모습을 보일 수는 없지 않나요? 어떻게든 우리 힘으로 해 봅시다."

네 사람의 가디언은 조금 불안한 듯했으나 흔쾌히 고개를 끄덕였다. 어찌 됐거나 프란체스코 주교의 판단이 가장 옳을 테니 말이다. 프란체스코 주교가 성호를 긋고 다시 말했다.

"주님께서 함께하시기를."

네 명의 가디언도 엄숙히 성호를 그으며 말했다.

"아멘."

프란체스코 주교가 베드로 수사에게 물었다.

"그들이 누군지 알 수 없나요?"

그 말을 듣고 뚱뚱한 루카 수사가 말했다. 루카 수사는 날 때부터 보통 사람보다 오감이 스무 배 이상 예민한 데다 후에 기도력으로 일종의 투시력까지 갖게 된 인물이었다.

"……마녀들이 아닐까 싶습니다만."

"마녀 협회……? 그들이 성소인 바티칸에……?"

"그들 말고도 있는 듯합니다……."

"그들 말고라면요?"

"회교도들도 있는 것 같습니다."

"마녀 협회와 회교도들이라…… 그렇다면 그들 역시 이것을 찾는 걸까요?"

프란체스코 주교는 조용히, 조금도 서두름 없이 주머니에서 작은 열쇠를 꺼내 책상을 열었다. 성흔에서 샘솟는 피와 열쇠와 옷. 피가 책상까지 묻었으나 프란체스코 주교는 조금도 개의치 않는 듯했다.

프란체스코 주교는 서랍을 열고 베드로 수사에게 그 안에 들어 있는 작은 가방 쪽을 향해 눈짓했다. 그러자 베드로 수사가 그 가방을 조심스레 들고 안에 든 것을 꺼냈다. 붉은 천에 감긴 세 개의 돌. 메소포타미아의 점토판 조각이었다.

"베드로 수사, 루카 수사, 가브리엘 수사가 하나씩 간직하세요. 최소한 모두를 잃어서는 안 됩니다."

세 명의 수사는 점토판을 각각 옷 속에 잘 갈무리했다. 아마도 아우구스티노 수사는 상처를 입은 몸이라 점토판 조각을 넘겨주지 않은 것 같았다.

"세 분 다 지금 나가세요. 곧! 그리고 최대한 빠르게 다른 방향으로 흩어지십시오. 최소한 내일 이후에 연락을 취하고 돌아오세요."

가브리엘 수사가 말했다.

"주교님……!"

"긴말할 시간이 없습니다. 어서 가세요. 설마 가디언의 능력으로 그들을 피할 수 없는 것은 아니겠지요? 그러면 주님께서 함께 하시기를······."

그때 베드로 수사가 흥분된 어조로 나섰다.

"주교님! 저희는 상관없습니다. 죽는 한이 있어도 이것을 지켜 내겠습니다. 그러나 주교님은 어쩌시려고······!"

"아닙니다. 저는 문제없어요. 내게 물건이 없는데 무슨 일이 있겠습니까?"

세 명의 수사는 등에서 식은땀이 흐르는 것 같았다. 그들은 지금 다가오는 어둠의 힘이 정말로 만만치 않은 존재라는 사실을 알고 있었다. 보통의 경비원들이나 경비 장치 같은 것으로는 조금도 막을 수 없는 자들인 것이다. 세븐 가디언이 있는 것은 그런 자들을 막기 위해서이지만 지금 밖에서 느껴지는 그들의 능력은 세븐 가디언의 힘을 능가하는 듯했다.

그런데 한 점의 능력도 없는 프란체스코 주교가 그들에게 어떻게 맞설 수 있겠는가? 하지만 프란체스코 주교는 조금도 긴장하거나 두려워하는 것 같지 않았고, 도리어 옅은 미소까지 머금고 있었다.

"주교님. 아우구스티노 수사가 같이 계시겠지만 이분은 상처를 입었고, 차라리 그럴 바에야 넷이 한데 모여 대적하는 편이······."

베드로 수사가 말하자 가브리엘 수사도 급히 거들었다.

"교황청 경비대에 연락해야 합니다. 그래야······."

"우리의 일로 아무것도 모르는 사람들에게 피해를 입게 할 수는 없어요. 더구나 경비대를 두려워할 정도의 자들이라면 애당초 이곳에 오지도 않았을 거예요. 여러분, 주님이 함께하십니다. 걱정하지 말고 어서 가세요."

그때까지 별말이 없던 루카 수사가 다급하게 나섰다.

"점점 다가옵니다. 기이한 자들이에요. 동방에서 온 자도 뒤섞여 있는 듯합니다. 어이쿠, 엄청난 것 같습니다!"

"주교님!"

베드로 수사가 황급하게 부르자 프란체스코 주교는 웃으며 고개를 저었다.

"내 말을 따르세요. 주님을 믿어야 합니다. 여러분, 저에게는 계시가 있었어요."

프란체스코 주교는 조용한 동작으로 팔을 들어 성흔이 생생한 양손을 벌려 보였다. 그것을 보고 수사들은 엄숙히 고개를 숙이고 성호를 그은 다음 등을 돌렸다.

못내 불안한지 가브리엘 수사가 말했다.

"그렇더라도 경비 장치는 발동하고 가겠습니다. 주의 가호가 있기를……."

가브리엘 수사의 말이 끝나자 베드로 수사는 그림자처럼 순식간에 자취도 없이 사라져 버렸고, 루카 수사는 문으로 천천히 걸어 나갔으며 가브리엘 수사는 벽 쪽으로 달려가다가 그대로 벽을 뚫고 사라졌다.

세 명의 수사가 사라지자 프란체스코 주교는 조용히 책상에 앉아 기도를 시작했다. 유일하게 남아 있는 아우구스티노 수사는 좌불안석이었다. 프란체스코 주교에게 나타난 성흔으로 미뤄 볼 때 계시가 있었다는 말은 틀림없었다. 아니, 설령 기적이 없었다고 치더라도 주교가 거짓말을 할 리 없으니, 그가 그랬다면 그런 것이었다.

도대체 무슨 계시였을까? 주교는 자신이 혼자 마녀 협회의 일당을 퇴치할 수 있다고 믿는 것일까? 아니면 자신이 주교를 지키기 위해 순교해야 한다고 생각하는 것일까?

아우구스티노 수사는 조용히 눈을 감고 부러지지 않은 한 손으로 합장하는 형태를 취하며 기도를 올렸다.

돌연 기도하던 프란체스코 주교가 자세를 풀지 않은 채 입을 열었다.

"수사님?"

"예, 주교님."

"밖에서 시끄러운 소리가 들리더라도 절대 움직이지 마세요. 조금도 움직이면 안 됩니다."

"예? 아, 예……."

"걱정하지 마세요. 기도합시다. 주의 뜻대로 모든 것이 이루어질 것입니다. 아멘……."

프란체스코 주교와 아우구스티노 수사는 함께 조용히 기도를 올렸다. 그러나 아우구스티노 수사는 도무지 불안한 느낌을 지울 수 없었기 때문에 기도에만 전념해 무념무상의 경지에 빠져들 수가 없었다.

시간이 조금 지나자 갑자기 창밖에서 와르릉하는 기운이 밀려들었다. 실제의 소리나 열, 폭발이 있었던 것은 아니었지만 무서우리만큼 강한 영력의 폭발 같은 것이 일어난 게 분명했다.

'이건 도대체 무엇일까? 베드로 수사는 세븐 가디언의 우두머리지만 이만큼 강한 능력은 없다. 그렇다면 도대체 누가 밖에서 이런 싸움을 하는 것일까? 온 것이 마녀들이 아니었단 말인가?'

순간, 이번에는 등골이 서늘할 정도로 사악한 기운이 창밖에서 느껴졌다. 아우구스티노 수사는 흠칫 놀라며 자신도 모르게 뛰쳐나가려는 듯 몸을 움찔했으나 프란체스코 주교의 손이 차분하게 아우구스티노 수사의 손을 잡았다. 그의 손에는 아직도 성흔이 남아 있었으나 피는 더 이상 솟구치지 않았다.

아우구스티노 수사는 다시 침착을 되찾았지만 머릿속으로는 수많은 생각들이 오가고 있었다.

'이건 마녀들이나 낼 법한 사악한 기운이다. 그러나 아까의 기운과는 조금 느낌이 다르다. 그렇다면 도대체 누가 밖에서 싸움을 벌이고 있단 말인가? 아니, 바티칸 내에서 이런 싸움이 벌어지는데 도대체 왜 아무 소리가 나지 않으며, 왜 아무도 그것을 모른단 말인가? 정말 기이하기 이를 데 없구나.'

창밖에서는 둔한 총소리 같은 것이 조금 들리기는 했지만 그것 말고는 어떤 특별한 소리도, 아무런 물리적인 울림 같은 것도 들리지 않았다. 하지만 영력이 발달한 아우구스티노 수사는 자신이 상상조차 하기 힘든 강력한 영력들이 소용돌이치면서 치열하게 부딪치고 있다는 것을 느낄 수 있었다. 그것도 한두 개가 아닌 십여 개의 기운들이 한데 엉키고 있었다.

'도대체 얼마나 사악한 자들이기에 이런 엄청난 기운을 뿜어내는 것인가? 그리고 도대체 밖에 누가 있기에 이렇게 엄청난 싸움을 한단 말인가? 마치 악마가 나타난 것 같구나.'

한편, 아래층으로 내려간 루카 수사는 문 앞에서 걸음을 멈추었다. 그의 뚱뚱한 어깨가 조금씩 떨려 왔고, 이마에서는 끊임없이 비지땀이 흘러내렸다. 그는 잠시 중얼중얼 기도문을 읊조리다가 문득 허공을 보고 말했다.

"베드로 형제, 가브리엘 형제. 여기 계신가요?"

가브리엘 수사가 먼저 맞은편 벽을 뚫고 서서히 모습을 나타냈다. 가브리엘 수사는 몸을 무화(無化) 할 수 있는 특이 능력의 소유자였다. 간혹 어떤 사람은 몸을 원자화 하는 능력이라고 하는 편이 정확하다고 했고, 또 어떤 사람은 일종의 텔레포트 능력이라고 했다. 그러나 실제로 그의 능력이 어떻게 이루어지는지는 아무도 알지 못했다. 그는 모습을 드러내자 곧 루카 수사에게 말을 건넸다.

"루카 형제께서도 나와 같은 생각을 하신 것 같군요."

루카 수사는 고개를 연신 끄덕이면서 말했다.

"그렇소. 그래……."

그러다가 루카 수사는 다시 허공을 올려다보았다.

"베드로 형제여…… 안 돼요, 안 돼. 우리 먼저 상의해 보고 행동을 결정합시다."

베드로 수사는 순식간에 루카 수사 앞에 모습을 나타냈다. 베드로 수사는 많은 능력을 가지고 있는 사람이었는데, 그의 능력 중 대부분은 초능력이었다. 그는 단거리로 텔레포트를 해 몸을 옮길 수 있는 능력을 지니고 있었으므로 그가 갑자기 나타난 것도 가디언들에게 그리 놀라운 일이 아니었다.

베드로 수사는 백발이 듬성듬성 섞인 검은 머리와 턱수염을 기르고 있는, 장대한 체구의 남자였다. 그는 강력한 능력을 지니고 있어서 가디언들의 우두머리를 맡고 있었지만 성질이 불같고 물러설 줄 모르는, 지나칠 정도로 꼿꼿한 성격의 소유자였기 때문에 루카 수사는 항상 그를 억제하는 역할을 했다.

루카 수사는 싸움보다 그의 예민한 감각으로 정보를 얻는 데 능했으며, 둔하게 생긴 외모와는 달리 머리 회전이 대단히 빠른 사람이었다. 그래서 루카 수사는 세븐 가디언의 참모 역할을 하고 있었다. 또한 성질이 급한 베드로 수사에게 조언해 그를 제어하는 역할도 맡고 있었다.

"무슨 일입니까? 한시가 급한데요."

베드로 수사가 긴장된 얼굴로 루카 수사에게 말했다. 루카 수사는 고개를 설레설레 흔들어 보이며 되받았다.

"좋지 않아요. 지금 나가는 것은 좋지 못할 것 같아요."

"주교님께서는 우리에게 임무를 부여하셨소. 우리는 무슨 일이 있어도 그것을 수행해야 합니다."

"지금 무턱대고 뛰쳐나가지는 말자는 것이지요. 형제여."

루카 수사는 한숨을 쉰 다음 말을 이었다.

"지금 밖에 모인 자들을 나는 대강 뚫어 볼 수가 있어요. 그러나 그들은 절대 만만하게 볼 자들이 아닙니다."

"싸우지 않고 빠져나가면 될 것 아니겠소."

루카 수사는 고개를 저었다.

"그것도 힘들 것 같아요. 바깥에는 지금 열다섯 명하고도 네 명의 능력자가 있습니다."

가브리엘 수사가 흠칫 놀랐다.

"열아홉 명이나 된단 말입니까?"

"그래요. 그 외에도 더 있지만, 일단 능력자만 따져서 열다섯 명하고도 넷입니다. 아니, 열다섯하고 셋하고 하나인 것 같기도 하고……."

성질 급한 베드로 수사가 불쑥 말했다. 숫자를 항상 먼저 말하는 것이 루카 수사의 말버릇인 걸 잘 알고 있었지만 그래도 짜증이 났다.

"열아홉이면 열아홉이지, 열다섯하고 셋하고 하나는 또 뭐요?"

"그들은 서로 다른 자들 같아서 그렇습니다. 열다섯 명이 한 패거리고, 세 명이 한 패거리, 그리고 또 한 명이 있어요. 아, 물론 열다섯 명도 전부 같은 집단인 것 같지는 않습니다만……. 최소한 그들의 의도는 모두 같아요. 더구나 그 외에도 수십 명이 더 있습니다. 그러나 나머지 셋하고 한 명은 좀 다른 것 같습니다."

그러고 나서 루카 수사가 땀을 흘리며 덧붙였다.

"좋지 않아요, 좋지 않아. 베드로 형제여, 형제의 힘은 누구보다도 내가 잘 알아요. 그렇지요?"

"당연하지 않소?"

"그렇다면 내 말이 귀에 거슬리더라도 결코 노하지는 말아 줘요. 그럴 수 있나요?"

"좋소, 좋아. 말이나 해 보시오. 시간이 아깝소."

"베드로 형제의 힘이라면 아마 우리를 둘러싼 열다섯 명은 그럭저럭 피해 나갈 수 있을 거예요. 만에 하나 그들이 형제를 추적한다 해도 말이죠. 그러나 가브리엘 수사는 무사히 나갈 수 있을지, 없을지 점칠 수가 없고 나는 십중팔구 빠져나가기가 좀 힘들 거예요. 하지만 문제는 그게 아니라……."

"또 뭐가 문제란 거요?"

"문제는 그들 중에 너무나…… 너무나 강한 상대가 있다는 거예요. 나로서는 짐작조차 할 수 없을 정도로 강해요. 그래요…… 그런 자가 셋이나 있어요."

그 말에 베드로 수사도 입을 꾹 다물었다. 그 정도는 베드로 수사도 희미하게 느끼고 있었다. 그런데 그런 것들을 정확하게 읽어 내는 루카 수사가 이렇게 장담하니 그로서도 마음이 무거워졌다.

"그렇다고 그들이 겁나지는 않소. 주님께서 우리와 함께하실 것이니……."

베드로 수사가 말하자 루카 수사가 나섰다.

"오, 물론 목숨이 아깝다거나 두려운 것은 아니에요. 그러나 우리는 주교님께서 주신 임무에 실패해선 안 돼요. 그리고…… 이대로라면 주교님도 필경 난처한 처지에 빠지고 말 거예요. 아우구스티노 형제가 있다고 해도 도움이 못 돼요."

루카 수사가 잠시 뜸을 들이다가 다시 말했다.

"우리가 한데 뭉친다면, 그 열다섯 명 중 열네 명은 상대할 수 있을 거예요. 그런데 그중에 엄청난 자가 한 명 있어요……. 그가 합세한다면 우리도 장담할 수 없어요……. 그런데…… 또 다른 자들이……."

"아까 말한 세 명과 한 명이라는 자들 말이오?"

"그래요. 세 명 중 한 명은 엄청난 사람이에요. 그리고 다른 한 명도 어마어마해요. 그들이 만약 우리나 우리가 지닌 이것을 노리고 한꺼번에 덤벼든다면 우리는 꼼짝도 할 수 없어요."

그러자 지금껏 조용히 있던 가브리엘 수사가 흥분된 얼굴로 입을 열었다.

"그렇다고 우리가 그들에게서 달아나지도 못한단 말입니까? 그 정도라고는 믿을 수가……."

루카 수사가 심각한 표정으로 가브리엘 수사를 바라보았다.

"형제여, 형제의 무화 능력은 대단해요. 그 능력을 발휘하면 벽을 통과하는 것은 물론이고 쏟아지는 총알 속에서도 조금도 다치지 않을 수 있겠죠. 하지만 그들은 그런 것과 차원이 달라요."

그 말을 들은 베드로 수사가 버럭 화를 냈다.

"그렇다면 뭐요? 지금 형제는 시간을 끄는 거요?"

어이없게도 루카 수사가 고개를 끄덕였다.

"맞아요. 일단은 여기서 이렇게 시간을 끌고 있어야 합니다. 그래서 자꾸 떠드는 겁니다."

베드로 수사는 수염을 곤두세우며 화를 냈다.

"당신…… 아니, 형제는……."

가브리엘 수사가 끼어들었다.

"지금이라도 저들이 들이닥칠지 모르는데 말입니까? 경비대가 출동하기를 기다리는 건가요?"

"경비대는 전혀 도움이 안 돼요. 그들을 불러 봐야 모조리 희생될 뿐이에요."

"그럼 뭡니까?"

"잠깐, 잠깐만 기다려 봐요. 조금만 더…… 아…… 그래!"

갑자기 루카 수사가 탄성을 지르더니 얼굴이 밝아졌다. 베드로 수사와 가브리엘 수사는 무슨 일인가 하고 그의 얼굴을 쳐다보았다. 그러자 루카 수사는 다행이라는 듯 고개를 끄덕였다.

"다행이군요. 내 생각이 맞았어요. 좋아요, 이제는 됐습니다."

"무슨 소리요?"

"아…… 내 생각대로예요. 열다섯 명은 악한 자들이지만, 세 명은 그렇게 악한 것 같지 않았어요. 그 세 명과 열다섯 명이 서로 싸우기 시작했습니다. 그렇다면 승산이 있어요."

"그러면 루카 형제께서는 그것을 짐작하시고……?"

"맞아요. 베드로 형제의 성질이 원래 급해서 이렇게라도 시간을 끌지 않았으면 벌써 뛰쳐나가 당했을 거예요. 만약 그들 모두가 우리를 노렸다면 어땠을까요? 우리가 나타나면 그들은 전부 합세해서 우리를 공격했을지도 몰라요. 그러면…… 아멘일 뿐이죠. 그러나 자기들끼리 일단 맞붙었으니 이젠 그다지 걱정할 것 없습니다. 열다섯 중 가장 강한 자가 셋 중에서 가장 강한 자와 맞붙었으니, 이제는 크게 염려할 것 없어요."

베드로 수사가 볼멘 목소리로 툴툴거렸다.

"다행이기는 하나 창피한 일이군!"

가브리엘 수사는 베드로 수사의 마음을 알 수 있었다. 세븐 가디언은 전 세계에서 가장 강한 능력자로 이루어진 집단이라는 자부심이 있었고, 우두머리인 베드로 수사는 더더욱 그런 마음이 강했다. 베드로 수사는 신앙심이 깊었지만 성직자가 될 만한 사람은 아니었다. 오히려 권투 선수가 되는 편이 나았을 거라는 소리를 들을 정도로 다혈질이었으니까.

그런 베드로 수사로서는 이렇게 남들의 눈치를 보다가 어부지리를 취하는 것이 마음에 들 리 없었다. 솔직히 가브리엘 수사도 젊었기 때문에 그런 마음을 이해할 수 있었지만 이번 일은 심각한 것이었기 때문에 그런 눈치를 보일 수 없었다. 루카 수사가 다시 말했다.

"흠…… 아무래도 우리가 도와야 할 것 같군요."

"돕다뇨?"

"한 명과 한 명이 싸우고 있으니 열네 명과 두 명이 싸우게 된 셈인데, 그건 좀 벅차 보이는군요. 어차피 우리를 그렇게 적대시하지는 않을 사람들인 것 같고, 나쁜 의도가 없는 것 같으니 그들을 도와주는 것도 좋겠지요."

"그 세 명은 믿을 만한 사람들이란 말이오?"

루카 수사는 살찐 뺨을 실룩거리면서 싱긋 웃어 보였다.

"신앙인으로 할 짓은 좀 아니라고 보이지만, 가급적 많은 수가 쓰러질수록 우리에게는 유리하지 않을까요? 이대로 두면 열다섯 명과 하나가 되고 조금 더 있으면 열다섯 명과 우리 셋이 될지도 모르잖습니까. 만약 셋이 믿지 못할 자들이라 해도 열다섯보다는 셋이 낫겠지요. 안 그래요?"

"나는 그렇게 따지는 것은 질색이오. 좌우간 우리를 도와주니 손님들이라 할 수 있는데, 손님 대접을 이렇게 해서는 안 되지 않겠소?"

베드로 수사가 성큼 팔을 걷어붙이면서 문 쪽으로 다가서자 가브리엘 수사도 눈치를 보다가 그 뒤를 따라갔다. 그러자 루카 수사가 말했다.

"힘을 아끼세요. 능력을 다 보여 주면 안 됩니다. 힘을 아껴야만 합니다. 만약의 경우에 대비해서……."

"알겠소이다."

그리고 세 명의 가디언은 문밖으로 달려 나갔다.

바티칸에서의 싸움

어느 정도 짐작은 하고 있었지만 문밖에서 벌어지는 싸움은 상상을 초월했다. 저만치 아주 커다란 회색 리무진이 한 대 서 있었는데, 그 앞에서 한 사람이 무엇인가를 둔하고 낮은 펑펑 소리와 함께 쏘아 대고 있었다. 총 같지는 않았는데, 멀리서는 알 수가 없었다.

그 주변에는 삼사십 명이나 되는 남자와 여자들이 달리고 피하면서 겨루고 있었고, 또 저쪽에서는 다른 삼사십 명이 왁자하니 몰려다니면서 싸우고 있었다.

그런데 그 사이로 거의 보이지도 않을 정도로 날렵하게 검은 그림자 하나가 획획 날아다니고 있었다. 루카 수사가 말한 것처럼 한쪽은 분명히 세 명 같았지만, 다른 쪽은 열다섯 명이 아니라 오륙십 명은 족히 넘어 보였다.

"많군요……."

루카 수사는 고개를 설레설레 저으며 다른 쪽을 가리켰다.

"숫자가 문제가 아니죠. 저길 봐요."

그쪽을 보자 가브리엘 수사가 흠칫하면서 걸음을 멈추었다.

"오오…… 주여……."

두 패로 갈라져 싸우는 사람들의 가운데에서는 두 사람이 서로 마주 보고 꼼짝도 하지 않은 채 서 있었다. 겉으로 보기에 가운데의 두 사람은 서로 노려보고만 있는 것 같았지만, 그곳에서는 이루 형언할 수 없을 정도의 무서운 분위기가 가득했다.

영력을 지닌 가디언들의 눈으로 볼 때 가운데에 서 있는 덩치 큰 남자의 몸에서는 녹색 오라가 끊임없이 발출되고 있었는데, 반대편의 검은 머리 여자에게서는 그와 전혀 상반된, 검은빛이 뿜어져 나와 서로 충돌해 사라지고 있었다.

그런데 그 기세라는 것이 워낙 대단해서, 가브리엘 수사 같은 경우는 자신이 그 안에 휘말렸다가는 단 일 초도 버티지 못하고 가루가 돼 버릴 것 같은 느낌까지 들었다. 자세히 보니 돌로 된 그들 주변의 바닥이 쩍쩍 금이 가면서 부스러지고 있는 것이 눈에 들어왔다.

"굉장하군요……."

루카 수사가 말끝을 흐리다가 이내 덧붙였다.

"그쪽은 금방 승부가 나지 않을 거예요. 우린 다른 사람들을 돕도록 합시다."

그러면서 루카 수사는 가브리엘 수사를 잡고 회색 리무진 쪽으로 달려갔다. 그리고 베드로 수사는 반대편의 사람들 쪽으로 나아갔다. 몰려든 사람 중 삼분의 일가량은 여자들이었고 삼분의 이가량은 남자들이었는데, 특히 여자들은 몸서리가 쳐질 정도로 사악한 기운을 뿜어내고 있었다. 그리고 대부분의 남자는 눈빛이 흐리멍덩한 것으로 볼 때 아무래도 제정신인 것 같지 않았다. 아니, 그 정도가 아니라 아예 살아 있는 사람인 것 같지가 않았다.

그 외에도 몇몇 다른 남자들은 눈을 감고 자리에 앉아 뭔가를 불러내는 듯했는데, 그들은 회교도들인 것 같았다. 그러나 그들이 불러낸 무형의 존재들은 아직 싸움에 끼어들지 않았다. 그들도 어부지리를 노리고 있는 것 같다고 루카 수사는 생각했다.

리무진 쪽에 버티고 선 남자는 키가 크고 몸이 깡말랐으며 옷차림이 단정한 노신사였는데, 그는 이상하게 생긴 엽총을 들고 사람들에게 쏘아 대고 있었다. 처음에 가브리엘 수사는 그것을 보고 너무하다고 생각해 그 사람을 저지하려 했다. 이를 눈치챈 루카 수사가 말했다.

"살상용 총이 아닙니다. 잘 봐요."

그 말을 듣고 보아하니 그 사람이 쏘고 있는 것은 살상용 총알이 아닌 듯했다. 총알을 맞은 사람들도 피를 뿜거나 죽지 않고 다만 저만치 나가떨어졌다가 시간이 조금 지나면 다시 일어났다. 그런데 그 남자 주위로 계속 달려가는 자들은 모두 남자들이었고, 여자는 한 명도 없었다.

그 사람의 총은 개조된 듯이 총알이 수없이 많이 나갔는데, 그나마도 조금 지나자 총알이 떨어져 가는 것 같았다. 그것을 보고 가브리엘 수사가 무화 능력을 발휘해 달려가려 하자 루카 수사가 제지했다.

"대부분의 남자는 조종받고 있는 시체들이오. 여자들 쪽을 해결하는 게 더 쉬울 겁니다."

여자들은 아무리 살상용 총알이 아니라 할지라도 그 앞으로 나서고 싶지는 않은 듯 모두 멀찍이 물러서서 남자들을 조종하고 있는 듯이 보였다. 가브리엘 수사는 무화 능력을 발휘하고, 루카 수사는 소매에서 짤막한 막대기를 두 자루 꺼내 손에 끼운 뒤 여자들을 향해 달려갔다.

한편, 베드로 수사는 또 다른 싸움이 한창 벌어지고 있는 곳으로 달려가다가 거기서 조금 떨어진 곳에서 덜컥 걸음을 멈추었다.

"저건……."

그곳도 상당수의 남자와 여자들이 한데 엉켜 싸우고 있었다. 베드로 수사는 세븐 가디언의 우두머리답게 여자들은 어둠의 힘을 사용하는 마녀들이며, 남자들은 그 마녀들이 조종하는 꼭두각시들이라는 것을 단박에 알아냈다. 그런데 그 안을 보이지 않을 정도로 빠르게 누비고 다니는 자는…….

'저건 흡혈귀 아닌가? 이런 세상에……! 아무리 말세라지만 흡혈귀가 바티칸에 들어오다니!'

분명 마녀들과 남자들은 떼를 지어 그 흡혈귀를 공격하고 있었다. 루카 수사의 말에 의하면, 지금 그들에게 더 큰 적은 마녀들이었다. 하지만 가톨릭의 성직자로서 흡혈귀 같은 반(反)그리스도적인 괴물[1]의 편을 들 수는 없었다.

---

1   성서에서는 피를 생명력의 원천으로 보아 상당히 중시한다. 『구약』에 나오는 구절 중 '고기를 절대 피째 먹지 말라'고 한 것이나 '피 없는 고기는 먹지 말라'는 등의 문구가 자주 보이기 때문이다. 이로 인해 서양인들은 '피 없는 고기'라 해서 최근에 이르기까지 문어나 오징어를 잘 먹지 않았다. 단 하나의 예외는 그리스인인데, 이들은

'좋다, 일단 끼지 말고 정세만 관망하자.'

베드로 수사는 조금 떨어진 곳으로 텔레포트 해 몸을 감추고 돌아가는 대로 상황만 지켜보았다. 그런데 조금 지켜보자 자신의 짐작과 상황이 다르다는 것을 깨닫게 됐다. 마녀들은 분명 흑마술을 사용하고 있었는데, 흡혈귀는 어딘가 달랐다.

흡혈귀류는 근래 들어 거의 나타나지 않게 됐지만 베드로 수사는 흡혈귀 족속을 상대해 본 적이 있어서 그들의 흉포함과 잔인성을 잘 알고 있었다. 그러나 저 흡혈귀는 무서운 속도로 움직이면서 때로는 바람을 일으키고, 때로는 상대를 걸어 넘어뜨리거나 집어 던지기도 하면서 간신히 상대를 조금씩 처리해 나가고 있었다. 기이하게도 그의 처지에서는 상황이 절박할 텐데도 그는 상대방에게 치명적인 공격을 가하지 않았다.

'이상하다······.'

마침내 베드로 수사는 루카 수사의 말대로 행동을 개시했다. 열다섯보다는 셋이 상대하기 쉬울 것이라는 루카 수사의 타산적인 계산 때문이 아니라 순전히 저 흡혈귀의 흡혈귀답지 않은, 자못 신사적인 행동에 마음이 끌린 것이었다.

각자 나름의 특기는 달랐지만 세 가디언의 근본적인 힘은 성스러운 기도력에 기본을 두고 있었다. 그런 기도력은 마녀들의 흑마

문어 등을 아주 잘 먹는다. 이처럼 기독교에서는 피를 중시하기 때문에 그 피를 마시고 생명을 유지하는 흡혈귀류보다 더 반기독교적인 괴물은 없다고 봐도 좋을 것이다.

술에는 가장 극성(極性)인 힘이기도 했다. 세 수사는 모두 성수 뿌리개를 가지고 있었으며, 그들의 성수에 맞을 때마다 적들은 고통스러운 비명을 질러 댔다.

지금까지 두 사람은 상당히 고전하고 있었지만 세 명의 수사가 끼어 그들을 돕자 상황은 완전히 역전됐다. 일단 밀리기 시작하자 남자들은 타격을 받고 대부분 땅에 쓰러져 버렸다. 물리적인 공격에는 금방 회복하고 일어나던 남자들도 기도력에 타격을 입자 견디지 못하는 것 같았다.

위기감을 느꼈는지 마녀들이 모두 모이더니 최후의 힘을 한데 모았다. 그러자 검은색의 기운이 뭉클거리면서 그들의 주변을 에워쌌다. 세 명의 가디언들마저 그 기운에는 잠시 주춤했는데, 그 순간 마녀들이 목소리를 모아 뭐라 크게 소리를 지르자 쓰러졌던 남자들이 벌떡벌떡 자리에서 일어섰다.

돌연 그들의 얼굴이 점차 비틀어지기 시작했다. 얼굴이 비틀어지면서 손과 얼굴 등에 모두 북슬북슬한 털이 돋아나기 시작했다. 그러고는 일제히 기괴한 울음소리를 내면서 다가오기 시작했다. 성수도 그들에게는 아무 소용이 없었다.

"웨어울프!"

루카 수사가 소리치자 가브리엘 수사와 베드로 수사는 즉각 위치를 옮겨서 둥글게 모여 섰다.

그러자 총을 쏘아 대던 남자가 외쳤다.

"물러서시오!"

어느새 모습을 바꾼 늑대 인간들이 으르렁거리면서 다가왔다. 남자는 서두르면서도 몹시 침착하게 리무진의 트렁크를 열더니 철컥거리면서 번쩍거리는, 은빛 나는 거대한 기계를 꺼내 어깨에 둘러맸다. 그러고는 커다란 가방을 하나 손에 들더니 뚜벅뚜벅 걸어 늑대 인간들 쪽으로 걸어가는 것이었다. 가면서도 그는 계속 기계 장치를 철컥거리며 조종하는 듯했다.

세 명의 가디언은 잠시 멈칫했다. 가디언들도 온갖 초자연적인 일에 만성이 된 사람들이었지만 이렇게 많은 늑대 인간을 한 장소에서 만난 적은 없었다. 게다가 굳이 저 남자가 나서는데, 그 안위를 걱정해 주는 것도 그렇고 해서 일단 그들은 뒤로 물러섰다.

남자는 수십 명의 늑대 인간들이 몰려오는데도 전혀 기가 죽지 않고 다리를 딱 버티고 서서 흡혈귀 남자를 향해 외쳤다.

"뒤를 좀 받쳐 주시오!"

흡혈귀 남자는 재빨리 날아와 남자의 등에 불쑥 튀어나온 장치를 받쳤다. 그러자 리무진 앞의 노신사가 어깨에 멘 커다란 원통 같은 것에서 뭔가 불쑥 솟아 나왔다. 여섯 개의 파이프 같은 것이 둥글게 이어진 벌컨포였다. 그리고 날카로운 모터 소리와 함께 벌컨포의 총신이 무서운 속도로 돌기 시작했다.

가브리엘 수사는 자신도 모르게 성호를 그었다.

"오, 주여! 아예 전쟁입니까?"

그런데 그때 중앙에서 가만히 서 있던 두 사람 중 덩치가 큰 남자의 몸이 약간 움직이는 듯하더니 연녹색의 희끄무레한 빛이 그의 몸에서 쏴악 뿜어졌다. 그 빛은 사라지지 않고 늑대 인간들의 앞을 막아 장벽 비슷한 것을 치는 것처럼 보였다.

그러자 사나운 늑대 인간들도 위협조로 소리를 질러 댈 뿐, 함부로 범접하지 못했다.

그 광경을 본 가브리엘 수사가 경악에 가득 찬 소리를 질렀다.

"저건 오라가 아닙니까?"

루카 수사는 눈을 크게 뜬 채 멍하니 고개를 끄덕거려 보일 뿐이었다. 가브리엘 수사가 다시 말했다.

"세상에…… 저 정도의 오라를 내는 사람이 있었습니까?"

베드로 수사가 지기 싫은 듯 불쑥 끼어들었다.

"신의 경지에 다다른 오라는 눈에 보이지 않소!"

"하지만 그렇다고 해도 저 정도 경지에 다다른 사람이 과연 존재할 수 있는 걸까요?"

가브리엘 수사가 말하자 베드로 수사도 더 이상 말을 잇지 못했다. 지금 저 사람은 엄청난 상대와 보이지 않는 대결을 하면서도 힘을 나누어 저렇듯 강렬한 오라를 발하고 있으니 세븐 가디언으로서는 따라갈 수 없는 경지에 다다른 사람임이 분명했다.

그때 루카 수사가 나섰다.

"저런 색깔의 오라는 그리스도를 믿지 않는 사람에게서는 나올 수 없을 겁니다."

세 명의 가디언은 오라의 색깔을 보고 지금껏 품었던 불신감이 사라지는 것을 느꼈다. 그러나 저 남자가 왜 힘을 나누어 늑대 인간들을 차단했는지는 짐작이 가지 않았다.

그때 지금껏 눈치를 살피고 있던 듯한 회교도 남자들이 일제히 힘을 발하기 시작했다. 사방에서 미친 듯한 바람이 일면서 무시무시한 불덩어리가 바람을 타고 날아들었다.

"이프리트[2]! 정령력이오!"

베드로 수사가 외치면서 힘을 모으자 그의 몸에서 빛이 나면서 오라가 접시 모양으로 둥글게 퍼져 나와 방패처럼 세 가디언의 앞을 막았다. 베드로 수사의 오라 방패는 그의 주특기이기도 했다. 그러나 오라는 흑마술이나 기타 사악한 주술에는 강력한 보호력을 발휘하지만 정령력에는 그렇게까지 강력한 보호력을 발휘하지 못했다. 그래서 가브리엘 수사와 루카 수사가 힘을 합쳐서야 간신히 날아오는 불덩어리들을 도로 튕겨 낼 수 있었다.

흡혈귀 남자는 제구가 삭은 편이었는데도 누서운 벌건뇨를 싥어진 노신사를 들고 이리저리 재빨리 불덩이를 피해 다녔다. 흡혈

---

2 이슬람 신화에서 이프리트는 거대한 날개가 달린 연기 형태의 존재로 알려져 있다. 남성형인 이프리트와 여성형인 이프리타로 나뉘며, 고대 아랍 부족 사회와 같이 왕, 부족, 씨족의 사회를 이룬다고 전해진다. 진과 마찬가지로 이슬람교의 신자일 수도 있고, 비신자일 수도 있으며, 선할 수도 악할 수도 있는 존재이지만 마술을 사용하는 강력한 존재이다. 그러나 대부분 사악하고 무정한 편에 속한다고 여겨진다. 『코란』이나 『하디스(마호메트의 언행을 실제로 목격해 적은 기록)』에도 이프리트가 언급되는데, 대부분 반항적인 의미로 사용됨을 알 수 있다. 이프리트는 불의 진으로 알려져 있으나, 불만 다루는 존재라고는 할 수 없다. 다만 일반적인 관념을 고려해 본문에서는 불의 다루는 진으로 묘사했다.

귀에게도 미친 바람을 일으키는 술수가 있기 때문에 그럭저럭 염려 없는 것 같았다. 그런데 놀라운 것은 중앙의 남자였다.

애초에 불덩이들은 그 남자를 향해 쏘아진 것 같았는데, 기이하게도 그 남자의 몸 가까이에 간 불덩이들은 모두 방향을 바꾸어 사방으로 흩어져 어지럽게 날아가 버렸다. 그 때문에 세 가디언은 더 많은 불덩이를 쳐 내느라 그들의 능력을 반 이상 노출할 수밖에 없었다.

"정말 대단하군요. 정령력이 아예 범접도 하지 못하다니."

가브리엘 수사는 헐떡거리면서도 그 남자에게서 눈을 떼지 못했다. 그러자 베드로 수사가 말했다.

"이상하군. 저 남자가 힘을 쓴 것이 아니라 정령들의 힘이 저 남자를 스스로 비껴간 것 같은데……."

그때 루카 수사가 손가락을 입술에 갖다 대며 "쉿!" 하고 소리를 냈다.

"뭡니까?"

"조용히! 저들의 대화가 들려요."

중앙의 남자와 그와 대치하고 있는 여자는 겨루면서도 대화를 나누고 있었다. 비록 마음속으로는 전달되는 이야기였지만 루카 수사의 초감각은 보통이 아닌지라 그런 소리까지도 엿들을 수 있었다.

너는 왜 우리를 막는 거지? 왜 우리 일에 참견하는 거지?

너희의 목적이 옳지 않기 때문이다.

너도…… 너도 우리와 같은 목적을 가지고 있지 않느냐?

그렇지 않다.

하지만…….

몇 마디를 더 들은 루카 수사는 감았던 눈을 번쩍 떴다. 그리고 조용히 베드로 수사를 쳐다보고는 느껴질까 말까 하는 아주 작은 텔레파시로 말했다.

우린 여기를 떠납시다.

"무슨 소리요? 저들을 그냥 두고……?"

베드로 수사가 눈을 크게 뜨자 루카 수사는 재빨리 자신이 지니고 있던 점토판을 베드로 수사의 품에 넣어 주었다. 그리고 가브리엘 수사에게도 눈짓했다. 가브리엘 수사는 조금 멍하니 서 있다가 곧 루카 수사의 뜻을 알아채고 자신이 지니고 있던 점토판을 베드로 수사에게 주었다.

우린 여기 있겠소. 그러니 형제는 몸을 피해 계시오. 반드시 이것들을 지켜야 합니다.

"무엇 때문에 그러는 거요?"

자세한 건 나중에 설명하겠소. 저들은 아직 눈치채지도 못하고 있으며, 눈치챘다 해도 베드로 형제의 텔레포트 능력이면 저들이 쫓지 못할 거요. 형제는 반드시 그들과 맞서려 하지 말고 무조건 텔레포트 해서 도망치기만 하시오. 만약 따라가려 한다 해도 나와 가브리엘 수사가 막아서겠소. 그러니 어서!

그 말을 듣고 베드로 수사는 곧 세 개의 점토판을 잘 갈무리해 길게 늘어진 수도복 속에 넣고는 자취를 감추었다.

한편, 눈에 보이지는 않지만 격렬하기 이를 데 없던 싸움도 끝나 가는 것처럼 보였다. 그때까지는 잘 버티고 있었지만 여자 쪽이 점차 뒤로 밀리는 것이 확연했다. 여자는 조금씩 비틀거리면서 뒤로 물러서다가 마침내 그 자리에 털썩 무릎을 꿇었는데, 놀랍게도 여자가 무릎을 꿇자 돌로 된 밑바닥이 움푹 꺼지면서 반 뼘이나 쑥 들어가 버렸다. 무시무시한 힘을 받는 것이 분명했다.

여자가 악을 썼다.

"이 지독한 놈!"

무의식중에 여자가 쓴 말은 마녀답지 않게 라틴어였다. 남자도 입을 열어 라틴어로 말했다.

"이것은 네 증오의 무게일 뿐, 네 죄악의 무게를 얹으면 이보다 더할 것이다."

여자가 갑자기 몸을 뒤로 휙 젖혔다. 여자의 몸은 마치 뼈 없는 물고기처럼 뒤로 둥글게 휘어지면서 두어 바퀴를 그대로 데구루루 굴러 간신히 남자의 힘에서 빠져나가는 것 같았다.

돌연 여자가 크게 소리를 지르자 오라에 막혀 웅성거리던 늑대 인간들이 갑자기 요란한 비명을 질러 댔다. 그들의 눈과 귀에서는 피가 솟구쳤다. 그러자 그들은 갑자기 형언할 수 없으리만큼 흉포해져 중앙에 서 있던 남자만을 노리고 달려들려 했다.

그때 저쪽의 노신사가 메고 있던 벌컨포가 회전하면서 맹렬하게 불을 뿜어 댔다. 사방에 탄피가 날리면서 화약 연기가 자욱하게 일어났고, 늑대 인간들은 와르르 뒤로 밀리면서 서로 부딪쳐 넘어졌다.

바닥에는 잘 다져 놓은 포석들이 부서져 돌가루가 사방에 날렸다. 늑대 인간들을 향해 쏜 것이 아니라 그들의 발밑을 향해 쏜 것이었다. 또 워낙 많은 탄환이 날아가는 판이라 몇 명의 늑대 인간들은 총을 맞았는지 비명을 지르면서 그 자리에 쓰러져 신음했고, 나머지도 주춤거리며 뒤로 물러섰다.

그러자 노신사는 여전히 차분하게 품에서 뭔가 주먹만 한 것을 꺼내 획획 던졌다. 그것들은 수류탄처럼 늑대 인간들의 머리 위에서 펑펑 폭발했는데, 파편이나 연기 대신 투명한 액체가 쏟아졌다. 액체가 닿는 늑대 인간들의 몸에서는 푸른 불길이 일어났다. 그 많고 사납던 늑대 인간들도 몸에 불이 붙어 아우성치면서 흩어졌다.

다시 한번 조금 먼발치에 있던 남자들이 정령들을 조작하려 했으나 무시무시한 정령들의 기운은 헛되이 허공을 휘저을 뿐, 한 방도 명중하지 않았다.

검은 머리의 여자가 문득 짐승 같은 날카로운 소리를 지르더니 순식간에 모습을 감춰 버렸다. 우두머리가 사라지자 마녀들은 몹시 당황한 듯 거미 떼처럼 흩어져 달아났다. 조종자가 신경을 쓰지 않자 늑대 인간들도 그 자리에 픽픽 쓰러져 도로 사람의 모습으로 변해 갔다. 회교도로 보이는 자들도 자신들의 주술이 하나도 먹혀들지 않자 조용히 사라져 버렸다.

중앙에 서 있던 덩치 큰 남자나 노신사, 흡혈귀 남자 등은 그들을 쫓을 생각도 하지 않고 그들이 사라지는 모습만 조용히 바라보고 있었다. 루카 수사나 가브리엘 수사도 멍하니 그 광경을 바라보고만 있을 따름이었다.

노신사는 쓰러져 버린 남자들을 살펴보고는 혼잣말로 투덜거렸다. 언뜻 들으니 이미 죽은 자들인 줄 알았으면 진작 직격탄으로 처리할 수 있었을 거라고 하는 듯했다. 마녀들도 몇몇은 도망치지 못하고 쓰러져 있었다.

잠시 후 장비를 풀어 버린 노신사가 루카 수사에게 뚜벅뚜벅 걸어와 억센 북유럽 억양으로 말했다.

"고맙소. 이단 심판소의 수사님들이시오?"

가브리엘 수사가 고개를 끄덕이자 노신사는 다시 정중하게 말했다.

"대단한 힘들을 지니고 계시던데…… 혹시 프란체스코 주교님 휘하의 세븐 가디언이 아니시오?"

루카 수사가 나서면서 말했다.

"그렇소. 나는 루카 수사라고 합니다. 당신들은 누구시오?"

"나는 스웨덴에서 온 이반이라 하오. 프로페서 이반. 그리고……."

"저 사람은 흡혈귀가 아닙니까?"

가브리엘 수사가 흡혈귀 남자를 보고 말하자 이반 교수는 미소를 띠며 고개를 저었다. 이미 그 남자는 작달막한 본래의 모습으로 돌아와 있었다.

"저분은 성공회의 윌리엄스 신부님이시오."

그때 윌리엄스 신부는 예의 피를 소모해서인지 그 자리에 털썩 쓰러져 버렸다. 그러자 이반 교수가 덧붙였다.

"흡혈귀의 힘은 지녔지만 남의 피를 빠는 악인은 아니시오. 빈혈기는 좀 있지만……. 그리고 저 가운데 계신 분은 한국에서 오신……."

박 신부가 미소 띤 얼굴로 다가오면서 이반 교수의 말을 잘랐다.

"박이라고 합니다."

루카 수사는 살이 쪄서 안 그래도 가늘어 보이는 눈을 더욱 가늘게 뜨며 고개를 갸웃거렸다.

"흠……."

"일단 어디든 연락을 해서 시체들과 부상자들을 옮기도록 조치하는 것이 낫지 않을까요? 저들은 이용당한 불쌍한 사람들일 뿐이라."

"알겠습니다. 그건 당연히 그래야죠."

루카 수사의 말에 쓰러진 윌리엄스 신부를 둘러메면서 이반 교수가 덧붙였다.

"물론 이런 일은 가급적 조용히 처리하는 게 좋다는 것은 아실 줄로 믿습니다만."

"잘 압니다. 그런데 여기는 무슨 일로 오신 겁니까? 그리고 저들과는 어떻게……."

"저들과는 우연히 마주치게 됐소. 이미 눈치채셨는지 모르겠지만 저들은 마녀 협회에서 온 자들이오. 검은 지하드라는 회교권의 비밀 결사와도 손을 잡고 온 것이오."

"그럼 저들이 무엇을 노리고 왔는지도 아시겠군요?"

"그것 때문에 상의드릴 일이 있습니다만."

이반 교수에 이어 박 신부가 나섰다.

"가능하다면…… 주교님과 대화할 수 있겠습니까?"

"직접 말씀이십니까?"

"예. 중요한 일이기 때문입니다."

"곤란합니다. 주교님게서는……."

루카 수사가 고개를 젓자 박 신부는 품에서 무엇인가를 꺼내 보이면서 말했다.

"이것에 관련된 문제입니다. 이걸 돌려드리러 온 겁니다."

그것은 또 한 개의 점토판이었다. 방금 프란체스코 주교가 피신시킨 세 개의 점토판의 또 다른 조각. 아우구스티노 수사가 천신만고 끝에 얻었다가 한국에서 잃어버린 바로 그 점토판인 듯했다. 그것을 보자 루카 수사가 인상을 썼다.

"……돌려준다고요?"

"그렇습니다. 대단히 중대한 물건이라 여겨지고, 또 오해가 있었던 터라 직접 만나 뵙고 말씀을 드려야 할 것 같아서……."

그때 가브리엘 수사는 루카 수사를 잠시 끌고 조금 뒤로 물러서서 귀에 대고 속삭였다.

"만나게 해 드립시다. 아까의 상황을 보면 주교님께서는 이렇게 될 것을 미리 아셨는지도 몰라요."

"무슨 소리입니까?"

"주교님은 방금 기적의 은총을 입으셨습니다. 그래서 자신의 안위는 걱정 없으시다고 하신 걸 테죠. 더구나 또 하나의 점토판을 저들이 돌려준다면 또한 좋은 일 아닙니까?"

"그 말을 어찌 그대로 믿는단 말인가?"

"하지만 우린 잃을 게 없습니다. 저들은 점토판을 돌려주러 왔다고 했고, 또 나쁜 의도는 가지고 있을 것 같지 않은데요. 또 저들이 힘으로 밀고 들어온다면 우리 둘이 저 사람을 막을 수 있을 것 같습니까? 아녜스 수녀라도 있으면 몰라도……."

하긴 그 말도 일리는 있었다. 루카 수사는 좀 더 생각해 보면서 다시 한번 박 신부의 손에 들린 점토판을 찬찬히 바라보았다. 아무리 봐도 그것은 진짜였다.

"좋습니다. 이쪽으로……."

루카 수사가 그들을 안내해 안으로 들어가 가브리엘 수사와 일행을 아래층에서 기다리게 하고 홀로 위층으로 올라갔다. 위층이라도 건물이 상당히 넓고 복잡해 그의 모습은 금방 사라졌다. 박 신부는 기절한 윌리엄스 신부의 등에 조용히 손을 대고 눈을 감았다.

다른 가디언들이 모두 사라지자 가브리엘 수사는 젊은이다운 호기심을 보이며 이반 교수에게 물었다.

"늑대 인간에게는 아무리 기관포라도 소용이 없을 텐데. 어떻게 하신 겁니까?"

가까이에서 보니 이반 교수는 비록 표정이 엄숙하고 단정했지만 아까의 흡혈귀보다 더 흡혈귀 같은 생김새였다. 또 묘하게도 그의 표정에는 약간의 악의도 느껴지지 않았다.

사실 가브리엘 수사가 정말 실없어서 말을 시키는 것은 아니었다. 조금이라도 말을 해 봄으로써 이쪽의 속내를 알기 위해 말을 시키는 것이었다. 윌리엄스 신부는 기절했고, 박 신부는 좀 전의 능력으로 미뤄 볼 때 말을 걸어도 그런 내색을 보일 사람이 아닐 것 같아 지금에야 이반 교수에게 말을 건 것이었다.

"물론 은으로 만든 것이오. 축성 받은 십자가를 녹인 은으로 만든 총알이니까 효력이 있는 거요."

"그러면 아까 던지신 건……?"

"그건 같은 은을 용해시켜 성수와 섞은 용액이오. 말하자면 수류탄인 셈이지."

'그렇게 많은 은십자가를 어디서 구했을까?'

가브리엘 수사는 속으로 궁금해하며 물었다.

"그걸 어떻게 만드실 생각을 하셨죠? 더구나 그런 포를 어떻게 구해서……."

"내가 만든 거요. 내 공장에서."

"공장요?"

"우리 집안은 벨기에에서 총포 사업을 하고 있소. 그 정도 만드는 건 어렵지 않소. 나는 주술도, 능력도 없으니 그런 지식이나 장비라도 있어야 흡혈귀를 잡을 것 아니겠소?"

"흡혈귀를 잡으신다고요? 정말로?"

"팔 대째 내려온 가문의 사업이오."

"정말 그런 집안이 있었던가요? 총포 회사를 운영하신다면서 어떻게 그런 일에……."

이반 교수가 번뜩 불쾌한 빛을 비추며 냉랭하게 되받았다.

"그러는 자네는 그 잘생긴 얼굴로 영화배우를 하지, 왜 성직자를 하는 거요?"

"죄…… 죄송합니다."

가브리엘 수사는 곧바로 실례했다는 표시를 하고 입을 다물었다. 젊은이다운 순진한 행동이라 이반 교수도 실없이 말이 많았다는 것을 느끼며 표정을 더 딱딱하게 만들었다.

"아니오. 하긴 무리도 아니지……. 나도 말이 많군. 자네를 보니까 꼭 조카 생각이 나서 말이오."

"조카요?"

"자네와 똑 닮았었소. 능력자였던 것도 비슷하고……. 우리 집안은 대대로 무능력인데, 그 아이는 예외였지."

"그렇습니까? 그분은 지금……."

이반 교수는 아무렇지도 않은 듯 가브리엘 수사에게 말했다.

"삼십 년 전 흡혈귀에게 당했소. 발견됐을 땐 꼭 미라같이 온몸이 바싹 말라 골격이 그대로 드러나 있더군. 수십 마리가 며칠 동안 빨아 댄 것 같았소. 좀 심하게 당한 편이었지."

가브리엘 수사는 자신과 꼭 닮은 젊은이가 그런 일을 당했다는 게 꺼림칙했지만 내색하진 않고 조용히 성호를 그었다. 그러던 중 기절했던 윌리엄스 신부가 "으음." 하는 소리와 함께 눈을 떴다. 박 신부가 오라의 힘으로 기운을 차리도록 도와준 것이었다. 둘은 비슷한 기도력을 사용했기 때문에 도와주는 것도 가능했다. 그렇다고 피가 생기는 것은 아니지만.

윌리엄스 신부가 어느 정도 정신을 차리자 박 신부는 한국말로 그와 뭔가 이야기를 나누었다. 가브리엘 수사는 이반 교수가 묵묵히 앉아 있을 뿐 아무 말도 하지 않아서 멋쩍게 앉아 있었다. 그러나 그의 느낌으로는 이들이 악의를 지니고 믿기 어려웠다.

그때 루카 수사가 돌아와 말했다.

"주교님께서 기다리십니다. 올라가시지요."

주교와의 만남

프란체스코 주교는 앉은 채 세 명의 일행을 미소로 맞이했다. 그는 이마의 핏자국은 닦아 냈지만 손에는 여전히 성흔에서 생긴 핏자국이 번져 있었다. 그 옆에는 아우구스티노 수사가 불안한 표정을 지으며 조용히 서 있었다.

"어서들 오십시오."

프란체스코 주교는 평소와 같이 쾌활한 라틴어 말투로 그들에게 앉기를 권했다. 윌리엄스 신부가 그들을 소개했다.

"이쪽은 미스터 박…… 한국에서 오신 영능력자이시고……. 그리고 이분은 스웨덴에서 오신 이반 교수, 흡혈귀학의 전문가십니다. 그리고 저는 영국 성공회의 윌리엄스 신부라고 합니다."

윌리엄스 신부는 이미 파문당한 박 신부의 정체를 밝히면 공연히 껄끄러워질까 봐 그냥 미스터 박이라고만 소개했다. 이곳 정도라면 과거의 떠들썩했던 사건을 알 수도 있다고 판단했기에.

그들이 접대용 소파에 앉자 프란체스코 주교도 나와서 그들의 앞에 앉았고 루카 수사와 아우구스티노 수사, 그리고 가브리엘 수사는 그 뒤에 조용히 섰다.

그때 아우구스티노 수사가 물었다.

"지금 밖에는 무슨 일이 벌어지고 있죠? 당신들은 마녀 협회와 무슨 관계에 있는 겁니까?"

이반 교수가 담담하게 대답했다.

"마녀 협회는 좋은 자들이 아니오. 물론 그들은 좋은 의도를 가지고 온 게 아닐 거요."

아우구스티노 수사는 성격이 솔직하고 담백했지만 말재주는 형편없었다. 그래서 루카 수사가 대신 나섰다.

"바깥에 있는 자들을 물리쳐 주셨는데 뭐라고 감사를 드려야 할지 모르겠군요. 그런데……."

루카 수사는 살찐 얼굴에 미소를 지으면서도 의외로 날카로운 질문을 퍼부었다.

"그런데 그들이 쳐들어온다는 것을 미리 아신 겁니까? 아니면 우연입니까?"

윌리엄스 신부가 말했다.

"솔직하게 말씀드리겠습니다. 우리가 여기를 방문하고자 했을 때는 분명 그런 사실을 알지 못했습니다. 그런데 누군가의 연락을 받았습니다. 마녀 협회가 이쪽을 습격하려 한다는 기미가 보인다고요. 저희는 가톨릭 신앙을 가지고 있지는 않지만 그런 일을 알고도 그냥 두고 넘기기는 좀 그렇고 해서 가급적 돕기 위해 날짜를 맞추어 미리 기다리고 있었던 겁니다."

"마녀 협회의 움직임은 극도의 비밀일 텐데, 어떻게 아셨나요?"

"우리 친구 중 한 명이 마녀 협회 출신입니다. 아, 물론 지금 마녀 협회가 저 모양이 되기 전, 그러니까 협회가 백마녀(白魔女)의 성격을 지녔을 때의 사람입니다. 그 사람은 지금의 마녀 협회 우두머리가 등장할 때 그녀를 저지하려다가 하마터면 죽을 뻔했죠. 하지만 아직도 암암리에 마녀 협회의 소식을 들을 수 있는 모양입니다."

윌리엄스 신부는 여기까지 말하고 잠시 고개를 저어 보이다가 말을 이었다.

"제 라틴어 실력이 모자라서 좀 힘들군요. 그렇다고 이탈리아어를 아는 것도 아니고……. 혹시 영어 하실 수 있습니까?"

라틴어는 윌리엄스 신부나 박 신부 모두 약간씩 할 수 있었지만 라틴어 문장을 읽는 정도라면 몰라도 이런 특수한 주제의 회화까지 능수능란하게 하기엔 조금 문제가 있었다. 게다가 그들 중 누구도 이탈리아어를 할 줄 몰랐다.

다행히 아우구스티노 수사와 프란체스코 주교는 둘 다 고개를 끄덕였다. 루카 수사와 가브리엘 수사는 이미 대화를 나눈 바 있어서 그냥 잠자코 있었다. 그때 아우구스티노 수사는 프란체스코 주교의 얼굴에 아직도 온화한 미소로 가득 차 있는 것을 보았다. 주교는 이들이 올 것을 미리 알고 있었던 것은 아닐까?

"다행이군요. 어릴 때 배운 라틴어로 말을 하자니 힘들어서."

일단 언어 소통이 쉬워졌는데도 박 신부는 조용히 앉은 채 입을 열려 하지 않았다. 그의 얼굴은 이상하게도 몹시 심각한 표정이었으며, 프란체스코 주교를 조용히 바라보고만 있었다.

'박 신부님은 아무래도 파문당한 게 신경 쓰이나 보다. 여기 들어오고 나서부터는 통 입을 열지 않으시는데……'

윌리엄스 신부는 박 신부의 눈치를 살피다가 말을 꺼냈다.

"저희는 결코 여러분께 악의를 가지고 온 것이 아닙니다. 다만 한 가지 청을 드릴 게 있어서 알고 온 것입니다."

"알고 있습니다."

프란체스코 주교는 조용히 미소를 지으며 말했다. 그러자 윌리엄스 신부는 눈을 크게 떴다.

"예? 알고 계신다고요?"

"예, 알고 있습니다. 저희에게 빌리고 싶은 물건이 있으신 것이겠지요?"

"그렇습니다."

"아주 오래된 물건이겠군요. 그리고 그 물건은 여러 개로 나누어진 것인데, 우리는 그중의 상당수를 지니고 있고요."

"맞습니다."

"그리고 그것 때문에 밖에 있는 다른 사람들도 온 것이겠지요. 탐내는 사람들이 많으니까요."

"그렇습니다. 하지만 우리는 그 물건이 탐나는 게 아닙니다. 좌우간…… 어떻게 아셨습니까?"

프란체스코 주교는 조용히 자신의 양손을 내보였다. 성흔이 있는 손을. 윌리엄스 신부의 눈이 동그랗게 커졌다.

"그건…… 성흔 아닙니까?"

프란체스코 주교가 담담히 웃자 윌리엄스 신부는 재빨리 경의를 표하고 고개를 숙였다. 이반 교수도 깜짝 놀라 고개를 꾸벅했다. 그런데 이상하게도 박 신부는 눈을 감은 채 꼼짝도 하지 않았다. 마치 무슨 생각에 깊이 빠졌다거나 선 채로 잠든 것 같은 모습이었다. 그러나 윌리엄스 신부나 이반 교수는 박 신부에게 무어라고 하지는 않았다.

아우구스티노 수사는 마음속으로 짚이는 것이 있는 데다 기적을 무시하는 듯한 박 신부의 행동이 무례해서 화를 낼 뻔했지만 일단 억눌러 참았다. 루카 수사는 무표정한 얼굴이었고, 가브리엘 수사는 화를 내기보다는 당혹해했다.

프란체스코 주교는 여전히 조용한 태도로 성호를 한 번 긋고 합장을 한 다음 담담하게 말했다.

"말씀이 계셨습니다. 뜻하지 않은 손님들이 오실 것이라고. 저는 지금 우리가 만난 이 순간을 이미 보았습니다. 그리고 다른 말씀도……."

"주교님!"

아우구스티노 수사가 뭔가 의혹이 있는 듯한 얼굴로 프란체스코 주교에게 속삭였으나 프란체스코 주교는 잠시 가만있으라는 듯한 손짓해 보였다. 그러자 아우구스티노 수사는 곧 입을 다물었다.

"당신들은 그것이 무엇 때문에 필요합니까?"

프란체스코 주교가 묻자 윌리엄스 신부는 곧 대답했다.

"우리도 그 내용을 알고 싶어서입니다."

"그것이 무엇에 대해 언급한 것인지 아십니까?"

"정확히는 모릅니다. 다만……."

갑자기 프란체스코 주교는 물이 흐르는 것처럼 이야기를 이어나갔다.

"그것은 고대 메소포타미아에서 만들어진 것입니다. 미래의 예언, 말세의 때 벌어질 일에 대해 기록하고 있지요. 그 예언은 유대교의 사제들이 최초로 기록한 것이었으며, 느부갓네살[3]이 예루살

---

3 '네부카드네자르'로도 읽으며, 성서에는 느부갓네살로 나온다. 신바빌로니아(칼데아 제국)의 왕으로, 기원전 605년~기원전 562년까지 재위했다. 다만 성서에 나오는 느부갓네살은 2세이다. 칼데아 왕 중 가장 위대한 왕으로 알려져 있으며, 뛰어난 군사 지도자였다. 시리아를 비롯해 유대, 팔레스타인 등과 전쟁을 벌여 많은 곳을 점령했으며, 7대 불가사의 중 하나인 공중 정원을 건조하게 했다는 전설을 남긴 왕이기도 하다. 아이러니하게도 그는 유대를 공격해 점령했으나 유대 역사에서는 대단히 호의적인 평가를 받고 있다. 신지자 예레미야는 그를 신이 임명한 대항자로 보고 복종할 것을 주

렘을 침공했을 때 그 기록은 탈취당했습니다. 그러다가 이후 점토판에 기록된 것입니다. 그리고……."

프란체스코 주교는 잠시 말을 끊고 책상에서 가죽 가방 하나를 꺼내 그들의 앞에 놓았다. 아우구스티노 수사는 조금 의아했다. 그 점토판은 아까 세 명의 가디언에게 주어 사방으로 흩어 놓지 않았던가. 그렇다면 여기 이것은 가짜란 말인가?

"이것은 일곱 개가 모여야만 해독이 가능합니다. 부분적인 몇 개를 가지고서는 해독할 수가 없어요. 나도 이미 수차례에 걸쳐 학자들과 논의를 해 보았지만 이 일곱 개의 점토판은 연속된 문장을 기록하고 있지 않으며, 일곱 개의 점토판에 문자를 하나씩 번갈아 기록하는 방법으로 돼 있어서 일곱 개 전부가 모이지 않으면 해석이 불가능합니다. 그러나."

프란체스코 주교는 그중 한 개의 점토판을 내보이며 말을 이었다.

"이것이 맨 윗부분의 조각입니다. 이것에는 단 한 줄, 해석할 수 있는 글이 쓰여 있습니다. 이것의 내용 때문에 모두가 그 난리를 치는 거겠죠."

장했으며, 예언자 에제키엘도 비슷한 평가를 했다. 『다니엘서』와 『외경』에서는 그를 악의 참소를 받아들여 속아 넘어가지만 결국에는 진리를 찾는 사람으로 그리다가 후일에 가서는 완전히 바뀌어 신을 믿지 않는 무지막지하고 포악한 점령자라고 말한다. '히브리 노예들의 합창'으로 유명한 베르디의 오페라 〈나부코〉에 나오는 전제자 나부코가 이 느부갓네살이며, 윌리엄 블레이크도 그를 미친 사람으로 묘사한 그림을 남기기도 했다.

윌리엄스 신부는 조금 망설여졌다. 사실 그들은 그 내용에 대해 전혀 알지 못했다. 그렇다고 악마에게서 그것을 얻으라는 권고를 들었다고 말할 수는 없지 않은가. 윌리엄스 신부가 잠자코 있자 프란체스코 주교는 천천히, 또박또박 말했다.

"이 점토판은…… 소위 말세에 나타날 어떤 사람의 출생에 대한 비밀을 담고 있는 것입니다. 여러분도 아실 테죠? 아직 태어나지는 않았지만 그때가 임박했다고 믿습니다. 그 사람은 말세와 아주 직접적인 연관이 있죠. 우리는 그 사람을 적그리스도라고 부릅니다만……."

적그리스도

윌리엄스 신부나 이반 교수는 겉으로는 별다른 내색을 하지 않았지만 몹시 놀랐다. 현암에게 악마가 나타나 그 점토판을 얻어야 한다고 악을 썼다는 이야기는 들었지만 이 점토판이 그 정도로 직접적인 단서라고까지는 생각지 못했다.

프란체스코 주교는 담담히 계속 말했다.

"자, 모두 이것을 얻으려 하는 것은 당연한 일인지도 모르죠. 단도직입적으로 말해서 우리 같은 경우는 어떻게든 적그리스도의 탄생을 저지할 생각으로 이것을 모으는 것입니다. 그러나 마녀 협회 같은 곳에서는 적그리스도의 탄생을 이루기 위해 그것을 얻으려는 걸 테죠."

윌리엄스 신부는 자기도 모르게 땀을 흘렸다. 물론 자신들은 나쁜 의도를 가지고 있지 않았지만 적그리스도 또는 징벌자라 부르는 사람의 탄생을 막으면 안 된다고 믿고 있었다.

그렇다면 의도는 같으면서도 이 사람들과 반대의 견해에 서게 되는 것이니 지금 당장 주교가 질문한다면 대답하기가 곤란했다. 그렇다고 여기서 그들을 설득하는 것도 가능할 것 같지 않았고.

프란체스코 주교는 살짝 말꼬리를 돌렸다. 그는 마치 연극배우가 관객에게 방백을 하듯이 말했다.

"당신들은…… 무엇을 바라는 걸까요? 우리를 도와주신 건 고맙지만. 왜 그러셨을까요?"

프란체스코 주교는 반짝이는 눈으로 세 사람과 아우구스티노 수사까지 돌아보더니 덧붙였다.

"아우구스티노 수사님, 말씀해 주십시오. 오로지 사실만을."

"예."

아우구스티노 수사는 긴장하며 대답했다. 주교는 아마도 이자들 앞에서 직접 말하게 하려고 자신을 남아 있으라고 한 것 같았다.

"수사님은 근래 몹시 애를 써서 이 세 개의 점토판 외에 다른 한 개의 점토판을 얻었습니다. 그렇지요?"

"그렇습니다."

"그리고 그것을 곧 잃어버리게 됐지요? 어디서죠?"

"……한국에서였습니다."

"누가 그것을 가져갔지요?"

"한 젊은이였습니다. 악마의 힘을 업은, 아니 악마를 조종할 수 있는 엄청난 능력자였습니다."

그 말을 듣자 윌리엄스 신부와 이반 교수는 안색이 조금 변했다. 그들은 박 신부와 합류해 대화를 나누면서, 현암이 점토판 하나를 블랙 엔젤의 도움으로 얻기는 했지만 그 때문에 어떤 수사의 오해를 사게 됐다는 말을 들었다. 그런데 그 수사가 이 사람이란 말인가? 뭔가 일이 꼬이는 것 같다고 생각한 두 사람은 박 신부가 어떻게 대처할지 궁금해졌지만 박 신부는 여전히 아무런 말도 하지 않았다.

프란체스코 주교가 다시 말했다.

"그 젊은이의 이름을 수사님은 아시나요?"

"모릅니다."

"저는 압니다. 그 사람의 이름은 이현암. 과거 퇴마사라는 이름으로 행동했던 네 사람 중 한 사람입니다. 한때 사방을 떠들썩하게 만들었고, 모두 죽은 것으로 알려져 있지만 사실은 그렇지 않았죠. 그리고 내 추측이 틀리지 않는다면."

프란체스코 주교는 온화한 표정으로 박 신부를 바라보았다.

"이분은 그중 한 명인 미스터 박일 겁니다. 한때 사제의 길을 걷다가 파문당했지요. 그때의 기록도 찾아보았고, 그 외에도 많은 사항을 알고 있습니다."

아우구스티노 수사는 몹시 놀랐다. 언제 프란체스코 주교가 거기까지 조사를 했을까?

"그들이 모두 살아 있다고요? 주교님은 그것을 어떻게……."

프란체스코 주교는 웃으며 작은 소리로 짧게 말했다.

"아녜스 수녀와 루카 수사."

아우구스티노 수사는 이제야 짐작이 갔다. 루카 수사는 천리안을 지닌 가디언이며, 아녜스 수녀는 비록 여자이지만 그 능력이야말로 세븐 가디언 중에서도 발군의 것이었다. 아무리 현대라고 해도 남자를 중심으로 하는 가톨릭 교단의 구조상 여자가 세븐 가디언에 발탁될 정도라면 그 힘에 상당히 무서운 면모가 있음은 분명한 사실이었다. 아녜스 수녀의 능력은 무서우리만치 다양하고 특이했다. 그녀의 가장 놀라운 능력은 원소를 조종하는 힘이었다. 특히 불과 전기를 조종하는 힘은 가히 경천동지(驚天動地)할 것이었으며, 가디언의 우두머리인 베드로 수사도 아녜스 수녀와 싸운다면 십 초도 버텨 낼 수 없을 것이다. 그러나 아녜스 수녀는 고집이 몹시 세고 성격이 괴팍하기 이를 데 없는 여자인 데다가 자신의 그런 힘을 마술적이라 여기고 자신의 신앙과 위배된다고 생각해 늘 자신을 괴롭혔으며 힘을 사용하는 것을 극도로 혐오했다. 그 힘을 제외하고도 아녜스 수녀는 또 특이한 능력이 있었다. 독심술이었다. 프란체스코 주교는 세븐 가디언의 다른 사람들을 활발하게 지휘하면서도 아녜스 수녀에게 일을 시킨 적이 거의 없었는데, 이번에는 그녀에게 일을 지시한 것 같았다.

아녜스 수녀는 맡겨진 일을 하려면 힘을 써야 했는데, 힘을 쓰고 난 후 그 속죄를 위해 정말 죽음을 불사한, 무서운 고행을 하는 사람으로 알려져 있었다. 그래서 세븐 가디언 내에서조차 웬만해서는 아녜스 수녀에게 일을 맡기지 않았다. 물론 이번 일이 심각한 것인 줄 알고 있었지만 그 정도로 심각한 것이었단 말인가?

아우구스티노 수사가 그런 생각을 하는 동안 프란체스코 주교는 말을 이어 나갔다.

"나는 오래 생각해 보았습니다. 그러나 아직 결정을 내리지 못했어요. 아구구스티노 수사님, 솔직하게, 정확하게 말씀해 주세요. 수사님이 이야기해 주셨던 일들이 모두 사실입니까?"

"그렇습니다."

"그렇다면 저는 여기 이분들을 믿어야 할까요, 아니면 믿지 말아야 할까요? 수사님의 의견은 어떻습니까?"

"그, 그건……."

아우구스티노 수사는 잠시 머뭇거리다가 곧 마음을 정했다.

"믿어서는 안 된다고 생각합니다."

그 말을 듣고 윌리엄스 신부와 이반 교수의 안색이 변했다. 그때 박 신부는 감고 있던 눈을 조용히 떴다. 그 순간 모두 깜짝 놀랐다. 박 신부의 이마에 혈흔이 비치기 시작했기 때문이다. 그것은 프란체스코 주교의 성흔과 너무도 흡사해 보였다.

이반 교수는 몹시 놀랐지만 별다른 말을 하지 않았다. 그러나 윌리엄스 신부는 몇 마디를 중얼거렸다.

"오, 주여. 한 장소에서 두 번씩이나……."

박 신부에게 나타난 성흔을 보자 프란체스코 주교도 안색이 조금 변했다. 프란체스코 주교는 한참 동안 생각에 잠겼다가 말했다.

"미스터 박?"

프란체스코 주교는 파문당한 박 신부를 신부라 부를 수 없었으므로 그냥 일반적인 호칭을 썼다. 프란체스코 주교가 말하자 박 신부는 프란체스코 주교와 비슷한, 잔잔한 미소를 띠어 보이며 대답했다.

"왜 그러십니까?"

"손을 좀."

프란체스코 주교는 흥미롭다는 표정으로 자신이 먼저 성흔이 나 있는 양 손바닥을 펴 보였다. 박 신부도 곧 손을 천천히 펴 보였다. 놀랍게도 박 신부의 손에도 프란체스코 주교와 같은 성흔이 나 있었다. 다만 박 신부의 성흔은 새로 난 것이라 선혈이 흘렀고, 프란체스코 주교의 성흔은 이제 자국만 남아 있을 뿐이었다.

그것을 본 프란체스코 주교가 천천히 말했다.

"나는 조금 전까지 어떻게 할 것인지 작정하고 있었어요. 그러나 지금 생각이 바뀌었습니다."

"주⋯⋯ 주교님⋯⋯."

그 말을 듣고 이반 교수와 윌리엄스 신부는 눈을 빛내며 서로의 얼굴을 보았다. 프란체스코 주교는 깊은 한숨을 쉬며 단호하게 말했다.

"저는 협조할 수 없습니다. 아아⋯⋯ 당신들은 정말 너무하군요. 기적까지도 가짜로 만들어 내다뇨."

이반 교수나 윌리엄스 신부는 물론 아우구스티노 수사까지 깜짝 놀랐다.

"기적을 만들다니요? 그게 무슨."

프란체스코 주교는 고개를 설레설레 저으며 말했다.

"나의 이 성흔, 그리고 미스터 박의 성흔은 모두 가짜입니다. 영능력으로 만들어 낸 것일 뿐 어떤 성스러움도, 어떤 축복도 그 안에는 없습니다. 아아, 주여."

말과 함께 프란체스코 주교는 책상 위에 놓여 있던 가죽 가방을 들어 책상 옆의 쓰레기통에 넣었다. 이반 교수가 어깨를 조금 움찔했으나 그 행동을 막지는 않았다. 그런데 쓰레기통은 내부에 복잡한 장치가 돼 있는 듯, 가죽 가방이 들어가자 곧 기계 돌아가는 소리와 뭔가 부서지는 소리가 들려왔다.

이반 교수는 깜짝 놀라 급히 쓰레기통의 뚜껑을 열어 보았다. 쓰레기통은 겉으로 보기에 보통의 용기 같았지만 실은 바닥에 깊이 장치된 기계와 연결되는 통로로, 무엇이든 들어가면 분쇄해 없애 버리는 기계의 입구였다.

"아니, 아무리 그래도 이걸……!"

프란체스코 주교가 천천히 말했다.

"우리는 당신들을 이겨 낼 수 없어요. 그러니 이러는 편이 나을 것입니다. 이제 마음대로 하십시오."

세븐 가디언들은 지금 프란체스코 주교가 분쇄한 것이 진짜가 아니라는 사실을 알고 있었다. 그러나 그들은 프란체스코 주교의 마음을 도저히 이해할 수 없었다.

"주교님."

박 신부는 프란체스코 주교를 바라보다가 조용히 고개를 저었다.

"주교님, 주교님은 틀리셨습니다."

"나는 틀리지 않았어요. 나에게 일어난 기적은 가짜였습니다. 현상은 그럴듯했지만 성스러움이 없었어요. 나는 특별한 능력이 없지만 그런 것은 느낄 수 있습니다."

아우구스티노 수사가 오히려 다른 사람보다 더 놀라는 것 같았다. 그렇다면……? 프란체스코 주교는 아우구스티노 수사에게 설명하듯 계속 말을 이었다.

"나는 이단 심판관입니다. 아울러 기적을 심사하는 위원회에도 다년간 참가했죠. 이보다 더한 거짓 기적과 징조를 많이 봐 왔습니다. 내 몸에 일어난 일이라고 그런 것을 구별 못할 정도로 제가 무뎌지지는 않았지요. 제게 일어난 기적이 가짜라면 제게 들린 말씀도 가짜겠지요. 제가 알고 있는 당신의 능력을 반만 발휘한다면 이 정도 기적을 만드는 것은 쉬운 일이었을 겁니다."

"그럴 리가 없습니다! 당신은 너무 자신의 지식을 과신하는 것이 아닙니까?"

윌리엄스 신부가 날카로운 어조로 따지고 들었다. 그러자 박 신부가 말했다.

"주교님의 말은 맞습니다. 단 절반만."

"무슨 말인가요?"

프란체스코 주교가 되묻자 박 신부는 천천히 말했다.

"주교님에게 일어난 성흔은 아무래도 이상합니다. 그러나."

프란체스코 주교는 크게 웃었다.

"그러면 당신이 주께서 선택하신 사람이란 말인가요? 오, 주여. 사람의 혈행을 초능력이나 하찮은 최면술로라도 조종해 상처를 나게 하고, 피가 흐르게 하는 것 정도는 당신의 능력으로 볼 때 쉬운 일일 겁니다. 자기 최면이나 영능력, 초능력으로 엉터리 기적을 일으키는 사례를 나는 몇십 년 동안 몇백 건이나 봐 왔어요. 그러나 그만큼 불경스럽고 용서받지 못할 죄는 드문 겁니다."

"당신의 그 성흔은 내가 한 짓이 아닙니다."

"오, 그러면 누가 했나요? 내가 자기 최면에 걸려서 한 건가요? 그때 나에게 속삭인 그 소리는 누구의 것이지요?"

"나도 말씀을 들었습니다. 바로 지금, 이 순간에."

프란체스코 주교는 비웃듯 되물었다.

"무엇을 들었나요?"

박 신부는 엄숙하게 말했다

"제 손에 모든 것을 붙이셨소."

"당연히 그랬겠죠. 당신 마음대로 하기 위해서."

프란체스코 주교는 날카로운 음성으로 말을 이었다.

"당신의 일파는 악마와 사통하고 일을 꾸미는 자들이오. 자, 말해 봐요. 당신들, 무엇을 바라고 있죠? 그 점토판을 왜 찾으려는 거죠? 당신들과 마녀 협회가 다르다고 어떻게 증명할 수 있소?"

"우리는 악마와 사통하지 않소."

"그럼 여기 아우구스티노 수사가 한국에서 만난 그 젊은이가 이현암이 아니오?"

"이현암 맞소."

"그렇다면 당신은 그 청년과 같은 편이 아니란 말이오?"

"우리는 서로를 믿소."

"그러면서 나에게 점토판을 내놓으라는 거요?"

그때 이반 교수는 화가 난 듯이 끼어들었다.

"분명 그 점토판은 가짜일 거요. 아무리 급해도 그런 것을 그냥 분쇄해 버렸을 리 없소."

그러면서 이반 교수는 주교에게 말했다. 이반 교수는 침착한 신사이지만 한번 화가 나면 아무도 말릴 수 없는 성격이기도 했다.

"주교님, 당신은 선입관을 지니고 있소이다!"

윌리엄스 신부가 손을 저으며 나섰다.

"그때의 모든 일은 오해에서 비롯된 일입니다. 원한다면 내가 설명을 해 드리겠습니다. 내 신앙을 걸고요. 그러니……."

프란체스코 주교는 냉정하게 되받았다.

"성공회의 윌리엄스 신부님, 성공회에서는 모를지 몰라도 나는 압니다. 흑암의 힘을 몸속에 두고 부리는 사람이 자신의 신앙을 건다 해도 무슨 소용이 있겠습니까?"

윌리엄스 신부의 얼굴이 백지장같이 창백해졌다. 그것은 평소 윌리엄스 신부가 수년에 걸쳐 고민하던 문제이기도 했으니까.

이번에는 이반 교수가 화를 냈다.

"흑암의 힘? 이것 보시오. 윌리엄스 신부는 교황청이 아닌 성공회 소속이오! 당신이 함부로 말할 수도 없을뿐더러, 그럴 수 있다 해도 그런 식으로 말을 하는 것은 무례한 일이오!"

"무례해도 말해야겠소. 당신, 사람의 피를 많이 마십니까?"

프란체스코 주교가 더 날카롭게 이야기하자 이반 교수는 정말 화가 난 듯 책상을 치면서 외쳤다.

"나는 팔 대째 흡혈귀 퇴치를 숙명으로 안고 살아온 집안의 후손이오! 내 증조부님, 조부님, 조모님, 어머니와 두 형제와 그들의 자식까지도 모두 흡혈귀에게 죽었소! 당신 말이 맞다면 내가 어찌 윌리엄스 신부님과 동행하겠소? 내 조상들까지 욕되게 하지 마시오! 나는 교인이 아니니 당신에게 거리낄 것도 없단 말이오!"

프란체스코 주교는 차갑게 냉소를 흘릴 뿐 대답하지 않았다. 이반 교수가 흥분하자 박 신부가 이반 교수의 앞을 막아서며 말했다.

"흥분은 금물입니다."

그러나 이반 교수는 다시 한마디를 내뱉었다.

"당신 말대로 우리가 악인이고, 욕심이 앞섰다면 어째서 힘으로 점토판을 빼앗지 않았겠소?"

"글쎄요. 지금은 후회하고 있지 않은가요?"

"그렇다면 왜 우리 동료가 목숨을 걸고 마녀 협회에 맞서겠소!"

"거짓 기적도 만드는 이들이 무엇을 못 하겠어요?"

이반 교수는 정말 답답하다는 듯 크게 외쳤다.

"정말 우리가 점토판에만 관심이 있다면 마녀 협회가 당신들을 털어 낸 다음에 그들을 덮치는 편이 훨씬 쉬웠을 거요! 어째서 번거로운 일을 하겠소? 그리고 왜 우리가 가진 한 개의 점토판을 여기 가지고 왔겠소!"

그러자 아우구스티노 수사가 물었다.

"점토판을 가지고 왔다고요?"

"그렇소! 그 점토판은 우리가 얻은 것이 아니었소! 악마가 조작해 우리 손에 들어온 것뿐이오! 우리는 그것을 돌려주고, 당신들이 얻은 점토판들과 내용을 공유하자고 생각했소! 그런데······. 그런데 이토록 앞뒤가 꽉 막힌 성직자라니, 원!"

박 신부는 이반 교수를 보고 고개를 한 번 저은 다음 품에서 가죽 가방을 꺼냈다. 그것은 바로 아우구스티노 수사가 한국에서 잃어버린 것임이 분명했다. 아우구스티노 수사는 영력이 뛰어났고, 사이코메트리[4]의 아주 약한 힘을 기도력으로 얻고 있었다. 더글러스 탐정만큼 확실한 힘은 아니었지만, 그래도 그것이 진품이라는 것은 단박에 느낄 수 있었다.

그것을 보고 아우구스티노 수사는 마음이 조금 흔들렸다.

---

[4] 어떤 물체를 만지거나 주시함으로써 그 물체 주변에 있었던 과거의 일을 읽어 낼 수 있는 초능력이다. 투시력의 일종이나 매개가 필요하다는 점과 과거를 읽을 수 있다는 점에서 일반적인 투시력과 다르다.

'정말 오해가 있었던 것은 아닐까? 정말 이들이 점토판에만 욕심이 있는 것이라면 왜 이것을 굳이 가지고 왔단 말인가? 이걸 미끼로 쓴다 해도 이들이 얻을 수 있는 것이 도대체 뭐란 말인가? 이건 좀…… 좀 이상하다…….'

그때 박 신부는 창밖을 힐끗 보고 난 다음 말했다.

"주교님, 밖에서 이상한 낌새가 느껴지니 이야기를 좀 빨리 진행하겠습니다."

루카 수사는 의심스러운 눈길로 박 신부를 쳐다보았다. 적어도 자신의 감각 능력만큼은 따를 자가 없다고 생각했는데, 그로서도 아무런 기척을 느끼지 못했기 때문이다.

한편, 아우구스티노 수사는 몹시 긴장하고 있었다. 전에 자신이 만났던 그 젊은이가 퇴마사라 불리는 이단자들이었다니. 만약 이늘이 태도를 돌변해 습격한다면 어떻게 한단 말인가. 그는 비록 박 신부의 능력을 직접 보지 못하였으나 어렴풋이 느끼고는 있었다.

'전에 봤던 그 젊은이 한 명만 해도 세븐 가디언 전부를 대적할 만하다. 더구나 이 노인도 그에 못지않을 것 아닌가? 물론 아녜스 수녀가 전력을 다해 준다면 간신히 이길 수도 있겠지만…… 여기 있는 다른 두 노인도 기이한 사람들이니 이 둘만 더해져도 힘겨워진다. 아이구! 이들이 정말 퇴마사라는 자들이라면 혹시 전에 키건과 차이나 마피아 수십 명을 한 번에 해치웠다던 그 여자도 한편이 아닐까? 그렇다면 우리들만으로는 상대도 되지 않는다. 교황청 경비대 전부를 불러도…….'

승희는 키건 한 사람도 간신히 상대할 정도였고, 성난큰곰의 보이지 않는 도움을 받고 기지를 발휘해서야 그들을 물리칠 수 있었으나 소문은 으레 부풀려지는 법이었다. 아무튼 그렇게 생각하자 아우구스티노 수사는 더더욱 이들의 의도를 이해할 수 없었다.

'그렇다면 이들은 우리를 두려워할 필요도 없을 텐데. 그런데 무엇 하러 이토록 점잖게 나온단 말인가. 정말로 마녀 협회가 우리를 습격하게 두고 그다음에 점토판을 찾으면 손쉬웠을 게 아닌가. 설마 이들이 정말 우리에게 호의를 가지고 있는 것일까? 아이구, 머리가 아프다!'

아우구스티노 수사는 영능력이 강하고 신앙심이 독실하지만 성격이 급하고 머리가 그렇게 잘 돌아가는 편이 아니라 도저히 프란체스코 주교의 마음과 여기 있는 자들의 정체를 파악할 수 없었다. 루카 수사는 무슨 생각을 하는지 알 수 없었고, 가브리엘 수사도 아우구스티노 수사와 비슷한 생각을 하고 있었다.

아우구스티노 수사가 그런 생각을 하는 사이에도 박 신부는 계속 말했다.

"어찌 됐든 이것은 세븐 가디언이 찾은 것이니 돌려드리겠습니다. 물론 우리도 사본은 만들어 두었습니다만. 그리고 나머지 세 개의 점토판에 대해서도 더 이상 뭐라 드릴 말씀은 없군요. 허나."

그러면서 박 신부는 조용히 양팔을 벌려 아우구스티노 수사와 프란체스코 주교에게 내밀어 보였다.

"저에게 내린 계시는 정말이라 믿습니다. 성스러움이 없다 하셨는데 확인해 보십시오."

 아우구스티노 수사는 조금 머뭇거렸으나 프란체스코 주교는 눈 하나, 손끝 하나 까딱하지 않았다. 아우구스티노 수사는 궁금증이 일어 선혈이 흐르는 박 신부의 손가락을 슬쩍 만져 보았다. 그 순간 아우구스티노 수사는 느낄 수 있었다. 최소한 영력을 지니고 신앙심이 독실한 사람이니만치 그 기운이 절대 사악하거나 어두운 기운에서 비롯된 것이 아니라는 것만은 단언할 수 있었다. 아우구스티노 수사는 고지식한 사람이라 현암의 공력이나 준후의 주술이라면 삿된 것이라 여길 수도 있었겠지만 박 신부의 기도력만큼은 자신의 영력과 흡사하다는 것을 알 수 있었다.

 곧 루카 수사가 급히 아우구스티노 수사를 뒤로 살짝 밀어 손은 금방 떨어졌다.

 "아아, 아멘. 주교님······."

 그럼에도 불구하고 아우구스티노 수사는 놀랍고도 반가워서 무심코 프란체스코 주교의 손을 잡았다. 그런데 주교의 손에서 느껴지는 느낌은 박 신부의 것과 전혀 달랐다. 밝고 거룩한 척하기는 했으나 어딘가 어색하고 부자연스러운 느낌. 딱딱하고 어두운 느낌이 있었다.

 사실 세븐 가디언 모두가 프란체스코 주교의 기적을 그냥 보기만 했을 뿐 누구도 직접 확인해 보진 못했다. 감히 그러지 못했고, 그럴 틈도 없었다. 그러나 그 기적이 분명 거짓이라는 것이 느껴지자 아우구스티노 수사는 화들짝 놀라면서 손을 떼었다.

그때 프란체스코 주교의 차가운 눈초리가 아우구스티노 수사를 향했다. 아우구스티노 수사는 깜짝 놀라 말했다.

"주, 주교님, 이건…… 이것은……!"

"아우구스티노 수사, 이들의 힘은 정녕 놀라워요. 이들에게 불가능은 없을 겁니다. 오감을 과신하지 마세요."

프란체스코 주교의 목소리는 퍽 차분했고, 확신에 가득 차 있었다. 그 말을 듣자 아우구스티노 수사는 정말 어떻게 된 것인지 분간할 수 없어서 당황한 나머지 얼굴이 다 붉어지고 말았다.

박 신부는 그대로 있다가 조용히 프란체스코 주교를 향해 말했다.

"주교님, 우리는 점토판이 필요합니다. 그러나 결코 주교님과 다투거나 주교님을 속일 생각은 없습니다."

그러나 프란체스코 주교는 싸늘하게 되받았다.

"당신이 점토판을 빼앗고 싶다면 빼앗아 보시오. 그러나 나는 당신들이 옳다고 믿지 않소. 절대로!"

"나는 절대 이런 거짓 기적을 만들지 않았습니다."

"당신이 아니면 누가 했단 말이오?"

그때 이반 교수가 소리쳤다.

"그 거짓 기적은 분명 악마가 만든 것이오!"

"그렇군. 악마와도 통하는 데가 있으시다는 것을 아오."

프란체스코 주교가 냉랭하게 말하자 이반 교수는 말문이 막혔다. 주교는 이미 모든 것을 알고 있는 것이 아닐까? 하지만 이반 교수는 너무도 억울해 다시 한번 호소했다.

"그 악마는 우리를 돕는다고 하면서 온갖 짓을 하고 돌아다니오! 그러나 우리는 넘어간 적이 한 번도 없소! 주교님, 속지 마시오! 이건 간계요! 우리를 오해에 빠뜨리려는……!"

"그러면 나는 악마의 간계에 놀아나는 주교란 거요?"

프란체스코 주교가 싸늘하게 말하자 이반 교수도 그에 지지 않을 만큼 싸늘한 어조로 말했다.

"성직자들이라고 유혹당하지 않는 것은 아니오. 성직자들이야말로 더 유혹이 크고, 더 많은 시련과 자성을 거쳐야만……."

"그만!"

프란체스코 주교는 크게 고함을 쳤다.

"당신들이 원한다면 점토판의 가루라도 뒤져내든지, 나를 죽이든지, 포로로 잡아가든지 마음대로 하시오! 하지만 더 이상 떠들어 대지는 마시오!"

그 순간 박 신부의 온화하던 표정이 어두워졌다.

"당신은…… 당신은 무엇을 생각합니까? 당신은 무엇을 바라고 있죠?"

프란체스코 주교는 대답하지 않았으나 이마에 땀방울이 맺혔다. 그리고 그 땀방울은 피와 섞여 마치 아까의 거짓 성혈처럼 붉은색을 띠고 이마에서 흘러내렸다. 박 신부가 말했다.

"당신의 뜻은…… 교황 성하의 뜻이 아닐 겁니다. 그리고……."

그 순간 프란체스코 주교는 여태껏 참고 건드리지 않았던 일반 경보 스위치를 힘껏 눌러 버렸다. 그다지 크거나 소란스럽지는 않았지만 건물 전체에 날카로운 경보음이 휩쓸고 지나갔다. 박 신부는 깊은 한숨을 쉬고는 프란체스코 주교에게 말했다.

"이제부터 저는 제 뜻대로 하겠습니다. 주님께서 당신을 긍휼히 여기시기를……."

"점토판은……?"

아우구스티노 수사가 자신도 모르게 중얼거리자 박 신부는 조용히 말했다.

"우리는 처음부터 그것을 빼앗으러 온 것도 아니며, 그것에 그리 큰 미련이 있는 것도 아닙니다. 그보다 나는 주교님을 만나 뵙고 싶었던 겁니다. 그리고 이제는…… 됐습니다."

박 신부는 아주 조용하게 미소까지 빙긋 지어 보이며 가지고 온 점토판을 책상 위에 조용히 올려놓았다. 그러면서 박 신부는 유머러스하게 말했다.

"이것은 원래 아우구스티노 수사님이 얻으셨던 물건입니다. 결코 저희가 빼앗으려 한 것이 아니니 돌려드립니다."

"복사본을 만들어 두셨을 텐데?"

프란체스코 주교가 말하자 박 신부는 고개를 끄덕였다.

"부정하지는 않겠습니다. 원래는 만에 하나를 대비한 것이었습니다만. 지금은 그렇게 할 수밖에 없군요."

그러고 난 후 박 신부는 조용히 돌아섰다.

"그럼 이만……. 주께서 당신과 함께하시기를……."

프란체스코 주교는 여전히 냉랭하게 되받았다.

"당신이 지옥 불에 타는 모습을 보지 않게 된다면 좋겠소."

그 말을 듣자 이반 교수가 날카롭게 쏘아붙였다.

"당신이 지옥 불 옆에 가게 돼도 볼 수 없을 거요. 이분은 그곳에 계시지 않을 테니."

아우구스티노 수사는 긴장해 오라를 끌어올렸지만 세 사람은 조용히 썰물같이 방에서 빠져나갔다. 아무런 해도 끼치지 않고, 더 이상의 어떤 짓도 하지 않은 채.

루카 수사가 외쳤다.

"다시 만나게 되겠군요!"

윌리엄스 신부가 정말 슬픈 목소리로 대답했다.

"슬픈 만남이 되지 않기를 바랄 뿐입니다…… 아멘……."

그리고 그들은 조용히 계단을 내려가 사라졌다. 아우구스티노 수사가 얻었던 점토판을 남겨 둔 채.

루카 수사나 가브리엘 수사는 아무 말도 하지 않았다. 루카 수사는 가브리엘 수사에게 눈짓으로 그들의 뒤를 따라가 보라는 시늉을 했고, 가브리엘 수사는 곧 모습을 감추었다.

그러나 아우구스티노 수사는 아까 손이 닿았을 때 박 신부에게서 느껴졌던 힘을 다시 한번 생각해 보고는 그만 질려 버렸다.

'저런 성령의 힘을 가진 사람이…… 최소한 악마일 리는 없어. 만약 그렇다면 나도 악마일 거야. 아주 작고 작은 새끼 악마…….'

결단

건물에서 나오자 이상하게 박 신부는 서두르기 시작했다.

"어서 갑시다. 어서 찾아야 합니다."

"누굴 말입니까?"

"지금도 일이 잘못된 판인데, 더 이상 돌이킬 수 없게 될 수도 있습니다. 아아…… 내 느낌이 틀렸기를……."

박 신부는 절뚝거리면서도 어디론가 열심히 달렸다. 그러면서도 더 이상 이유도 말해 주지 않았다. 윌리엄스 신부와 이반 교수는 영문도 모른 채 그 뒤를 열심히 따라갔다. 박 신부는 바티칸의 외곽 지역까지 꼬불꼬불한 골목길을 돌고 돌아 한참을 헤매다가 어느 으슥한 뒷골목에서 마침내 걸음을 멈추었다.

"아아. 늦어 버렸군요!"

박 신부는 탄식하면서 한숨을 내쉬었다. 윌리엄스 신부와 이반 교수가 보니 그곳에는 만신창이가 된 어떤 사람이 쓰러져 있었다. 그런데 그의 몸에 걸쳐진 피투성이의 후드는 아까 본 듯한 것이었다. 박 신부는 급히 달려가 그 사람의 맥을 짚었으나 그는 이미 의식이 없었다. 윌리엄스 신부가 그의 얼굴을 보고 놀라서 말했다.

"저 사람은…… 아까 어디론가 가 버린 그 수사 아닙니까? 그가 왜……?"

그 사람은 베드로 수사였다. 이반 교수도 놀라서 외쳤다.

"죽었소?"

"일이 커졌습니다……."

박 신부가 조용히 성호를 그으면서 베드로 수사의 눈을 감겨 주었다. 그리고 그를 편안하게 눕혀 주었다. 윌리엄스 신부는 눈을 감고 기도문을 중얼거렸다. 이반 교수는 조용히 베드로 수사의 시체를 보다가 말했다.

"기이하군. 옷이 축축이 젖어 있는데도 불에 그슬려 있소. 거기다가 오른손의 상처는 그냥 화상이 아니라……."

박 신부는 담담하게 말했다.

"그렇죠. 전기에 덴 것 같은 상처입니다……. 그리고 수없이 강한 타격을 당했어요."

"도대체 누가 그런 짓을……."

말하던 이반 교수는 스스로 화들짝 놀랐다. 이 사람은 세븐 가디언의 한 사람으로 누구 못지않은 강한 능력을 지닌 사람이었다. 그런 사람을 몇 분 지나지도 않은 사이에 이토록 처참하게 만들 수 있는 능력자가 누가 있을까? 더구나 그는 타격과 불과 물과 전기 등에 모두 당한 상태였으니……. 그러한 여러 가지 주술을 모두 사용할 수 있는 자라면…….

이반 교수는 자신도 모르게 몸을 부르르 떨었다. 그리고 박 신부의 얼굴을 살폈으나 그 얼굴에 떠올라 있는 슬픈 표정을 보고는 고개를 설레설레 저었다.

"아니오! 아닐 거요!"

이반 교수는 인상을 쓰고 있다가 피에 젖은 후드 자락을 더듬어 뭔가를 찾았다. 그때 뒤에서 외마디 고함이 들렸다. 그것은 바로 가브리엘 수사였다.

"어, 어떻게…… 어떻게 이런 일이……!"

윌리엄스 신부는 몹시 당황해했다. 오해가 생겨도 크게 생길 것 같았다. 더구나 이반 교수가 남자의 품 안을 뒤지기까지 하고 있던 터 아닌가? 그는 뭔가 말하려고 입을 열었으나 가브리엘 수사가 먼저 크게 외쳤다.

"당신들이……! 점토판을 훔치려고!"

"우리가 한 게 아니……."

윌리엄스 신부가 말하려는 순간 가브리엘 수사는 무화 능력을 발휘해 맞은편 벽 속으로 빨려 들어가 사라져 버렸다.

윌리엄스 신부가 놀라 급히 일어서려는데 박 신부가 그를 말렸다.

"이미 돌이킬 수 없습니다."

"하지만 억울하지 않습니까? 아아, 이럴 수가! 교수님, 당신은 왜 그 남자의 품을 뒤졌나요?"

이반 교수는 천천히 대답했다.

"아까 루카 수사가 이 남자에게 뭔가 맡기는 것을 보았소. 나는 그게 점토판일 거라고 생각했습니다만. 역시 맞았군. 하지만 지금은 없소. 이 사람을 해치고 가져간 것 같은데……."

하지만 윌리엄스 신부는 화를 내며 말했다.

"그게 문제가 아닙니다. 우리가 통째로 누명을 뒤집어쓰게 되지 않았습니까?"

박 신부가 천천히, 아주 슬픈 듯 말했다.

"누명을 쓴 게…… 아닐지도 모릅니다……. 그렇지 않기를 바라지만……."

다른 사람들을 나가 있게 한 프란체스코 주교는 이마를 감싸 쥔 채 혼자 울고 있었다. 그도 알고 있었다. 자신에게 일어났던 기적이 거짓이었다는 것을 알았던 것처럼 박 신부에게서 일어난 기적은 진짜였다는 것을. 그러나 프란체스코 주교는 말하지 않았다. 말할 수 없었다.

'궁극적으로는…… 내가 옳을 것이다……. 주여, 주여…….'

그러나 전과 같은 자신이 없었다. 프란체스코 주교는 눈물을 흘리고 계속 가슴을 치며 기도했으나 비통한 마음을 감출 수 없었다.

'왜 기적이 나에게 일어나지 않고 그런 파문자에게 일어난 것일까? 왜 나에게는 말씀이 없으신 것일까?'

응어리진 마음이 계속 울부짖는 것 같았다.

'나는 열 살 때 빈민가에서 태어나, 먹고살기 위해 신학교에 들어갔고 서원(誓願)을 했다. 서른 살이 넘어서야 나는 신앙을 깨달았다. 그러나 나의 신앙은 진실이다. 나는 순수하지 못한 동기 때문에 더더욱 고민하고 참회를 거듭해 왔다. 그렇다. 나는 인간보다 신의 의지를 따를 것이다. 신의 의지가 종말이라 한다면 나는 종말을 선택할 것이다. 신의 뜻은 분명 거기에 있을 테니. 분명 거기에 있을 것이다…….'

프란체스코 주교는 인간을 믿지 않았다. 인간을 믿기에는 어릴 때의 기억이 너무나 뼛속 깊이 박혀 있었다. 그는 종말을 원했다. 영원한 인간의 종말을 원했다. 비록 지금 이 순간마저도 신의 이름으로 간구하고는 있더라도, 그것은 자신의 바람일 뿐이었다. 그것은 자신도 잘 알고 있었지만 어찌할 수가 없었다.

그런 만큼 그는 자신을 증오하고 인간을 증오했으며, 자신의 신앙에 매달리게 됐다. 그 때문에 그는 교황청에서 위험한 인물까지는 안 돼도 경계할 인물로 낙인찍혔다. 주교의 직위도 그를 옹호하는 몇몇 고위 성직자의 힘으로 된 것이었다. 그가 이단 심판소란 기관에 가장 적합한 인물이었기 때문이다.

신의 의지가 인간의 종말을 『성경』에서 예언한 것이 틀림없다면 그대로 이루어져야 한다고 그는 믿었다. 예수님은 자신을 골고다 언덕의 십자가에 못 박게 하면서까지 말씀을 이루었는데, 인간들이 어찌 그 길을 마다할 수 있단 말인가? 자신의 길이 악마의 길이라고? 좋다. 허나 악마도 야훼의 예정대로 일을 하는 일꾼이 아니고 무엇이겠는가? 신은 이 세상을 버리실 것이다. 아니, 버리셨다. 그렇다면 반드시······.

'이루어져야 한다. 그러나 그는 그것을 막으려 하고 있다. 나는 그를 다시 막아야 한다. 그에게 내린 말씀은 삿된 것이다. 분! 명! 삿된 것이다!'

프란체스코 주교는 다시 한번 되뇌며 마음속 깊은 곳의 고통을 참았다. 지옥 불에 영원히 타도 좋다. 그는 말씀을 이룰 것이고, 가장 위대한 순교자가 될 것이다. 비록 모두가 없어져 아무도 기억하지 못할지라도.

그때 방 안에서 인기척이 느껴져 프란체스코 주교는 눈을 떴다. 그러고는 곧 다시 눈을 크게 떴다. 거기에는 아우구스티노 수사와 루카 수사, 가브리엘 수사 세 명이 모두 서 있었는데, 하나같이 낭패한 몰골에 얼굴빛이 하얗게 질려 있었다.

"어떻게 된 겁니까? 내일 다시 모이자고 하지 않았던가요?"

프란체스코 주교가 놀라서 묻자 가브리엘 수사가 "흑!" 하는 소리와 함께 말했다.

"베, 베드로 수사가 돌아가셨……."

"예? 무슨 말이죠? 설마 베드로 수사가…… 그리고 점토판도……!"

프란체스코 주교는 믿을 수가 없었다.

"도대체 누가……."

가브리엘 수사가 고통스러운 표정으로 머리를 움켜쥐며 말했다.

"그 사람들이…… 아까 그자들이 죽은 베드로 수사의 품을 뒤지는 모습을……! 아아……!"

프란체스코 주교는 경악에 차 부르짖었다.

"베드로 수사가? 베드로 수사가 당했다는 겁니까? 정말로……? 정말로 죽임을 당한 겁니까!"

"주교님!"

가브리엘 수사가 울듯 부르짖자 프란체스코 주교는 그만 거의 기절한 듯 힘이 빠져 의자에 몸을 푹 파묻었다. 그리고 그는 중얼거렸다.

"점토판도 물론…… 없어졌겠죠? 아니. 아니, 됐습니다……."

세 명의 가디언은 도대체 어떻게 해야 하나 망설이고 있었으나 잠시 후 프란체스코 주교는 천천히 말했다.

"아녜스 수녀를…… 그리고 나머지 전원을 소집해 주세요……. 이제부터는…… 이제부터는 비상사태입니다……. 그리고……."

프란체스코 주교는 눈물을 글썽이며 고개를 숙였다.

"가련한 베드로 형제를 위해 기도합시다……."

가브리엘 수사가 사라진 후 박 신부는 아무 말도 하지 않았다. 그는 그냥 돌아서서 간단한 묵념을 하고 그 자리를 떠났다. 숙소로 돌아가면서 박 신부는 한마디도 하지 않았다. 윌리엄스 신부나 이반 교수도 말을 꺼내지 못했다.

착잡한 마음이 돼 숙소인 호텔로 돌아오자 카운터에서 박 신부 일행을 불렀다.

"배달된 게 있습니다."

이반 교수가 의아해하며 물었다. 지금 자신들이 여기 있는 줄 누가 알고 물건을 보냈단 말인가?

"우리에게 온 것이 맞소?"

"틀림없는데요? 호실 수가……. 그리고 손님이 이반 교수님 맞지요?"

"맞습니다만……."

의아하게 여기면서 이반 교수가 카운터로 다가가자 박 신부가 몸을 비틀했다. 깜짝 놀란 윌리엄스 신부가 그를 부축해 로비 의자에 앉히자 박 신부는 중얼거렸다.

"아니기를…… 아니기를 바랐건만……."

그때 카운터에서 이반 교수가 외치는 소리가 들렸다.

"신부님!"

"뭡니까? 도대체……?"

윌리엄스 신부가 묻자 박 신부는 근래에 볼 수 없었던 슬픔과 피곤함이 겹친 침울한 표정으로 손을 내저었다. 이반 교수가 상자를 들고 박 신부에게 달려왔다.

"신부님! 이것……!"

여간해서 표정이 변하지 않는 이반 교수도 그때만은 놀란 듯이 변해 있었다. 그 상자 안에는 없어졌던 세 개의 점토판이 솜에 둘러싸인 채 들어 있었다. 그리고 그것 외에는 쪽지 하나 없었다.

"도대체 누가……!"

윌리엄스 신부는 영문도 모른 채 중얼거렸으나 이반 교수는 갑자기 돌처럼 딱딱한 표정을 지었다.

박 신부는 상자를 무릎 위에 펼쳐 놓은 채 눈을 감고 소파에 깊이 몸을 파묻었다. 이 모든 것이 꿈이기를……. 깨어나면 잊힐 꿈이기를 이때만큼 간절하게 바란 적은 없었다.

방황하는
유대인

고서점

"기다리고 있었어요."

저만치 뚱뚱한 체구의 바이올렛이 조금 지나쳐 보일 정도의 제스처로 손을 흔들며 나타나자 백호는 주위를 한 번 둘러보고 목례로 답했다. 바이올렛은 아직 완치되지 않아 약간씩 다리를 절고 있었지만 그럭저럭 움직일 수 있는 것 같았다. 바이올렛은 활짝 웃으며 백호의 웃옷에 붉은 꽃 한 송이를 꽂았다.

"환영의 표시니까 떼지 마세요."

백호는 얼떨떨했다. 그가 바이올렛의 팩스를 받은 것은 불과 열몇 시간 전이었다. 바이올렛이 백호에게 메시지를 보냈다기보다는 퇴마사들에게 보낸 것을 백호가 받은 것이었다. 메시지의 내용은 아주 간단했다.

　　누구든 믿을 만한 사람을 급히 보낼 것. 남의 눈에 띄지 않는 사람이 좋겠음. 찾고 있는 장소에 관한 일임. 아주 급함.

그 장소에는 승희와 현암도 있었다. 박 신부는 이반 교수, 윌리엄스 신부와 함께 바티칸으로 갔고, 준후는 다투고 난 다음 어디론가 수련이라도 하러 간 것인지 잠적해 버렸다. 그때 승희는 백호에게 가 줄 수 없겠느냐고 물었다. 자신들은 눈에도 띌 뿐만 아니라 지난번 일 때문에 미국에 가기가 꺼려지며, 아라나 준호나 수아는 너무 어리다는 것이었다.

이에 백호는 연희가 더 낫지 않겠냐고 말해 보았는데, 이상하게도 승희나 현암 둘 다 고개를 설레설레 흔드는 것이었다. 특별한 이유도 없이 이상하게 둘은 연희를 제쳐 놓는 것 같았다. 결국 백호는 영문도 모른 채 자신이 가겠노라고 팩스를 보낼 수밖에 없었다.

그리고 그 자리에서 여권만 챙겨 들고 곧바로 출발했다. 그런데 바이올렛은 하나도 급한 일이 없는 것처럼 행동하고 있었으니…….

바이올렛은 조금 쑥스러워하는 백호를 핑크색의 커다란 차 쪽으로 안내했다. 주인과 닮아서 타기가 무안할 정도로 화려하게 칠해 놓은 차였다.

차가 출발한 후 몇 가지 의례적인 인사와 안부를 묻는 데 시간이 조금 걸렸다. 그러고 나서 무슨 일 때문에 불렀느냐고 백호가 묻자 바이올렛은 다친 사람의 목소리라고 생각하기 어려울 만큼 —그리고 바이올렛의 나이와도 어울리지 않는— 밝은 목소리로 깔깔 웃으면서 말했다.

"이야기가 기니까 가서 설명해 드리죠. 다만 한 가지만 먼저 말씀드릴게요. 지금 우리 친구들은 성당 기사단의 본부를 찾기 위해 고민하고 있죠?"

"그렇습니다만……."

바이올렛은 웃으며 말했다.

"그것 때문에 오시라고 한 거죠. 좌우간 요즘 친구들 근황은 어떤가요? 다들 잘 지내겠지요?"

바이올렛은 하나도 중요하지 않은 수다를 질리지도 않는 듯 지껄이면서 차를 몰았다. 몹시 꼬불꼬불한 길을 따라 한 시간 넘게 시내를 달리는 동안 바이올렛은 한시도 입을 쉬지 않았다.

백호는 교통 체증이 있는 것도 아닌데 보스턴 시내를 한 시간 이상이나 헤매야 할 만큼 그곳이 외진 곳인가 하고 조금 의아해했지만 바이올렛의 수다를 참고 버티는 수밖에 없었다.

차 안에서 백호는 현암과 승희가 나누었던 이야기를 잠시 돌이켜 생각해 보았다.

'성당 기사단…… 그리고 점토판이라……. 골치 아프군. 내가 지금 뭘 하는 걸까? 도움이 되기는 할까?'

백호는 지난번 암살 위협을 받은 이후로 낮에는 공무를 수행했지만 ―백호가 냈던 사표는 결국 수리되지 않았다― 밤에는 현암 등과 같이 지냈다. 그런데 지난밤 현암과 승희가 격렬하게 논쟁을 벌이고 있었다. 백호는 문 앞에서 본의 아니게 그들의 이야기를 어느 정도 들을 수밖에 없었다.

― 악마가 바라는 대로 놀아날 작정이냐? 나는 싫어.

이것은 현암의 목소리였다.

― 하지만 꼭 그렇게 볼 것만도 아니잖아. 준후 생각은 그걸 반드시 찾아야 한다는 거였어. 그러니 찾아야 할 거라고. 우리가 그걸 찾는다고 해서, 모든 게 악마 뜻대로 되는 건 아니잖아!

이것은 승희의 목소리였다.

― 그러나 뭔가 석연치 않아. 상대는 악마라고. 진짜 악마!

― 나는 그렇게 생각하지 않아, 현암 군. 악마는 악마고, 우리는 우리야. 악마가 건드리는 일을 무조건 피한다면 그거야말로 악마의 손에 놀아나는 거 아닐까?

― 뭐?

― 현암 군 말대로라면, 악마는 우릴 맘대로 할 수 있겠네? 우리가 맘에 안 드는 행동을 할 것 같으면 나타나서 '그걸 해라.' 하면 현암 군은 죽어도 안 할 거 아냐? 그럼 그거야말로 악마 맘대로 놀아나는 거지, 뭐야?

― ······.

― 악마 이야기는 무시하는 거야. 『해동감결』에도 있다잖아. 그냥 평상시처럼 우리 판단대로 할 바를 하는 거야. 그러면 다 자연스럽게 이루어질 거야. 안 그래?

― 하지만. 너무 많은 일이 걸렸어. 연희 씨도, 백호 씨도······.

― 연희 언니 문제도 그 점토판에 언급됐다잖아.

― 그러니 위험한 거야. 그리고 백호 씨는 지금 암살 위협만이

아니라, 악……

그때 덜컥 이야기가 멈추어지더니 현암의 목소리가 들렸다.

— 누구시죠?

별수 없이 백호는 문을 열고 안으로 들어섰고, 둘의 이야기를 더 들을 수가 없었다. 그 이후 승희는 성당 기사단의 본부를 찾아야 한다는 이야기를 해 주었고, 백호도 나름대로 힘써 돕겠다는 말을 했다. 블랙 엔젤의 말에 의해 메소포타미아의 점토판 중 절반이 성당 기사단의 손에 있다는 사실은 백호도 전해 들은 바 있었다. 그렇다면 그것은 중요한 것이니만치 성당 기사단의 본부에 있을 것이 분명했다.

하지만 성당 기사단의 본부가 어디에 있는지 아는 사람은 아무도 없었다. 그런데 느닷없이, 너무도 공교롭게 그에 대한 바이올렛의 팩스가 날아와 백호는 그 즉시 미국으로 날아올 수밖에 없었다. 그러나…….

'내가 암살 위협을 받는 건 분명하지만…… '악'은 또 뭐란 말인가?'

백호는 피곤함을 느꼈다. 왜 자꾸 듣도 보도 못한 것들이 자신과 엮이는 것일까?

'허헛, 나 같은 사람이 왜 자꾸 이런 일에 말려들어야 하는 거지? 이건…….'

백호는 속으로 빙그레 미소를 지었다. 왜 이런 일에 말려든 것인지는 자신도 알 수 없었다. 그러나 백호는 퇴마사들을 이해할 수 있었고, 위험한 일을 당하더라도 그들을 돕는 것이 진심으로 즐거웠다.

'그들은 물론 나와 다른 세계에 산다. 나는 보통 사람이지. 그러나 나는 정의를 숭상하는 사람이다. 그리고 그들을 돕는 것이 내가 행할 수 있는 가장 큰 정의일 거야. 그래서 나는.'

스스로를 설득하듯 말하다가 백호는 불현듯 피식 웃었다. 목숨 바쳐 퇴마사들을 돕는 것이 물론 자신의 그런 마음 때문이긴 했지만 그 외에도 한 가지 이유가 더 있었다. 그리고 그것은…….

"저런! 무슨 좋은 생각하시나 보죠?"

바이올렛의 말에 백호는 퍼뜩 정신을 차리고 얼빠진 표정을 거두었다.

"아, 아닙니다. 그냥 잠깐 딴생각을……."

"호호호, 그러세요? 그런데 어느새 벌써 도착한 모양이군요."

벌써가 아니라 백호에게는 일 초 일 초가 지겨운 시간이었건만.

차가 도착한 곳은 어느 나지막한 언덕배기에 자리 잡은 고색창연한 건물 부근이었다. 상당히 오래돼 보이는 건물이었고, 간판에는 '해밀턴 고서점'이라고 쓰여 있었다. 서점은 인적이 퍽 드물고 차로 왕래하기에도 불편한 위치에 있었다. 그 근방은 도시에서 보기 힘든 나지막한 관목들로 우거진 곳이었다.

"여긴 어딥니까? 이게 성당 기사단의 본부란 말입니까?"

백호 자신도 반은 농담으로 한 말이었지만 바이올렛은 백호의 농담에 지나칠 정도로 낄낄거리며 웃었다.

"물론 아니죠. 그러나 여기가 성당 기사단과 관련이 있는 것은 확실해요."

그리고 바이올렛은 묻지도 않은 이야기를 다시 종알종알 떠들기 시작했다.

"이 '해밀턴 고서점'은 백 년이 넘는 역사를 자랑하는, 이 근방에서 가장 오래된 고서점이죠. 신기하죠? 이렇게 외진 곳에 지어진, 손님도 하나 없는 서점이 백 년이나 운영될 수 있다는 것이? 이 근방의 공원 같은 숲과 평지도 전부 이 서점 소유의 땅이죠. 이 근방 사람들은 이렇게 알고 있죠. 이 서점은 백만장자였던 아서 해밀턴이라는 사람이 자신의 호사가적 취미를 위해 만들었다고요."

"그럼 그게 아닙니까?"

"아뇨. 물론 아서 해밀턴이 만들었죠."

"그러면요?"

"그 자체는 거짓이 없죠. 문제는 그가 성당 기사단과 모종의 연관을 지니고 있었다는 데 있죠. 증거를 하나 보여 드릴까요?"

그러면서 바이올렛은 백 년도 넘어 보이는 고색창연한 서점 간판의 한 귀퉁이를 가리켰다. 거기에는 십자가와 비슷한 것이 새겨져 있었는데, 보통 십자가와 달리 네 끝이 꽃잎처럼 벌어져 있었다.

"저건 파테 십자가(Cross pattée)라는 문양이죠. 특수한 집단들만 사용해 왔던 문양이에요."

"특수한 집단이라면······."

"맞아요, 성당 기사단. 전에 성난큰곰이 누구더라…… 그래, 키건인가 하는 사람과 싸우고 난 다음에 커다란 갑옷 같은 것을 얻은 적이 있었댔죠? 거기에도 저 문양이 새겨져 있었어요. 조금도 틀리지 않고 정확하게."

뭔가 느낌이 오는 것 같았지만 그래도 백호의 이성은 이것만으로 증거가 되지 않는다고 외쳤다. 그는 고개를 저었다.

"하지만 저 십자가 문양이 지금은 그리 희귀하지 않은 것 같은데요? 비슷한 것을 자주 본 적이 있습니다. 저 문양을 쓰는 곳이 전부 성당 기사단과 관련 있는 곳이라 본다면……."

"물론 지금 이 서점은 성당 기사단과 아무런 관련이 없어요. 서점을 만든 아서 해밀턴은 관련이 있었겠지만."

"무슨 뜻입니까?"

"서점의 설립자인 아서 해밀턴은 성당 기사단 소속이었던 것 같아요. 그러나 지금의 주인은 그렇지 않아요. 지금의 주인은 리처드 해밀턴. 아서 해밀턴의 증손자죠."

"그렇다면……?"

"리처드 해밀턴 씨와 나는 친분이 좀 있어요. 우연한 기회에 알게 됐는데 좋은 사람이랍니다. 백만장자인 데다 미남이고, 지적이고. 좌우간 내가 성당 기사단에 대한 자료를 찾아보려고 여길 몇 번 들르게 됐는데, 내가 뭘 찾는지 알고 날 만나고 싶다는 거예요. 우리에게 도움이 될 만한 것을 가지고 있다면서."

"그게 뭡니까?"

"뭔지는 정확히 모르겠지만, 성당 기사단의 본부를 찾아낼 수 있는 물건인가 봐요. 할아버지가 남긴 유물이라더군요."

"흠. 그런데 왜 나를 부른 겁니까?"

"뭔가 요구 사항이 있대요."

"요구 사항?"

"그건 나 혼자서는 결정할 수 없어서 와 달라고 한 거예요."

"하지만 나는 당사자가 아니지 않습니까? 나도 내 마음대로 결정을 내릴 수는 없습니다."

"결정을 내리고 안 내리고는 중요하지 않아요. 하지만."

바이올렛은 웃으면서 문을 가리켜 보였다.

"아무튼 들어가서 이야기해요. 해밀턴 씨가 기다리시니까요."

백호는 얼떨떨했다. 자신은 어떤 정보를 받거나 물건을 전달하는 것으로만 생각했지, 무슨 요구 사항을 응낙하고 안 하고를 결정하리라고는 짐작조차 못 했다. 그러나 바이올렛의 태도는 아무래도 상관없어 보였다.

더구나 주위를 둘러보니 비행기가 보이는 것이, 이곳은 공항에서 그리 먼 곳에 위치한 장소가 아닌 것 같았다. 그런데도 한 시간 이상이나 빙빙 돈 것은 수다를 떨기 위해서였단 말인가?

이 뚱뚱한 할망구의 수작에 속아 헛걸음한 것이 아닌가 하는 배신감마저 들었다. 그러나 여기까지 와서 그냥 갈 수는 없는 노릇이라 백호는 고서점 안으로 걸음을 옮겼다.

리처드 해밀턴은 보기 좋은 하얀 은발을 단정하게 기른 초로의 남자였다. 코가 조금 높고 고집스러워 보이는 눈빛을 지녔으며, 멋들어진 수염을 기르고 있었다. 나이는 오륙십 정도 돼 보였으나 몹시 다부지고 건장한 체구를 지니고 있었다.

해밀턴은 서점 깊숙이 위치한 별실에서 기다리고 있다가 백호와 바이올렛이 들어오는 것을 보고 의자에서 몸을 일으켰다. 방 안은 고서점의 사무실이라고 보기에 지나칠 정도로 호화롭고 값비싸 보이는 고가구들로 장식돼 있었다.

"한국에서 오신 분이오?"

"그렇습니다."

"나는 리처드 해밀턴이라고 하오. 그쪽은……?"

해밀턴의 물음에 바이올렛이 대신 대답했다.

"이쪽은 미스터 백이라고 해요. 아주 놀라운 친구들을 가지고 있는 분이죠."

"전에 말한 적 있는?"

"예."

백호는 바이올렛의 퇴마사들에 대해 해밀턴에게 이야기한 것 같아 눈살을 찌푸렸으나 바이올렛은 아무렇지도 않다는 듯이 웃어 보였다.

"해밀턴 씨는 괜찮아요. 내 오랜 친구고 신사시니까."

백호는 아무래도 바이올렛이 미덥지 않았지만 여기까지 온 이상 별다른 방법이 없었다.

해밀턴은 앉으라고 손짓한 다음 시가 상자를 백호 쪽으로 내밀었다. 백호가 손을 젓자 해밀턴은 두툼한 시가를 꺼내 끝을 깨물어 뗀 다음 금으로 장식된 커다란 라이터로 불을 붙이고 연기를 내뿜었다.

"제 친구들에 대해 아십니까?"

백호는 경계심을 풀지 않고 물었다. 그러자 해밀턴은 고개를 끄덕이며 말했다.

"영어가 능숙하시군요. 대강은 압니다. 그러나."

해밀턴은 다소 건방지다면 건방지다고 할 수 있는 태도로 연기를 내뿜으며 말을 이었다.

"염려는 마십시오. 이런 쪽 일에 관심을 가지다 보면 시끄러운 기관과는 접촉하지 않게 됩니다. 내 목적을 이루어 주기만 한다면 그쪽분들이 어떤 분들이건 상관없습니다. 그리고 그쪽분들이 어떤 분들일지 알고 싶지도 않고요."

백호는 대강의 분위기를 눈치채며 물었다.

"청부 의뢰를 하는 겁니까?"

"좋은 말로 부탁을 드리는 것이라 해 두지요."

"제 친구들은 청부를 맡는 사람들이 아닙니다."

"그러나 일을 맡아 주지 않는다면 내가 알고 있는 정보를 결코 알려 줄 수 없소."

"어떤 정보 말이죠?"

"성당 기사단에 대한 것 말이오. 당신이 모르고 여기까지 오셨을 리도 없는데, 우리 피차간에 지루한 이야기는 하지 맙시다. 시간이 아까우니까요."

해밀턴은 상당히 단도직입적으로 이야기를 하는 사람 같았다. 백호는 심호흡을 한 다음 조심스레 물었다.

"무엇을 찾는 겁니까?"

"그것도 아직은 말할 수 없소. 일을 맡아 주지 않는다면 말이오."

"아무것도 말하지 않고 무슨 일을 맡긴다는 겁니까?"

그러자 해밀턴은 딱 잘라 말했다.

"이백만 불을 드리겠소."

백호는 무심코 고개를 저었으나 곧 엄청난 액수라는 생각이 들어 눈을 크게 떴다. 해밀턴이 다시 말했다.

"삼백만."

"돈이 문제가 아닙니다!"

백호가 단호하게 말하자 해밀턴이 다시 말했다.

"사백만."

불쾌감이 치밀어 백호는 더 이상 듣지 않고 자리에서 벌떡 일어섰다. 해밀턴이 차분히 말을 건넸다.

"나가는 것은 자유요. 그러나 성당 기사단의 본부는 영원히 찾을 수 없을 거요."

백호는 성당 기사단의 본부라는 말을 듣자 마음을 가다듬었다. 그러고는 고개를 돌려 해밀턴을 쏘아보았다.

"청부는 하지 않습니다. 다만 성당 기사단의 본부에 대해 아는 것이 있다면 알려 주십시오."

"물론 아오. 그러나 그 장소를 그냥 알려 줄 수는 없소. 내 부탁을 들어주지 않으면 절대 알려 줄 수 없는 처지란 말이오."

"내 친구들은 돈으로 움직이지 않습니다."

해밀턴은 시가를 끄고 한숨을 쉬며 일어나서 말했다.

"천만 불, 어떻소?"

백호는 천문학적인 액수를 제시하는 데에 의아심이 들었다. 이자는 도대체 무엇을 찾기에 이렇게 엄청난 거금을 언급하는 것일까? 그러나 호기심은 불쾌감을 억누를 정도로 커지지 않았다.

백호가 싸늘한 표정이 되자 바이올렛이 안절부절못하다가 해밀턴에게 가서 뭐라고 작은 소리로 속삭였다. 그리고 나자 해밀턴의 표정이 조금 변했다.

"잠깐, 내가 실례했다면 용서해 주시오. 그러나 이건 나에게도 정말 절박한 문제요."

"무슨 말입니까?"

"내 명예, 그리고 내 가문의 명예와 신앙이 관련된 일이기 때문이오. 좋소……. 그러면 돈 이야기는 하지 말고 우리 이야기를 좀 나눠 봅시다. 허심탄회하게 말이오. 물론 말할 수 없는 것은 말하지 않겠지만 그것 외에는 무엇이든 알려 주겠소. 그건 어떻겠소?"

백호는 잠시 생각해 보다가 대답했다.

"진심으로 하는 이야기라면 들어 보겠습니다."

"고맙소. 그러면 무엇부터 시작하는 것이 좋겠소?"

"일단 당신이 알고 있다는 성당 기사단의 위치가 정말 정확한 것인지 알고 싶습니다. 그러니까…… 아직 장소를 말할 수 없다면 그런 내용을 어떻게 알게 됐는지 경위라도 말해 보십시오."

"좋소. 내 증조부에 대해 들어 보셨소? 그분의 성함은 아서 해밀턴. 이 서점을 만드신 분이오."

"그에 대해서는 간략하게 들은 바 있습니다."

"음. 그분은 성당 기사단의 비밀 단원이셨소. 그분은 장사를 하려고 이 서점을 내신 게 아니오. 근래에 알게 된 것이지만, 그분이 고서점을 만드신 이유는 뭔가 목적이 있어서였다고 나는 생각하오."

"무슨 목적입니까?"

"미국에서 고서점이란 것은 당시의 관점에서 본다면 우스운 이야기요. 이 서점이 생긴 것은 백 년도 더 지난 일이오. 정확히 백십오 년 전의 일이지. 인디언과 기병대가 싸움을 벌이고 있던 시절의 일이니 말이오. 역사가 얼마 되지도 않은 미국에 고서적이 많을 리 없지 않겠소? 인디언들은 문자로 된 책을 남기지 않았으니 그것을 취급하는 것도 아니고."

"그렇다면요?"

"여기서 다룬 책들은 유럽이나 그 근방의 자료들이 대부분이오. 그 사실을 알게 된 것은 내가 이 서점을 아버님께 물려받고서도 십 년이나 더 지났을 때요. 서점의 오래된 벽을 보수하다가 지하 창고 한쪽 벽에 마련된 비밀 장소를 발견했는데, 그 안에는 오래된 자료들이 꽉 차 있었소. 실로 듣도 보도 못한 기이한 자료들이 말이오."

"어떤 자료들입니까?"

"오컬트, 즉 주술, 신비주의, 고대의 지식 등등에 대한 기이한 자료들이었소. 그 양이 상당하고 생전 처음 접해 보는 것들도 많아서 나는 몹시 놀랐소. 이상한 것은 그러한 자료들이 장부에 기록돼 있지 않았고, 판매를 목적으로 사들인 것은 더더욱 아닌 것 같다는 점이었소. 우리 아버님이나 할아버님도 그런 사실을 모르셨던 것 같고 말이오. 그래서 나는 증조부가 취미로 수집한 것이 아닐까 생각했지만 그것도 아닌 것 같았소. 취미라면 그것을 모아 전시하고 관리라도 해야 할 텐데, 관리가 전혀 되지 않은 채 백 년 가까운 세월이 지나갔으니 말이오. 나는 의아하게 느꼈소. 도대체 이 책들은 무슨 이유로 여기 쌓여 있었을까 하는."

해밀턴은 다시 시가에 불을 붙이고 연기를 몇 모금 빨아들인 다음 말을 이었다.

"그 자료들을 정리하다가 나는 마침내 증조부의 비망록을 발견하게 됐소. 그런데 거기에는 증조부가 어떤 '기사단'의 단원이라는 것과 이 고서점이 일종의 비밀 창고 역할을 했다는 내용 등이 적혀 있었소."

"기사단이라면 성당 기사단?"

"그렇다고 나는 생각하오. 미스터 백, 당신은 성당 기사단에 대해 아시오?"

"약간은 압니다."

"그렇다면 성당 기사단이 박해를 받고 몰락했다는 얘기도 들으셨겠군요."

"대강은요."

"성당 기사단은 없어지지 않았소. 오히려 더욱 큰 조직으로 개편됐던 거요. 그래서 세기를 이어 오늘까지 존속하고 있소. 프리메이슨이라는 이름으로 말이오."

"프리메이슨?"

"그렇소. 물론 프리메이슨은 더 큰 조직으로 개편됐고 일부 개방된 조직이 되기도 했소. 그러나 성당 기사단은 프리메이슨의 모태가 된 조직이고, 프리메이슨의 비밀 조직과 같은 형태로 지금까지도 존속되고 있소. 성당 기사단이 몰락할 때 많은 단원이 처형당했소. 성당 기사단은 십자군 전쟁 때 막대한 부를 쌓은 것으로 알려져 있는데, 기사단장과 모든 단원을 탄압해도 그 부의 행방은 밝혀지지 않았소. 성당 기사단의 부가 존속됐다는 것은 성당 기사단도 없어지지 않았다는 말과 같지. 그들은 성당 기사단의 이름을 감추고 보이지 않는 곳으로 숨어들었소. 그렇게 그들이 모아 온 많은 비밀 자료 중 많은 수가 바로 미국, 이 고서점의 지하에 보존해 있었던 거요. 신대륙인 미국이야말로 안전한 장소였을 것이기 때문에 그랬으리라 나는 생각하오. 십자군 원정 때 만들어진 조직의 문서 창고가 미국에 있다는 것은 누구에게라도 의외였을 테니까. 아마도 내 증조부는 문서를 보관하기 위해 이 고서점을 만든 것 같소. 그런데……."

백호가 열심히 듣자 해밀턴은 다시 시가를 빨고 짙은 연기를 뿜어 대며 말했다.

"증조부는 열성적인 성당 기사단원이었던 것 같소. 그런데 비망록의 뒤쪽 부분을 보면 돌아가시기 직전 증조부는 무슨 이유 때문인지 몹시 고민했던 것으로 보이오."

"무엇 때문에?"

"그것은 정확히 말할 수 없소. 내가 부탁하고자 하는 일과도 연관된 것이니까. 다만 신앙에 관련된 이유라고 보면 될 것이오. 그 때문에 증조부는 아마도 성당 기사단에서 이탈하게 된 것 같고, 그로 인해 돌아가신 것 같소."

"증조부께서는 누구에게 살해당하셨습니까?"

"아니오. 병으로 돌아가셨소."

"예?"

백호가 의아해하자 해밀턴은 다시 한번 또박또박 끊어 말했다.

"원인 불명의 괴이한 병으로 돌아가셨소. 누구도 증상을 들어본 적이 없고, 알지도 못하는 병으로."

"그렇다면……?"

"그렇소, 나는 그것이 저주였다고 생각하오. 저주에 의한 살해. 하하, 세상 사람들은 이런 소리를 들으면 미쳤다고 하겠지. 그러나 당신이나 당신의 친구들이라면 그것이 정말 불가능한 일인지, 아닌지 알 거요. 그렇지 않소?"

"틀림없습니까?"

"심해어가 물 밖으로 나왔을 때 어떻게 되는지 아오? 눈과 내장이 몸의 모든 구멍으로 꾸역꾸역 밀려 나오지. 나는 그런 병에 걸려 사람이 죽었다는 이야기를 들어 본 적이 없소. 나는 신비주의에 관심이 많소. 세상의 이름을 팔고 다니는 시답잖은 초능력자나 영능력자들 말고도 세상에는 알려지지 않은 기이한 힘들이 얼마든지 있다는 것 정도는 잘 알고 있소. 그리고 강력한 사람일수록 정체를 숨긴다는, 아니 그럴 수밖에 없다는 사실 또한 잘 알고 있고. 물론 증조부가 남긴 자료들의 영향을 받기도 했지. 증조부가 남긴 자료들도 아직 극히 일부밖에 보지 못했지만 상상을 초월하는 기이한 이야기들이 그득하니까. 좌우간 증조부는 성당 기사단을 배신했고, 그 때문에 저주…… 아니면 뭔가 눈에 보이지 않는 주술적인 해침을 받아 돌아가셨다고 나는 생각하오."

백호는 묵묵히 고개를 끄덕였다. 그러자 해밀턴도 고개를 덩달아 끄덕이며 덧붙였다.

"그러고 보면 증조부가 쌓아 내게 물려준 부(富)도 의아한 면이 없잖아 있소. 집안에는 증조부가 금광에 손을 대서 부를 쌓았다고 전해지고 있소. 하지만 증조부가 금광에 손댔다는 기록은 어디에도 없소. 분명 증조부가 물려준 부는 성당 기사단과 관련이 있을 것이오. 그러나 분명히 확신하건대, 증조부가 성당 기사단의 부를 가로채려고 배신한 것 같지는 않소. 그건 증조부의 신앙과 관련이 있는 문제였고, 증조부의 변심 때문에 뭔가 중요한 비밀이 누설될까 봐 성당 기사단이 증조부를 해친 것으로 추정되오. 그런데 증조부가 돌아가시게 되자 증조부 명의의 재산은 고스란히 내 조부께 상속해 버린 셈이 됐지."

"처음에 당신의 목숨이 위험하다고 말씀하셨는데…… 혹시 그때의 부를 성당 기사단이 되찾으려고 하는 것은 아닐까요?"

그러자 해밀턴이 웃었다.

"성당 기사단이 증조부가 맡아 두었던 재산 정도에 관심을 가질 것 같소? 상당한 액수이기는 하지만 성당 기사단이 쌓았던 부와는 비교도 할 수 없을 거요. 백 년이 지난 지금에 와서 그것을 되찾으려고 꼬리를 잡히기보다는 깨끗이 포기하는 편이 낫다는 사실은 나도 짐작할 수 있소."

"하지만 당신은 엄청난 거금을 제시하지 않았습니까? 그것만 보아도 그 재산이 막대했던 것 같은데요?"

해밀턴은 허허 웃으며 대답했다.

"지금의 내 재산은 부친과 내가 힘겹게 쌓아 올렸다고 보는 것이 옳소. 물론 조부 덕분에 처음 시작은 좋았지만 그렇게 막대하진 않았소. 좌우간 증조부의 배신은 신앙에 관련된 심정적인 것이었소."

"아무튼 성당 기사단이 증조부를 해쳤다면 증조부께서는 상당한 비밀을 알고 계셨던 모양이군요."

"물론이오."

"그 비밀이란 것은요?"

"성당 기사단의 본부에 대한 것. 그리고 또 있소. 아직은 말할 수 없소만……."

그 말에 백호는 실망했다는 듯 되받았다.

"하지만 그건 백 년도 더 지난 이야기 아닙니까? 지금도 그들의 본부가 그 위치에 있으리라는 법은 없지 않습니까?"

"아니, 그럴 수 없소. 그들의 본부는 절대 옮길 수 없소."

"왜 그렇습니까?"

"그것은 말할 수 없소."

"그것도 말 못 한단 말입니까?"

"그렇소. 모든 것이 얽혀 있기 때문이오. 그것을 말하면 모든 것이 한 번에 드러나 버리기 때문이오."

그러면서 해밀턴은 미소를 지었다. 그것을 보고 백호는 고개를 저었다.

"이건 억지입니다. 중요한 것은 아무것도 들려주지 않고 결정을 내리라뇨. 가령 맡고 싶어도 정말 불가능한 일이라면 맡을 수 없는 것 아닙니까?"

그러자 해밀턴이 정색했다.

"아니오. 당신들의 친구들이라면 가능하오. 내가 왜 가능하지도 않은 일을 부탁하겠소? 내 이건 말해 두겠소. 내가 바라는 일은 성당 기사단의 본부로 당신 친구들을 보내 물건을 하나 찾고자 하는 거요. 당신들이 무엇을 찾는지 잘 모르지만 무슨 점토판이라고 들었으니 내가 찾는 것과 다른 걸 거요. 그러면 당신들은 당신들이 원하는 것을 갖고, 나는 내가 원하는 것을 갖는 거요. 그거면 되지 않겠소?"

"뭔가를 찾으려는 모양이군요?"

"그렇소. 그러나 절대 약탈한다거나 훔치는 것은 아니고 정당성이 충분한 물건이오. 내가 실언을 했는데, 더 이상은 말해 줄 수 없소. 좌우간 그것을 얻는 일은 결코 누구의 재산을 빼앗는 도둑질이나 강도질이 아니라는 것만은 분명히 말해 두겠소."

"그 정도의 돈을 낸다면 용병단으로 군대를 편성해 파견할 수도 있을 텐데요?"

백호의 빈정거림에 해밀턴은 고개를 저었다.

"성당 기사단에는 기이한 능력을 지닌 사람들이 우글우글하오. 저주를 내리고, 초능력을 부리는 자들에게 군대를 보낸다고 소용이 있겠소? 핵폭탄이라도 떨어뜨려 그 일대를 초토화하지 않는 한, 그들의 소굴에서 뭔가를 찾기는커녕 아무도 들어갈 수조차 없을 거요. 일류 첩보원이나 용병들도 불가능하오. 당신의 친구들 말고는."

해밀턴은 묵묵히 백호를 바라보았다. 백호는 해밀턴의 말이 거짓은 아니라는 느낌을 받고 조금 마음이 움직이는 것 같았다. 사실 여기 오기 전 승희의 태도를 보니 정 안 된다면 점토판을 빼앗기라도 할 것 같았다. 그만큼 중요한 물건이니 얻는 것이 좋기는 하겠지만.

"내 친구들에 대해 얼마나 아십니까?"

"조사하지 않았다고 한다면 거짓말이겠지. 정말로 믿어지지 않을 정도의 사람들이란 것을 아오. 한국에서의 일, 일본에서의 일,

영국, 아프리카, 미국, 인도, 티베트…… 거의 다 알고 있소."

백호의 눈빛이 달라지자 해밀턴은 약간 겁을 먹은 듯 황급히 말을 이었다.

"아, 염려는 하지 마시오. 나는 그들의 힘을 누구보다도 잘 아는 사람이오. 그들로부터 원한을 사고 싶지는 않소. 일의 성사 여부와 관련 없이, 비밀 보장만은 염려 마시오."

백호는 입술을 깨물면서 생각에 잠겼다.

"그런데 그 물건이 뭔지는 정말 말해 줄 수 없습니까?"

"안 되오."

"그렇다면 왜 그 물건을 찾는지 이유나 들어 봅시다. 아까 당신 말을 들어 보면 명예와 신앙이 걸린 것이라고 했지요?"

"그렇소. 더 이상은 말할 수 없소만."

"정말 그 물건에 대해 당신이 정당성을 지니고 있나요?"

"그렇다고 생각하오. 그리고 나는 그 물건을 나 혼자 독점하려는 것이 아니고, 또 그것을 개인적인 용도 이외로 이용할 마음도 없소. 내친김에 말하자면, 나는 그것을 실제 내 눈으로 보고 조금만, 아주 잠깐 만져 보기만 해도 만족이오."

"그것에 천만 불을 겁니까?"

"그럴 만한 물건이기 때문이오."

백호는 도무지 이 사람이 무엇을 바라는지 짐작조차 할 수 없었다. 하지만 해밀턴의 눈빛은 거짓됨이 없는 것처럼 보였고, 목소리가 가늘게 떨리는 것으로 보아 마음이 퍽 벅찬 것 같았다.

"성당 기사단은 당신이 정보를 지니고 있다는 건 모릅니까?"

"안다면 나도 무사하지 못하겠지. 나도 어느 정도 대비는 하고 있소만."

"흠……."

백호는 깊이 생각해 보았다. 확실히 해밀턴은 진실을 말하는 것 같았고, 몹시 절박한 것처럼 보였다. 그렇지만 무엇을 찾는지 모르는 터에 자기가 어떻게 대신 대답한단 말인가?

그때 바이올렛이 얼굴에 웃음을 가득 머금고 백호에게 말을 걸어왔다. 놀랍게도 서툴지만 한국어로 말이다.

"승낙…… 제발…… 어서……!"

백호는 놀라서 바이올렛의 얼굴을 바라보았다. 그런데 바이올렛의 얼굴은 간절한 표정이 아니었고, 마치 무슨 농담이라도 하는 듯한 표정이었다. 백호도 한국어로 대답했다.

"뭡니까? 나를 놀리시는 건가요?"

바이올렛은 깔깔깔 웃으면서 짧게 말했다.

"날 믿어요."

바이올렛은 해밀턴에게 고개를 돌리면서 앞으로 나서서 영어로 말했다.

"미스터 백은 농담도 잘하시네요. 거기다 배짱도 두둑하시고. 천오백만이면 응낙하겠대요."

백호는 망치로 뒤통수를 얻어맞는 것 같았다. 바이올렛은 무슨 일을 꾸미고 있는 것일까? 비록 마스터에게 빙의해서였다고는 했지만 과거 바이올렛은 퇴마사들을 위험에 빠뜨린 적이 있었다. 이런 바이올렛을 믿어야 하는 것인가? 백호는 당장이라도 호통을 치고 싶은 것을 간신히 눌러 참았다.

그러는 사이 해밀턴은 눈을 치켜뜨고 백호에게 말했다.

"정말이오? 당신이 직접 이야기해 보시오."

백호는 당혹스러웠지만 내색하지는 않았다. 다시 한번 바이올렛이 백호를 뒤돌아보고 웃으며 눈을 깜박했다. 이때 바이올렛의 표정에 아주 잠깐이나마 진실의 빛이 보였다. 백호는 조금 더 고민했지만 결국 반 정도 체념한 상태로 대답할 수밖에 없었다. 정 안 되면 자신이 책임지리라는 생각으로.

"좋습니다."

해밀턴은 다시 한번 강조해 말했다.

"이 일은 막중한 거요. 이 일을 의뢰받은 이상, 당신들은 여기를 떠날 수 없소. 당신 친구들이 물건을 가지고 도착할 때까지 말이오. 그래도 응낙하겠소?"

백호는 눈을 크게 떴다.

"못 떠난다니? 그러면 내가 인질이 되는 거란 말입니까?"

"그렇게 사나운 호칭을 붙일 건 없지 않소? 내 손님이라 해 둡시다."

"이건……."

백호가 바이올렛 쪽을 돌아보자 바이올렛은 태연히 말했다.

"난 여기 남겠어요. 보고 싶은 것도 많고, 해밀턴 씨의 손님 대접도 한번 받아 보고 싶군요."

백호는 머릿속이 하얗게 비는 것 같았지만 애써 진정하고 차분하게 가늠해 보았다.

'바이올렛이 만약 나쁜 속셈이라면 자신의 목숨을 담보로 인질이 되면서까지 그러지는 않을지도……. 아냐, 신부님이나 현암 씨는 절대로 아는 사람의 목숨을 위험한 지경에 빠지게 놓아둘 사람들이 아니니 그걸 노리고 그러는 건지도 모르지.'

백호는 몹시 혼란스러웠다. 천오백만 불이라면 엄청난 거액이었다. 바이올렛은 그 돈을 노리는 것이 아닐까? 바이올렛의 뜬금없는 말을 믿고 인질이 돼도 정말 괜찮은 것일까? 그러나 백호가 확답하기도 전에 해밀턴이 입을 열었다.

"좋소, 그럼 말하리다. 내가 찾는 것은 세상에서 가장 귀한 보물이오. 이보다 더 중요하고 신성한 물건은 없을 거요."

백호는 아직 머릿속을 정리하느라 해밀턴의 말을 귀담아듣지도 않았으나 바이올렛이 재빨리 물었다.

"뭐죠?"

백호는 뭐라고 말해서 해밀턴의 말을 부정해 보려고 마음먹었다. 그리고 막 입을 열려는 순간 해밀턴이 말했고, 그 말을 들은 백호는 자신의 귀를 의심하면서 하려던 말을 삼킬 수밖에 없었다.

"내가 찾는 것은 성궤요. 성서에 나오는 언약궤 말이오."

언약궤

"언약궤라고요?"

백호는 자신의 귀를 의심했다. 바이올렛도 놀란 듯 덩달아 물었다.

"성서에 나오는 언약궤? 〈레이더스(Raiders Of The Lost Ark)〉라는 영화에도 나왔던 그 언약궤 말입니까?"

그러자 해밀턴이 웃었다.

"영화에 나왔던 건 언약궤의 껍데기일 뿐이오. 궤짝 모양을 하고 있던 그건 언약궤의 껍질에 불과하오. 중요한 건 그 안에 들어 있는 거요. 그것이 타보트(Tabot)지."

해밀턴은 시가 연기를 빨아들이면서 천천히 언약궤의 내력에 대해 말했다.

"성서에서 말하는 언약궤는, 원래 모세가 이스라엘 민족을 데리고 광야를 헤매다가 산에 올라 하나님이 직접 내린 계시를 써넣은 십계명 석판을 담은 궤짝이오. 원래 모세는 출애굽 이후 광야를 헤매다 시나이산에 도달했을 때 무리를 떠나 오랫동안 기도를 드린 끝에 십계명 석판을 가지고 왔지만, 그가 자리를 비운 사십 일 동안 이스라엘 민족은 우상 숭배를 하는 등 완전히 타락의 구덩이에 빠져 있었소. 금송아지를 숭배했다는 것, 유명하지 않소?"

"그래서요?"

"이에 분노한 모세는 십계명을 쳐서 깨부수고, 타락에 빠진 수

많은 이스라엘 종족을 처형했소. 그 후 모세는 다시 시나이산에 올라 새로이 십계명을 받았고, 이스라엘 사람들로부터 공물을 받아 성막을 세우고 언약궤를 만들었소. 그리고 십계명을 그 언약궤에 넣어 보존했으니, 그것은 이스라엘 민족의 최고의 보물이고 『성경』에 나오는 최고의 보물이기도 하오. 그 깨어진 십계명이 타보트란 성물(聖物)이오."

"아니, 그 내용을 말한 것이 아닙니다. 우리에게 그 물건을 찾아 달라고 하느니 차라리 고고학자들에게 의뢰해 보는 것이 어떻겠습니까?"

"고고학자들은 결코 그것을 찾을 수 없소. 알아듣겠소? 그것은 성당 기사단의 본부에 깊이 감추어져 봉인해 있단 말이오."

백호와 바이올렛조차도 의아한 표정을 지었다.

"언약궤가…… 성당 기사단에요?"

"그렇소. 이제 내가 앞에서 무리하게 이 내용에 대해 이야기하지 않은 이유를 알겠소? 언약궤가 그곳에 있다는 것 또한 비밀 중의 비밀이오."

해밀턴은 흥분된 듯 시가를 재떨이에 비벼 끄면서 말했다.

"생각해 보시오! 언약궤란 말이오! 기독교 세계의 가장 중요한 보물 중 하나요. 물론 성배가 있기는 하지만 언약궤는 그보다 더 오래되고, 더 신비로운 물건이오. 정확하게 말해 언약궤가 아니라 타보트의 힘이지만."

백호는 미간을 찌푸렸다.

"무슨 힘입니까?"

"아주 많소. 언약궤를 지닌 군대는 패배하지 않는다고 알려져 있소. 언약궤는 그 힘으로 여리고(Jericho, 예리코)의 높은 성벽을 무너뜨렸고, 불패의 힘을 주었소. 신비한 힘은 그뿐만이 아니오. 언약궤에 손을 댄 자는 다윗 말고는 모두 죽임을 당했지. 하지만 그건 정확하게 말해 궤짝의 힘이 아니오. 그 안에 들어 있는 타보트의 힘이란 거요. 내가 원하는 것은 낡은 나무 궤짝이 아니라 언약궤 속에 든 타보트요. 아시겠소?"

"그것을 얻어서 무엇에 쓰려고요? 전쟁이라도 일으킬 셈입니까?"

해밀턴은 잠시 백호를 어리둥절하게 보다가 껄껄 웃었다.

"원, 농담도. 내가 무슨 그런 대단한 사람으로 보이오? 허허. 내가 그것을 원하는 이유는 신앙적이고 개인적인 데 있을 뿐이오. 사실 그런 힘에 대해서는 별 관심이 없소. 만지지도 못하는 물건을 내가 대체 무엇에 쓰겠소?"

"단순히 개인적인 신앙 때문에 천오백만 불을 건단 말입니까? 당신, 정말 대단한 재산가인 모양이군요."

백호가 빈정거리자 바이올렛이 말꼬리를 가로챘다.

"잠깐…… 우리는 성당 기사단의 본부에 대해 알고 싶은 거예요. 그런데 언약궤라니…… 그러면 언약궤가 성당 기사단의 수중에 있다는 말인가요?"

"그렇소."

"그게 어떻게 성당 기사단의 손에 들어가게 된 거죠?"

해밀턴은 바이올렛의 질문이 아주 기쁜 듯 자세히 설명했다.

"『구약 성서』를 자세히 읽어 보면 그 언약궤는 솔로몬 시대까지는 행방이 확실하게 나오오. 아주 자주 언급되지. 그런데 솔로몬 시대 이후부터는 그 행방이 묘연해지오. 솔로몬 시대 때까지 언약궤가 유대인들의 가장 중요한 보물이었다는 것만은 확실하오.『성경』의 기록에 따르면, 솔로몬이 그의 지혜로 명성과 부를 쌓은 후 성전을 건축할 때 가장 먼저 모신 것이 바로 언약궤라고 했으니까. 그런데 그 이후부터『성경』에 언약궤가 다시는 언급되지 않소. 그 중요한 보물이 말이오. 이상하지 않소?"

"한 번도요?"

"한 번도. 그래서 많은 사람이 언약궤의 행방을 찾기 위해 애썼소. 영화에서는 그 힘을 빌리기 위해서라고 나오지만 그건 말도 안 되는 허구고, 실제로는 종교적인 의미에서 찾으려 했다고 보는 편이 옳을 거요. 그런데 그중 가장 열심히 애쓴 자들이 바로 성당 기사단이었소. 나도 꽤 오래 조사해 보았는데, 이미 1100년대부터 성당 기사단원들은 언약궤를 찾아내기 위해 온갖 방법을 써 왔소.."

"성당 기사단이 어째서요?"

"자세히는 나도 모르오. 그러나 성당 기사단원들은 1100년인가…… 그렇지, 1119년인가, 1120년인가에 아홉 명의 프랑스 귀족들에 의해 만들어졌소. 가만있자, 1119년이 맞는 것 같군. 좌우간 1119년에 그 아홉 명의 기사는 예루살렘의 왕 보두앵 2세에게 영접을 받았는데, 그러자마자 그들은 보두앵 2세에게 '신전 언덕'에 본부를 두고 싶다고 말했소."

"신전 언덕이란 건 뭐죠?"

"예루살렘 구시가의 동쪽에 있는 언덕이오. 종교의 성역이라 할 수 있는 곳이고, 솔로몬이 언약궤를 안치하기 위해 지은 성전이 있던 자리요."

"그렇다면……?"

"그러나 그곳에는 알아크사 모스크라는 회교 사원이 있었소. 지금도 남아 있지만. 좌우간 보두앵 2세는 그 모스크를 자신의 왕궁으로 개조해 놓았는데, 즉시 그들의 요청을 받아들여, 전에 모스크였던 곳의 많은 부분과 한때 솔로몬 성전이 서 있었던 자리를 표시하는 유명한 '바위의 돔' 옆 별채를 그들만이 사용할 수 있도록 제공했소."

"그리고요?"

"그 이후로 기사들은 그 유적지에서 한 발도 나오지 않고 무언가에 몰두했소. 칠 년! 칠 년이라는 세월 동안 말이오. 우습지 않소? 그들은 그들 외에 다른 어떤 사람도 그곳에 얼씬거리지 못하게 했으며, 그곳에서 먹고 자고 일하면서 칠 년에 걸쳐 무언가를 했소. 공식 발표문에서 그들이 성지에서 수행하는 임무란 '해안으로부터 예루살렘에 이르는 길에 산적들이 침범하는 것을 막는 것'이었소. 하지만 그들은 1125년에 이르기까지 아홉 명에서 인원을 더 늘리지 않았던 거요! 아홉 명의 기사단이 팔십 킬로미터가 넘는 길에서 산적 출몰을 막을 수 없다는 것은 너무나 당연한 일인데도 말이오."

"그러면 그들은……?"

"물론 정확한 건 아무도 모르오. 하지만 나는 그들이 바로 언약궤를 찾거나, 혹은 그와 관련된 정보를 얻어 내기 위해 일종의 발굴 작업을 했다는 것을 확신하게 됐소. 그들이 칠 년 동안 일했던 자리는 솔로몬 성전이 있었던 곳이고, 솔로몬 성전은 여호와의 언약궤를 봉안할 목적으로 지어졌다는 것은 의심할 여지가 없소. 더구나 그 후 바빌론 군대에 의해 성전을 약탈당했으니 더 이상 보물 같은 것은 없었을 거요."

"바빌론 군대가 언약궤를 가져간 것은 아닐까요?"

"아니오. 그렇다면 성서의 구구절절이 비탄에 잠긴 내용으로 언약궤의 빼앗김이 기록돼 있을 거요. 그러나 그런 내용은 물론 없소. 좌우간 성당 기사단원들이 그곳에서 아무도 만나거나 나가지 않고 처박혀 칠 년간이나 무엇인가를 했다면 그것은 발굴 작업일 확률이 높은 걸 거요. 성당 기사단의 공식 명칭에도 그런 내용을 암시하는 단어가 있지. 그들의 공식 명칭이 무엇이었는지 아시오?"

바이올렛은 아는 것 같았으나 백호는 고개를 저었다.

"모릅니다."

"그리스도와 솔로몬 성전의 가난한 기사들(Pauperes commilitones Christi Templique Solomonici)."

"흠."

"그 명칭이나 그들의 초기 행적을 보아도 애당초 그들은 솔로몬의 성전에 깊은 관심을 지니고 있었소. 그리고 솔로몬의 성전에서 가장 중요한 물건은 언약궤였지. 아니, 그건 전 세계의 전 역사를 통틀어 가장 중요한 보물 중 하나일 거고."

백호는 생각에 잠겼다가 물었다.

"그렇다면 그들이 그때 언약궤를 발견한 건가요?"

"아니오."

"그렇다면 어째서 성당 기사단이 언약궤를 가지고 있다고 단정할 수 있습니까?"

해밀턴은 껄껄 웃음을 터뜨렸다.

"단정할 수 없다면 왜 말을 했겠소."

"어떻게 알게 되신 겁니까? 혹 증조부의 기록에 그게 나와 있었던 겁니까?"

그러자 해밀턴은 이상하게도 조금 빈정거리듯 대답했다.

"그렇지, 그래. 성당 기사단이 언약궤를 입수한 경위에 대한 내용. 그리고 거기에는 성당 기사단의 본부에 대한 대략의 지도 같은 것도 적혀 있었소."

"그것이 바로……?"

"그렇소, 증조부께서 남기신 기록이오. 성당 기사단은 본부에 타보트를 보관하고 있고, 그것에는 아무도 손을 대지 못하오. 따라서 본부를 옮길 수도 없는 거요. 아직도 분명 그대로 있을 거요."

해밀턴은 잠시 눈을 굴리다가 불쑥 말했다.

"하나만 더 알려 드리지. 언약궤-타보트와 성당 기사단의 본부는 에티오피아에 있소."

"에티오피아?"

"그렇소, 에티오피아. 프레스터 존의 왕국이자 아프리카 유일의 전통적 기독교 국가. 거기에 언약궤와 성당 기사단의 본부가 위치해 있소. 물론 어디에 있는가 하는 자세한 것은 차차 알려 주겠소."

바이올렛이 그녀답지 않은 심각한 얼굴로 물었다.

"잠깐만요. 성당 기사단이 언약궤를 입수했다면 왜 지금까지 알려지지 않았을까요? 그리고 그 문서가 진품인지도 확인됐나요? 성당 기사단이 어떻게 언약궤를 입수했는지, 그 본부가 에티오피아에 있는 것이 정말 맞는지, 아직도 언약궤를 지니고 있는 것이 확실한지도 말이죠."

"오, 저런."

바이올렛이 긴장해 총알같이 말하자 해밀턴은 정색했다.

"틀림없소. 자자, 그럼 하나하나 설명해 드리지. 그사이에 언약궤가 사라질 것은 아니니까. 나도 증조부의 기록을 보고 반신반의해 수년간이나 심혈을 기울여 고증을 해 왔소. 공식적인 것은 아니지만 그 결과를 발표하게 돼 기쁘게 생각하오."

일단 해밀턴은 언약궤의 실종에 대해 말했다. 모세 이래로 언약궤는 유대 민족의 가장 중요한 보물 중 하나였다. 솔로몬왕이 예루살렘에 첫 성전을 지었을 때 그의 유일한 동기는 '여호와의 언약궤를 봉안할 전(殿)'을 짓는 것이었다.

그러나 기원전 10세기에서 기원전 6세기 사이의 어느 날, 독특

한 귀중함과 힘을 지닌 그 물건은 아무도 모르게 성전의 지성소에서 사라졌다. 성서에서조차 아무 흔적도 남기지 않고.

"기원전 587년 느부갓네살의 군대가 예루살렘에 불을 질렀을 때, 언약궤는 사라진 지 오래였소. 또 기원전 538년 유대인들이 바빌론 유배에서 돌아온 후에 제1성전의 폐허 위에 세웠던 제2성전에도 없었소. 물론 아까도 말했듯, 바빌론 사람들이 전리품으로 가져간 것도 아니고. 기록에는 약탈당한 놋그릇의 숫자까지 언급되는데, 언약궤가 약탈당했다면 언급되지 않을 수가 없지 않겠소?"

"그렇다면 어디로 간 거죠?"

"일단 분명한 것은 언약궤가 솔로몬왕 시절에 없어졌다는 거요. 솔로몬왕 때까지 수없이 언급되던 언약궤가 그때를 기점으로 성서에 한 번도 등장하지 않게 되니까. 그에 대해 언급한 고문서가 있기는 하오만……."

그러면서 해밀턴은 책상 서랍에서 두툼한 필사본 한 권을 꺼냈다.

"바로 이거요, 물론 사본이오만. 이건 『케브라 나가스트(14세기 에티오피아 서사시)』라는 책인데, 그에 따르면 언약궤를 가져간 사람은 메넬리크라고 하오."

"메넬리크?"

"솔로몬왕과 시바 여왕 사이에서 난 왕자가 메넬리크요. 솔로몬은 현명한 왕이었지만, 후에는 자신의 지혜를 믿고 상당히 타락해 우상을 섬기고 신앙을 접어 두었소. 때문에 메넬리크가 신앙의 첫 번째 보물이라고 할 수 있는 언약궤를 더럽히지 않고자 새로운 땅으로 옮긴 것이라 볼 수 있지."

"확실합니까?"

"물론 메넬리크가 정말 그랬는지는 확인할 수 없소. 모종의 은폐 공작이 있다는 말도 있고, 몇 가지 면에서 문제가 없는 것도 아니지. 그러나 언약궤가 그때 누군가에 의해 옮겨져 결국은 에티오피아에 정착하게 됐다는 말은 사실에 상당히 근접해 있소. 지금도 에티오피아 사람들은 '악숨'에 타보트가 봉안해 있다고 굳게 믿고 있소."

"성당 기사단은요? 솔로몬 시대에 언약궤가 옮겨졌다고 했는데, 성당 기사단은 그보다 천육백 년가량이나 뒤에 만들어지지 않았습니까?"

"그렇소. 그런데 메넬리크든 누구든 간에 언약궤를 에티오피아로 옮겼다면 그것을 비밀로 해야만 했을 거요. 기독교의 세력이 점점 커지게 되면서 더더욱 비밀을 유지해야 할 필요성이 생겼겠지. 그리고 1100년대 정도 오면 언약궤를 찾겠다는 사람은 거의 사라지게 되오. 언약궤보다는 오히려 성배가 훨씬 큰 보물로 여겨지지. 그런데 성당 기사단은 앞서 말한 것처럼 필사적으로 언약궤를 찾았소. 물론 솔로몬 성전에서는 언약궤가 나오지 않았을 거요. 포기 상태에 빠졌을지도 모르지. 그때만 해도 성당 기사단은 아홉 명의 작은 조직에 불과했으니까. 그런데 조금 더 시일이 지나자 성당 기사단원들도 뭔가 눈치를 채게 됐던 것 같소. 프레스터 존의 왕국 때문에."

"프레스터 존의 왕국?"

"당시는 십자군 전쟁이 한창일 때였소. 십자군 전쟁은 기독교 국가들이 일으킨 것이지만 실제로는 이슬람 국가의 힘이 훨씬 더 강했지. 대부분의 십자군들은 비참하게 패배하거나 열세를 면치 못했소. 그때 기독교 국가들에 들려온 희소식이 프레스터 존의 왕국 이야기였소. 이슬람들이 득실거리는 땅 너머, 강대한 기독교 국가가 존재한다는."

"그렇다면 그 나라가 바로……?"

해밀턴은 책상 위의 고풍스러운 지구본을 빙그르르 돌리다가 탁 세우고는 손가락으로 한 곳을 짚었다.

"맞소, 에티오피아요. 에티오피아는 특이하게도 전통적으로 계속 기독교 국가였소. 내 생각엔 회교와 토속 신앙이 난무하는 아프리카 한가운데에서 기독교 국가가 번성하기 위해서는 무엇인가 강력한 기독교적인 유물이 있어야 하오. 당시는 매스컴도 없었고, 기독교 국가들과의 길은 모두 이슬람이 막고 있었으니까. 그것이 바로 언약궤일 거라고 난 생각하오. 사실 지금까지도 에티오피아 사람들은 언약궤를 자신들이 모시고 있다고 말하기도 하고."

"잠깐, 잠깐! 에티오피아 사람들이 언약궤를 가지고 있다면 성당 기사단은 언약궤를 가지고 있을 수는 없잖아요?"

"자자, 이야기를 더 들어 보시오. 좌우간 프레스터 존 왕국의 이야기는 성당 기사단 사람들에게 언약궤가 그곳에 있을지도 모른다는 의심을 품게 해 주었을 거요. 솔로몬 성전 터를 칠 년이나 발굴할 정도로 끈기 있던 사람들이 그런 정보를 지나칠 리 없지. 성당 기사단은 그 이후 갑자기 노선을 바꾸게 되오. 1126년 그들은 성 베르나르의 지지를 얻어서 트루아 종교 회의에서 기사단 규칙을 정하고 전 유럽에서 지원자와 기부금을 얻소. 그 때문에 12세기 후반에 이르러 엄청난 부를 축적하게 되오. 그렇게 사업을 확장한 이후 성당 기사단은 다시 언약궤로 눈을 돌린 거요."

"하지만 언약궤는 에티오피아에 있다고 하지 않았나요?"

"외면적으로는 그렇소. 자, 여기서부터 증조부의 기록 이야기를 해 드리지. 증조부는 이렇게 기록하셨소. '에티오피아에 보존된 타보트를 얻기 위해 성당 기사단은 백여 년 동안 애를 썼다. 그러나 나의 신앙심에 비추어 나는 몹시 회의를 느낀다. 우리는 잘못된 길을 가고 있는 것이 분명하다'고 말이오. 정확하게 언급돼 있지는 않지만, 성당 기사단은 백여 년에 걸친 모종의 공작 끝에 진짜 타보트의 위치를 알아내고 그것을 손에 넣는 데 성공했다는 것 같소. 그 공작이 언제부터 이루어진 것인지는 알 길이 없소만. 증조부의 기록은 신빙성이 있소. 나도 실제로 에티오피아를 방문해 보았지. 내전 중일 때 방문하느라 몹시 힘이 들었지만, 에티오피아에는 이만 개가 넘는 교회가 있고, 그 교회 모두가 자신들이 진짜 타보트를 가지고 있다고 주장하고 있소. 그리고 그중 어떤 타보트도 나는 볼 수 없었소."

"보여 주지도 않던가요?"

"설득, 간청, 회유, 뇌물 등 그 어떤 것도 통하지 않았소. 그러므로 외부인은 결코 타보트를 볼 수 없다고 봐도 좋을 거요. 그리고 각 타보트의 관리인은 저마다 자기가 보존하고 있는 것이 진짜 타보트라고 말하고 있소. 물론 타보트가 이만 개나 있을 리 없으니 그 사람들도 진짜 타보트의 행방을 알지 못하고 있다는 이야기가 되오. 그렇다면 결론적으로 진자 타보트가 어디에 있는지 아는 자는 아무도 없는 셈이지."

"흠……. 나무를 숲에 감춘 셈이군요."

"바로 그렇소. 적절한 표현이오. 그러나 거기에는 큰 단점이 한 가지 있소. 언약궤, 즉 타보트가 정말 성서에 언급된 것같이 엄청난 힘이 있다면 그것을 건드리기만 해도 죽게 될 거요. 그러니 아무도 직접 만질 수 없는 물건이지. 언약궤가 필요한 것도 타보트를 직접 만지지 않고 운반하기 위해서였으니까. 아울러 타보트는 솔로몬의 성전에서 옮겨진 이래 공식적으로 사용해 온 적이 없소. 그렇다면 타보트가 가짜로 바뀌어도 그것을 알아챌 수 있는 사람 또한 없다는 이야기요."

"그러나."

바이올렛은 고개를 저으며 끼어들었다.

"타보트의 정식 관리인은 그것의 진위를 알 수 있는 무슨 방법이 있지 않을까요?"

"그것까지는 나도 모르오. 아무튼 생각해 보시오. 성서에 타보트는 엄청난 힘을 지니고 있다고 기록돼 있으나 그 진상은 사실 아무도 모르오. 그것이 정말 엄청난 힘을 지니고 있다면 타보트의 관리인도 없어진 것을 눈치챘을지도 모르지. 하지만 만약 그렇지 않다면? 또 만약 관리인 중의 한 사람이 매수를 당해서 다음 세대의 관리인에게 가짜를 인계했다면? 가능성은 충분하오."

가만히 듣고만 있던 백호가 고개를 저으며 말했다.

"이렇게 생각해 보시는 것은 어떻습니까? 언약궤……. 아니, 타보트에 정말 힘이 있다면 그것을 건드리기만 해도 죽게 되는 판인데, 그것을 어떻게 가지고 나와 운반하죠? 그리고 타보트가 아무런 힘이 없다면 당신은 왜 그걸 그토록 얻으려 애쓰는 겁니까? 타보트에 깃들여 있다는 엄청난 힘 때문에?"

그러자 해밀턴은 웃었다.

"천만에. 내가 그런 것을 무엇에 쓰겠소? 자세히 밝힐 수는 없지만, 무슨 쓰임새가 있어서 그것을 얻고자 하는 건 아니오. 게다가 돈 때문도 아니고."

"그러면 무엇 때문입니까?"

백호가 캐묻자 해밀턴은 조금 사나워진 눈매로 백호를 가만히 바라보았다. 그때 바이올렛이 다시 해밀턴에게 물었다.

"그런데 증조부의 기록에 성당 기사단 본부의 위치가 자세히 기록돼 있던 것은 틀림없나요?"

"그렇소."

"확실한가요?"

"물론이오. 아무튼 이제 주사위는 던져졌소. 이 이야기를 들었으니 내가 원하는 물건을 찾을 때까지 당신들은 내 손님이 된 거요. 속히 친구들에게 연락해 주시오."

그 말을 듣고 백호는 인상을 찌푸리며 안색을 굳혔다. 그러나 바이올렛은 또다시 해밀턴에게 질문을 던졌다.

"그런데 당신, 성당 기사단의 본부가 어디 있는지, 그건 정말 알고 있는지가 확실치 않잖아요. 당신은 무턱대고 안다고 하지만 그걸 확신할 증거는 하나도 없지 않나요? 내 친구들이 헛걸음하게 된다면 누구에게도 이로울 것은 없을 텐데 말이에요."

"내가 그만한 확신도 없이 미쳤다고 이런 일을 하겠소?"

"그래도 말이에요. 정말 확실한 건가요?"

"틀림없소."

"이제는 말해 주어도 되지 않나요?"

바이올렛이 자꾸 캐묻자 해밀턴은 갑자기 표정을 굳혔다가 슬그머니 미소를 지었다.

"미스 바이올렛, 공연히 애쓰지 마시오."

"무슨 소리죠?"

"다 알고 있다는 이야기요. 흠, 당신은 나를 과소평가하지 말았어야 했소."

백호는 영문을 잘 알 수 없는 이야기였지만 그 말을 들은 바이올렛의 얼굴이 하얗게 질렸다.

해밀턴이 책상 위의 버튼을 누르자 사방의 책장이 스르르 열리면서 대여섯 명이나 되는 남자들이 나타났다. 그중 한 사람은 흑인 노인이었고, 한 사람은 아랍인 같아 보였는데 나머지 사람들은 손에 총을 들고 있었다. 분위기가 험악해지자 백호는 긴장해 자리에서 벌떡 일어났으나 해밀턴은 오히려 미소를 보이면서 의자에 몸을 편안하게 파묻었다.

"당신은 나와의 계약을 그리 얼렁뚱땅 넘어갈 수 있으리라 믿었소? 다 알고 있소."

"무…… 무슨 말을 하는 거죠?"

해밀턴은 의미심장한 웃음을 지어 보이며 말했다.

"당신 친구들 중에 굉장한 투시력을 가진 여자가 있다고 들었는데. 그 여자도 지금 이 근방에 와 있겠지?"

"무슨 소리죠?"

바이올렛은 잡아떼려는 것 같았으나 목소리가 가늘게 떨리고 있었다.

"대강은 짐작했소. 당신은 당신 팩스를 누군가가 같이 받아 보고 있었다는 것을 몰랐겠지만. 어젯밤 한국으로 두 번의 팩스를 보낼 때 나는 모든 것을 눈치챘소."

'두 번?'

백호가 의아해하는데 해밀턴이 입을 열어 설명했다.

"첫 번째 팩스를 받고 여기 미스터 백이 오게 됐을 거요. 그리고 이 사람이 급히 출발할 때쯤 당신은 다른 팩스를 보냈지? 당사자들에게 당장 달려오라고 말이오."

백호는 그 말을 듣자 바이올렛이 무슨 의도로 그랬는지 얼추 눈치를 챘다.

해밀턴은 득의양양하게 계속 자신의 추리를 말해 갔다.

"그 여자는 엄청난 투시력을 가지고 있어서 사람의 마음속 정도는 훤히 읽을 수 있다지? 그래서 당신은 두 번째 팩스를 보내 그 여자에게 이 근방으로 와 있으라고 한 거요. 그렇지 않소? 성당 기사단의 본부에 대한 정보를 그냥 빼내 가려고 말이오."

바이올렛은 입을 꼭 다물고 아무 말도 하지 않았으나 해밀턴은 유유히 미소를 지었다.

"그래서 나에게 자꾸 말을 거는 모양이지만. 안 되지, 안 돼. 아주 머리를 잘 쓰셨지만 나에게는 통하지 않소. 허허."

"이미 다 읽어 냈을 거예요. 당신이 정말 알고 있었다면 지금쯤 승희 씨가 다 알아냈을 거예요."

이윽고 바이올렛이 반격하자 해밀턴은 고개를 저었다.

"아니지. 난 분명 성당 기사단 본부의 위치를 알고 있소. 하지만 이건 생각해 보았소? 세상에는 초능력이나 주술을 아는 사람이 많지는 않지만 그렇게 적지도 않소. 하물며 나는 성당 기사단을 상대하려는 사람이오. 짐작이 가오?"

"무슨 뜻인지 모르겠네요."

"나에게 아마 투시력은 통하지 않을 거요. 하하, 대비를 해 두었다고나 할까?"

그것은 좀 의외의 발언이었다. 바이올렛은 발을 한 번 굴렀고 얼굴빛이 조금 해쓱해졌다.

"생각보다 훨씬 머리가 좋으시군요."

바이올렛이 비꼬자 해밀턴은 태연히 받아넘겼다.

"초능력자, 주술사, 성당 기사단원들을 상대하다 보면 그 정도는 습관이 되는 모양이오."

급기야 바이올렛의 안색은 하얗게 질려 버렸다. 백호는 작은 소리로 바이올렛에게 물었다.

"저 사람 말이 정말입니까? 정말 승희 씨에게 다시 연락을 했었습니까? 그래서 시간을……."

바이올렛은 체념한 듯 고개를 끄덕였다. 백호는 그제야 바이올렛이 공항에서 그리 멀지 않은 고서점까지 왜 길을 빙빙 돌려서 왔는지 이해할 수 있었다.

"그런데 왜 나에게는 사실을 알려 주지 않았습니까?"

"그럴 필요까지는 없다고 생각했어요."

"어쨌거나 그럼 이 근방에 승희 씨가 와 있는 겁니까?"

"예, 미스터 현암도요."

백호는 다소 안심이 됐다. 현암이나 승희가 와 있다면 해밀턴 패거리 정도는 문제가 아니라고 여겼기 때문이다. 다만 시간을 끄는 것이 문제였다.

"할 수 없군요. 그러면 이젠 어떻게 되는 거죠?"

해밀턴은 바이올렛의 말을 듣고 대답했다.

"변한 것은 없소. 좀 얄팍한 술수를 부리시기는 했지만. 특별히 이번 한 번만 넘어가겠소. 나에게 언약궤를 가져다준다면 당신들은 물론 무사할 것이고, 거금도 손에 쥐게 될 거요."

"기어이 우리에게 언약궤를 찾아오라고 할 작정인가요?"

"물론이오. 마하딥!"

해밀턴은 흑인 노인을 불러 그와 뭐라고 소곤소곤 이야기한 다음 백호에게 말했다.

"나는 당신 친구들을 믿겠소. 마하딥이 그러는데, 당신 친구들은 굉장한 사람들 같다는군. 충분한 능력이 있을 것 같구려. 그러니 계약은 아까 말한 그대로요."

백호는 아연했다. 해밀턴이라는 작자는 보통내기가 아니었다. 마하딥이라는 사람도 일종의 능력자여서 오히려 바이올렛이 퇴마사들을 불러온다는 것을 알고 그들의 능력까지 직접 확인하기 위해서 이런 일을 꾸민 모양이었다.

"당신 두 사람은 이제 내 손님이오. 일이 무사히 끝날 때까지 말이오. 그리고 앞으로는 더 이상 이상한 수를 쓰지 말아 주기를 바라오. 성당 기사단의 본부를 알려 준 다음에는, 그리로 가서 무슨 짓을 하건 나는 상관 안 할 거요. 타보트만 얻을 수 있게 된다면 말이오."

그때 바이올렛은 아주 작은 목소리로 백호에게 말했다.

"미스터 백, 내가 준 꽃을 눌러요."

백호는 바이올렛이 공항에서 꽂아 준 꽃을 떠올렸다. 그 꽃에 무슨 장치가 돼 있는지도 모른다고 생각하고 백호는 그 꽃을 슬쩍 눌렀다. 그것을 본 바이올렛이 능청스럽게 말했다.

"응하지 않겠다면?"

해밀턴은 싱글싱글 웃으며 대답했다.

"내 비밀을 모두 말했는데도 응할 수 없다고? 정 그렇다면 그냥 보내 줄 수는 없소."

"성당 기사단의 본부가 어디 있는지 당신이 말 안 한다면 내가 언약궤를 건드릴 수는 없잖습니까? 이렇게까지 할 필요가 있나요?"

"할 수 없소. 나는 정말 오랜 세월 동안 언약궤를 찾아다녔으니 그 비밀을 누설시킬 수는 없소. 이제 당신들은 좀 쉬는 것이 좋겠소, 축축한 땅속에서."

"당신 미쳤소? 내가 응한다고 말은 했지만 그게 무엇인지 묻지는 않았잖소. 당신이 마음대로 떠들어 놓고 이제 와서……."

해밀턴은 고개를 가로저으며 주변에 늘어선 사람들을 향해 손짓했다. 그러자 그들은 백호와 바이올렛에게 총구를 겨누었다.

백호는 갑자기 껄껄껄 크게 웃어 젖혔다. 해밀턴은 의외라는 듯 백호를 바라보았다. 해밀턴의 시선이 자신에게 향하자 백호는 해밀턴에게 말했다.

"당신은 게임에서 이겼다고 생각합니까?"

해밀턴은 여유만만하게 되받았다.

"지지는 않았다고 보는데?"

"방금 내 친구들이 여기 와 있다고 했죠? 그리고 승희 씨. 아, 그 여자분 말입니다. 그녀는 투시력이 있어요. 그렇다면 지금 여기서 무슨 일이 벌어지고 있는지도 다 알고 있겠죠?"

"그럴지도."

해밀턴은 조금 의아한 기색으로 말했다.

"그러면 당신들은 이제 졌소. 내 친구들이 당신의 협박에 순순히 응해서 나를 여기 그냥 놔두리라고 믿소?"

"놓아두지 않으면 어쩔 텐가? 쳐들어온단 말인가?"

"그럴 수도 있습니다."

이번에는 해밀턴이 크게 웃었다.

"후회하게 될 거요! 그건 불법이고, 무단 침입이오!"

"당신이 우릴 잡아 두는 것은 합법입니까?"

"명을 재촉하는 거요. 여기는 지금 외부와 완전 차단돼 있소! 문짝들은 겉으로 보기에 나무문이지만 사실 총알도 뚫을 수 없는 합금판을 장치했고, 벽의 두께는……."

그 순간 밖에서 쿵 하는 소리와 사람들이 떠드는 소리 같은 것이 들렸다. 더불어 몇 발의 총성도 탕탕 울려왔다. 그 소리를 듣고 해밀턴은 약간 놀라면서 눈을 치떴다. 너무나 적절한 타이밍이라 백호는 씩 웃으면서 말했다.

"내 친구들을 그런 걸로 막을 수 있다고 봅니까?"

"당신 친구들은 명을 재촉한 거요. 여기 내부에만 내 경호원이 삼십 명이나 있소! 모두 특등 사수고."

해밀턴은 조금 놀란 듯했지만 여전히 기를 꺾지 않고 말했다. 그러나 백호는 껄껄 웃었다.

"그걸로 될까요?"

"지금 나에게 협박하려는 건가? 설마……."

"그 인원으로는 승희 씨 한 명도 못 당해 낼 겁니다. 그리고 만약 현암 씨가 왔다면 삼백 명이라도 상대가 안 될 거고요."

"뭐?"

해밀턴은 믿을 수 없다는 듯 마하딥의 얼굴을 바라보았다. 작은 체구의 노인인 마하딥은 어느새 식은땀을 흘리면서 말을 더듬었다.

"그 말이…… 맞습니다."

밖에서 울리는 고함과 누군가가 쓰러지는 듯한 둔중한 소리, 그리고 장식물들과 책장 등이 무너지는 듯한 요란한 소리가 점점 방문 앞으로 다가왔다. 그러자 해밀턴도 안색이 변해서 눈짓을 했다. 마하딥과 아랍인은 해밀턴의 앞을 좌우로 막아서고, 총을 가진 여섯 명은 모두 바이올렛과 백호에게 총구를 들이댔다.

그 순간 휙 소리와 함께 합금판을 댔다는 문 자물쇠에서 뭔가 빛나는 것이 휙 솟아올랐다가 재빠르게 번쩍이며 사라졌다. 그리고 곧 거짓말처럼 문이 간단하게 열렸다. 거기에는 청홍검을 뽑아 든 현암이 싸움을 했다거나 힘을 썼다고 믿을 수 없을 정도로 담담한 표정으로 서 있었다.

해밀턴은 주춤 뒤로 물러섰고 여섯 명의 경호원들도 백호와 바이올렛의 머리에 총을 겨누면서 그들을 끌고 우르르 뒤로 물러섰다. 아무리 현암이 와 주었다 해도 머리에 총이 겨누어진 상태라 백호는 뭐라 말을 할 수가 없었다. 그러나 현암은 그들이 마치 그 자리에 없기라도 한 것처럼 한번 무심하게 훑어볼 뿐이었다. 그리고 손에 든 둥글고 긴 가방에 청홍검을 꽂았다. 공항에서 칼이 금속 탐지기를 피할 수 있도록 만든 골프 가방이었다.

현암은 담담한 눈빛으로 백호와 바이올렛에게 목례해 보였다. 백호도 대답하고 싶었지만 머리에 겨누어진 총구가 하나가 아닌 터라 꼼짝하지 못했다. 현암은 백호와 바이올렛의 머리에 겨누어진 총구에는 무관심한 듯 사람들을 하나둘 훑어보다가 뒤쪽에 숨은 해밀턴을 발견하고 눈을 빛냈다.

"당신이 해밀턴?"

현암의 영어는 익숙한 편이 아니었으며, 그다지 적의가 느껴지는 억양이 아니었지만 그것만으로도 특등 사수라는 사람들을 흠칫하게 했다. 그러나 해밀턴은 이상하게도 몹시 침착한 표정으로 말했다.

"죽고 싶은가?"

그때 문밖에서 깔깔거리는 여자의 웃음소리가 들렸다. 그리고 화려한 빛깔의 선글라스를 낀 승희가 가벼운 걸음걸이로 방으로 들어오면서 유창한 영어로 말했다.

"누가 누굴 죽이나요? 그런 끔찍한 이야기는 그만할 수 없나요? 숙녀 앞인데?"

"가까이 오지 마!"

해밀턴을 둘러싼 자들은 위협이라도 하듯 총구를 백호와 바이올렛에게 겨누었고, 그중 우두머리인 듯한 자가 외쳤다. 그러나 승희는 무심하게 말했다.

"장난감들을 가지고 장난이 심하시네? 나가지도 않을 텐데요?"

다음 순간 바이올렛에게 총구를 겨누고 있던 경호원들이 비명을 지르면서 총을 떨어뜨렸다. 한 사람은 손목을 움켜쥐고 있었고 한 사람은 머리를, 한 사람은 배를 움켜쥔 채 아예 데굴데굴 땅을 굴렀다. 승희가 염력을 발휘해 신경 조직을 건드린 것이다. 나머지 세 사람의 경호원은 입을 딱 벌릴 수밖에 없었다.

"어디들 아프신 모양이네? 그러셔서 어디 경호원 하겠어요?"

승희가 빈정거리며 말하는 사이 이번에는 백호에게 겨누어졌던 총들이 전부 철컥철컥 소리를 냈다. 안전장치가 걸린 것이었다. 경호원들이 놀라서 총으로 손을 뻗는 순간, 세 사람의 경호원들도 앞의 사람들처럼 모두 비명을 지르면서 나뒹굴었다. 백호와 바이올렛은 기다렸다는 듯 승희 쪽으로 뛰어갔다.

그때 마하딥이 크게 소리쳤다.

"사이코키네시스!"

그러자 해밀턴의 앞을 막아섰던 아랍인이 비호처럼 몸을 날려 승희를 덮쳤고, 마하딥은 눈을 감고 뭐라 중얼거리면서 양팔을 크게 허공에 휘저었다. 그러나 아랍인은 승희에게 닿지 못했다. 그 전에 무언가 쇠기둥 같은 것이 앞을 가로막았기 때문이다.

금속성에 가까운 쨍그랑 소리를 내면서 아랍인이 땅바닥에 넘어졌다가 고양이처럼 재빨리 일어난 다음에야 땅바닥에 무언가 투둑 떨어졌는데, 그것은 날카로운 쇠붙이였다. 아랍인이 양손에 끼고 있던 날카로운 쇠 손톱이 돋은 장갑 중 날 두 개가 부러진 것이었다. 아랍인의 날카로운 눈이 경악으로 크게 벌어졌다.

"맨, 맨 팔로?"

아랍인을 가로막은 것은 현암의 오른팔이었다. 맨팔로 아랍인의 쇠 손톱을 막았는데도 손톱의 날이 부러졌을 뿐, 현암의 팔에는 상처조차 없었다. 천정개혈대법을 육 단계까지 올린 데다 백 년이 넘는 공력으로 보호받으며, 평소 기운을 쓰는 데 가장 익숙한 현암의 오른팔은 그야말로 쇠붙이나 다를 바 없었다.

현암은 여전히 담담한 표정이었으나 아랍인을 보고 한마디 했다.

"꽤 빠르지만……."

다음 순간 현암은 무엇인가 보이지 않는 힘이 자신을 짓누르는 느낌을 받았다. 갑자기 팔다리에 무엇인가 무거운 것이 매달린 것 같은 압박감이었다.

현암은 쓱 눈을 돌려 마하딥을 보았다. 그때 승희가 현암에게 한국말로 속삭였다.

"저 할아버지한텐 난 안 되겠는데?"

현암이 성큼성큼 마하딥 쪽으로 두 걸음을 내디뎠다. 마하딥은 활짝 벌린 두 팔을 부르르 떨면서 목소리에 힘을 주었다. 현암의 몸이 미미하게 기우뚱했고 발밑에서 우지직하고 소리가 났다.

그럼에도 현암은 마하딥 쪽으로 천천히 걸어갔다. 마하딥은 눈을 뜨지 않고 있었으나 모든 것을 느끼는 듯, 더더욱 목소리를 높였다. 그러자 현암의 발밑의 마루가 뿌지직하고 푹 파여 들어갔다.

현암은 전혀 개의치 않는 듯, 인상조차 찌푸리지 않고 태연히 발을 빼어 다시 한 걸음을 내디디려 했다. 다시 한번 마하딥의 비명에 가까운 소리가 들렸고, 현암의 몸은 마룻바닥 밑으로 더 꺼져 들어갔다. 현암은 멈추지 않고 앞으로 몸을 내밀었고, 현암의 몸이 나아감에 따라 마루의 두꺼운 판자들은 와지끈거리며 부서져 사방으로 튀었다. 모세가 바다를 가르듯 현암은 마루의 판자들을 몸으로 밀어 부수면서 마하딥 앞으로 걸어갔다.

겁먹은 듯 보이던 아랍인이 현암에게 몸을 날렸다. 그런데 아랍인은 현암의 몸에 닿기도 전에 외마디 소리를 지르면서 무언가 세차게 아래로 잡아끌리기라도 한 듯 마룻바닥에 처박혀 납작하게 눌리고 말았다. 마하딥이 펼친 주술력의 범위에 섣불리 들어왔다가 덩달아 짓눌려 버린 것이었다. 아랍인의 몸은 무너진 마룻바닥 아래로 처박혀 보이지 않게 됐으나 현암은 여전히 표정 하나 변하지 않았다.

마루는 두꺼운 나무로 돼 있어서 수백 킬로그램의 무게를 견딜 수 있는 것이었다. 그런 마루가 꺼지도록 마하딥이 주술로 찍어 눌렀는데도 현암은 멈추기는커녕 마룻바닥을 종이처럼 몸으로 밀어 부수면서 마하딥에게 다가갔다. 한가락 한다던 아랍인마저 개구리같이 깔려 버릴 정도였는데 말이다.

마침내 마하딥의 앞까지 다가간 현암이 손을 뻗으려 하자 마하딥은 찢어지는 비명을 지르다가 그 자리에 벌렁 쓰러져 기절해 버렸다. 얼굴이 검어 잘 보이지 않았지만 그의 코에서는 선혈이 샘솟듯 흐르고 있었다.

그러나 해밀턴은 침착하게 서서 현암과 승희를 바라보고 있었다. 이상하게도 그의 얼굴에는 한 가닥 미소까지 감돌고 있었다. 현암이나 승희나 백호나, 모두 이상하다고 여겼지만 뭐라고 다른 말은 하지 않았다. 해밀턴이 먼저 꺼냈다.

"날 해칠 건가?"

현암은 서툰 영어지만 담담하고 예의 바르게 말했다.

"그럴 생각까지는 없소."

느닷없이 해밀턴은 껄껄껄 소리를 내며 크게 웃어 젖혔다. 현암, 승희, 백호, 바이올렛마저 도대체 이 사람이 왜 웃는지 알 수가 없었다. 그때 바이올렛이 멍하니 해밀턴을 바라보다가 승희를 쳐다보았다.

"알아냈나요?"

바이올렛이 물었다. 바이올렛의 목소리는 아직도 조금 떨리고 있었으나 이제는 거의 안정을 찾아가는 듯, 특유의 익살스러운 억양이 되살아나고 있었다.

승희는 웃으며 말했다.

"못했어요. 해밀턴 씨도 능력이 대단하신 것 같아요."

"무슨 말입니까, 승희 씨? 그는 무슨 조치를 취했다고……."

백호가 놀라서 묻자 승희는 싱긋 웃으며 말했다. 승희의 얼굴은 예전보다 화장기가 옅어졌지만 훨씬 밝아 보였다.

"조치를 취한 게 아니고 해밀턴 씨도 굉장한 영능력자인 모양이에요. 전혀 안 보이는데요?"

바이올렛은 놀라면서 해밀턴을 바라보았다.

"당신이……? 그런 줄 몰랐는데?"

해밀턴이 고개를 끄덕였다.

"아무튼 훌륭하오. 대단히 훌륭해. 실례를 용서해 주기 바라오."

"실례? 용서라고?"

해밀턴은 웃으면서 되받았다.

"이렇게라도 하지 않으면 당신들의 능력을 확인할 수 없어서 이런 거요. 악의는 없었으니 염려 마시오. 그럼…… 부하들을 물러가게 해도 되겠소?"

그러자 백호는 화가 나서 소리쳤다.

"악의가 없었다고? 이게 악의가 없었다는 거요?"

해밀턴은 여유 있게 백호에게 말했다.

"당신들을 정말 해칠 생각이었다면 구태여 시간을 끌지도 않았을 거요. 당신들 친구들이 오는 것을 나는 이미 알고 있었소. 그리고 이 숙녀분이 투시력을 지닌 것도 알고 있었고. 그런데 나는 일부러 꾸물거리고 당신들을 협박…… 아니, 협박하는 체했소. 아직도 모르겠소?"

백호는 인상을 찌푸렸다. 그렇다면 해밀턴은 현암과 승희의 실력을 직접 알아보기 위해 쇼를 한 것이란 말인가? 믿어지지 않았다. 해밀턴이 다시 말했다.

"굳이 부하들을 여기 둘 필요까지는 없지 않소? 어차피 내가 여기 있으면 그만 아니겠소? 내가 저 청년의 손가락 하나도 당해 낼 수 없다는 건 다 알 것 같은데."

해밀턴은 유유히 부하들에게 밖으로 나가라고 명령했다. 현암이나 승희도 가만히 그것을 보고만 있을 뿐, 제지하지는 않았다. 한참 있다가 바이올렛이 풀죽은 목소리로 물었다.

"당신은 무엇을 바라는 거죠?"

"아까 말한 것과 같소. 더 이상도, 이하도 아니오."

"아아…… 난 잘한다고 했는데……. 이건…… 너무 미안해요. 미스터 현암, 미스 승희……."

현암은 고개를 끄덕여 보였고 승희가 말했다.

"할 수 없죠, 뭐. 백호 씨에게 미안해요. 사실 처음에는 이런 줄도 몰랐어요. 나중에 미스 바이올렛이 두 번째 팩스를 보내고 그제야 알고 부리나케 달려온 거랍니다."

"모두 내 잘못이에요……. 미스터 백, 용서해 주세요."

바이올렛이 정말로 풀죽은 목소리로 말하자 백호는 화가 나기는 했어도 더 이상 그녀를 추궁하고 싶지 않았다.

"할 수 없죠."

승희가 해밀턴에게 말했다.

"당신 부하들로도 저만한 능력자들이 있는데, 왜 우리를 택하려는 거죠?"

"내 부하들은 성당 기사단의 본부에 들어갈 실력이 못 되기 때문이오."

"만약 우리가 거절한다면?"

"거절하지 않을 것으로 아오."

"어떻게 장담하는 거죠?"

해밀턴은 안색을 바꾸어 엄숙한 표정으로 말했다.

"지금부터 내가 사실을 모두 말해 줄 것이기 때문이오. 미스 승희, 이제야 당신을 다시 만나게 됐군. 나를 기억하시오?"

승희는 의아해서 말했다. 분명 승희는 해밀턴이라는 사람을 처음 보았는데…….

"당신을 기억하다뇨?"

해밀턴은 갑자기 눈을 감고 입을 반쯤 벌렸다. 그 상태에서 승희의 마음속으로 낯선 노인의 목소리가 울려 퍼졌다.

이러면 기억이 나겠소?

승희는 너무나 놀란 나머지 자신도 모르게 "앗!" 하는 소리를 냈다. 현암은 눈을 조금 찡그리며 승희를 돌아보았다. 승희는 놀라움에 눈을 부릅뜨고 말을 더듬었다.

"이, 이 사람…… 전에 봤던……."

"전에 봤던 누구란 거야?"

"전에! 키건하고 싸울 때 만났던, 성당 기사단의 우두머리야……!"

현암도 놀랐고, 그 이야기를 짤막하게 전해 들은 바 있었던 바이올렛이나 백호도 놀랐다. 너무도 의문이 많아서 입을 열 수 없을 정도였다. 성당 기사단의 우두머리가 왜 성당 기사단의 본부를 알려 준다고 하는 것일까? 왜 성당 기사단 본부에 있는 언약궤를 얻으려는 것일까? 해밀턴은 천천히 눈을 뜨고 난 다음 말했다.

"다시 보게 돼 반갑소. 이제 그냥 이야기해도 믿겠소?"

승희는 심각한 눈빛으로 해밀턴을 보았다.

"그거…… 당신 몸이 아니죠?"

"그렇소. 내가 잠시 빌린 거요. 한 이백 년 정도 됐지."

바이올렛은 깜짝 놀랐다.

"이백 년? 아니, 그럼……."

"그렇소. 내가 빌린 몸은 리처드 해밀턴이 아니라 아서 해밀턴의 몸이오. 그는 저주에 의해 죽임을 당했는데, 내가 그때 이 몸을 빌려 쓰게 된 거요. 증조부의 기록이라고 말했지만, 그가 기록을 남긴 것만은 확실하오. 나도 그제야 언약궤가 그곳에 있다는 사실을 알게 된 거고 말이오."

"아서 해밀턴은 성당 기사단에 의해 죽었……. 아니, 그럼 당신이 죽인 거잖아요!"

바이올렛이 외치자 해밀턴은 고개를 가로저으며 말했다.

"아니오, 절대 아니오. 그를 죽인 것은 성당 기사단이 아니오."

"그럼요?"

"자세하게 말하자면, 성당 기사단의 상부 조직이 그를 죽인 거요."

현암이 말했다.

"그렇다면 프리메이슨이요?"

"프리메이슨이 지금은 성당 기사단보다 상부의 조직이기는 하지만 그것도 아니오. 물론 프리메이슨의 활동은 양성화돼 있소. 그러나 아직도 비밀과 신비에 둘러싸인 또 다른 프리메이슨이 그 뒤에 숨은 것도 사실이오. 프리메이슨의 단원들조차 모르겠지만."

"그렇다면?"

"더 큰 조직이 위에 있소."

백호가 말했다.

"혹시…… 시온주의자들의 조직이 아닙니까?"

"비슷하오. 그러나 조금 다른 것이 있소. 그에 대해서는 차차 설명하겠소. 좌우간 나는 절대 그를 해친 적이 없소. 믿어줄지 모르겠지만, 솔직히 나는 아무도 해치거나 해치라고 명령을 내린 적이 없다오."

"그 말을 믿을 수 있을 것 같아요? 성당 기사단의 사람들이 사방에서 출몰하는데, 우두머리인 당신이……."

"오해하시는군. 나는 성당 기사단의 우두머리가 아니오. 나도 그중의 일원일 뿐이오. 더구나 지금은……."

그의 말을 끊고 현암이 물었다.

"그렇다면 당신이 정말 원하는 건 뭡니까?"

"방금까지 설명했잖소. 설마 이 자리에 없어서 못 들은 것은 아니겠지. 저기 숙녀분께서 그럴 능력은 충분하셨을 텐데."

"그러면 당신은 정말 언약궤를 원하는 건가요?"

"물론이오. 모든 것은 내가 말한 바 그대로요."

"그걸로 뭘 하려는 겁니까?"

"그것도 차차 설명하겠소. 한꺼번에 너무 많은 것을 물으면 대답할 수 없지 않소."

해밀턴은 잠시 입을 다물었다가 말했다.

"좌우간 그것은 당신들에게도 꼭 필요한 물건이 될 거요. 안 그러면 당신들은 끝장이거든."

"무슨 말입니까?"

"방금 말했잖소? 성당 기사단의 상부 조직, 그리고 프리메이슨을 만들게 한 상부 조직. 그 외에 장미 십자회를 만들게 한 궁극의 조직. 나아가 시온주의와도 통하는 상부의 조직. 그것이 궁금하지 않소? 아니, 궁극적으로 간다면 조직이라고 할 것까지도 없소. 모두 한 사람으로 집결되니까 말이오."

백호가 의아하다는 듯 물었다.

"그 조직 중에는 수백 년 이상 전에 만들어진 것도 있는데, 한 사람에게 집결된단 말입니까?"

그러나 해밀턴은 백호의 말을 듣지 못한 것처럼 말을 이었다.

"궁극적으로 올라가면 이 모든 조직은 하나로 통해 있고 또 한 점, 한 사람으로 모이게 돼 있소. 그것이 누군지 아시오?"

그게 누군지 알 리 없었다. 그러자 해밀턴이 말했다.

"방황하는 유대인(Wandering Jew)에 대해 들어 보셨소?"

현암이 어깨를 움찔하면서 되물었다.

"아하스 페르츠 말입니까?"

해밀턴은 한숨을 내쉬면서 조용히 말했다.

"그는 수많은 이름을 지니고 있지요. 아하스 페르츠, 그것도 그 중 하나이지. 어쨌거나 아시는구려. 바로 그가 이 모든 조직을 눈에 보이지 않게 조종하고 있소. 내가 상대하려는 것은 바로 그요."

저주받은 유대인

"아하스 페르츠가 도대체 누굽니까?"

백호가 의아한 듯 물었다. 그러자 바이올렛이 뒤에서 조그마한 소리로 대답했다. 그녀의 목소리는 다소 떨리고 있었다.

"아하스 페르츠는…… 그리스도가 십자가에 못 박히러 골고다 언덕을 올라갈 때, 그를 조롱하고 채찍질한 자예요. 덕분에 그리스도가 다시 돌아올 때까지 머물러 기다리라는 저주를 받았다고 전해지지요."

"그렇다면 그 사람은 이천 년 전의 사람이 아닙니까?"

"맞아요."

"어떻게 이천 년이나 사람이 살아 있을 수 있죠?"

백호가 다시 묻자 이번에는 해밀턴이 대답했다.

"그의 경우에는 당연히 가능하오. 이천 년이 아니라 앞으로 일만 년이 지나도 계속 살아 있을 거요. 말세가 와서 그리스도의 재림이 이루어지지 않는 한……."

"그게 말이 됩니까?"

백호가 얼떨떨한 듯 말하면서 현암을 쳐다보자 현암은 미간을 조금 찡그려 보였다.

"가능하다고 봅니다. 백호 씨. 나는 전에 팔백 년 동안 살아온 자와 겨루어 본 적도 있었으니까요. 그는 몸도 지닌 채였습니다."

현암의 말에 이어 승희가 나섰다.

"좋아요, 그렇다고 해 두죠. 그런데 그가 있다고 해서 왜 우리 일이 위협받는다는 거죠? 고작해야 아무 힘도 없는 사람이고, 게다가 혼자일 텐데?"

"이천 년이라는 세월의 경험을 우습게 보아선 안 되오. 더구나 그는 절대로 소멸되거나 죽지 않소. 말세가 오기 전까지는 말이오."

"그러면 그는 상처도 입지 않고 다치지도 않는다는 말인가요?"

"그렇진 않소. 그러나 어떤 일이 있어도 그는 죽지 않을 것이오."

"큰 상처를 입으면 죽잖아요."

"그런 일이 일어나지는 않소. 상처를 입을 수 있을지 몰라도 절대 목숨을 잃은 상태로는 발전되지 않소."

"가령…… 음. 예를 들어 목이 잘리거나 심장이 멈춰도요?"

"내 말을 이해하지 못하는 모양인데, 애당초 그의 주변에서는 그런 일이 일어나지는 않소. 즉 목에 칼이 날아들어도 무슨 이유에서건 그 앞에서 멈추어 서거나 아예 칼이 빗나가 버리게 되는 식이지."

"물리 법칙을 아예 거스른단 말인가요?"

"그보다는 자연스럽게 그런 상황이 되지 않게 변한다는 거요. 칼이 멈추어 선다는 건 내가 예를 조금 잘못 든 거요. 그건 물리 법칙을 거스르는 것이니 어지간하면 그런 일은 일어나지 않겠지. 그보다는 계속 빗나간다든가, 칼을 던지려는 대상에 사고가 생긴다거나, 뭔가가 무너져서 칼을 막는다거나, 뭐 그런 상황으로 변한다는 거지."

"그런 상황 요소를 다 제거한다면?"

"그때는 물리 법칙이라도 위배될 거요. 가급적 쉬운 쪽으로 상황이 변하겠지만 그런 요소를 찾아 노리려 하면 나중에는 중력이나 물질 구성의 원리까지도 깨질지 모르지. 더 위험한 결과가 올 거요. 무슨 뜻인지 이해가 가시오?"

"그렇다면 이건 확률이나 운명에 의거한 주술이겠군요. 원. 세상에 그런 것이 있다니. 그것에 맞설 특수한 주술을 찾아 사용한다면……."

"어떤 주술도 먹히지 않을 거요."

"왜 그렇죠?"

"그리스도가 그에게 직접 말씀하셨기 때문이오. 내가 돌아올 때까지 너는 기다리고 있어야 할 것이라고……. 세상의 어떤 힘이나 주술도, 그리스도의 권능에 비길 수는 없을 거요."

"원 참!"

승희는 어이가 없다는 표정을 지었지만 현암은 침착하게 따지고 들었다.

"하지만 그 일은 성서에 기록돼 있지 않습니다. 사실이라고 보기에는 어려운 점이 있어요. 더군다나 그리스도가 자신에게 가한 조롱 때문에 그렇게 엄청난 저주를 내렸다고는 보기 어려운 것 아닙니까?"

"그러나…… 그렇지 않다면 어떻게 영혼이 이천 년 동안이나 계속 살아 있는 사람처럼 존재할 수 있단 말이오?"

"흠……."

현암은 좀 심각한 표정이었지만 그만 입을 다물었다. 해밀턴이 말을 이었다.

"아하스 페르츠의 위험성은 단지 그가 불멸의 존재라는 데에 있는 것만이 아니오. 그는 물론 그리스도에게 그런 말을 들었을 당시에는 아무 힘도 없는 보통의 사람에 불과했소. 하지만 차츰 시간이 지나면서 자신이 죽지 않는다는 것을 알고 사태의 심각성을 깨닫게 됐소. 가족과 자식들이 늙어 가고 죽어 가는데도 그는 조금도 변하지 않았던 거요."

"그건 오히려 축복이 아닙니까? 늙거나 죽지 않고 영원히 사는데……."

백호가 중얼거리다가 이내 입을 다물었다. 가만 생각해 보니 정말로 그것이 축복일 것 같지는 않았다. 해밀턴은 백호에게 차근차근 설명했다.

"처음에는 그도 기뻐했을 거요. 그러나 사정이 조금 달라졌소. 그는 점차 사람들에게, 심지어 가족들에게까지 따돌림을 당하게 됐을 거요. 그를 알던 사람들 모두가 그를 악마라고 욕하게 됐겠지. 나도 들은 이야기지만 이해할 수 있을 것 같소. 그리고 그에게 찾아온 것은 권태요. 지긋지긋한 권태. 한 천 년 살다 보면 올 것 같지 않겠소? 아니오. 불과 수십 년도 지나지 않아 그 권태가 찾아왔소. 더구나 그는 외톨박이가 될 수밖에 없었던 거요. 모든 사람이 늙고 죽어 가는 상황에서 늙지도 않고, 죽지도 않는 사람이 있다는 것은 다른 사람의 분노와 질투를 자아냈소. 결국에는 몇 번이나 그를 죽이려는 린치 소동까지 일어났지. 그러나 그는 죽을 수 없었소. 알아듣겠소? 죽을 수가 없었단 말이오. 다른 자들이 어떤 짓을 해도 그는 번번이 빠져나가게 됐고, 그 스스로 죽음을 택하려 해도 죽을 수가 없었소. 그쯤 되자 그도 사태를 깨닫게 됐소."

"그래서요?

"그때는 이미 그리스도가 세상을 떠난 지 상당한 시간이 지난 후였소. 그래서 그는 필사적으로 주술에 매달렸던 것 같소."

"주술?"

"자신을 보통 사람으로 되돌릴 수 있는 주술 말이오. 당시만 해도 그는 그리스도를 하느님의 아들로 인정하지 않았소. 유대 사람들 거의 다가 그러했겠지. 한 명의 주술사나 마법사 정도로 여겼을 거요. 그래서 그는 그 주술을 풀기 위해 사방을 전전했던 것 같소. 그때 그는 엄청난 비밀을 손에 넣게 됐다오."

"그게 뭐죠?"

"신의 힘."

"신의 힘?"

"그것은 그리스도를 통해 나온 것이오. 흠…… 설명하자면 기니까 이것을 보시오."

해밀턴은 책장을 살피더니 커다란 책 한 권을 꺼내 책상에 놓고 갈무리돼 있던 페이지를 펼쳤다.

"그게 뭡니까?"

"그리스도의 어린 시절에 대한 문헌이오."

그 문헌을 본 백호는 마른침을 삼키면서 물었다.

"그리스도의 어린 시절이라고요?"

"그렇소. 일반적인 『성경』에는 그리스도가 어렸을 때의 이야기가 없거든."

현암이 긴장된 낯빛으로 말을 건넸다.

"『토마스 복음서』[1]입니까?"

그러자 해밀턴은 고개를 끄덕여 보이면서 대견하다는 듯한 눈길로 현암을 보았다.

"잘 아시는구려."

승희도 현암을 보고 싱긋 웃으며 한마디 했다.

"현암 군, 대단한데?"

현암은 아무 대답도 하지 않았다. 백호는 어리둥절한지 고개를 갸웃거리며 물었다.

"'토마스 복음서'요? 난 들어 보지 못했는데요?"

---

[1] 예수의 열두 제자 중 한 사람인 토마스가 작성했다는 복음서로 『성경』에 정식으로 수용되진 않았지만, 아주 오래전부터 많은 인기가 있었던 일종의 비밀 전승서이다. 특히 예수의 어린 시절에 대해 언급돼 있어 중세 이후에 인기가 높았다. 혹자는 이 복음서가 정식은 아니지만 토마스가 작성한 언문을 약간 가감해 만들어진 것이라고도 하고, 문체가 치졸하고 조잡해 중세에 이름 없는 사람에 의해 모작 된 것이라 주장하기도 하지만, 중세보다는 훨씬 오래전에 만들어진 경전인 것만은 사실이다.

그 말에 해밀턴이 씩 웃으며 대꾸했다.

"그리스도는 모두 열두 제자를 두었소. 그중 성서에 언급된 복음서는 여섯 개뿐이오. 그렇다면 나머지 여섯 명은 어떤 기록도 남기지 않았다고 생각하오? 물론 가롯 유다는 예수보다 한발 앞서 목매달아 죽었으니 복음서를 남길 수 없었겠지만 다른 다섯 명은 수십 년 간이나 각지에서 선교 활동을 하다가 순교했소. 그런 그들도 나름의 복음서를 썼다고 보는 것이 타당하오. 그리고 이것은 그리스도의 제자들 중에서도 가장 실증적이었고 이성적으로 판단하려 했던 토마스가 남긴 복음서란 말이오. 토마스는 그리스도 부활 후에도 상처에 손을 대보고서야 믿으려 했던 일종의 유물론자였소."

"그렇습니까?"

"그의 복음서에는 흥미로운 부분이 있소. 이 부분이오."

해밀턴은 『토마스 복음서』를 읽어 주기 시작했다.

> …… 예수가 마을을 거닐고 있는데, 한 아이가 급히 달려오다가 예수의 어깨에 심하게 부딪혔다. 이에 화가 난 예수가 말했다.
> "너는 더 이상 네 길을 가지 못한다."
> 그러자 그 아이는 즉시 땅에 넘어져 죽었다. 그 광경을 본 몇몇 사람이 물었다.
> "말하기만 하면 그대로 실현되니, 이 아이는 어디서 태어난 아이냐?"

죽은 아이의 부모가 요셉에게 가서 따졌다.

"당신이 이런 아이를 키우고 있으니 이 마을에서 우리와 같이 살아갈 수 없을 것이오. 이 아이가 우리 아이들을 죽이니 말이오. 마을에서 나가든지, 이 아이에게 저주가 아니라 축복하는 법을 가르치시오."

요셉이 아무도 없는 곳으로 어린 예수를 끌고 가 다그쳤다.

"왜 이런 짓을 했느냐? 저 사람들이 고통당하고, 그래서 우리를 미워하고 박해하지 않느냐?"

그러자 예수가 말했다.

"그 말이 당신의 말이 아님을 난 알아요. 그러나 당신을 생각해 입을 다물겠어요. 하지만 그 사람들은 벌을 받을 것입니다."

순간 예수를 비난했던 사람들 모두가 소경이 됐다.

그것을 본 사람들이 공포에 질리고 어리둥절해져 예수에 대해 이렇게 말했다.

"좋은 것이든 나쁜 것이든, 이 아이가 말만 하면 무엇이든지 그대로 일어나고 기적이 된다."

예수가 한 행동을 알고 화가 난 요셉은 예수의 귀를 심하게 당겼다. 그러자 예수는 화가 나서 말했다.

"당신은 눈이 있어도 보지 못하는군요. 당신은 매우 어리석게 행동했어요. 내가 당신 아들인 것은 잘 알지만, 나를 건드리지 말아요."

그때 자캐우스라는 선생이 그곳에 있다가 예수가 자기 아버지에게 하는 말을 들었다. 어린아이가 그런 말을 했기 때문에 자케우스는 매우 놀랐다.

며칠 후 자케우스는 요셉에게 가서 말했다.

"당신은 매우 영리한 아들을 두었습니다. 그 아이는 현명한 정신을 가지고 있더군요. 글을 훤히 알도록 가르치고, 모든 원로에게 인사드리게 하겠습니다. 그리고 원로들을 존경하고 동료들을 사랑하도록 가르쳐 보겠습니다."

그리하여 자케우스는 예수를 데리고 갔다. 자케우스는 우선 알파에서 오메가까지 모든 글자들을 쉽게 가르치고 자세히 설명해 주었다.

그러나 예수는 선생인 자케우스를 빤히 쳐다보며 말했다.

"당신은 알파가 무슨 뜻을 가졌는지 알지도 못하면서 어떻게 다른 사람에게 베타를 가르칩니까? 당신은 위선자예요! 만일 당신이 알고 있다면 우선 알파부터 제대로 가르치세요. 그래야 우리는 베타에 대해서도 당신 말을 들을 거예요."

예수가 선생인 자케우스에게 첫 번째 글자인 알파에 관해 질문을 시작하자 자케우스는 대답을 하지 못했다.

아이인 예수가 자케우스에게 하는 말을 많은 사람들이 들었다.

"자, 선생님. 첫 번째 요소의 순서를 잘 들어 보세요. 이것이 어떻게 선을 그리고, 가운뎃점이 두 선 가운데를 지나는지 잘 보세요. 두 선이 만나서 위로 오르고, 정점에 가서 세 번 같은 것이 되고……. 이것이 바로 알파입니다."

아이인 예수가 첫 번째 글자의 비유를 그토록 많이 말해 주는 것을 듣고 난 자케우스 선생은 어리둥절하기도 하고 부끄럽기도 해서 그곳에 모여 있던 사람들에게 외쳤다.

"이게 무슨 망신인가! 나는 비참하고 혼란스럽습니다! 이 아이를 다루어 보려다가 수치만 뒤집어썼습니다. 형제 요셉이여, 제발 이 아이를 데리고 가 주십시오. 난 그의 매서운 눈초리를 감당하지 못하겠습니다. 이 아이의 말을 전혀 알아들을 수도 없습니다. 이 아이는 땅에서 태어나지 않았으며, 또한 불같은 원소들조차 길들일 수 있습니다. 아마도 천지 창조 이전에 태어난 아이인 듯합니다. 어떤 여인이 이 아이를 배고, 어떤 여인이 이 아이를 길렀는지 모르겠습니다. 친구들이여, 이게 무슨 꼴입니까? 이 아이가 나를 완전히 혼란에 빠뜨렸습니다. 내가 바보짓을 했군요. 제자를 두려다가 스승을 만나고 말았습니다. 친구들이여, 내 수치를 생각해 보시오. 나도 늙은이인데도 아이에게 지고 말았소. 지금 이 순간도 아이의 시선을 받을 엄두도 낼 수 없구려. 이 이야기를 들은 다른 사람들이 뭐라 하겠습니까? 이 아이가 말한 첫 번째 요소의 선들에 대해 내가 무엇을 논할 수 있겠습니까? 아, 친구들이여. 나는 모릅니다. 첫 글자의 시작과 끝조차도 모릅니다. 형제 요셉이여, 제발 이 아이를 당신 집으로 데려가 주시오. 이 아이는 위대한 존재입니다. 신이거나, 천사이거나…… 아니, 뭐라고 불러야 좋을지조차 나는 모르겠습니다!"

사람들이 자케우스를 위로하고 있을 때 예수는 크게 웃으면서 말했다.

"자, 이제 당신들이 보고 들은 것에 성과를 맺도록 하세요. 눈먼 마음이 눈을 뜨게 하세요. 나는 당신들에게 저주를 내리고, 또 당신들을 천상으로 부르기 위해 위에서부터 내려왔어요. 바로 당신들 때문에 나를 보낸, 그분께서 그렇게 명하셨기 때문이에요."

예수의 말이 끝나자 아이의 저주로 쓰러졌던 모든 사람이 즉시 구원받았다.

"그 후로는……."

해밀턴은 글귀를 다 읽고 난 후 말을 끊다가 이내 덧붙였다.

"예수를 두려워한 사람들은 아무도 예수를 화나게 하려 하지 않았으며, 예수도 사람들에게 저주보다는 축복을 내리게 됐소. 죽은 자를 살려 주고, 다친 자를 낫게 해 주며, 실패한 것들을 온전히 돌려주는 데 기적을 사용했소. 그러나 예수의 아버지인 요셉은 예수가 문맹으로 남는 것을 원치 않아서 다른 선생을 붙여 주려고 했지."

그러면서 해밀턴은 또 다른 구절을 읽어 주었다.

요셉이 예수를 다른 선생에게 데리고 가자 예수의 선생은 요셉에게 말했다.

"이 아이에게 먼저 그리스어를, 그다음에 히브리어를 가르치겠소."

그 선생은 예수가 학식이 있다는 것을 알고 일부러 순서를 바꾼 것이었다. 그러나 선생이 알파벳을 써 놓고 여러 시간 동안 설명했지만, 예수는 아무 대답도 하지 않았다. 이윽고 예수가 선생에게 말했다.

"당신이 정말 선생이고, 글자에 대해 안다면 알파의 힘에 대해 나에게 말해 보세요. 그러면 내가 베타의 힘을 말해 줄게요."

그러자 선생은 화가 치밀어 예수의 머리를 때렸다. 예수 역시 화가 나 선생을 저주했고, 선생은 그 자리에서 기절해 쓰러져 버렸다. 그리고 예수는 혼자 집으로 돌아와 버렸다.

그 이야기를 듣고 비탄에 잠긴 요셉은 마리아에게 이렇게 말했다.

"이 아이를 화나게 한 사람은 누구든 죽으니까, 이 아이를 아예 밖에 나가지 못하게 하시오."

그리고 나서 얼마 후 요셉의 절친한 친구인 다른 선생이 요셉의 집을 찾아왔다. 선생이 요셉에게 말했다.

"이 아이를 우리 학교에 데려와 보는 것이 어떻겠소? 아침이라도 해서 글을 가르칠 수 있을지도 모르니."

그러자 요셉은 절망적으로 대답했다.

"형제여, 감히 해 보겠다니 말리지는 않겠소. 이 아이를 데려가 보시오."

선생이 두려움과 걱정으로 예수를 학교로 데리고 가자 예수는 기꺼이 그를 따라갔다. 그리고 당당하게 학교로 간 예수는 책상에 놓인 책을 집어 들고, 그 안의 글을 읽지도 않은 채 성령의 힘으로 모두에게 말을 하고, 율법을 가르쳤다.

수많은 군중이 모여들어 예수의 말에 귀를 기울였다. 모두 그 아름다운 가르침과 웅변에 놀라고, 어린아이가 그토록 깊은 가르침을 주는 데 놀랐다.

요셉이 그 소식을 들었다. 혹시나 또 사고가 일어나지 않았나 해서 겁에 질려 학교로 달려가자 선생이 말했다.

"형제여, 내가 이 아이를 제자로 받아들이려 했지만, 이 아이 안에는 이미 넘칠 만큼 풍부한 은총과 지혜가 가득 차 있소. 배울 것이 없소. 그러니 당신 집으로 데려가 주시오."

아이가 그 말을 듣고 웃으며 말했다.

"당신은 올바르게 말하고 올바르게 증언했으니, 당신 덕분에 이미 잘못해 다쳤던 자까지도 치유될 것입니다."

그러자 전에 쓰러졌던 선생까지 즉시 치유됐다.

해밀턴이 읽기를 멈추자 승희가 눈을 동그랗게 뜨고 현암에게 말을 건넸다.

"참 놀라운데? 신기한 이야기야. 난 들어 본 적이 없었어."

현암이 무뚝뚝하게 대답했다.

"『토마스 복음서』는 오래전부터 꽤 인기가 있었던 거야. 아는 사람은 다 알아."

"잘난 척은! 하여튼 어릴 적의 예수…… 난 오히려 신선한걸? 정말 하느님의 아들 같아. 성서에 나오는 고리타분한 이야기보다도 오히려 더."

"……."

현암이 대답하지 않자 승희는 다시 조잘거렸다.

"처음에는 인간 세상을 잘 이해하지 못해 마구 힘을 쓰다가, 점차 동화되는 과정이 잘 나온 것 같아. 안 그래?"

"글쎄……."

현암이 떨떠름한 표정을 짓는데 해밀턴이 나섰다.

"어떻소?"

감이 잘 잡히지 않는지 백호가 해밀턴에게 물었다.

"그런데 그것이 아하스 페르츠와 무슨 관련이 있다는 겁니까?"

"아까의 이야기 중 그리스도가 율법학자들에게 알파에 대해 강론한 바가 나오지 않았소? 여러 번에 걸쳐서 나왔지만, 중요한 것은 두 번째 이야기요. 예수는 대부분 율법에 대해서 사람들에게 강론했지만, 두 번째에는 알파의 '힘'에 대해 말했었소."

"그렇습니다만……. 아…… 그렇다면……."

"그렇소. 그 내용은 나도 알 수는 없지만 대단히 심오한 의미가 담겨 있는 것이오. 하느님의 아들인 그리스도가 직접 말씀하신 것이니 신의 힘을 담고 있는 것이라 보아야겠지. 물론 당시의 학자들이 그것을 모두 이해하지는 못했겠지만 거기서 일부분이라도 대단한 주술적 내용을 만들어 낸 사람도 있었을 거요. 아하스 페르츠는 그리스도의 강론을 듣고 초인적인 힘을 얻은 자를 찾아갔다고 하오. 그자의 이름은 전해지지 않지만 그렇게 올바른 사람은 아니었던가 보오. 그리스도의 말에서 주술적인 힘과 관련된 것만 해석해 초인적인 힘을 얻은 자였던 것 같소. 그리고 그자의 제자 중 가장 뛰어난 자가 바로 시몬이었소. 그노시스파[2]의 대주술사 시몬."

"시몬[3]이라뇨?"

---

[2] 그리스어 '그노스티코스' 혹은 '비밀스러운 지식을 소유한 사람'이란 뜻의 '그노시스'라는 이름에서 유래한 2세기경 그리스, 로마 등지에서 두드러졌던 철학적, 종교적 종파이다. 이 학파는 교육이나 경험적인 관찰이 아닌 신적 계시에 의해 얻어지는 비밀스러운 지식의 구속 능력을 강조했으며, 이에 따라 지극히 주관적이고 신비적이며 비밀적인 성격을 띠었다.

[3] 시몬 마구스(Simon Magus)는 영화 〈쿠오바디스(1955)〉로 유명한 로마 네로 황제 시기 때 활약한 인물이다. 물론 영화에는 시몬이 등장하지 않지만, 일종의 비경전으로 전해진다. 예수의 큰 제자 베드로는 포교 활동을 위해 로마에 갔다가 로마 시민을 유혹한 그노시스파의 술사 시몬을 상대하게 된다. 시몬은 잠깐이지만 죽은 사람을 살려 조종하는 기이한 술법과 공중을 날아가는 술법 등을 네로 황제 앞에서 선보인다. 그러나 베드로는 공중을 날 수 없어 고전하다가 예수의 이름으로 그를 떨어뜨리는 데에만 성공한다. 베드로는 여러 차례 기적을 발휘하다가 마침내 승리했는데, 베드로는 예수의 큰 제자임에도 매우 힘겹게 이기고, 승리를 거두고도 로마 시민을 완전히 교화하지 못해 결국 십자가에 거꾸로 매달려 죽임을 당한다. 역사 기록에서의 시몬은 그노시스파의 창시자로 알려져 있으며, 그리스도교가 된 이후에는 사도 베드로와 요한에게서 성령을 전달하는 능력을 돈을 주고 사려고 한 인물이다. 이러한 행적에서 성직 매매를 의미하는 'Simony'라는 단어가 유래하기도 했다. 시몬은 주로 팔레스타인 북부 사람들에게 대단한 초능력을 가진 것으로 숭배됐으며, 성서에는 베드로에게 죽임당한 것이 아니라 책망받고 회개해 그리스도교에 귀의한 것으로 전해진다. 앞서 언급한 전설처럼 초능력을 가지고 신적인 대접을 받았다가 몰락했다는 설도 있다. 이 외에도 시몬은 클라우디우스 황제를 방문했고, 로마인에게 신처럼 추앙받았다는 전설도 있으며, 거짓 메시아 노릇을 했다는 이야기도 있다. 행적이 정확하지는 않지만 신비한 힘을 소유한 것은 분명한 인물로, 스토아 철학과 그노시스파의 교리를 절충해 '대선언

현암은 다소 상기된 얼굴로 재차 물었다.

"혹시…… 베드로와 겨룬 시몬입니까?"

해밀턴이 감탄하는 듯한 표정으로 고개를 끄덕였다.

"당신 대단하군. 맞소. 로마에서 베드로와 겨룬 시몬이었소."

"그게 누구야? 현암 군이 어떻게 그런 걸 다 알아?"

승희가 놀란 얼굴로 묻자 현암이 무뚝뚝한 표정으로 말했다.

"오래전 신부님에게 들은 이야기야. 시몬 이야기는 비경전『사도행전』중「베드로 행전」에 나오지. 왜 '쿼바디스, 도미네(Quavadis Domine, 주여 어디로 가시나이까)'라는 말이 나오는 이야기 말이야. 좌우간 신부님은, 그 경전이 진짜라고 본다면 시몬은 가장 강력하고도 사악한 주술사 중 한 명일 거라고 하셨어."

그때 승희와 현암의 한국어 대화를 알아듣지 못하는 해밀턴이 계속 이야기했다.

"로마에 포교하러 간 베드로는 그와 정면으로 충돌하는 시몬의 방해로 말미암아 위기에 빠지게 됐소. 물론 결국에는 베드로가 승리했고,「베드로 행전」에는 시몬이 베드로에게 사사건건 패배하

(The Great Pronouncement)'이라는 유사 삼위일체적인 그노시즘의 교리를 만들어 냈다. 위에 언급한 시몬들이 모두 동일 인물인지는 확인할 수 없으나 2세기에는 시몬파가 결성돼 여호와가 아닌 시몬을 제1의 하느님으로 보는 운동마저도 생기게 됐으며, 그를 그리스의 신 제우스의 화신으로 보기까지 한 것으로 보아 당시 시몬이 대단한 영향력을 지닌 막강한 인물이었음은 부정할 수 없는 사실이다. 시몬이 창설한 그노시스파는 이단으로 낙인찍혀 교부 철학의 발전은 그노시스파의 교리를 부정하는 데서 생겨났다'라는 말이 있을 정도이다.

는 것으로 보였지만, 시몬은 사람들 앞에서 죽은 자를 살려 냈으며, 하늘을 나는 등 믿어지지 않을 정도의 기적을 보였소. 베드로는 그리스도의 수제자였으며 성령의 기운이 항상 그와 함께했는데도 시몬을 상대하며 몹시 힘들어했고, '급히' 그리스도의 힘을 빌리는 대목이 많이 나오지. 그리스도를 직접 모셨던 베드로가 그럴 정도였으니, 이는 대단한 것으로 받아들여질 수 있소. 물론 거기에는 이유가 있소. 시몬의 힘은 흑마술이나 악마의 힘을 빌린 것뿐만이 아니라 신의 말, 즉 어릴 적의 그리스도의 해석을 바탕으로 하고 있었기 때문에 그랬다는 것이오. 그는 그노시스파의 일원이었으며 그리스도의 말을 십중팔구 비뚤어지게 곡해한 것이기는 하지만 그것만으로도 그 정도의 위력을 지녔다는 소리요."

"아무리 그렇다고 해도 상대가 안 될 정도일까요?"

백호가 이의를 제기하듯 묻자 해밀턴은 고개를 저었다.

"물론 당신 친구들의 능력은 믿어지지 않을 만큼 대단하오. 그러나 그것만으로는 아하스 페르츠에게 결정타를 가할 수 없을 거요. 그는 대단한 자이며, 죽지 않는 자이기도 하오."

"그러나."

현암이 의문스럽다는 듯이 말을 이었다.

"왜 그자를 꼭 없애야만 한다는 겁니까? 정 상대가 안 된다면 피하는 방법도 있지 않습니까?"

그 말이 끝나기가 무섭게 갑자기 해밀턴이 버럭 소리를 질렀다.

"그는 살아 있는 악마요! 나를 이런 꼴로 만든 것도 바로 그자의 힘이오! 그자는 이미 어둠에 침식당해서 더 이상 돌이킬 수 없는 존재가 돼 버렸단 말이오! 더구나 그는 이제 보이지 않는 곳에서 막강한 힘을 행사할 수 있게 됐소! 그는 없어져야 하오! 그렇지 않으면 그는 무슨 수를 써서라도 세상을 뒤집어엎으려고 할 거란 말이오! 말세가 와야 자기가 죽으니, 앞당겨 말세를 오게 만들려는 거요!"

해밀턴은 언성을 높였다가 다음 순간 간신히 침착함을 되찾으려는 듯 보였다.

"그 이유 하나만으로도, 무슨 일이 있어도 그자를 막아야 하오. 내가 성당 기사단에서 몇몇 동지들을 모아 이탈한 것도 그 때문이오. 이미 그자는 행동에 들어가고 있으며, 나나 내 동지들의 힘으로는 그를 막을 수가 없소."

잠시 침묵이 흘렀다. 그러자 승희가 조금 망설이다가 해밀턴에게 물었다.

"말세를 앞당긴다니…… 도대체 그는 왜 그러는 거죠?"

그 질문에 해밀턴은 말했다.

"정확히 기억한 건지는 모르겠지만, 『아라비안나이트』에 보면 램프의 요정 이야기가 나오지 않소? 처음 오백 년 동안은 나를 풀어 주는 자에게 세상의 부를 모두 주려고 했다. 그다음 오백 년 동안은 나를 풀어 주는 자에게 세상의 권세를 모두 주려고 생각했다. 그런데도 아무도 나를 풀어 주지 않았다. 결국 나는 나를 풀어 주는 놈을 그 자리에서 죽여, 이 답답함과 분노를 풀어야겠다고 맹세했다."

여기까지 말한 해밀턴은 조금 멍한 듯한 시선으로 말을 멈추더니 먼 곳을 보다가 말을 이었다.

"아하스 페르츠의 말을 직접 들은 적이 있소. 맨 처음 그는 죽지 않는 몸이 됐다는 것을 기뻐했소. 그러나 조금 지나 아는 사람들이 모두 죽어 가자 그 외로움에 지쳐 자신도 죽어 보려고 노력했소. 그러다가 한때는 그리스도에게 귀의해 신앙심을 가짐으로써 구원받으려고도 했고, 그다음에는 분노와 슬픔에 겨워 신을 저주하고 세상을 도탄에 빠뜨리려고 했소. 그러다가 마침내…… 지금에 와서는……."

거기까지 듣고 바이올렛이 중얼거렸다.

"평안한 안식을 얻기 위해, 자신의 죽음을 보기 위해 말세를 오게 하려는 건가요?"

그 말에 해밀턴은 힘없이 웃으며 고개를 저었다.

"차라리 그가 그처럼 소박한 생각을 하고 있다면 얼마나 좋겠소? 그는 그리스도를 만나 직접 다시 그와 대적하려고 있소. 엄청난 복수심의 발로지. 말세를 앞당겨 그리스도를 재림하게 한 다음, 다시 한번 십자가에 못 박는 것이 그가 진심으로 바라는 일이오."

해밀턴의 말에 모두 충격을 받은 듯 한참이나 아무 말도 하지 못했다. 확실히 그것은 상상을 초월한 이야기였다. 조금 지나서야 백호가 약간 더듬거리며 입을 열었다.

"그게…… 가능한 겁니까? 도대체…… 도대체 나는 믿을 수가 없습니다. 예수 그리스도를 다시 오게 하여, 또다시 그를 십자가에 못 박는다고요?"

"믿어지지 않을 정도로 사악한 이야기지. 아까 말한 인간적인 슬픔이나 소박함은 그에게 거의 남아 있지 않소. 그는 괴물이오. 이제 그에게 인간이란 존재는 그가 가장 미워하는 그리스도에게 대적하기 위한 인질에 지나지 않소. 세상의 안위나 인간의 운명 같은 것은 그에게 아무런 가치도 없다는 거요. 당신들은 말세의 위기가 다가오는 것을 예감하고 있고, 그것을 막으려 애쓰고 있지 않소? 때문에 당신들이 궁극적으로 마주칠 적은 바로 그 아하스 페르츠이고, 그를 없애지 않는 한 아무런 희망이 없다는 말이오."

승희가 흥분한 듯 소리쳤다.

"솔직히 말해 나는 납득이 가지 않아요! 나는 그 유대인의 이야기가 믿어지지 않는다고요. 예수가 정말로 신의 아들이고, 모든 것을 꿰뚫고 있는 존재라면 이렇게 될 줄 몰랐다고 볼 수도 없지 않나요? 그는 사랑으로 모든 것을 용서하고 다른 사람들의 죄를 용서하기 위해 십자가에 못 박히기까지 했는데, 사적인 조롱 때문에 그런 저주를 퍼부어 지금의 세상을 오히려 혼돈에 빠뜨리게 하다뇨. 예수가 신의 아들이었다면 이렇게 될 것도 알고 있었을 텐데! 도대체가 이건 앞뒤가……."

"그건 나도 모르겠소. 뭔가 이유가 있었을 테지. 그러나 아하스 페르츠가 존재하고, 그가 그런 목적을 가지고 있다는 것은 엄연한 사실이오. 그렇지 않다면 내가 무엇 때문에 성당 기사단에서 이탈

해 목숨을 위협받고 있겠소? 아시다시피, 나는 예전에 죽은 영혼일 뿐이오. 그러나 나는 저세상으로 가지도 못하고 그의 힘으로 말미암아 계속 이승에서 떠도는 존재가 됐으며, 이제는 그와 맞서다가 이 영혼마저 없어질 위험에 처해 있소. 그것은 아무래도 좋다 칩시다. 허나 그의 마음대로 되면 이 세상은 어찌 되겠소? 내 안위에 대한 것은 염두에 두지 않더라도, 그는 꼭 막아야만 하오."

"아하스 페르츠는 정말 죽지 않나요?"

승희의 질문에 해밀턴은 웃으며 되받았다.

"『토마스 복음서』나 그노시스파의 경전 중 예수의 어린 시절을 살펴보면, 칼렙[4]이라는 자의 이야기가 나오지. 그것처럼 될 거요."

"칼렙이 어쨌는데요?"

"예수가 아기이던 시절, 두 명의 아내를 둔 유대인 남자가 있었소. 두 아내 중 한 사람은 착하고 한 사람은 사악했는데, 각각 아들 하나씩을 두고 있었지. 착한 여자의 이름은 마리아였고, 아들은 칼렙이었소. 그런데 아직 예수가 아기일 때 두 아내의 두 아들이 모두 아주 중한 병에 걸렸소. 예수의 소문을 들은 마리아는 성모 마리아에게 멋진 양탄자를 선물하면서 기저귀 한 폭만 달라고

---

4   『토마스 복음서』나 그노시스파의 비경전에 예수의 어린 시절을 설명할 때 나오는 인물이다. 칼렙의 어머니가 동정녀 마리아에게 탄원해 예수의 기저귀를 얻어 옷으로 만들어 입혔다. 그러자 칼렙은 끓는 솥에서도 데이지 않았으며, 깊은 우물에 빠졌어도 물을 딛고 걸어 나왔다는 이야기가 전해진다. 즉, 칼렙의 목숨을 빼앗을 수 없게 됐다는 것이다.

했지. 그래서 칼렙은 그 기저귀로 옷을 지어 입고 병이 나았지만, 사악한 아내의 아들은 병으로 죽고 말았소. 이를 시기한 사악한 여자는 칼렙을 가마솥에 넣고 불을 땠지만, 칼렙은 죽지 않았소. 무슨 이유에서인지 솥이 달궈지지 않았던 것이오. 그래도 이 여자는 사악한 마음을 버리지 않고 칼렙을 우물에 던져 버렸소. 그러나 칼렙은 물 위에 편안히 앉아 있는 채 발견됐소. 결국 그 여자가 무슨 수를 써도 칼렙은 죽지 않았던 거요. 그리스도의 힘 때문이지. 그리스도의 기저귀 한 폭이 지닌 힘이 이 정도였는데, 그가 친히 명한 권능은 얼마나 크겠소? 그 때문에 결코 아하스 페르츠는 죽일 수가 없는 거요."

현암이 물었다.

"좋습니다. 그런데 왜 당신은 언약궤를 찾고 있죠? 언약궤와 아하스 페르츠는 무슨 관계가 있는 겁니까?"

"여기까지 털어놓은 바에야 솔직히 말해 주리다. 언약궤는 아하스 페르츠를 죽일 수 있는 마지막 희망이오. 왜, 전하는 말이 있지 않소? 언약궤에 손을 대는 자는 누구나 죽임을 당하리라는……. 물론 모세나 다윗은 죽지 않았지만, 아하스 페르츠는 결코 그런 인물이 아니라고 믿소."

그 말을 들은 모두는 눈이 휘둥그레져 서로를 바라보았다. 그러다가 바이올렛이 놀란 듯이 먼저 외쳤다.

"그래서 언약궤를……?!"

"그렇소. 아까 나는 내 신앙과 내 명예 때문에 언약궤를 찾는다고 했지만, 실제로는 그 이유 때문에 그것을 찾는 거요. 물론 아까 한 말도 거짓말이라고 할 수는 없겠지만."

돌연 승희가 소리치며 나섰다.

"말도 안 돼요! 당신의 말대로라면, 그리스도가 직접 명하신 것이 아무리 언약궤라고 한들……."

"언약궤는 예호바(야훼)께서 직접 내리신 물건이오. 그러니 그리스도의 명령이 있었다고 해도, 그것이라면 아하스 페르츠를 세상에서 없어지게 할 수 있다고 나는 믿소. 아니, 솔직히 말해 나도 확신할 수는 없지만, 그것만이 지금 남아 있는 유일한 희망이란 말이오."

여기까지 말한 해밀턴은 책상에서 벗어나 몹시도 피곤해 보이는 얼굴로 자리에 앉았다.

현암은 입을 꾹 다물고 무엇인가를 생각하다가 그에게 말했다.

"언약궤가 성당 기사단 본부에 있는 것이 분명합니까?"

"그렇소. 나도 최근에 알아낸 사실이지."

"그리고 메소포타미아의 점토판도 그곳에 있습니까?"

"그렇소. 내가 성당 기사단을 이탈하면서 그것을 가지고 나오려 했지만, 결국 그러지 못했소. 키건에게 발각돼 빈손으로 나올 수밖에 없었지."

"키건요?"

승희가 그 이름을 듣고 찔끔하면서 물었다. 전에 승희가 눈을 멀게 만든 성당 기사단의 기사가 키건이 아니었던가?

"그렇소, 키건. 아가씨는 전에 그를 만난 적이 있지 않소?"

"그는…… 눈을 잃은 것을 아직도 원망하고 있나요?"

해밀턴은 대답하지 않고 슬픈 표정으로 승희를 바라보았다. 그러자 승희는 풀이 죽어 중얼거리듯 말했다.

"아니…… 대답할 필요 없어요. 물론 그렇겠죠."

승희의 말에 해밀턴은 걱정되는 듯 되받았다.

"아가씨는 그를 조심하셔야 할 거요. 그는 성당 기사단의 아홉 기사 중에서도 가장 집념이 강한 사람이오."

"아홉 기사요?"

"그렇소. 원래 성당 기사단은 아홉 명의 인원으로 시작했기 때문에 아홉 명의 기사를 두고 있소."

이내 승희가 겁먹은 듯이 물었다.

"그러면 성당 기사단 본부에는 아홉 기사가 다 있나요? 그런 자가 여덟이나 더 있다면 그건 정말……."

"그렇지는 않소. 여섯뿐이오. 세 명은 여기 있으니까."

그 말에 승희는 깜짝 놀라면서 황급히 주위를 둘러보았다. 그 순간 해밀턴은 미소를 띠며 말을 이었다.

"내가 그중 한 명인 화이트 나이트이고, 아까 만났던 마하딥과 시켈이 각각 성당 기사단의 블루와 그린 나이트였소. 우리 셋은 아하스 페르츠의 음모를 알고 함께 성당 기사단에서 이탈했지. 그러니 성당 기사단 본부에는 블랙 나이트인 키건을 비롯한 여섯 명의 기사만 있을 거요."

"아휴, 그런 자들을 다시는 만나기 싫어요!"

"당신들 정도의 힘이면 그렇게 겁낼 것은 없을 것 같소만."

"현암 군이 있으면 별문제야 없겠지만, 문제는 힘이 아니라……."

그러다가 승희는 샐쭉해져 말을 이었다.

"싫어요. 난 안 갈래요."

그때까지 침묵을 지키고 있던 현암이 입을 열었다.

"우린 가겠소. 그곳의 위치를 알려 주시오."

선언하듯 내뱉는 현암을 보며 승희가 놀라 외쳤다.

"현암 군! 정말이야?"

"가야 해."

승희는 아무래도 키건의 존재가 마음에 걸리는 듯, 어떻게든 피하려는 것으로 보였다.

"하지만 거긴 키건이 있다잖아!"

"승희야. 네 마음은 알겠지만, 그건 할 수 없는 일이야."

"그래도 현암 군! 저 말을 믿어? 난 황당하기만 한데? 그리스도는 하느님의 아들인데, 언약궤가 있다고는 해도 그리스도의 말씀을 뒤집어엎기는 좀……."

승희가 말끝을 흐리자 현암은 고개를 가로저었다.

"나는 신앙에 관련된 문제에 대해서는 뭐라 말할 수 없어. 하지만 만약 아하스 페르츠가 언약궤를 성당 기사단의 본부로 옮겼다면 그가 뭔가 언약궤에 꺼리는 것이 있어서 그런 것이라고 볼 수밖에 없어. 그렇다면 해밀턴 씨의 말이 맞을지도 몰라."

"아무리 그래도……."

"솔직히 나는 점토판인지 뭔지 별로 찾고 싶은 생각이 없지만, 그것을 찾으려면 어쩔 수 없잖아. 어떻게 보면, 이것도 운명이라고 할 수 있겠지. 그리고……."

현암은 뭔가 말을 더 하려는 듯하다가 문득 말을 멈추었다. 그러자 승희는 체념해 버렸다.

"할 수 없지, 뭐. 현암 군이 옳다고 생각하는 대로 행동해. 나야 뭐…… 쫄래쫄래 뒤나 따라가야지."

"너는 가기 싫으면 가지 않아도 돼."

현암의 말에 승희는 눈을 쩨리면서 소리를 질렀다.

"내가 왜 안 가! 내가 안 가면 현암 군 혼자 어떻게 하려고! 하여튼 이 둔탱이는……."

현암은 승희의 말을 못 들은 척 해밀턴에게 말을 건넸다.

"그리고 중요한 것이 한 가지 더 있습니다. 저는 가고 싶습니다만, 이번 일에 대해서는 누군가 한 분의 의견을 들어 봐야 할 것 같습니다."

"혹시 신부님 아니시오?"

"맞습니다. 다른 유물에 대한 것이라면 몰라도, 언약궤 같은 물건은 그분 당신의 신앙에도 중요한 의미가 있는 것일지도 모르니까요."

"좋소. 좌우간 흔쾌히 응낙해 준다니 정말 다행이오."

"아직 완전히 허락한 것은 아닙니다."

"아까는 간다고 하지 않았소?"

"물론 가기는 갈 겁니다. 우리는 일단 점토판을 찾으려고 하는 거니까요. 하지만…… 언약궤 문제는 아직 단정 내릴 수 없습니다."

"흠……."

해밀턴은 조금 생각해 보다가 쾌히 대답했다.

"좋소. 모든 것을 다 이야기했는데 꺼릴 것이 뭐가 있겠소? 나는 당신들을 믿소. 사실 당신들이 언약궤를 찾지 않는다고 내가 어떻게 할 수도 없는 일이고. 언약궤를 나에게 넘겨주지 않아도 좋소. 다만 중요한 것은 언약궤를 찾아, 아하스 페르츠를 만나게 됐을 때 사용해 보라는 충고만은 잊지 말아 주었으면 좋겠소. 나로서는 아하스 페르츠만 어떻게 된다면, 그로 인해 세상이 평온해지기만 한다면 더 바랄 것은 없으니까."

"그냥 아하스 페르츠를 이길 수 있으면 그런 번거로운 일은 안 해도 되겠죠. 더구나 그건 전설대로라면 몹시 위험한 물건이잖아요. 만지기만 하면 죽는다니, 원 참. 그리고 전설대로가 아니라면 필요도 없는 물건이고 말이에요."

승희의 말에 해밀턴이 되받았다.

"나는 믿소. 아하스 페르츠는 유대인이었소. 유대인 중 예수 그리스도를 하느님의 아들로 인정하지 않는 자들도 많지만, 야훼를 믿지 않는 자는 없소. 그리고 아하스 페르츠도 예수를 만나기 전부터 언약궤 이야기는 들어서 알고 있었을 거요. 만약, 만약 언약궤가, 타보트가…… 힘이 없다고 해도 그것이 도움이 될 수도……."

해밀턴은 말꼬리를 흐렸지만 현암은 눈을 크게 뜨고 그의 말을 듣고만 있었다. 승희는 현암에게 말을 걸려다가 그의 눈빛을 보고는 그만두었다.

그때 바이올렛이 은근히 물었다.

"그럼 우리는 인질로 있지 않아도 되나요?"

그러자 해밀턴은 껄껄 웃었다.

"허허, 그건 아까 일부러 해 본 소리였다고 하지 않았소? 물론 그럴 필요는 없소."

현암이 심각한 표정으로 입을 열었다.

"마지막으로 한 가지만 묻겠습니다. 당신은 누구입니까?"

해밀턴은 잠시 조용히 있다가 중얼거렸다.

"정말 알고 싶소?"

"그렇습니다."

"말해 줘도 모를 텐데."

"무슨 목적이 있어서 묻는 것이 아닙니다. 직접 대화하고 있는 상대의 이름조차 몰라서야 되겠습니까?"

"그런가? 나는 지금으로부터 팔백 년 전에 살았던 한 평범한 성당 기사단원이었소. 내 이름은 빌헬름이었소……. 써 본 지 오래된 이름이지만……."

그 말에 현암은 조금 어색하게 미소를 지어 보였다.

"알겠습니다, 빌헬름."

해밀턴은 고개를 저으며 대꾸했다.

"지금은 계속 나를 해밀턴이라 불러 주었으면 좋겠소. 다들 나를 해밀턴으로 알고 있으니 말이오."

"알겠습니다."

"자, 그러면 바로 떠나도록 합시다. 비행기가 있으니 곧 준비될 거요."

"예?"

해밀턴의 말에 현암과 승희 일행 모두가 눈이 휘둥그레졌다.

"지금 당장 말입니까?"

"시간이 없기 때문이오. 아, 당신들은 모르고 있었소? 그렇다면 비행기 안에서 차차 이야기합시다. 에티오피아까지 가는 시간이 꽤 걸릴 테니까."

"하지만 아직 신부님의 의견을 듣지 못했습니다. 그리고 다른 동료들의 의견도 모두 들어야만⋯⋯."

"그럼 지금 연락해 보시오."

해밀턴은 현암에게 휴대 전화를 건네주었다. 하지만 현암은 번호가 남을까 봐 조심스럽게 사양하면서 백호의 위성 전화를 사용했다. 그러나 그 시간에 박 신부는 이단 심판소에서 격전을 치르고 있었으니 통화가 될 리 없었다. 할 수 없이 현암은 한국으로 전화를 했다. 한국에서도 연희와 준호, 아라 등은 모두 난리를 겪고 있어 역시 통화가 되지 않았다.

현암이 한숨을 쉬면서 전화를 끊자 해밀턴이 물었다.

"아무도 연락이 되지 않소?"

"그렇습니다. 일단 한국으로 돌아갔다가 다시 만나는 게 어떻겠습니까?"

"아, 그건 무리라고 생각하오. 너무나 시간이 촉박하거든. 이십여 일밖에 남지 않았는데……."

현암은 의아해졌다. 현암은 예전에 블랙 엔젤에게서 남은 시일이 사십 일이라는 말을 들은 바 있었다. 물론 진심으로 믿은 것은 아니었지만 말이다. 그로 미루어 계산할 때 남은 시일은 대략 이십오 일 정도라는 것을 알 수 있었다. 그런데 해밀턴은 어떻게 날짜를 알고 있을까?

현암이 이상하다는 표정을 짓자 해밀턴은 대답했다.

"날짜를 계산한다는 게 믿어지지 않는 모양이지만, 나에게는 방법이 있소. 그렇지. 아예 보여 드리도록 하겠소. 나를 따라오시오."

그러면서 해밀턴은 벽에 걸린 액자를 들추고 그곳에 설치된 전자자물쇠에 자신의 지문을 댔다. 그러자 지하실 한쪽 벽이 열리고 작은 문이 나왔다. 해밀턴은 앞장서서 문 안으로 들어가면서 현암과 승희, 백호와 바이올렛에게 들어오라고 했다.

그곳은 창문도 없는 자그마한 지하실이었는데 사방의 벽은 장식장으로 둘러싸여 있었고, 전기가 들어오지 않는 듯 램프만 켜져 있었다.

지하실로 들어서자 바이올렛은 사방의 벽을 둘러보며 감탄사를 연발했다.

"굉장한 수집품이군요! 메소포타미아, 인도, 남미, 이집트…….

무척 오래된 유물들이 잔뜩 있군요!"

"그렇소. 아서 해밀턴이 남긴 거지. 성당 기사단이 수집한 것들이기는 하지만."

그러면서 해밀턴은 벽 쪽에 놓여 있는 한 개의 검은 돌덩어리를 가리켰다.

"저것 때문에 알 수 있었던 거요."

그 돌은 석판이 아닌 일종의 바윗덩어리 같은 투박한 모양이었는데, 겉에는 이집트 상형 문자인 히에로글리프가 빽빽하게 조각돼 있었다. 보통의 석회암 같은 돌이 아니라 무척 단단해 보이는 검은색 돌로, 그토록 많은 글자가 새겨져 있는 걸 보면 퍽 귀중한 내용을 담고 있는 듯했다. 오랜 세월을 거치면서 문자들은 상당 부분 마모돼 있었지만 식별은 가능했다.

"이게 뭐죠?"

승희가 묻자 해밀턴은 미소를 머금으며 대답했다.

"지난번에 이야기한 적이 있었을 거요. 동방에서 어느 여자가 한 예언을 내가 어떻게 알게 됐는지 말할 적에……."

"아!"

승희는 그제야 기억이 났다.

"그렇다면 이게 바로 토트의 예언?"

"그렇소. 토트의 예언석이오."

현암이 돌을 내려다보다가 입을 열었다.

"여기 있는 내용이 무엇이죠?"

"흠. 원한다면 탁본해 가도 좋소. 지난번에 대략적인 내용은 말해 준 적이 있는 것으로 아는데…… 다시 한번 말하겠소. 우선 말세의 위기가 닥쳐올 것과 그 말세를 구분하는 방법에 대해 쓰여 있소. 그 방법에 대해 구태여 늘어놓지 않겠지만, 그것이 현대를 지칭한다는 것만은 분명하오. 그다음에는 이렇게 적혀 있소. '말세의 때가 오면 인간을 지켜 주는 힘이 사라진다. 심연의 눈을 가진 자가 사라져 가니 신의 분노 앞에서 자유로워질 수 있는 자는 하나도 없으며, 구원을 방해하는 거대한 힘이 나타날 것이다. 그러나 그 힘은 동방의 예언가만이 그것을 제대로 알아볼 수 있으며, 심연의 눈이 더해지지 않으면 아무것도 알 수 없을 것이다. 그리고 피로 이어진 것만이 진실로 이어진다'라고……."

해밀턴의 말이 미처 끝나기 전에 승희가 물었다.

"그건 지난번에 들었어요. 좀 더 자세히 알려 주실 수는 없나요?"

"한 가지 더 있다면, 심연의 눈을 없애려는 자가 나올 것이니 그것을 조심하라는 내용도 있소. 중요한 내용은 이게 전부라고 할 수 있소. 다시 한번 설명하자면, 심연의 눈이란 라미드 우프닉스를 지칭하오. 그리고 내가 이 내용을 알게 된 이후로 성당 기사단에서 주력한 일은 라미드 우프닉스를 눈에 띄지 않게 보호하는 것이었소. 물론 아하스 페르츠도 그 사실을 알았겠지만, 지금까지는 그것을 용납했소. 다시 오실 그리스도와 대적하기에는 자신의 역량이 부족하다고 생각했기 때문인 것 같소. 그러나 이제는 아하스 페르츠가 성당 기사단과 프리메이슨 등의 내부를 완전히 장악

했으니 우리가 수백 년 동안 찾아내 보호해 온 라미드 우프닉스도 위험한 상태요. 그렇기 때문에."

해밀턴이 말하는 사이 백호가 살짝 승희에게 물었다.

"그런데 라미드 우프닉스란 건 뭔가요?"

"그건……."

승희는 대답하려다가 얼른 입을 다물었다. 등골이 짜릿했다. 라미드 우프닉스의 이야기가 나오다 보면 반드시 연희의 이야기가 나오게 될 것이 아닌가.

물론 백호를 믿지 못하는 것은 아니었지만, 만에 하나 백호가 연희에게 그런 소리를 했다가 연희가 자신의 정체를 알아 버리면 연희는 죽게 되지 않겠는가? 더군다나 백호는 블랙 엔젤의 손아귀에 들어 있는 존재이기도 하고 말이다.

게다가 이 자리에는 바이올렛도 있었다. 바이올렛은 라미느 우프닉스의 이야기에 대해서는 알지 몰라도, 연희가 라미드 우프닉스라는 것은 아직 모르고 있었다.

'이 말 많은 수다쟁이 할망구가 그걸 안다면 연희 언니는 죽은 목숨이야!'

승희는 식은땀을 흘리다가 누군가의 시선을 느끼고 언뜻 보니 현암이 승희에게 암암리에 눈짓하고 있었다. 승희는 얼른 대강 둘러댔다.

"아…… 그건 희귀한 동물이에요. 동물."

"동물이라고요?"

"맞아요. 음…… 그러니까 신이 내린 동물. 성스러운 눈을 지닌 동물…… 그러니까 음…… 음냐, 백호 씨 잠깐 저리 좀 가실래요? 설명해 드릴게요."

"예? 아니, 아직 해밀턴 씨의 이야기가……."

"현암 군이 알아들으면 그만이잖아요. 그러니 어서."

곧이어 승희는 영어로 바이올렛에게 말하며 그녀의 옷자락도 잡아끌었다.

"그리고 미스 바이올렛도요."

"음? 아니, 나는 라미드 우프닉스에 대해 알고 있어요. 나는 해밀턴 씨의 이야기에 아직 관심이……."

그러나 승희는 영문을 몰라 하는 백호와 바이올렛을 거의 끌다시피 해서 밖으로 데리고 나갔다. 백호는 멍한 얼굴로 그냥 선선히 나갔지만, 바이올렛은 왜 그러냐고 자꾸 물어서 승희의 얼굴은 온통 땀범벅이 됐다.

해밀턴은 승희의 행동이 기이하다는 듯한 표정으로 말을 멈추고 있다가 현암에게 물었다.

"왜 그러는 거요? 다들 당신의 동료들이 아니오?"

그렇게 질문을 받자 현암도 난처해졌다. 그래서 현암은 얼굴을 조금 붉히며 대답했다.

"물론 그렇습니다만…… 사정이 있습니다."

"동료를 믿지 못한다는 거요?"

"아닙니다. 그러나 우리도 라미드 우프닉스와 연관이 있습니다.

아주 가까운 사람이죠. 그래서 가급적 많은 사람이 그것을 알지 못하게 하려는 겁니다."

그 말에 해밀턴은 이해하겠다는 표정을 지으며 이야기를 계속했다.

"그렇군요. 나도 라미드 우프닉스를 두어 사람 보호하고 있어서 아오. 그것이 얼마나 신경 쓰이고 힘든 일인가를…… 뭐, 어쨌든 계속하겠소. 일단 아하스 페르츠는 말세를 앞당기기 위해 가장 빠른 방법으로 라미드 우프닉스들을 없애 버리는 것을 택한 듯하오."

"저런……!"

현암은 자신도 모르게 탄식했다. 그렇다면 연희도 직접적인 목표에 들어간 셈이 아닌가?

"라미드 우프닉스는 언제인지 잘 알지 못하는 고대에 대주술사들이 펼친 엄청난 주술에 의해 나타난 존재들이오. 그들은 물론 보통 사람과 똑같이 태어나고 죽지만, 근본적으로 악을 멀리해 살도록 돼 있소. 아니면 선천적으로 악과 먼 사람들이 라미드 우프닉스의 소명을 받게 되는지 그것까지는 나도 모르겠소만, 좌우간 라미드 우프닉스는 일정한 숫자를 유지하도록 돼 있으며, 그 숫자는 정확하게는 모르나 서른여섯 명인 것으로 추정되오. 내가 팔백 년간의 경험에 의하면 대부분의 라미드 우프닉스는 아기들로 구성되오. 아기들은 죄악과 연관이 없지 않소? 그러나 장성한 라미드 우프닉스는 그렇게 많은 숫자가 아니오. 라미드 우프닉스는 자신이 라미드 우프닉스란 것을 알게 되면 즉각 명을 다하게 되며,

새로운 라미드 우프닉스가 태어나게 되오. 물론 자연적으로 수명을 다해도 다시 새로운 라미드 우프닉스가 선택되오."

"그런데 라미드 우프닉스를 어떻게 구별합니까?"

"심연의 눈으로 구별하는 거요. 라미드 우프닉스는 죄를 저지르지 않고 살아야 하는데, 그것은 매우 어려운 일이오. 그 때문에 그들은 심연의 눈이라는 특수한 기능을 갖는 거요. 즉 의식하지 않고도 거짓이나 죄악을 꿰뚫어 볼 수 있는 눈을 가짐으로써 자연스럽게 죄악과 먼 생활을 하게 되는 거지. 반면 이것이 라미드 우프닉스를 보통 사람과 구별할 수 있게 하는 표식이 되기도 하오. 내 생각에는, 라미드 우프닉스의 주술은 바로 그 심연의 눈에 근간이 있는 것 같소. 즉 그것은 일종의 영력체 같은 것으로, 그것이 깃들인 인간은 심연의 눈을 갖게 돼 자연스럽게 죄악과 먼 생활을 하게 되며, 그 사람이 죽거나 자신이 그런 존재라는 사실을 알게 되면 영력체가 떠나서 다른 존재를 찾는 식으로 수천 년을 내려온 것으로 보이오."

"그런데 나는 좀 회의가 듭니다. 나는 라미드 우프닉스인 것이 분명한 사람 한 명을 잘 압니다. 물론 그 사람은 선량하고 마음씨가 고운 사람입니다. 하지만 세상에는 라미드 우프닉스 말고도 그와 비슷할 정도로 착하고 죄악과 거리가 먼 사람이 얼마든지 있는 것으로 압니다. 만약 라미드 우프닉스가 신의 분노 앞에서 인간을 정당화하는 존재라면, 굳이 그들 말고도 얼마든지 선량한 사람들이 존재한다고 여겨집니다만."

"물론 그렇소. 허나 과거의 사람들은 인간의 타락상이 어디까지 갈지 잘 몰랐기 때문에 일종의 보험과 같은 역할로 라미드 우프닉스의 존재를 세웠던 것 같소. 아무리 인간이 타락하고 죄악의 층을 쌓아도 최소한 신의 분노에 빠지지 않을 정도의 사람만은 남겨둔다고 말이오."

"그렇다면 내가 보기엔 아직까지 인간의 타락상이 그 정도에 달한 것 같지는 않으니, 아하스 페르츠가 라미드 우프닉스를 없앤다고 신의 분노가 당장 떨어지지는 않을 듯합니다만, 어떻습니까?"

"물론 당신 말에도 일리가 있소. 아하스 페르츠 역시 그 정도쯤은 모르지 않을 테고. 그러나 거기에는 다른 이유가 있소. 자, 원래 인간이 선량하게 살든 살지 않든 그것은 스스로의 선택인 거요. 그러니 고대의 주술사들은 라미드 우프닉스라고 하는, 어떻게 보면 어느 정도 타인의 의지로 조종된다고 할 수 있는 사람들을 만들어 냈소. 물론 그 의도는 나쁘지 않고, 그 주술이 당사자들에게도 일상생활에 나쁜 영향을 끼치지는 않소. 착한 사람으로 사는 것이니까. 하지만 그것은 자연스러운 일이 아니오. 그렇지 않소?"

"자연스럽다고 볼 수는 없을 겁니다."

"더구나 한 가지, 고대의 주술사들이 미처 생각하지 못했을 중요한 오류가 있소. 라미드 우프닉스는 스스로가 자신의 정체를 알게 되면 죽음을 맞게 돼 있소. 그 이유가 어디에 있겠소?"

"글쎄요. 아마도 그 자신들보다는 라미드 우프닉스의 주변 사람들 때문이 아닐지······."

"나도 그렇게 생각하오. 라미드 우프닉스가 있어서 신의 분노 앞에서 세상을 정당화해 준다는 사실이 알려지면, 사람들은 그것을 믿고 어쩌면 더 타락할지도 모르오. 마치 타락한 종교계에 존경받는 고상한 성직자가 존재함으로써, 역으로 그 교단 자체는 더더욱 타락하게 되는 식으로 말이오. 아이러니한 일이지만, 인간의 본성에는 그러한 어두운 면도 있음은 변명할 수 없는 일이지. 아무튼 그 때문에 고대의 주술사들은 그런 주술을 썼던 것 같소. 하지만 생각해 보시오. 라미드 우프닉스는 자신의 행동과는 아무런 상관없이 자기 존재를 알았다는 이유만으로 죽임을 당하게 되는 거요. 물론 고통 없는 평안한 죽음이고, 죄를 저지른 일이 없으니 천국에서 안식을 얻을지는 모르지만, 당장 이 세상에서는 죽음을 맞는 거요. 과연 죽는 것을 좋아할 사람이 어디에 있겠소? 그렇지 않소?"

"그건…… 그렇군요."

"인간의 입장에서 보면 할 수 없이 맞이하게 되는 최후의 수단이었을지 몰라도, 자연적인 입장에서 볼 때는 그렇지 않소. 정상적으로 잘못 없이 살아온 한 인간의 생을 타의로 마감하게 되는 부조화스러운 행위이기 때문이오. 더구나 라미드 우프닉스는 신의 분노 앞에서 인간을 정당화하기 위해 보증 수표이자 대표 격으로 내세운 사람들이오. 그것도 수천 년간의 부조화를 쌓아 가면서, 그러니까 다른 말로 수천 년 동안 또 다른 신의 분노를 쌓아 가면서 말이오. 따라서 신 앞에서 라미드 우프닉스와 같은 수단을 사용했다는 것 자체가 이미 신의 분노, 즉 조화를 깨뜨리는 데 대한 일말의 응징을 받을 만한 일이며, 라미드 우프닉스의 주술이 같은 인간에 의해 깨어진다는 것은 그러한 신의 분노를 폭발시키는 기폭제가 된다는 것이오……. 나도 자세히 설명해 줄 만큼 많이 아는 것은 아니지만, 일단 라미드 우프닉스의 죽음이 그러한 의미를 갖는 것만은 분명하오."

해밀턴의 말이 장황해서 조금 알아듣기 힘들었지만 결국에는 현암도 동감했다. 그러나 현암은 조금 더 생각해 보고 말했다.

"그런데 라미드 우프닉스가 죽임을 당하면, 다른 라미드 우프닉스가 자동으로 태어난다고 하지 않았습니까? 그렇다면 아하스 페르츠가 라미드 우프닉스를 찾아 죽이더라도 소용없지 않습니까?"

"라미드 우프닉스가 주어진 수명을 다하거나 다른 인간에 의해 죽임을 당한 경우에는 그렇소. 그러나 인간이 아닌, 좀 더 정확하게 말해 생명이 없는 존재에 의해 죽임을 당하면 다른 라미드 우프닉스가 탄생하지 못하오. 오랜 기간 그들을 관찰해 보고 얻은 결론이오."

"생명이 없는 존재라고요? 그렇다면……."

"그렇소. 가령 라미드 우프닉스가 악령이나 악마에 의해 죽임을 당한다면 그 주술은 무효가 되는 거요. 그러나 그런 일은 한 번도 일어나지 않았고, 정상적으로는 일어날 수 없다고 봐야겠지."

그 말을 듣고 현암은 상념에 잠겼다. 퇴마사들은 그동안 연희와 함께 다니면서 죽을 고비를 여러 번 넘겼다. 그리고 인간이 아니라 악령들과 싸운 적도 상당히 많았다. 그렇다면 그때마다 그들은 알지도 못하는 사이에 세상을 위기로 몰아넣었단 말인가? 만약 연희가 악령에게 죽임을 당했다면 신의 분노가 그대로 쏟아져 내리지 않았을까?

'원 참. 정말 아슬아슬했구나.'

현암의 얼굴이 질리는 것을 보고 눈치챈 듯 해밀턴이 말했다.

"잘 아는 사람 중에 라미드 우프닉스가 있다고 했는데, 당신과 잘 알았다면 영적인 문제에 몇 번 휘말렸을 수도 있겠구려. 그러나 너무 걱정 마시오. 만약 악령의 손을 빌려 라미드 우프닉스가 죽더라도, 그것을 사주한 자가 인간이라면 그 역시 별문제는 없소. 그자를 죽이려고 의도하는 자가 생명을 가졌느냐, 아니냐가 문제이니 말이오. 문제는 아하스 페르츠요. 그는 지금 살아 있는 자가 아니기 때문에, 그가 라미드 우프닉스를 해친다면 문제가 심각해진다는 거요."

"만약 정체불명의 악령이나 악마가 라미드 우프닉스를 해친다면요?"

"라미드 우프닉스는 선량하게 살아가는 사람들이오. 더구나 그들에게는 심연의 눈이 있지 않소? 그리고 그들은 모르겠지만 그들 주변에는 그들을 수호하는 보이지 않는 힘이 있게 마련일 거요. 나도 그런 일을 했고, 꼭 인간이 아니라도 다른 사람의 영혼도 그런 일을 해 줄 수 있소. 세상의 멸망을 원치 않는다면 누구라도 그들만은 지키려고 할 것 아니겠소?"

라미드 우프닉스는 선량하게 살아가는 사람들이니 누구와 특별한 원한을 맺을 일이 없을 것이며, 악령 등과 마주치는 일은 사실상 좀처럼 벌어지지 않는 일이었다. 또 영적인 문제도 대부분은 정확한 인과율의 원리에 따라 지배되는 것이라 영혼이 자신과 상관없는 사람을 해치는 일도 흔한 것이 아니었다. 더욱이 라미드 우프닉스는 심연의 눈을 지니고 있기 때문에 그런 해를 당할 확률은 거의 없다고 봐도 좋았다.

　연희의 경우에도 그랬다. 퇴마사들은 그렇다 치고 리만 하더라도 죽은 후에까지 어떻게든 그녀를 지켜 주려고 하지 않았는가? 왈라키아에서 드라큘라 백작도 그러했고.

　'그러고 보니 이해가 되는구나. 리는 옛날에 연희 씨와 똑같은 눈매를 가진 사람을 만났다고 했지. 그리고 드라큘라 공의 아내도 그러했다고 했다. 그 모두가 라미드 우프닉스의 상징인 심연의 눈을 가졌던 거야.'

　잠시 딴생각을 하다가 현암은 방향을 돌렸다. 지난번 블랙 엔젤과 나누었던 대화가 생각났다. 블랙 엔젤은, 악마들은 인간 세상의 멸망만은 원치 않는다고 했다.

　'그 말이 사실이라면, 악마도 라미드 우프닉스만은 해치지 않는다는 이야기가 되나? 그렇다면……'

　현암이 생각에 잠겨 있는 모습을 보다가 이윽고 해밀턴이 입을 열었다.

　"다른 이야기가 길어졌소만, 좌우간 이 토트의 예언석에는 다음과 같은 구절이 끝에 붙어 있소. 바닥에 쓰여 있어 알아보기 어렵소만……."

그러면서 해밀턴은 그 무거운 예언석을 가볍게 뒤집어 현암에게 바닥을 보여 주었다. 거기에도 히에로글리프가 새겨져 있었는데, 물론 해독할 수는 없었지만 위의 문자와 같은 필체였다.

"이 부분에는 토트가 개인적으로 남긴 경고가 쓰여 있소."

"어떤 경고입니까?"

그러자 해밀턴은 천천히 예언석을 읽기 시작했다.

"읽어 드리지. '사실을 알게 되는 이여, 서둘러라. 그대가 사실을 알게 되는 때는 이미 시간이 별로 없다. 운명을 거스를 수 있는 것도, 운명을 바로잡을 수 있는 것도 짧은 혼돈의 순간에서뿐이다. 해가 뜨고, 해가 지는 것을 헛되이 넘기지 말라. 동방에서 온 운명의 사자들이여, 달이 차고 다시 차기 전에, 이미 모든 것은 결정되리라…….'"

현암은 이상하게 눈을 빛내면서 히에로글리프를 읽는 해밀턴의 모습을 보고 있었다. 그러다가 해밀턴이 읽기를 마치고 현암에게 눈을 돌리자 평정한 보통의 눈매로 돌아왔다.

"그걸 직접 읽으시는군요."

"별것 아니오. 나처럼 시간이 남아도는 지경에 처하면 뭐든 익히게 된다오. 한 사백 년 전쯤에 어느 유럽인 수도사에게 배웠지. 아주 박식한 사람이어서."

"그렇군요. 아무튼 달이 차고 다시 차기 전이라면…… 한 달 정도겠군요."

"그렇소. 태음력으로는 한 달이 조금 안 되지. 나는 한때 몹시 조바심을 냈소. 동방에서 온 운명의 사자. 나는 지난번에 승희라는 아가씨를 만난 이후 그녀가 혹시 운명의 사자인 것은 아닐까 생각했소. 그래서 이 내용을 『우사경』의 내용과 교환하려고 해 보았는데. 그녀가 거절했지. 뭐, 오히려 그렇게 된 것이 잘된 일이라고 생각하오. 그때 『우사경』의 내용을 내가 얻었더라면, 그 내용 또한 아하스 페르츠에게 넘어갔을 테니까. 그러나 이제 당신들이 이 내용을 보게 된 이상, 시간은 한 달 미만…… 그러니까 이십 일 정도 남았다고 보는 것이 좋소. 그러니 서둘러야 한다는 거요. 동방에서 온 운명의 사자여."

해밀턴이 간절한 눈빛으로 현암을 쳐다보았다. 그 눈빛을 보자 현암은 뭐라 더 말할 것이 떠오르지 않았다.

현암은 지금 복잡한 여러 가지를 한꺼번에 생각하고 있었다. 그러나 아직은…….

"흠."

"일단 시간이 없소. 아하스 페르츠가 내 계획을 알아내는 것도 시간문제요. 그가 일단 내 계획을 알게 된다면 언약궤는 더 깊숙이 감춰질 것이고, 라미드 우프닉스들도 본격적으로 위험해질 거요. 그가 행동하기 전에 처단하는 것만이 가장 빠르고도 확실한 길이오. 그러니 어서 갑시다. 에티오피아로."

해밀턴은 사정하듯 현암에게 말했다. 현암은 묵묵히 그의 이야기를 듣다가 대답했다.

"좋습니다. 그러나 가는 도중에라도 동료들에게 계속 연락을 취해야 합니다. 만약 연락이 되면 그들도 즉각 에티오피아로 실어다 주셔야 할 텐데요."

"문제없소. 그 정도의 일은 할 수 있소."

"그리고 동료들이 반대한다면 나도 어쩔 수 없습니다. 그건 분명히 말씀드리겠습니다."

"좋도록 하시오. 그러나 그렇게는 되지 않으리라 믿소. 아니, 그렇게 되지는 말아야겠지. 그러면 일단 오늘은 이만합시다. 조금 있다가 바로 공항으로 갑시다. 비행기를 준비시키겠소. 두세 시간이면 모든 준비가 될 거요."

"하지만 여권과 비자는……."

"금방 할 수 있소. 그런 것은 내게 맡기시오."

그러면서 해밀턴은 미소를 띠었지만 그 표정에는 걱정스러운 눈빛이 묻어 있었다. 현암의 얼굴에서도 무엇인지 종잡을 수 없는 야릇한 표정이 담겨 있었다.

현암은 좀 더 생각해 보다가 해밀턴에게 말을 건넸다.

"잠시만 밖에서 이야기 좀 나누겠습니다."

"좋을 대로 하시오."

"어떻게 할 작정이야?"

승희는 방을 나서는 현암을 붙잡고 물었다. 바이올렛과 백호는 어디로 떼어 놓았는지 보이지 않았다.

"조금 더 있다가. 비행기 안에서라도 어떻게든 연락을 취해 신부님과 상의해 본 다음에 이야기해 줄게."

"내가 알면 안 되는 거야?"

"그런 건 아니지만……."

말하면서 현암은 슬쩍 주변을 둘러보는 시늉을 했다. 누군가가 들을 것이 걱정되는 듯했다. 그것을 눈치챈 승희가 말했다.

"염려 마. 해밀턴 씨는 믿을 만한 사람 같아. 우리 주변 가까운 곳에는 아무도 없고, 독심술 같은 걸 할 줄 아는 것 같지도 않아. 해밀턴 씨 본인만 빼고는. 하지만 그도 그러지는 않을 거야. 그의 마음은…… 물론 그가 딴 데 신경을 쓴 사이 잠깐밖에 보지 못한 거지만, 모두 말은 구구절절이 진심에서 나온 것 같아."

"너도 그 안에서 한 이야기를 다 들었니?"

"물론! 내가 누군데?"

멋쩍은 듯이 승희가 씩 웃어 보였다. 현암은 승희에게 고개를 끄덕여 보였으나 그의 얼굴에는 아직도 뭔가 고민하는 표정이 어른거렸다.

"흠, 좌우간 아무리 그래도 너무 성급한 결정 아냐? 지금 당장 출발하자니……. 신부님 의견을 먼저 들은 다음에 출발해도 좋지 않을까?"

"안 돼. 당장 가야 할 이유가 있어."

"그게 뭔데?"

현암은 승희를 바라보며 입을 열었다.

"정말 우리 이야기를 듣는 사람이 아무도 없어? 무슨 기계 장치라도 있다면?"

"그거야 모르지만…… 설마……."

비로소 현암은 승희에게 작은 소리로 말했다.

"지금 생각하고는 있는데…… 아무래도 틀림없는 것 같아. 맞아, 그래……."

"무슨 소리야?"

"해밀턴 씨의 말에 이상한 부분이 있다는 거야."

"그게 뭔데?"

"그는 고대 이집트어인 히에로글리프를 줄줄 읽었어. 그리고 사백 년 전쯤 그걸 배웠다고 했지?"

"그게 뭐? 어! 그러고 보니……."

고고학을 배운 바 있는 승희도 그 말을 듣자 뭔가 감이 잡히는 것 같았다. 현암이 말을 이었다.

"그래. 나는 유식하진 않지만 그건 알고 있어. 히에로글리프는 오래전에 잊힌 언어가 됐다가, 샹폴리옹이 최초로 해독했어. 오래돼야 이백 년 정도 전의 이야기일 거야. 그러나 사백 년 전이라면…… 지구상의 누구도, 이집트인들조차 히에로글리프를 해독할 줄 모르던 때였어. 그러니 해밀턴 씨가 그때 그걸 배운 건 아닐 거야. 안 그래?"

"그러면?"

"그러니까 요즘 배웠을 리도 없다는 거야. 그렇다면 그렇다고 이야기했을 테니까."

"해밀턴 씨가 착각한 것 아냐?"

"이백 년은 착각하기엔 너무 긴 시간이야. 더군다나 그는 유럽인 수도사에게 그걸 배웠다고 했어. 사백 년 전에 히에로글리프를 읽을 줄 아는 유럽인 수도사가 존재할 리 없어."

"흠."

승희는 현암의 심각함이 이해되지 않는 듯한 표정이었다.

"그렇다면 해밀턴 씨가 거짓말했다는 거야? 거짓말하는 것 같지는 않던데."

"우리를 속이려고 거짓말하는 것만은 아닐 거야. 나는 해밀턴 씨가 뭔가 우리에게 말할 수 없는 비밀을 가지고 있는 거라고 생각해. 그래서 사실을 밝힐 수 없는 거지."

"비약이 좀 심한 것 아냐?"

"아니, 절대로."

현암의 눈이 형형하게 빛나고 있었다.

"승희야, 너에게 부탁할 것이 하나 있어."

"그게 뭔데?"

"만약 신부님과 연락이 닿지 않으면 너는 당장 서울로 돌아가."

"엥? 그게 무슨 소리야? 그럼, 현암 군 혼자 가겠다는 소리야?"

"아냐. 그건 아니지만. 신부님이 꼭 필요할 것 같아. 준후의 힘도 필요할 것 같고. 그러니 네가 신부님과 준후를 꼭 찾아 줘. 그래서 에티오피아에서 만나자고."

"영어도 잘 못하면서 무슨……!"

"나는 백호 씨와 동행하면 되니까 염려 말아. 어쨌거나 내 생각이 맞다면 이번 일은 정말 힘겨운 일이 될 거야. 그러려면 신부님하고 준후의 힘도 꼭 필요한데, 준후는 서울에 있고 연락도 안 되잖아. 안 그래?"

"흠. 그렇지만……."

"그냥 속 편하게 전화나 하고 기다리기만 하는 것보다는 직접 찾아보는 게 더 빠를 거야."

"내가 안 가도 연희 언니나 준호한테라도 부탁하면 되잖아."

"준후가 어딘가 처박혀 버렸으면 그 사람들이 어떻게 찾아? 사람 찾는 데는 네가 최고일 거 아냐?"

"어…… 하지만……."

"난 진심으로 부탁하는 거야. 응, 어때?"

현암이 정색을 하고 말하자 승희는 거절할 수가 없었다. 하지만 승희는 현암이 왠지 모르게 자신을 떼어 놓으려는 것 같다는 느낌을 받았다. 물론 투시한 것은 아니었지만 느낌이 그랬다.

현암의 얼굴은 진지했다. 그런 표정의 현암에게는 지는 수밖에 없다는 것을 승희는 진작부터 잘 알고 있었다.

"알았어. 그럼 신부님이랑 준후랑 연락 닿는 대로 곧바로 올 테니까, 연락 자주 해. 알았어?"

"그래."

현암은 승희와 함께 해밀턴에게 돌아갔다.

승희는 해밀턴에게 동료들을 찾아야 하기 때문에 자신은 같이 가지 못한다고 말했다. 해밀턴은 조금 걱정스러운 얼굴이었지만 아무 말도 하지 않았다. 그러고는 속히 출발하자고 재촉했다. 너무 서두르는 것이 아닌가 싶었지만 별수 없었다.

마지막으로 현암은 바이올렛에게 성난큰곰과 연락을 취해 보라고 당부한 다음 백호에게는 같이 갈 것을 부탁했다. 백호는 좀 얼떨떨한 기분이었지만 언제나처럼 쾌히 응낙했다. 언어도 서툴고 여권 등등의 준비도 되지 않은 현암에게 백호와의 동행은 필수적이었다. 사실 현암에게는 다른 속셈이 있었지만.

대강 준비가 끝나고 출발할 때가 되자 해밀턴은 한 사람을 불러와 현암에게 소개했다.

"우리와 같이 가 주실 분이오. 도움이 될 겁니다."

승희는 그 사람의 얼굴을 보고 "앗!" 하며 소리를 냈다. 그 사람도 승희를 보고는 야릇하게 미소를 지어 보였다. 이전에 승희와 한 번 만난 적이 있는 사람이었다. 지난번 키건과 대결했던 우 사부였다.

"당신이 어떻게……?"

우 사부는 싱긋 웃었다.

"우선 인사부터 합시다. 나는 우포우라고 합니다. 그냥 우라고 불러 주시오."

우 사부가 자기소개를 끝내자 해밀턴이 나섰다.

"그렇지. 지난번에 키건과 우 사부는 한 번 겨뤄 본 일이 있었는데 그때 아가씨도 옆에 있었지. 그때는 서로의 입장이 달랐지만, 지금 나는 우 사부와 손을 잡았소. 우 사부는 대단한 분이시오. 통배권의 대가이고, 소림 무술에도 일가견이 있으시오. 이쪽은 한국에서 오신 미스터 현암. 지금껏 내가 본 사람 중 가장 강한 분이오."

우 사부는 현암의 위아래를 한 번 쓱 훑어보더니 현암의 얼굴을 유심히 쳐다보았다. 우 사부의 시선은 현암의 관자놀이 부근에 가 있었다. 순간 현암은 이자가 내 내공을 판단해 보려 하는구나, 생각하고 속으로 쓴웃음을 지었다.

현암은 겉으로 보기에 그렇게까지 건장해 보이는 타입이 아니었다. 그러면 상대가 당연히 내공이 있는가 살피려 할 텐데, 원래 내공을 정순하게 익힌 사람은 관자놀이 부근의 태양혈이 미미하게 튀어나오기 마련이었다. 그러나 현암은 아직 상단전이 막혀 있어 기혈의 유통이 자유롭지 않기 때문에, 지금 세상에서는 비길 자가 없는 공력을 지니고 있지만, 단순히 현암의 얼굴 상태를 보고는 전혀 알 수 없을 터였다.

현암을 살핀 우 사부는 냉소를 짓더니 해밀턴에게 뭐라고 속삭였다. 해밀턴은 고개를 저어 보였지만 우 사부는 계속 차갑게 웃으면서 역시 고개를 저었다. 아마도 현암이 전혀 강하지 않으며, 해밀턴이 속았다고 보는 모양이었다.

그 건방진 표정이 마음에 들지 않아, 현암은 속으로 혼을 좀 내줄까 생각해 보았다.

'아냐……. 관두자. 공연히 힘자랑할 일 있나.'

그러나 뒤에 서 있던 승희는 현암과 비슷한 생각을 했는지, 현암의 등을 툭 치면서 소곤거렸다.

"혼 좀 내줘."

마침 우 사부가 여전히 뒤틀린 미소를 지으면서 현암에게 악수를 청했다. 처음에 현암은 손을 내밀지 않으려 했으나 우 사부가 비아냥거리듯 말했다.

"악수를 하자는데 거절하시는 겁니까?"

할 수 없이 현암은 우 사부의 손을 살짝 잡았다. 그러자 우 사부가 서서히 공력을 가해 오는 것이 느껴졌다. 처음에 현암은 저항하지 않고 그대로 있었다. 그러나 우 사부는 현암이 저항하지 않는데도 점점 공력을 가해, 그냥 두었다가는 뼈가 부러질 것 같았다.

'뭐 이런 자가 다 있나! 조용히 넘어가려고 했는데 안 되겠다.'

현암은 약간 공력을 가해 우 사부가 누르는 힘에 저항했다. 그러자 우 사부는 더더욱 강한 공력을 가해 왔다. 이 정도라면 우 사부도 이십 년 이상의 공력을 지닌 듯했다.

'그 정도 수련을 했으면서, 인간성은 이 정도밖에 안 되나?'

현암은 화가 났지만 그래도 꾹 참으면서 우 사부가 가하는 힘에 대항할 정도의 공력만 쏟았다. 우 사부의 공력은 꾸준히 증가하다가 마침내 한계에 달했는지 멈추어졌는데 다음 순간, 우 사부의 공력이 날카롭게 현암의 팔 속으로 뚫고 들어오려는 것이 느껴졌다. 공력이 침투당하면 상당히 큰 타격을 입기 때문에 현암은 깜짝 놀라 공력을 모으면서 입술을 깨물었다.

'이런 지독한 놈이 있나? 다짜고짜로 이런 위험한 짓을……!'

마침내 현암은 화가 나서 육성(六成)의 공력을 모아 한꺼번에 우 사부의 공력과 부딪혔다. 다음 순간, 우 사부의 몸이 서 있던 자세에서 허공을 날아 저만치 뒷벽에 쾅 소리를 내며 부딪치고 말았다.

"어머머? 뭐 하시는 걸까요?"

승희는 억지로 웃음을 참고 난 뒤 일부러 시치미를 떼며 조롱하듯 말했다. 해밀턴은 공력이 어떤 것인지 잘 모르는 듯, 어리둥절한 눈으로 현암과 우 사부를 번갈아 보았다. 현암은 약간 침울하기는 했지만 표정도 별로 변하지 않고 그대로 서 있었다.

넘어졌던 우 사부가 얼굴이 벌겋게 돼 급히 일어서서는 현암의 손을 마주 잡으며 말했다.

"실례했소이다! 무례를 범한 것은 알지만 그렇지 않고서는 당신의 힘을 알아볼 길이 없어서……."

현암은 대답하지 않고 조용히 있었다. 우 사부는 다시 서둘러 변명하듯 말을 이었다.

"이번 일은 대단히 위험한 일입니다. 그러니 약한 사람과 동행할 수는 없어서……."

그러면서 우 사부는 급히 해밀턴에게 말을 건넸다.

"염려 마십시오. 이분이 이 정도라면 걱정 없을 겁니다. 사부님과도 비슷…… 아니, 어쩌면 더 나을 듯합니다."

보아하니 우 사부는 아무래도 현암의 능력을 보고 싶어 현암을 일부러 화나게 만든 것이지, 원래 성격이 거만해서 그런 것은 아닌 듯싶었다. 하지만 아무리 그렇더라도 힘을 과시한다는 것은 현암으로서는 썩 마음에 들지 않는 행동이었다.

현암이 능청스럽게 입을 열었다.

"무슨 소리입니까? 내가 뭘 어쨌다고요? 왜 넘어지셨습니까? 전 뭐가 뭔지 하나도 모르겠습니다."

자기보다 강한 공력에 의해 뒤로 날아갈 정도라면, 넘어져서가 아니라 공력의 반탄력 때문에 잠시 잘 움직이지 못하는 법이다. 그것은 참을성의 문제가 아니었다. 그러나 방을 나서는 우 사부의 걸음걸이는 매우 자연스러웠고, 공력의 반탄력에 의한 고통 같은 것도 없어 보였다.

'그렇다면 자기 능력을 감추고 있나? 단지 내 능력을 보기 위해서만이라면 그럴 필요는 없을 텐데.'

현암은 왠지 모르게 석연치 않은 느낌이었다. 더욱이 우 사부와 함께 동행해야 한다는 사실에 조금은 마음이 껄끄러웠다. 우 사부의 속셈이 무엇인지 알기 어려웠기 때문이다.

드디어 출발하기 직전, 승희는 현암에게 싱긋 웃어 보이면서 뭔가를 손에 쥐여 주었다. 오랫동안 사용하지 않았던 세크메트의 눈이었다.

"이거…… 네가 가지고 있었어?"

"아, 나머지 하나는 아직 연희 언니가 가지고 있을 거야. 나는 돌아가서 연희 언니에게 받으면 돼."

"그게 뭡니까?"

마침 옆에 있던 우 사부가 물었다.

"아, 행운의 마스코트죠."

승희가 대수롭지 않다는 듯이 대꾸하자 우 사부는 아무 말도 하지 않았다. 승희는 현암과 백호만 보내는 것이 아무래도 마음에 걸리는지, 공항까지 같이 가자고 했다.

해밀턴의 비서인지 누구인지가 승희의 비행기표까지 준비해 두고 있었으니 공항까지는 같이 가도 될 듯했다. 차 안에는 주위 사람들 때문에 많은 이야기를 나눌 수가 없어 승희는 현암에게 당부하듯 짧게 말했다.

"조심해. 무조건 돌격하지 말고. 알았어?"

"그래."

마침내 현암은 승희와 헤어져 해밀턴의 조그마한 자가용 비행기에 올랐다. 비행기 크기에 맞는 작은 트랩을 오를 때, 저만치 승희가 탈 커다란 여객기가 보였다. 그것을 보며 현암은 속으로 중얼거렸다. 아직 확신할 수는 없었지만, 만약 자신의 생각이 맞다면 이번에는 어쩌면 영원히 돌아오지 못할지도 몰랐다.

'만약 내가 돌아가지 못해도. 잘해 줘. 알았지? 승희야······.'

현암은 청홍검과 월향검이 든 골프 가방 끈을 고쳐 매고 비행기 안으로 들어섰다.

에티오피아로

비행기는 작았지만 안이 잘 꾸며져 있었다. 충분히 휴식을 취할 수 있도록 만들어졌지만, 현암은 눈을 붙일 수 없었다. 동행자는 비행기 조종사를 제외하고 모두 여섯 명이었다. 현암, 백호, 해밀턴, 마하딥, 시퀠―현암과 겨루었던 아랍인 같아 보이는 남자의 이름이 시퀠이라 했다. 그는 아랍인처럼 보였지만, 사실은 유럽인이었다― 그리고 우 사부였다.

우 사부는 뭔지 알 수 없는 대단히 큰 짐을 가지고 있어서, 그것을 비행기 화물칸에 싣느라 이륙이 조금 지연됐다. 비행기가 이륙 준비를 하는 동안 해밀턴은 아하스 페르츠와 자신에 대한 이런저런 이야기를 들려주었다.

마하딥과 시퀠은 잠자코 있었지만, 우 사부는 해밀턴과 꽤 많은 이야기를 나누었다. 현암도 이야기를 듣기만 하는 것이 지루해 백호와 이야기를 나누려 했으나 백호는 피곤한지 깊은 잠에 빠져 있었다.

할 수 없이 현암은 짧은 영어를 해 가면서 해밀턴, 우 사부와 이야기를 나누었다. 우 사부는 해밀턴의 과거에 대해 이것저것 물어보는 것 같았고, 해밀턴은 주로 아하스 페르츠의 무서움과 그가 없어져야 하는 당위성에 대해 이야기했다. 문득 현암은 자신이 해밀턴에게 하고 싶은 질문을 우 사부가 계속하고 있다는 느낌을 받았다.

'우연일까? 아니면 우 사부도 나와 똑같은 생각을 하는 것은 아닐까?'

현암은 어떻게 할 것인가 망설이며 계속 깊은 생각에 잠겼다. 만약 자신이 추측한 것이 사실이라면 어떻게 해야 할까? 그런 생각을 하다가 현암도 깜박 잠이 들었다. 이상하게도 졸음이 와 견딜 수가 없었다.

현암은 이상한 꿈을 꾸었다. 주변은 마치 지옥 같아 보였다. 불덩이가 이글거리며 용암이 흘렀다. 그리고 그 위에 돌로 만든, 허물어져 가는 작은 외길이 보였다. 현암은 그 위를 달려갔다. 그냥 있으면 돌이 녹아 용암에 빠질 것 같았기 때문이다. 용암이 간혹 가다가 위로 솟구치면서 붉은색의 불덩어리를 허공으로 흩날렸다. 어떤 것은 사람의 모습 같아 보이기도 했다.

한참 달리다 보니, 현암은 지금 자신이 혼자가 아니라는 사실을 깨달았다. 여러 사람이 현암의 어깨 위에 있었다. 고개를 돌려 세어 보려 했지만, 어깨에 올라탄 사람이 너무도 많아 수를 헤아릴 수 없을 지경이었다. 달리다 보니, 자신의 양옆으로도 사람들이 달리고 있었다. 그러나 대부분의 사람은 달리다가 발을 헛디뎌 용암에 빠졌다.

현암은 그들을 구해 보려고 손을 내밀려 했으나 갑자기 어깨가 무거워져 발을 옮길 수 없었다. 그리고 어깨 위의 사람들이 한꺼번에 떠들어 대기 시작했다.

빨리 뛰어. 빨리!

더 빨리!

더 빨리!

수십 개, 수백 개의 손들이 내려와 현암의 머리와 얼굴을 때리면서 채찍질했다. 손들이 앞을 가려서 뛰기가 힘들었다.

현암은 커다랗게 소리를 질렀다.

"열심히 뛰고 있잖아! 건드리지 마!"

그때 준후가 현암의 옆으로 다가와 미소를 지으면서 천으로 덮은 뭔가를 내밀었다. 현암은 목이 마르던 참이라 그것을 받아서 들었다. 그런데 천을 벗기고 보니, 그것은 박 신부의 얼굴이었다. 현암은 깜짝 놀라 뒤로 넘어질 뻔했다. 그때 박 신부의 머리가 말했다.

현암 군, 침착하게.

그때 준후가 웃으면서 갑자기 얼굴을 찢더니 뒤로 팽개쳤다. 그 안에는 생전 본 적이 없는 여자의 얼굴이 들어 있었다. 그때 누군가가 어깨를 탁 치는 바람에 현암은 기겁해서 뒤를 돌아보았다. 거기에는 동생 현아가 서 있었다.

오빠, 조심해. 등 뒤는 벼랑이야.

현암이 깜짝 놀라서 보니 자신은 막 용암에 빠지려 하고 있었다. 중심을 잡으려고 허우적거렸으나 잘 되지 않았다. 그때 여자 얼굴을 한 준후가 다가와 손을 내밀었다. 그리고 이내 준후의 얼굴은 원래대로 돌아와 있었다.

현암은 그 손을 잡았다. 그러나 그 손은 뼈를 드러내면서 쑥 빠져나오고 말았다. 현암은 놀라서 비명을 질렀다. 현암은 벼랑에서 떨어져 지글지글 타오르는 용암에 빠져 버렸다. 용암 속으로 가라앉는 순간 박 신부의 머리가 다시 말했다.

현암 군, 여기가 지옥일세.

용암에 몸이 타들어 가는데, 승희와 연희가 옆에 있는 것이 보였다. 둘 중 누구를 구해야 할까, 잠깐 생각하다가 현암은 승희와 연희를 각각 오른손과 왼손에 잡고 있는 힘을 다해 용암 밖으로 내던졌다. 그때 귓전에 현아의 목소리가 들려왔다.

오빠, 아직 아냐. 아직 때가 아냐.

현암은 놀라서 번쩍 눈을 떴다. 그러자 옆에서 백호가 미소를 지으며 현암에게 물 한 잔을 건넸다.

"잘 쉬셨나요?"

현암은 그저 눈짓으로 한 번 인사를 하고 물을 받아 마셨다. 기분이 묘했다. 현아를 꿈속에서 본 것은 참으로 오랜만이었다.

그때 백호가 현암에게 말했다.

"아주 잘 주무시더군요."

"내가 얼마나 잤죠?"

"글쎄요. 나도 잠들었는데. 깨어 보니 주무시더군요. 그나저나 시간이 참 빠릅니다."

"그래요?"

현암은 대답하면서 건성으로 창밖을 내다보고는 비행기 내에 걸린 시계를 보았다. 금방 잠들었던 것 같은데, 출발한 지 열 시간 가까이 지나 있었다. 미국에서 에티오피아까지 직행으로 갔으니 얼마 지나지 않아 도착할 것이었다.

'승희는 서울에 도착했겠군.'

현암은 승희가 주고 간 세크메트의 눈을 들어 보았다. 그러나 아직은 반응이 없었다.

현암의 추측대로 승희는 서울로 돌아가 있었다. 연속으로 열 시간이 넘게 걸리는 비행기를 탄 다음이라 시차 때문에 몹시 피곤했지만 승희는 곧장 연희를 찾아갔다. 연희는 준호, 아라, 수아와 함께 병원에서 쉬고 있다가 승희의 목소리를 듣자 반가워서 눈물을 다 흘렸다. 승희는 연희가 집에도, 아지트에도 없자 연희를 찾아 수소문하느라 조금 고생하고 난 뒤였다.

승희는 곧장 연희 일행이 입원한 병원으로 달려갔고, 현암이 비행기 안에서 세크메트의 눈을 손에 쥐고 있을 무렵에는 연희 등이 겪었던 기막힌 사건에 대해 이야기를 듣는 중이었다.

그때 박 신부는 아직 돌아오기 전이었으며 —돌아오는 비행기를 탈 시간쯤이었다— 준후의 행방을 도대체 알 수가 없었기에 승희가 달리 할 일은 없었다.

승희는 연희가 보관하고 있던 세크메트의 눈을 얻어 교신을 시도했지만 그때는 공교롭게도 현암이 막 세크메트의 눈에서 손을 뗀 참이라 이쪽의 상황을 전달하지 못하고 말았다. 그러고 난 뒤에 승희는 예기치 못한 상황에 맞부딪쳐 잠시 현암과 연락을 취할 수 없게 됐다.

고대 에티오파이의 수도 악숨은 때마침 축제 기간이었다. 예전에 아프리카에 한 번 와 본 적은 있지만, 그곳의 풍습을 잘 모르는 현암으로서는 얼떨떨할 따름이었다. 호텔로 가는 길목에서도 축제 행렬과 자주 마주치곤 했다. 악숨에서 열리는 축제는 대부분 종교적인 것이었는데, 많은 사람이 머리에 흰 천이나 갖가지 천으로 둘러싼 넓적한 판을 이고 행렬하는 광경이 현암의 눈에 들어왔다.

"저게 뭡니까? 머리에 인 것이……?"

현암이 앞자리에 앉은 해밀턴에게 물었다. 현암 일행은 두 대의 차에 나누어 타고 있었는데 해밀턴과 현암, 백호가 한 차를 타고, 우 사부와 마하딥, 시켈이 또 다른 차를 타고 이동하는 중이었다.

"타보트요."

"예?"

"정확하게 말하자면, 저들이 타보트라고 믿고 있는 석판들이오. 악숨에만 이만 개에 달하는 교회가 있고, 그 하나하나는 모두 자신들의 교회가 타보트를 간직하고 있다고 주장하지. 그래서 이 축제 행렬 기간 동안 모든 교회에서 타보트를 이고 나오는 것이오."

"그러나…… 타보트는 만지면 누구나 죽게 된다는 물건인데…… 에티오피아 사람들도 그런 이야기는 잘 알고 있을 것 아닙니까?"

"모든 사람을 죽게 하는 것은 아니오. 물론 아론의 두 아들이나 많은 사람이 언약궤를 만지기는커녕 언약궤에 접근했다가 죽은 기록이 있는 것은 사실이오. 그러나 신앙심이 깊고 올바른 사람은 죽지 않는다고 전해지오. 그래서 저들은 자신들의 신앙심을 증명하기 위해 타보트를 이고 행진하는 거요."

백호가 물었다.

"악숨에만 이만 개의 교회가 있다고 하셨는데, 그렇다면 악숨에 이만 명 이상의 진실한 마음을 지닌 성직자가 있다는 뜻입니까?"

"물론 여기 나온 타보트가 진짜일 리는 없소. 그런 중요하고도 위험한 성물을 행진에 사용하지는 않겠지. 그러나 이곳 사람들의 신앙심만은 무시하면 안 되오. 에티오피아는 아주 오래전부터 회교도 국가에 둘러싸여 있으면서도 기독교 신앙을 고수해 왔소. 그리고 이곳에서 종교의 중요성은 문명이 발달한 서구보다 훨씬 높소. 더구나 회교는 기독교와 사이가 지극히 나쁘지. 그런 상황에서 이리 오랜 세월 동안 신앙을 지킨다는 것이 얼마나 힘든지는 짐작할 수 있을 거요. 그러니 많은 사람이 깊은 신앙심을 가지고 있는 것만은 틀림없소. 현실적인 구복(求福)이나 자신의 목적을 위한 거짓 신앙심이 아니라 진실에 보다 가까운 신앙심 말이오."

해밀턴이 숨을 고르는 사이에 현암이 물었다.

"성당 기사단의 본부가 에티오피아에 있다는 것도 그런 신앙심에 보호를 받기 위해서인가요?"

"여기까지 왔으니 다 말해 드리겠소. 사실 성당 기사단의 본부가 이곳으로 옮겨진 것은 그리 오래전의 일이 아니오. 당신이 말한 이유보다는 다른 이유 때문에 급히 이곳으로 옮겼다고 보는 편이 좋겠지."

"그렇다면 언약궤…… 아니, 타보트 때문에?"

"그렇소. 진실한 타보트가 발견된 이후, 성당 기사단은 그것을 얻으려 했소. 그러나 얻을 수 없었소. 그래서 성당 기사단은 타보트가 있는 곳으로 본부를 옮긴 거요. 그렇게 함으로써 성당 기사단의 본부에 타보트가 있게 된 것이고."

"본부를요?"

"그렇소. 내가 설명하는 것보다 나중에 들어가 보면 더 간단히 알 수 있을 거요."

"타보트가 발견됐을 때 아하스 페르츠는 어떤 조치를 취했습니까? 듣기로 아하스 페르츠는 타보트를 꺼린 것 같은데. 혹시 파괴하거나 사람들 손이 닿지 않는 곳에 다시 감춘 건 아닐까요?"

"타보트는 아하스 페르츠가 파괴할 수 없소."

"왜 그렇죠?"

"나중에 보면 알게 될 것이오."

현암과 해밀턴의 대화를 듣고 있던 백호가 끼어들었다.

"혹시 아하스 페르츠가 우리를 방해하려고 어떤 수단을 부리지는 않을까요? 만약 당신이 말한 대로 아하스 페르츠가 정말로 막강한 자라면, 그리고 무시무시한 주술력을 지니고 있다면 우리가 타보트를 얻으러 올 것이라는 사실을 알지도 모르잖습니까? 나는 물론 현암 씨를 믿고, 성당 기사단의 여섯 기사가 큰 문제가 되지 않을 것이라 봅니다만, 아하스 페르츠가 직접 온다면……."

"그렇지는 못하오."

"어떻게 확신합니까?"

"아하스 페르츠는 지금 다른 곳에 있고, 꼼짝할 수도 없소. 만약 아하스 페르츠가 이곳에 나타날 수 있었다면 아예 여기에 올 마음 같은 것은 먹지도 않았을 거요. 기다리는 것은 죽음뿐일 테니."

"그렇다면 그는 어디에 있죠?"

"모든 것을 알 수는 없지 않소? 좌우간 내 말은 믿어도 좋소. 나도 그를 두려워하오. 그러나 다른 것은 몰라도 나는 절대로 아하스 페르츠를 피할 자신이 있소……."

해밀턴은 중얼거리다가 현암을 쳐다보며 말했다.

"당신 친구들과 연락해야 하지 않겠소? 그들이 금방 도착했으면 좋겠는데……."

"곧 연락을 취해 보도록 하겠습니다."

그 말에 해밀턴이 고개를 끄덕였다.

"아마 오늘과 내일 정도는 우리도 움직이기 어려울 거요. 나나 마하딥 등은 성당 기사단 사람들이 잘 아는 처지니 섣불리 움직일 수 없고, 당신과 당신 친구들이 본부 주변을 살펴서 작전을 세울 시간이 필요할 테니 말이오. 그때까지는 도착해 주면 좋겠는데……. 이틀이 넘게 지나면 일이 힘들어질 거요."

"왜 그렇죠?"

"이틀이 더 지나면 이곳 축제가 끝나는데, 축제가 끝나면 그곳으로 들어가기가 대단히 어려워지기 때문이오. 성당 기사단의 본부는 성소 중 하나에 입구가 있는데, 그 성소는 축제 기간에만 외부인들에게 개방되기 때문이오."

해밀턴이 말하자 현암이 이해되지 않는다는 듯이 되받았다.

"그러나 성소가 외부인에게 개방된다면 오히려 그동안에 경계가 더 강화될 것이 아닙니까? 성소를 통과하는 일은 성당 기사단 본부를 통과하는 것에 비하면 그렇게까지 어려울 것 같지 않은데요?"

"글쎄, 그럴까?"

해밀턴은 현암의 주장이 별로 마음에 들지 않았는지 고개를 갸웃거렸다. 그러다가 뭔가 한참 생각해 보더니 천천히 입을 열었다.

"사실 나는 불안하오. 하루라도, 한시라도 빨리 이 일을 진행하지 않으면 뭔가 잘못될 것 같소. 나는 솔직히 아하스 페르츠의 능력을 과소평가할 생각이 없소. 내가 알고 있고 꾸미는 모든 계획은 아하스 페르츠 본인도 알고 있다고 보는 편이 마음 편하오. 그렇다면…… 그자는 내가 타보트에 손을 뻗칠 것을 눈치채고 어떤 조치를 취할지도 모르오. 토트의 예언이나 여러 가지로 미뤄 볼 때 시간이 얼마 남지 않은 것도 사실이지만, 무엇보다도 내 마음이 급한 거요."

"아하스 페르츠는 이곳에 나타나지 않을 거라면서요?"

"그러나 그에겐 많은 부하가 있소. 그가 어떤 일을 꾸밀지는 귀신도 알 수 없을 거요. 그래서 불안하오…….”

그때 백호가 나섰다.

"해밀턴 씨, 그런데 나는 한 가지 의심이 듭니다. 당신은 우리가 찾는 것이 어떤 물건인지 아시죠?"

"알고 있소. 메소포타미아에서 나온 예언석 아니오?"

"그렇습니다. 물론 타보트만은 못 하겠지만, 그 예언석도 상당히 중요한 물건이라 여겨집니다. 그것은 아하스 페르츠에게도 마찬가지겠지요. 그런데 그 예언석은 타보트같이 신비한 힘을 지닌 물건이 아닙니다. 크기도 작고요. 만약 아하스 페르츠가 그 예언석을 지니고 있다면, 그것들을 성당 기사단 본부에 두지 않고 자신이 가지고 있을지도 모른다고 여겨집니다만."

백호의 말에 해밀턴은 고개를 끄덕이며 대답했다.

"그러니까 당신이 애를 써도 성과가 없을까 봐 걱정된다는 거요?"

"그렇습니다."

"그런 염려는 마시오. 물론 당신의 주장은 아주 타당하오. 그러나 나는 부하를 통해 성당 기사단의 본부에 메소포타미아의 예언석이 분명 있다는 것을 확인했소."

"그렇다면 아하스 페르츠는 그 중요한 타보트도, 예언석도 다 본부에 버려두고 어딜 갔다는 겁니까? 그가 돌아오지 않는다는 보장은 어디에 있지요?"

"나는 알 수 있는 방법이 있소."

"혹시…… 당신……."

백호의 눈매가 조금 사나워지자 현암은 헛기침을 한 번 하면서 백호의 옆구리를 슬쩍 찔렀다. 그러자 백호는 입을 다물었지만 해밀턴은 깊은 한숨을 내쉬었다.

"그렇게 의심하더라도 나에게는 할 말이 없소. 그러나 나를 믿어 주시오. 나도 그 말밖에는 할 수 없구려……."

승희는 연희와 아라, 준호 등이 입원한 병원에 있느라 현암과 연락조차 취하지 못한 채 하루가 훌쩍 보내고 말았다. 더구나 아프리카와는 시차가 좀 나는데, 그 시차가 교묘하게 작용해 연락되지 않았다. 그러자 현암은 조금 초조해졌다.

초조해지기는 해밀턴도 마찬가지일 것 같았다. 그가 왜 이렇게 서두르는지는 알 수 없었지만, 마하딥이나 시퀠의 행동을 보니 그들 또한 뭔가 알고 있는 것 같았다. 하지만 그들은 다른 말에는 잘 답하면서도 해밀턴의 일에 관한 것에는 입을 조개처럼 꼭 다물고 함구로 일관했다.

백호도 초조하기는 마찬가지라 박 신부나 준후와 따로 연락을 취하려 했으나 역시 연결되지 않았다.

"무슨 일이 생긴 게 아닐까요?"

백호가 걱정스럽게 물었지만 현암은 너무 걱정하지 말라고 안심시켰다.

"신부님이나 준후나, 모두 보통은 아니니 너무 걱정하진 마세요."

그때 백호가 약간 의외의 말을 꺼냈다.

"조금 걸리는 것이 있어서요. 준후가 통 연락이 안 된다니······."

"왜 그러시는데요?"

현암이 묻자 백호는 떨떠름한 얼굴로 대답했다.

"준후가 전에 비자를 받아 달라고 저한테 따로 부탁한 적이 있어요."

"어디 비자를요?"

"그게······ 중국과 인도입니다. 그러면서 별거 아니지만 만약의 사태를 위해 그런 것이라고 하더군요. 저는 준후가 하는 일이니 믿고 그러려니 했는데. 현암 씨도 몰랐나요?"

"예. 몰랐습니다."

현암은 솔직히 놀라웠다. 인도에서 로파무드의 편지가 오기는 했지만 준후가 무슨 이유로 혼자서 중국과 인도에 가야 한단 말인가? 혹시 준후가 뛰쳐나간 것이 그 나라들에 가서 뭔가 해야 할 일이 있기 때문이었단 말인가?

"어느, 어느 나란지 기억하십니까?"

"사실 많은 나라를 부탁하는 것 같았습니다만 준후가 잘 몰라서 그랬을 뿐, 많은 나라들 대부분이 비자가 필요 없지요. 제가 들은 것이 중국과 인도였는데 그 외에도 몇 나라 더 있는 것 같았어요. 허나 실제로 비자를 내준 건 인도 정도입니다만."

"흠······."

현암은 몹시 의아해졌다. 그러나 고심해 보자니, 아무래도 여기서 시간을 오래 끌어 봤자 좋을 게 없다는 결론에 도달했다.

박 신부는 아직 도착하지 않았다 치더라도 준후와 연락이 끊긴 것도 마음에 걸렸고, 승희와 연락이 안 되는 것도 수상했다. 더구나 연락된다 해도 그들이 이곳에 도착하려면 적어도 이틀은 걸릴 것 같았다. 그렇다면 시간을 끄느니 하루라도 빨리 이곳 일을 처리하고 돌아가는 편이 낫겠다고 현암은 생각했다.

　성당 기사단의 기사들을 상대하는 것이 조금 어렵더라도 마하딥, 시켈 등도 성당 기사단의 기사들이었다. 우 사부도 키건과 대등하게 싸운 적이 있다고 들었으니, 만약 남은 기사 여섯 명이 모두 있다고 해도 자신은 세 명만 맡으면 될 것 같았다. 직접 겨뤄본 적은 없지만 승희나 성난큰곰의 이야기로 볼 때 청홍검이나 월향검을 잘 사용한다면 세 명 정도야 어떻게든 될 것 같았다.

　현암이 그런 뜻을 해밀턴에게 전하자 해밀턴은 몹시 기뻐하면서 그렇게 하자고 동의했다. 그러면서도 해밀턴은 마음이 몹시 급한 듯 허둥지둥하는 기색마저 엿보였다. 원래 해밀턴과 마하딥 등은 발각될까 봐 같이 가지 않으려 했으나, 해밀턴은 무슨 이유에서인지 방침을 바꿔 같이 가기로 마음먹은 듯했다.

　현암은 원래 백호를 동행시키지 않으려 했는데 백호가 한 사람이라도 더 손이 필요할 것이라고 우겨서 결국 같이 가기로 결정했다.

　여섯 사람은 호텔 방에 모여 해밀턴이 준비한 지도를 펼쳐 놓고 계획을 짜기 시작했다. 그 지도는 정밀한 지도를 손으로 베껴 그린 것 같았는데, 그중 다소 외딴곳에 있는 어느 건물을 가리키면서 해밀턴이 말했다.

"여기가 타보트가 보존된 성소요. 악숨에는 수많은 성소가 있고, 저마다 자신들이 지닌 타보트가 진짜라고 믿고 있소. 여기 있는 성소는 다른 곳과 다를 게 없지만, 타보트는 독실한 신앙심을 가진 수도사들이 지키고 있소. 그리고 여기 수도사들은 자신만이 진짜 타보트를 지키고 있다고들 알고 있소. 그러나 실제로는, 그 수도사들이 지키고 있는 타보트 역시 가짜요."

"예?"

"타보트의 보존은 지극히 엄중하게 처리된 일이었소. 즉 이곳에는 가짜 타보트와 진짜 타보트가 모두 있다는 거요. 수도사와 성소의 사람들은 물론 목숨을 걸고 타보트를 지키겠지만, 그 타보트는 수천 년 전에 만들어진 가짜요. 그리고 그 타보트가 봉헌된 단상 밑에 비밀 통로가 있고, 깊숙한 지하 동굴이 있소. 그 사실은 수석 수도사만이 알고 있소."

"그곳에 진짜 타보트가 있나요?"

"아니오."

"예?"

"그곳에서는 수백 년 전에 설치된 각종 장치가 타보트를 보호하고 있소. 수석 수도사가 그 장치들을 계속 점검하지. 수천 년 전부터 그래 왔고 말이오. 그러나 그 타보트 역시 가짜요. 지하에 봉안된 타보트의 단상 밑에 제2의 비밀 통로가 있고, 진짜 타보트는 그 안에 잠들어 있소. 그러니 아무도, 타보트를 지키는 사람들조차 진짜 타보트가 있다는 것을 모르고 있는 거요. 만약 주술력과 첨단 과학을 동시에 사용하지 않았다면 진짜 타보트가 있다는 것을 결코 알 수 없었을 거요. 수천 년 전에 설치된 교묘한 함정이지."

현암과 백호 등은 모두 고개를 끄덕였다. 실로 대단히 공들인 것이라 하지 않을 수 없었다. 첫 번째 타보트가 가짜라는 것은 이해할 만했다. 그러나 그 밑에 감춰진 타보트가 발견되면 타보트를 훔치려는 자들은 그것이야말로 진짜라고 믿을 것이다. 그러나 그것마저 가짜라니…….

"그 안에 또 가짜가 있는 것은 아닙니까?"

백호가 묻자 해밀턴은 껄껄 웃었다.

"그렇게까지는 하지 않은 것 같소. 좌우간 우리는 성소 쪽 통로를 알아냈지만, 그리로 통과해 보지는 않았소. 하지만 타보트가 있는 방까지의 터널을 만들고 나서 그쪽을 살펴보기는 했소. 안에서 밖으로 나가기는 비교적 쉬울 것 같아서였지."

"그런데 성당 기사단은 왜 타보트를 꺼내지 않고 본부 자체를 옮겨 버린 겁니까?"

"꺼낼 필요가 없기 때문이오. 타보트가 발견된 것은 불과 몇 년 전이고, 지금 타보트는 삼중의 보호를 받고 있소. 수도사들과 에티오피아의 모든 신앙인은 타보트와 비슷하거나, 타보트로 여기는 그 어떤 물건이라도 악숨에서 반출되는 사실을 용납하지 않을 거요. 실로 수백만 명의 경비원들을 둔 거나 마찬가지지. 그리고 이 성소의 지하에 묻힌 타보트는 고대의 많은 함정으로 잘 보호되고 있으며, 존재 자체를 아는 사람도 극히 적소. 마지막으로 이 타보트 부근에는 성당 기사단이 아무도 접근하지 못하도록 지하에서 경비를 서고 있소. 타보트가 묻힌 지하 동굴은 지상에서 백 미터 이상의 깊이요. 핵폭탄이 떨어져도 안전할 정도요. 더구나 그리로 들어가는 입구는 단 두 곳, 성소와 성당 기사단이 뚫은 통로뿐인데, 그것 또한 극히 좁아서 누가 경비망을 뚫은 다음 비집고 들어간다는 것은 어림도 없는 일이오. 성당 기사단이 타보트를 꺼내 다른 곳으로 옮긴다 해도, 이보다 더 잘 타보트를 감출 수 있는 곳은 찾기 어려울 거요. 진짜 타보트가 지하 아주 깊숙한 곳에 있다는 것은 성소를 지키는 수도사들도 모르기 때문에, 아예 성당 기사단의 본부를 지하에 두고 땅굴로 연결하면 성당 기사단이 타보트를 얻은 것이나 마찬가지가 아니겠소?"

"그런데…… 당신은 언약궤를 직접 봤습니까?"

느닷없는 현암의 질문에 해밀턴은 약간 당황해하는 눈치였다.

"아니오. 직접 볼 수는 없었소."

"당신 이야기를 들으니 마치 직접 본 것 같은데요?"

"타보트, 언약궤는 성스러운 물건이오. 성당 기사단에서도 그것을 엄준히 봉인하고 지키기만 할 뿐, 누구도 그것을 건드리게 하지 않는다오. 그것은 신성한 힘을 지닌 반면 또 그만큼 위험한 물건이니 말이오. 물론 언약궤가 있는 부근까지야 갈 수 있었지만 그 방까지는 갈 수 없었소. 아하스 페르츠의 엄명 때문이기도 했지만, 타보트에 손을 대거나 접근하는 자는 누구나 죽임을 당하기 때문이오. 원래 타보트가 들어 있는 언약궤는 단순히 장식이나 보관을 위해 만든 것이 아니었소. 타보트는 무시무시한 힘을 지니고 있기 때문에 타보트에서 뻗쳐 나오는 힘으로부터 외부 사람들을 보호할 목적으로 언약궤에 넣어 그 힘을 차단한 것이오."

"그럼 그 타보트는 만지지 않고 접근만 해도 위험하단 말입니까?"

"그렇소.『성경』의 기록을 보면, 언약궤는 막대를 끼워 어깨에 짊어지고 운반할 수 있게 돼 있지만 언약궤에 손을 대는 자는 거의 다 죽임을 당했소. 언약궤에 직접 손을 대지 않은 자들이 죽는 일은 없었소. 그러나 언약궤를 열고 타보트를 본 자들은 모두 죽었소. 대제사장 아론의 두 아들이 타보트를 봤다가 그 자리에서 즉사했고, 고대의 한 유대 왕은 언약궤를 열라고 명했다가 이상한 불치병을 얻었소. 그는 신하들을 시켜 언약궤를 열고, 먼발치에서 지켜보기만 했는데도 그렇게 됐소. 하물며 우리가 조사한 바로는, 지금의 타보트는 그때 그 언약궤에 들어 있지 않았소."

"그럼 누가 그것을 이곳으로 운반한 거죠?"

"잘은 모르겠소. 우리는 타보트가 있는 방에 통로를 내지도 못했소. 다만 아주 작은 구멍을 뚫고, 마이크로 카메라를 넣어 간신히 타보트의 모습을 찍은 화상을 볼 수 있었소. 그 주변에는 오래 묵은 몇 구의 백골과 썩은 나무 같은 것들이 보였는데, 내 짐작에는 몇 사람이 죽음을 각오하고 언약궤를 메고 들어가 언약궤에서 타보트를 꺼내 봉인하면서 죽음을 맞이한 것 같았소. 주변의 나무토막들은 언약궤의 잔해인 것 같은데 이미 수천 년이 지났으니 당연히 썩어 없어졌겠지."

"왜 목숨까지 버리면서 타보트를 꺼내 보관했을까요?"

"타보트는 무시무시한 힘을 지니고 있소. 그 사람들은 아무도 타보트의 힘을 사용하지 못하게 하려고 그런 희생을 치렀던 것 같소. 타보트로 직접 접근한다는 것은 죽음이나 마찬가지이기 때문에, 꺼내 보관하면 아무도 접근할 수 없기 때문일 거요. 아무튼 우리는 타보트를 찍으려다가 세 명이 죽었고, 여섯 명이 알 수 없는 불치병에 걸렸으며, 여덟 대의 카메라를 망가뜨리기까지 했소."

"사진을 찍다가 죽었다고요?"

"그렇소. 그 작은 구멍 때문에 그렇게 된 거요. 더구나 사람만이 아니라 기계에도 타보트의 힘이 미치는 듯했소. 정밀한 카메라들도 그 방에 들여놓기가 무섭게 망가져 나갔으니까."

백호가 인상을 쓰면서 물었다.

"그렇다면 그걸 무슨 수로 꺼냅니까? 설혹 성당 기사단 본부로 뚫고 들어가더라도 그걸 얻을 방법이 없지 않습니까?"

우 사부도 한마디 거들었다.

"타보트가 주위의 인공물에 영향을 준다면, 그걸 갖고 비행기에 탈 수도 없잖습니까?"

"흥분하지 마시오. 나는 그에 대해서도 대비를 했소. 그렇지 않고서야 왜 내가 부탁을 했겠소?"

해밀턴은 몇 번 심호흡하더니 말을 이었다.

"타보트는 어떤 물체에도 힘을 끼칠 수 있는 것 같소. 카메라가 망가졌던 걸로 보아 타보트 주변의 인공물이나 기계도 성할 수 없소. 그러나 타보트는 언약궤에 들어 있었을 때는 외부에 힘을 그리 강하게 끼치지 않았소. 재조사한 바에 의하면, 타보트가 봉헌된 그 방의 구조가 언약궤의 구조와 같다는 것을 알아냈소. 피라미드 파워[5]와 마찬가지로, 언약궤의 구조에도 우리가 아직 알지 못하는 미지의 힘이 있었던 거요. 즉 이 말은, 언약궤와 같은 구조의 밀폐 용기에 타보트를 넣으면 비교적 안전하게 옮길 수 있다는 것이오. 그래서 나는 그 방의 구조로부터 언약궤의 형태를 추적해 그런 상자를 여러 개 만들어 두었소."

"그 안에만 있으면 사람도 안전하고, 비행기를 타도 안전하다는 건가요?"

"그렇소."

우 사부가 냉소를 지으며 되받았다.

"그러나 누가 타보트를 그 상자에 넣겠습니까? 누가 고양이 목에 방울을 달죠?"

그 말에 해밀턴이 미소를 지으며 마하딥과 시켈에게 손짓을 해

---

[5] 피라미드 모양에는 신비한 힘이 있다고 한다. 가장 유명한 것은 피라미드 모양을 만들고 그 삼분의 일 높이가 되는 중앙에 정확히 남북으로 무디어진 면도날을 놓아두면 피라미드 파워에 의해 면도날이 무척이나 잘 들게 된다는 것이다. 이를 이용한 면도날 재생 특허까지 있으니, 피라미드 구조에서 나오는 어떤 힘이 존재한다는 주장도 나올 만하다. 또한 정확하게 계산된 피라미드 구조 안에서는 음식물이 부패하지 않고 미라처럼 퍼석퍼석하게 마른다는 보고도 있다.

보였다. 마하딥은 방 안에 있던 책 한 권을 꺼내 저만치 놓은 다음 문을 열고 시켈과 함께 밖으로 나갔다. 그리고 얼마 후, 문이 조금 열리더니 납작한 상자 하나가 휙 미끄러져 들어왔다. 그와 동시에 둥글게 굽은 단검이 빙빙 돌면서 획획 날아들었다.

그 단검은 회전하면서 바닥에 놓인 책의 아랫부분에 정확하게 부딪쳤고, 회전력에 의해 허공으로 조금 떠올랐다. 그다음 날아온 단검들이 계속 책의 아랫부분을 치자 책은 결국 허공으로 솟아올라 뒤집어지면서 상자 안으로 떨어졌다. 그리고 다음 순간 상자 뚜껑이 날아와 보기 좋게 상자를 덮어 버렸다. 실로 대단한 묘기였다.

백호는 홀린 것처럼 그 광경을 보았고, 현암은 고개를 끄덕였으며 우 사부는 손뼉을 쳤다.

마하딥과 시켈이 다시 들어오자 해밀턴이 말했다.

"마하딥은 원래 단검에 능하오. 이 두 사람은 벌써 몇 달 동안이나 이 연습을 해 왔지. 그러니 아마 큰 문제는 없을 거라 여기오. 타보트가 있는 방의 벽을 조금 부수고 방 밖에서 신속하게 타보트를 봉인하면 목숨을 잃지 않을 것이오."

"정말 대단합니다."

백호는 그제야 정신을 차린 듯 입을 열었다. 세상은 넓고 신기한 재주를 지닌 별의별 사람도 많다는 생각이 들었다.

그때 잠자코 있던 현암이 말했다.

"우리가 들어갈 길은 어디죠?"

"아까도 이야기했듯이, 길은 두 갈래가 있소. 성소에서 지하로 내려가 두 번째 가짜 타보트가 있는 곳에서 다시 내려가는 길, 그리고 성당 기사단의 본부, 그러니까 여긴데……."

그러면서 해밀턴은 손가락으로 교회의 한참 뒤편에 있는 허허벌판을 가리켰다. 그것을 보고 백호는 의아한 표정을 지었다.

"거기에는 아무것도 없지 않습니까?"

"물론 그렇게 보이지. 그러나 성당 기사단 본부는 땅속에 위치하고 있소. 감춰진 타보트처럼 지하 깊숙한 곳의 천연 동굴을 이용한 것이지. 원래 타보트를 여기 숨긴 사람들은 지하에서 천연으로 이루어진 공동(空洞)을 발견하고 그것을 이용했소. 성당 기사단도 그렇게 못할 이유가 없지 않겠소?"

"그러면 그리로 어떻게 들어갑니까?"

그 질문에 해밀턴은 일 킬로미터가량 떨어진 맞은편 산의 산등성이 한 지점을 가리켜 보였다.

"여기가 입구요. 여기서부터 천이백 미터가량 지하 경사로를 따라 내려가야 하오. 그러면 성당 기사단의 본부로 들어갈 수 있고, 거기에서 굴을 통해 타보트가 봉헌된 방으로 갈 수 있소. 우리의 일이 힘든 것은 이것 때문이오."

"통로의 크기는요?"

"높이와 폭이 모두 이 미터 정도요. 좁은 길이지."

그 말을 듣고 백호가 한숨을 쉬었다.

"그런 통로를 천이백 미터나 내려가야 한다는 겁니까? 만약 누가 지키고 있기라도 하면."

"맞소. 그들이 방어하기에는 최적의 장소지. 침입자가 몸을 피할 곳도 없고, 중장비 따위를 들여올 수도 없소. 더구나 총이나 주술력을 가진 사람들이 매복해 있다가 공격한다면 막아 내기가 몹시 힘들지. 그래서 어렵다고 말한 거요."

그러면서 해밀턴은 간단한 그림을 그려 가며 통로의 방어 구조에 대해 말해 주었다. 통로는 좁지만 백 미터마다 한 곳씩 열두 군데의 방어 거점이 있어서 안에서 밖의 침입자를 막기는 쉽지만 밖에서 안으로 뚫고 들어가기는 대단히 어려웠다. 이런 정도의 구조라면 주술사가 아니라 총 한 자루만 있어도 침입자를 막아 낼 수 있을 것 같았다.

백호는 이건 아무래도 좀 문제가 있다고 생각하며 고개를 설레설레 저었다. 굳이 성당 기사단의 본부를 함락시키자는 것은 아니지만 이런 요새와 같은 곳을 어떻게 뚫고 들어간단 말인가?

"다른 쪽 입구는 어떻습니까? 성소 쪽 말입니다."

"성소 쪽 입구는 지금 상황에서 더욱 어려울 것이라 짐작되오. 관계없는 수도사들을 공연히 자극할 수도 없을뿐더러 우리가 직접 땅을 파고 발굴해야 할지도 모르기 때문이오."

"발굴요? 성소 쪽 통로가 있다고 하지 않았습니까?"

"지금 성소에 봉헌된 첫 번째 가짜 타보트와 두 번째 가짜 타보트 사이의 길은 열려 있지만, 두 번째 가짜 타보트와 진짜 타보트 사이의 통로는 막혀 있을지도 모르오. 내가 성당 기사단을 나오기 직전, 아하스 페르츠가 그 통로를 막아 버리라는 명령을 내린 것 같으니까."

"그러면 그쪽 통로는 막혀 버린 겁니까?"

"그것을 정확히는 모르겠단 말이오. 아직 공사가 다 되지 않았다면 키건 등을 상대하지 않고서도 들어갈 수 있겠지만, 공사가 마무리됐다면 들어갈 수가 없소. 게다가 되돌아오는 것도 문제가 되오. 우리가 그리로 들어가려면 성소에 봉헌된 타보트를 건드리지 않을 수가 없소. 그런데 그걸 건드리면 당장 발각되지 않더라도 조만간 수도사들이 난리를 피울 테니, 성당 기사단원들에게 경보를 해 주는 거나 마찬가지가 된단 말이오."

"재빨리 살펴보고 돌아온다면요?"

"성소 밑 지하에는 많은 함정이 장치돼 있소. 일단 성소 쪽 통로를 지나려면 두 번째 가짜 타보트가 있는 곳을 통과해야 하는데, 그곳까지 가려면 수석 수도사가 관리하는 장치들을 통과해야 하오. 그 장치들은 대단하지만 여기 계신 분들이라면 두려워할 정도는 아닐 거요. 하지만 피해를 보지 않더라도 장치가 움직이는 것까지 어찌할 수는 없지 않겠소?"

즉 성소 쪽 통로가 성당 기사단 본부를 통과하는 것보다는 쉽겠지만, 만약 그쪽 통로가 막혔다면 되돌아와 다시 성당 기사단의 본부를 통과하기가 거의 불가능해진다는 말이었다.

"그러니까 내 계획은 이렇소. 일단 우리는 성당 기사단원들이 미처 대비하지 못한 사이에 신속하게 성당 기사단 본부로 들어가는 거요. 입구는 물론 경비하고 있지만, 우 사부의 무술이라면 소리 내지 않고 그들을 제압할 수 있을 겁니다. 그렇지 않소?"

"그 정도라면 문제없습니다."

사람됨이야 좀 믿을 수 없었지만 우 사부는 무술로 키건과 대등하게 싸웠을 뿐만 아니라 강한 내공까지 겸비한, 근래 찾아보기 어려운 고수였다. 소리 내지 않고 모습을 드러낸 경비병들을 잠재우는 것쯤은 별문제가 없을 것이었다.

"일단 통로를 들어가면 좀 더 힘이 들 겁니다. 통로 요소요소에 설치된 경비소를 통과하기 힘들지도 모릅니다."

"내 통배권으로는 그런 석벽을 투과할 수 없습니다."

우 사부가 말하자 해밀턴은 현암을 보면서 말했다.

"그건 미스터 현암이 능력을 발휘한다면 돌파할 수 있을 것 같소. 미스터 현암의 기공술 중에 벽을 투사해 타격을 줄 수 있는 것도 있지 않지 않소?"

그 말에 현암은 고개를 끄덕였다. 그것은 태극기공의 '투' 자 결을 말하는 것이었다. 현암은 해밀턴이 그런 사실까지 알고 있다는 것에 대해 내심 놀라고 있었다.

"마하딥은 중력파를 쏠 수 있소. 마하딥이 일단 적을 제압하고, 현암 씨가 기공술을 사용하면 요소요소에 숨은 자들을 물리칠 수 있을 거요. 그리고 우 사부의 통배권도 굵은 석벽이야 통과하기 어려울지 모르지만 노출된 자들은 처리하실 수 있을 것이고. 일단 성당 기사단 본부로 들어가면 거기에는 성당 기사단의 기사들이 있을 거요. 여섯이 다 있을지, 그중 몇 명만 있을지 모르지만 분명히 키건 이하 최소한 두 명의 기사는 있을 거요. 키건은 시력을 잃었지만 여전히 그의 능력은 대단하오. 만약 여섯 기사가 다 있다면 문제는 상당히 복잡해지오. 마하딥은 몰라도 시퀠은 좀 약한 편이오. 그리고 나는 남과 싸울 만한 아무런 능력이 없고, 미스터 백도 기사들의 상대는 되지 않을 테니."

그러자 우 사부가 끼어들었다.

"키건 정도라면 지지 않을 자신이 있습니다."

"그러나 저들은 여섯이오. 우 사부께서 한 명을 맡고, 마하딥과 시퀠이 하나씩 상대하더라도 미스터 현암이 셋을 맡아 줘야 하오. 그래서 미스터 현암의 동료분들이 와 주시기를 바랐는데."

이에 현암이 간략하게 말을 끊었다.

"해 봅시다. 그 정도는 어떻게 될 것 같습니다."

"좋소. 나도 미스터 현암을 믿고 있고, 그럴 능력이 있다고 생각하고 있었소. 좌우간 그들을 모두 물리쳐야만 하니까 힘이 들더라도 반드시 해내야 하오."

그때 우 사부가 나섰다.

"그들을 모조리 물리친다는 것은 쉬운 일이 아닙니다. 물리치지 않고 나와 미스터 현암이 시간을 끌고, 마하딥과 시퀠이 따로 가서 타보트를 얻으면 어떻습니까?"

"그건 무리라고 생각하오. 마하딥과 시퀠이 빠지면 이쪽이 너무 적어지오. 그리고 우리는 타보트만이 아니라 예언석도 얻어 내야 하오. 그것을 찾으려면 시간이 걸릴 거요. 더구나…… 타보트가 있는 곳의 벽은 아마 미스터 현암밖에 뚫을 수 없을 거요."

"왜죠?"

"그 벽은 아주 단단한 돌로 돼 있어 급히 뚫을 방법이 없소. 폭약을 쓴다면 많은 양을 써야 하는데, 밀폐된 지하에서 많은 폭약을 쓰는 것은 너무 위험한 일이지. 미스터 현암은 검기도 쓸 줄 알고, 듣기로는 무엇이든 자를 수 있는 세상에서 가장 뛰어난 명검을 갖고 계신다는데……."

"과찬입니다. 무엇이든 자를 수는 없습니다만……. 석벽이 아주 두껍지만 않다면 가능할 겁니다."

"좌우간 미스터 현암은 꼭 필요하오. 마하딥과 시켈도 그렇고. 그렇다면 우 사부께서 혼자 여섯을 맡으셔야 하지 않소? 혼자 여섯을 상대로 시간을 끈다는 건 좀……."

"그렇군요. 솔직히 그건 좀 문제가 되죠."

우 사부가 고개를 끄덕이자 백호가 입을 열었다.

"혹시 총이 있으면 나에게 주십시오. 사격은 좀 할 줄 압니다. 우 사부가 시간을 좀 주시면 제가 한번 기사 중 몇을 맞혀 보겠습니다."

그 말에 해밀턴이 고개를 저었다.

"물론 총은 휴대할 거요. 그러나 미스터 백, 우리는 타보트를 얻으려는 거지, 사람을 살상하려는 건 아니오. 그리고 그들은……. 한때 나의 동료들이었소. 아하스 페르츠의 손아귀에 들어가 갈라서기는 했지만 그들은 악인이 아니오."

"나도 사람을 죽이려는 건 아닙니다. 다만 다리 같은 곳을 맞히면 되지 않겠습니까?"

"문제가 되는 것은 성당 기사단의 기사들이오. 이들이 입은 갑옷은 총알도 막아 낼 수 있는 것들이지. 총은 그들에게 소용없소. 그리고 총이 먹혀드는 상대라면, 굳이 총을 쏘지 않아도 우리 힘으로 해결이 가능하다고 보오……. 가급적 총은 쏘지 않았으면 하오. 미스터 백은 나와 함께 주변 경계를 하십시다."

그 말에는 모두 이의가 없었다. 해밀턴이 계속 이야기했다.

"일단 기사들을 제압하고 나면 재빨리 예언석과 타보트를 챙겨야 하오. 최대한 빨리 움직여 삼십 분 내에 해내야 하오. 내가 아는 바에 의하면, 성당 기사단의 외부 경비원들이 경보를 받고 달려오려면 삼십 분 정도가 걸릴 거요. 그들은 별다른 능력이 없겠지만, 모두 총을 갖고 있기 때문에 그 이상 시간을 끌게 되면 그야말로 전쟁터가 돼 버릴 거요."

"그다음 탈출은요?"

"들어온 길로 나가야 할 것 같소. 만약 저항이 심해 탈출이 힘들면, 운을 바라고 성소 쪽 통로로 가 보는 수밖에."

"그쪽 통로가 막혔다면요?"

"그러면 별 수 없소. 강행 돌파를 하는 수밖에……. 그러니 삼십 분 내에 일을 끝내야 하오. 모두 명심하시기를 바라오. 삼십 분."

그렇게 작전 회의는 끝났다. 그리고 그들은 만약을 대비해 탈출로가 될 수도 있는 성소의 주변을 한 번 돌아본 후, 밤늦은 시각까지 기다렸다가 악숨 교외의 어느 후미진 산등성이에 숨겨진 성당 기사단의 본부로 향하기로 했다.

사라진 언약궤

 사방이 칠흑같이 어두운 한밤중에 현암을 비롯한 여섯 사람은 산등성이에 몸을 숨겨 가며 천천히 산을 오르고 있었다. 해밀턴의 말에 의하면, 산등성이에 있는 입구는 몹시 작지만 항상 두 사람이 주변을 경비했다. 그 두 사람은 우 사부가 맡기로 했다.
 근방에 다다르자 우 사부가 소리 소문도 없이 수풀 사이로 모습을 감추었다. 그런데 시간이 지나도 아무런 소리가 들리지 않았다. 잠시 후 우 사부가 조금 놀란 표정으로 나타나더니 말했다.
 "경비병이 이미 쓰러져 있습니다."
 모두 깜짝 놀랐다. 그렇다면 다른 누군가가 성당 기사단의 내부로 침입했단 말인가? 여섯은 조심스럽지만 신속하게 입구로 향했다. 과연 그곳에는 경비병인 듯한 두 사람의 흑인이 쓰러져 있었는데, 싸늘한 시체가 돼 있었다.
 "누구 짓일까요?"
 백호가 묻자 우 사부는 어두운 안색으로 중얼거렸다.
 "이건 무슨 자국이지?"
 우 사부는 쓰러진 두 사람의 상처를 보고 있었는데, 흑인이 입은 상처가 괴이했다. 흑인의 목에는 아주 가느다란 상처가 나 있었는데, 너무도 예리하게 베여 있었다. 그런 자국이 좁은 목에 대여섯 개나 나 있었다. 가는 줄 같은 것에 당한 것 같기도 했고, 아주 날카로운 칼에 베인 것 같기도 했으나 형태가 너무도 특이했다.

"이게 도대체 무슨 무기죠?"

현암도 그 상처를 보고는 어떤 무기를 사용했는지 알아낼 수가 없었다. 또 한 사람은 더더욱 기이했다. 그는 몹시 날카로운 뭔가에 가슴이 관통돼 즉사했는데, 그것만 보면 날카롭고 폭이 넓은 칼에 찔린 것 같았다. 그런데 가슴에 뚫린 상처와 등에 관통된 상처의 위치가 맞지 않았다. 즉 이 사람을 죽인 무기는 찔러 들어가면서 크게 휘어져 뒤로 다시 뚫고 나왔다는 건데, 그런 칼은 도대체 상상할 수 없는 것이었다.

그 광경을 보고 해밀턴은 몹시 안색이 굳어졌다.

"어서 가야겠소. 무슨 문제가 있는 듯하오."

통로 안으로 들어감에 따라 점점 놀라운 광경이 펼쳐졌다. 그들이 우려했던 열두 개의 관문은 모두 다 돌파됐고 문은 부서져 있었으며 시체만 남아 있었는데, 그 수법이 몹시 악독하고 인정사정없었다. 시체가 된 성당 기사단원들은 저항조차 해 보지 못하고 멍하니 선 채 목숨을 잃은 것 같았다. 그것을 보면 문을 부수고 들어와 사람들을 해친 것이 아니라 모든 사람을 해치고 문을 통과한 것 같았다.

그런데 분명 각 관문은 두꺼운 석벽으로 막혀 있는 데다 지갑

크기 정도 되는 총안(銃眼)밖에 뚫려 있지 않았는데, 어떻게 그 틈으로 모든 사람을 죽일 수 있었을까?

현암의 '투' 자 결이나 마하딥의 중력파를 이용했다면 모르지만 이곳을 통과한 자는 경비원을 죽인 것과 비슷한 수법으로 도합 이십 명이 넘는 사람들을 학살해 버린 것이었다. 현암은 물론이고 무술에 뛰어나다는 우 사부조차 어떻게 이럴 수 있는지 의아해할 따름이었다.

해밀턴은 침중한 안색이 돼 물었다.

"이들이 지나간 지 얼마나 되는 것 같소?"

"잘해야 두어 시간 정도 같습니다."

사건을 다뤄 봤기에 그런 것을 좀 아는 백호가 시체들을 보고는 대답했다. 해밀턴은 괴로운 듯 중얼거렸다.

"도대체 누굴까. 누가 뭘 노리고 이렇게 참혹한 짓을……."

우 사부는 긴장되는 듯했지만 냉소를 띠며 되받았다.

"참혹한 것도 문제지만, 그들도 언약궤를 노리는 것이 아닐까요? 아니면 예언석인지 뭔지 하는 것하고 말입니다."

"그렇겠구려. 어서 서두릅시다."

마음이 다급해지자 그들은 더 이상 두려워하지 않고 달리기 시작했다. 가다 보니 더 많은 시체들이 나왔다. 그들 중 상당수는 기관총을 지니고 있었는데도 역시 끽소리 한 번 내지 못한 채 죽어 있었다. 그것을 보고 해밀턴은 한숨을 쉬었다.

"이건 외부 경비원들이오. 그들이 여기서 죽었다는 것은 이미 여기를 습격한 자들이 밖으로 나갔다는 뜻인데…….”

그러자 항상 침묵을 지키던 마하딥이 오랜만에 입을 열었다.

"그래도 언약궤가 있는지는 일단 찾아야 하지 않겠습니까? 그들이 뭔가 다른 이유로 여기 온 것인지도 모르잖습니까?"

"그렇지. 좌우간 어서 가 봅시다."

안으로 깊이 들어갈수록 시체들이 줄어드는 것 같았다. 드디어 통로를 지나 아주 넓은 지하 동굴의 광장 같은 곳으로 들어서자 현암은 더 이상 참지 못하고 자신도 모르게 놀라움의 비명을 질렀다.

광장 안은 그야말로 만신창이가 돼 있었다. 상당한 숫자의 사람들이 그곳에서 격투를 벌인 흔적이 역력했다. 물건들은 마구잡이로 부서져 있었으며, 예리한 수십 가닥의 자국들이 벽과 천장 등의 돌벽을 날카롭게 긁어내어 무시무시했다.

그런데 이상하게도 시체는 전혀 보이질 않았다. 다만 기이하고 투박하게 생긴 투구 한 개와 갑옷의 일부분이었던 것 같은 쇳조각들이 여기저기 약간씩 흩어져 있었다. 그것을 집어 들면서 해밀턴이 떨리는 목소리로 말했다.

"이건, 이건 나이트 템플러들의 갑옷이오……. 그렇다면…… 여섯 기사들마저 이자들에게 당한 것일까……? 설마, 설마…….”

그때 묵묵히 있던 시켈이 말했다. 그는 영어가 서툴러 거의 알아듣기 힘들 정도였는 데다 이제 보니 말을 심하게 더듬는 것 같았다. 그래서 거의 입을 열지 않고 있었던 것 같은데, 그런 그가 말한다는 것은 상당히 중요한 내용임이 틀림없었다.

현암은 그의 말을 하나도 알아들을 수 없었는데, 다행히 백호가 조금 알아듣고 말해 주었다.

"이들은 무슨 기이한 도검을 사용하는 것 같은데, 키건이나 기사들에게는 통하지 않을 거라는군요. 아마도 여섯 기사들은 악전고투를 벌이기는 했지만 죽은 것은 아닐 겁니다. 그랬다면 여기 시체들이 있겠죠. 그리고…… 뭐라고 하는 건가? 시켈은 그들이 무엇을 사용했는지 아는 것 같은데요? 우르미(Urumi)[6]? 차크람[7]? 그게 뭐죠?"

현암은 우르민이란 것은 들어 보지 못했지만 차크람은 들어 본 적이 있는 것 같았다. 현암은 흥미를 느껴 백호에게 부탁해 시켈에게 우르민과 차크람에 대해 물었다. 백호는 영어에 능통했음에도 의사소통에 상당히 힘들어했는데, 그 모습을 보며 현암은 잠시나마 연희가 얼마나 훌륭한 통역사였는지를 떠올렸다.

"차크람은 던지는 고리랍니다. 죽음의 고리라는군요. 던진 자가

---

[6] 인도의 고대 무기 중 하나로 수십 가닥의 아주 얇은 칼날을 헝겊처럼 늘어뜨린 것이다. 적게는 대여섯, 많게는 십여 개까지의 긴 칼날을 채찍처럼 휘두른다. 이 칼날에 감긴 것은 모두 잘리며, 스치는 것은 모두 베인다고 한다. 우르미는 천둥이라는 뜻으로, 이 무기를 휘두를 때 쇳조각들이 우는 소리가 마치 천둥소리와 흡사하다고도 해 그런 이름이 붙었다.

[7] 인도의 던지는 무기 중 하나로 일종의 표창이다. 보통 원형으로 잘 연마된 날과 복잡한 장식, 중량을 잘 계산한 가운데의 지지대로 이루어져 있으며, 잘 만들어진 차크람을 숙련된 사람이 사용하면 던져진 차크람을 중간에서 튕겨 내더라도 다시 제자리로 돌아온다고 한다.

마음대로 방향을 조종하는 무시무시한 무기라고 합니다. 그리고 우르민은 천둥이라는 뜻의 무기인데 많은 날이 달린 쇠 채찍 같은 거랍니다. 그런데…… 그건 둘 다 인도에서 전해진 비밀 무기라는 데요?"

"인도요?"

"시켈은 유럽인이지만 인도에서 오래 생활한 적이 있어 한번 들은 적이 있답니다. 그러나 그런 무기를 사용하는 사람은 아주 드물다고 하는데…….'"

현암은 의아해졌다. 대부분의 사람이 들어 보지도 못한 인도의 비밀 무기를 이토록 능숙하게 사용한다면 그자들은 인도에서 온 자들인가? 그렇다면 칼키파?

'하지만 그자들이 무슨 이유에서 언약궤를 찾는 것일까?'

그때 현암이 더 이상 생각할 겨를도 없이 해밀턴이 다급히 말했다.

"서두릅시다."

여섯 사람은 줄을 지어 해밀턴의 뒤를 따라 한쪽 구석의 작은 통로로 향했다. 그곳은 몹시 어둡고 좁았으며, 격렬한 싸움의 흔적이 완연했다. 걸음을 옮기면서도 주의 깊게 사방을 살피던 우사부가 입을 열었다.

"정말 대단한 자들이군. 이렇게 두터운 돌벽인데도 이런 자국들을 내다니. 정말 산 넘어 산이라더니……."

마침내 통로 끝에 도달하자 해밀턴은 아주 실망스러운 듯 깊은 한숨을 내쉬었다. 통로 끝은 검은색 돌을 쌓아 올려 막아 놓았는데, 그곳에는 사람 한 명이 충분히 드나들 만한 구멍이 뚫려 있었다.

"아아. 여기가 타보트가 있던 장소인데…… 이미…… 이미 늦은 건가?"

그때 현암이 다른 사람들을 더 가지 못하게 손짓해 보이며 나섰다.

"타보트에 접근하는 것은 위험하다고 하지 않으셨습니까? 지금 십중팔구 타보트는 없겠지만 만약을 대비해 조심하도록 합시다."

"타보트는 사라졌소. 벽의 일부가 무너졌으니 봉인이 상당 부분 풀린 셈인데, 타보트에서 풍겨 나오는 기운이 전혀 느껴지지 않는단 말이오. 만약 타보트가 아직 저 안에 있다면 우리 모두에게 그 기운이 느껴졌을 거요."

"그런데 누군지는 모르겠지만 그자들은 어떻게 타보트를 가져갔을까요? 혹시 타보트를 봉인하는 방법을 안다는 걸까요?"

"글쎄…… 도저히 믿어지지 않는 일이지만 그렇게 생각할 수밖에는……."

그러면서 구멍을 통해 해밀턴은 안을 살펴보다가 "엇!" 하는 소리를 내며 놀랐다.

"저게 뭐지? 아니, 저건……! 미스터 현암!"

해밀턴이 소리쳐 부르자 현암은 급히 통로 안을 들여다보았다. 그리고 현암도 해밀턴과 똑같이 놀라지 않을 수 없었다.

방 안에는 타보트 대신 다른 물건이 있었다. 방 안에는 몇 개의 상자가 쌓여 있었고, 그 상자 중 하나가 무슨 이유에선지 엎어져 안에 든 것들이 쏟아져 나와 있었다. 흙을 구워 만든 작은 조각들이었는데, 모두 합하면 수백 개가 넘어 보였다. 그것은 현암이 여기까지 찾으러 온 메소포타미아의 예언석 같았다.

"아니. 이게 어떻게……!"

현암은 놀라서 진위를 확인해 보려고 급히 품에 손을 넣었다. 현암은 예언석의 진위를 판별할 수 없었기 때문에 예전에 얻은 한 개의 예언석을 탁본해 가지고 왔던 터였다. 현암은 물론 예언석에 새겨진 글자를 알지 못했지만, 예언석의 맨 가장자리에는 독특한 문양이 새겨져 있어 그것을 이어 보면 예언석인지, 아닌지를 대강 짐작할 수 있기 때문이었다.

예언석에는 관심이 없는지 우 사부는 그저 침울해했고, 마하딥과 시켈은 알아들을 수 없는 말로 서로 떠들어 댔지만 해밀턴은 친절하게 현암에게 말했다.

"이건…… 메소포타미아의 글자가 새겨진 것 같소. 혹시 당신이 찾던 게 이것 아니오?"

"맞는 것 같습니다."

"그런데 이게 어째서 여기 있지?"

그러면서 해밀턴은 그중 한 개를 집어 들고 잠시 만지작거렸다.

"정교하게 만들어졌지만 이건 진품이라 할 수 없겠군. 얼마 전에 만들어 낸 모조품 내지는 복사품인 것 같소."

"확인을 좀 해 보겠습니다."

현암은 나무 상자들을 하나씩 뒤져 보았다. 상자마다 예언석의 복사본들이 그득했는데, 상자마다 복사본이 종류별로 들어 있었다. 그리고 상자는 모두 여섯 개였다.

현암은 입을 꼭 다물고 상자들을 살펴 나갔다. 결국 현암은 상자들 가운데 자신이 지닌 예언석의 탁본과 똑같은 것이 수십, 수백 개 담겨 있는 상자를 보고 아연하지 않을 수 없었다.

'이게 도대체 무슨 일인가? 그러면 혹시 아우구스티노 수사가 얻었던 것도 이 복사본 중 하나가 아닐까? 교황청의 오해를 무릅쓰면서까지 얻었던 예언석의 조각이 여기 수백 개나 복사돼 있다니! 그런데 조각은 모두 일곱 개인데, 왜 여섯 개밖에 없을까? 그리고 도대체 무슨 음모가 있기에 이것이 이토록 많은 걸까?'

백호도 놀라기는 마찬가지였지만 그래도 현암에게 물었다.

"그러나 이건 모두 진품이 아니지 않습니까?"

백호가 멍청한 소리를 하자 현암은 볼멘소리로 대답했다.

"물론 진품은 아니죠. 하지만 이건 골동품적인 가치를 따지는 게 아니라 거기 새겨진 예언의 내용이 중요한 겁니다. 이렇게 복사해 버리면 진품이나 복사본이나 전혀 차이가 없는 겁니다."

백호는 자신이 얼떨결에 멍청한 소리를 한 것을 깨닫고 얼굴이 약간 붉어졌다. 현암은 여섯 개의 점토판을 각각 하나씩 챙겨 넣었고, 백호도 덩달아 한 개씩의 점토판을 챙겼다.

그 모습을 보며 해밀턴은 무거운 목소리로 말했다.

"당신의 원래 목적은 어쨌거나 달성된 셈이군. 하지만 타보트는…… 그게 없다면……."

해밀턴은 우물쭈물하다가 말을 이었다.

"당신…… 우리를 도와주시겠소? 우리는 당신의 도움이 필요하오……. 이제 타보트는 성당 기사단에 있는 것보다 더 찾기 어려워졌소……. 아아, 그래서 서두르려고 했는데……."

"일단 타보트가 어디로 갔는지, 누가 그랬는지는 알아야 할 것 아닙니까?"

현암이 그렇게 묻자 해밀턴은 몇 번이나 입술을 깨물다가 결국 대꾸했다.

"아마도 인도로 옮겨진 것 같소. 시켈의 주장에 따르면, 인도의 비밀 지파의 자들을 빼고 우르민이나 차크람을 이렇듯 능숙하게 다루는 자는 없다고 하오."

"그렇다고 단정할 수만은 없죠. 누군가가 인도의 고수들에게 청부한 것일지도 모르잖습니까?"

"하지만 나도 감이 잡히는 게 있소. 칼키파……."

"칼키파에 대해 아십니까?"

"들은 적이 있소."

"그런데 그자들이 왜 이것을 노렸을까요? 하물며 칼키파는 힌두교와 자이나교에서 나온 일파로 알고 있는데. 어째서 자신들의 신앙과 상관없는 언약궤를……?"

현암의 질문에 해밀턴은 한참이나 대답하지 않고 있다가 입을 떼었다.

"당장은 대답해 줄 수 없소. 하지만…… 하지만 그들의 소행인 것 같소. 아니, 틀림없소!"

해밀턴은 자신에게 말하듯 중얼거리다가 현암에게 말했다.

"당신의 도움이 필요하오. 당신은 목적했던 것을 얻었소. 그러나 당신이 도와주지 않고서는, 우리 힘으로는 아무래도 역부족인 것 같소……. 아하스 페르츠를 상대하려면 반드시 타보트가 있어야 하오……. 도와주시오. 부탁이오!"

해밀턴은 현암이 원래의 목적을 달성했기 때문에 도와주지 않을까 봐 걱정하는 눈치가 역력했다. 그러나 그들의 대화는 갑자기 중단될 수밖에 없었다. 몸이 흔들릴 정도로 강렬한 폭음이 밀어닥쳤기 때문이다.

"이게 뭐지?"

해밀턴이 놀라서 말하자 마하딥이 고함을 쳤다.

"동굴이 무너집니다!"

마하딥의 말이 채 끝나기도 전에 통로의 저쪽에서부터 무시무시한 먼지구름이 해일처럼 다가왔다. 동굴이 무너지는 것이었다. 물론 그 순간에도 계속 동굴이 무너져 내리는 소리가 났지만 소리를 들었던 사람은 아무도 없었다.

여섯 사람은 누가 먼저랄 것도 없이 반대쪽을 향해 달렸다. 이곳은 땅속 백 미터가 넘는 곳이었다. 여기서 무너져 내리는 암반에 깔린다면 현암이 아니라 현암보다 열 배 더 강한 사람이라 해도 일 초도 버티지 못하고 끝장이었다.

동굴이 무너져 내리는 속도는 무섭게 빨랐다. 계속 폭음이 울리는 것으로 보아 폭발물이 한 개만 장착된 것이 아닌 듯싶었다. 죽음의 위협 속에서 뛰는 사람들도 그리 속도가 떨어지진 않았지만 연속적인 폭발과 그에 따른 붕괴 속도를 따라잡을 수는 없었다.

다만 무슨 이유에선지 폭발은 동시에 일어나지 않고 시간차를 두고 일어났으며, 다행히 타보트가 보관돼 있던 언약궤 모양의 방이 상당히 오래 지탱해 줘 붕괴는 그들의 뒤를 바짝 쫓진 않았다. 그러나 그 방도 조금씩 흔들리면서 균열이 일어나고 있었다. 무너지는 것은 시간문제였다.

칼키파의 고수들

정신없이 반대쪽으로 달리다 보니 통로의 막다른 곳에 다다랐다. 그곳의 천장은 상당히 높았는데, 천장의 한 귀퉁이에 작은 구멍이 뚫려 있고 줄사다리 한 가닥이 걸려 있었다.

"저기요!"

해밀턴이 외쳤다. 아마도 성소 쪽 통로인 것 같았다. 해밀턴은 성소 쪽 통로가 이미 막힌 게 아닐까 했지만 아직 괜찮은 것 같았다. 정체를 알 수 없는 인도인들은 성당 기사단의 입구 쪽으로 들어와 지키는 사람들을 모조리 학살하고, 언약궤를 훔쳐낸 다음 성소 쪽 통로를 이용해 탈출한 듯했다. 이 줄사다리는 그들이 남겨

놓은 것이리라.

먼저 동작이 빠른 우 사부가 줄사다리를 붙잡고 재빠르게 위로 올라가는 순간, 갑자기 천장에서 낯선 사람의 얼굴이 불쑥 튀어나왔다. 거무튀튀한 얼굴이지만 흑인만큼 검지는 않고, 머리에는 흰 터번인지 모자인지를 썼으며, 부리부리한 눈에 구레나룻을 기른 거대한 덩치의 장한(壯漢)이었다. 얼굴을 내밀자마자 그는 음침하게 웃으면서 번쩍이는 뭔가를 휙 휘둘렀다.

그러자 철컥 소리와 함께 줄사다리가 잘렸고, 매달려 있던 우 사부도 함께 바닥으로 떨어져 내렸다. 우 사부는 고수답게 재빨리 공중에서 한 바퀴 돌면서 중심을 잡아 바닥에 안전하게 착지했다. 그러나 줄사다리가 끊어진 이상 그곳에서 탈출할 길이 없어진 것이나 다름없었다.

정체불명의 인도인이 줄사다리를 끊으려 할 때 마하닙은 재빨리 단검을 던졌고, 시켈도 소리를 질렀으나 인도인은 그 단검마저 피해 버리고 말았다. 그리고 음침한 웃음소리만 남기고 인도인의 모습은 곧 사라졌다.

"이제 어떡하죠?!"

백호가 놀라서 소리를 질렀다. 현암은 그때까지 이를 악물고만 서 있다가 곧 힘을 모아 공중으로 뛰어올랐다. 비록 현암이 천정개혈대법을 익혀 다리에도 공력을 돌릴 수 있다고 해도, 경신술(輕身術)이나 비월법을 배운 것이 아니라서 공중으로 몸을 날리는 데도 한계가 있었다. 천장의 구멍은 오 미터 이상의 높이여서 사람의 힘으로 뛰어오르기는 불가능해 보였다.

"다 죽었군!"

이런 와중에도 우 사부가 시니컬하게 소리쳤다. 현암이 입을 꼭 다물고 무서운 눈빛으로 다급하게 머리를 굴리다가 외쳤다.

"백호 씨! 이리 오세요!"

그때 다시 폭발음이 들려왔고, 언약궤의 방은 더 이상의 충격을 이기지 못할 듯 우르릉하고 흔들렸다. 지체할 시간이 없다고 생각한 현암은 공력을 돋우고 다짜고짜 백호의 옷깃을 잡아 천장 쪽으로 집어 던졌다. 백호도 처음에는 놀라는 것 같았지만 곧 사태를 파악하고 재빨리 천장의 구멍을 손으로 잡고 매달렸다. 다른 사람들은 현암이 자신과 비슷하거나 더 무거울 것 같은 사람을 한 손으로 가볍게 집어 던지는 것을 보고 놀랐지만 탄성 같은 것을 지를 만큼 마음이 한가하지는 않았다.

그런데 천장의 구멍으로 다시 인도인의 얼굴이 나타났고, 순간 백호는 비명을 지르면서 바닥으로 떨어져 내렸다. 백호의 손에서 피가 철철 흐르고 있었는데, 인도인이 백호의 손을 칼로 그은 것 같았다.

"내가 저자를 막겠습니다!"

이번에는 우 사부와 시켈이 동시에 소리치며 나섰다. 현암은 더 고민할 것도 없이 둘을 한꺼번에 잡아 한 명씩 위로 집어 던졌다. 우 사부는 날아가면서도 양손을 획획 교차시키며 싸울 준비를 갖추었다. 시켈도 쇠 손톱을 끼운 손을 휘둘러 댔다.

인도인은 그것을 보고 휙 몸을 뺐는데, 다음 순간 쾅 하는 소리와 함께 천장의 구멍이 막혔다. 두 사람이 만만치 않은 것 같자 아예 뚜껑을 덮어 버린 것이었다.

우 사부와 시켈은 둘 다 고수였지만 속절없이 땅으로 떨어져 내리는 수밖에 없었다. 현암은 뚜껑을 베어 내려고 월향검을 날리려 했다. 하지만 그럴 틈을 주지 않고 언약궤의 방이 무너져 내리기 시작했다.

"앗!"

"아악!"

모든 사람은 이제 꼼짝없이 죽었구나 싶어 비명을 질렀다. 먼지구름이 해일처럼 다가왔다. 그러나 해밀턴은 오히려 붕괴가 진행되고 있는 쪽을 막아서듯 몸을 돌렸다. 그의 표정은 심각했고, 공포라고는 전혀 떠올라 있지 않았다. 놀랍게도 그쪽으로 천천히 몇 걸음을 옮기기까지 했다. 현암은 그 모습을 보고 눈을 빛냈다. 현암과 해밀턴, 두 사람만 공포에 질리지 않은 것 같았다.

잠시 후 먼지구름이 가득한 가운데 사람들은 눈을 끔벅이고 있었다. 붕괴는 기적적으로 그들이 있는 통로 끝까지 진행되지 않고 불과 일이 미터 앞에서 멈추었다.

"살았군!"

사람들은 먼지투성이가 된 채 저마다 안도의 한숨을 내쉬었다. 하지만 현암은 시간을 낭비하지 않고 월향검을 꺼내 공력을 주입한 다음 소리쳤다.

"어서 여기서 나가야 합니다!"

현암은 월향검을 날렸고, 검기가 실린 월향검은 구멍을 막은 철문을 단번에 관통했다. 현암은 방법을 바꿔 '흡' 자 결의 수법으로 벽을 짚었다. 빨아들이는 힘에 의해 손이 흡반처럼 벽에 달라붙자 현암은 파리처럼 벽을 기어오르기 시작했다.

천장 위에서 인도인의 비명이 들려왔다. 월향검을 보고 혼비백산한 모양이었다. 그런데 챙챙 하는 소리와 몇 사람이 떠드는 소리가 몇 번 들리고는 월향검이 튀어나왔다. 어떻게 했는지 볼 수는 없었지만 여러 사람의 소리가 들린 것과 월향검을 튕겨 낸 것으로 보아 인도인들도 보통은 아닌 것 같았다.

현암은 천장에 거의 닿을 정도로 올라가 있었는데, 그 상태로는 양손이 자유롭지 못했으므로 만약을 대비해 몸을 뒤로 뒤집어 발을 웅크리고 있었다. 과연 다음 순간, 인도인이 다시 구멍에서 나타나자 현암은 있는 힘을 다해 물구나무 비슷한 자세로 발을 박차 양발 차기로 인도인의 얼굴을 걷어찼다.

인도인은 천장 바로 밑에 현암이 매달려 있을 줄 미처 짐작하지 못했던 터라 고스란히 현암의 발차기에 얼굴을 걷어차이고 말았다. 불안정한 자세에서 걷어찼지만 현암의 다리에는 무시무시한 공력이 흐르고 있었으므로 인도인은 단번에 튕겨지듯 날아가 버렸다. 이어 현암은 재빨리 몸을 날려 천장 구멍 안으로 들어가는 데 성공했다. 위로 올라가자마자 현암은 기세를 제압할 목적으로 사자후를 썼다. 그리고 재빨리 주변을 둘러보았다.

천장 위쪽은 상당히 넓은 방이었는데, 그곳에는 많은 사람들이 있었다. 한쪽 구석에는 대여섯 명의 사람들이 쓰러져 있었고, 다른 쪽 구석에서는 또 몇 명의 사람이 곡괭이와 핸드 브레이커 등의 장비로 굴을 파는 것으로 보였다. 그들은 모두 보통 사람들이었던 듯, 현암의 사자후 한 방에 넘어지거나 엉덩방아를 찧는 등 단박에 무력화됐다. 모두 흑인이었으며, 현지에서 고용된 인부들로밖에는 보이지 않았다. 그런데 쓰러져 있는 사람들은 모두 이상한 갑옷 같은 것을 입고 있었고, 덩치가 큰 사람들이 간간이 끼어 있는 것으로 보아 혹시 그들이 성당 기사단의 여섯 기사가 아닌가 싶었다.

그리고 네 명의 인도인이 있었는데, 한 사람은 현암에게 걷어차여 저만치 쓰러져 있었고, 세 명은 각각 이상한 물건을 손에 들고 현암을 노려보고 있었다. 한 사람은 지팡이를 짚고 있는 노인이었고, 한 사람은 치렁치렁하고 알록달록한 옷을 입은 여자, 한 사람은 비쩍 마르고 키가 큰 남자였다. 넘어진 인도인은 천으로 둘둘 만 깃발 같은 것을 어깨에 둘러멘 덩치가 큰 남자였는데, 네 명 모두 요가 수행자들이 입는 옷을 입고 있었다.

덩치 큰 남자는 어느새 다시 일어나 있었다. 그는 얼굴이 벌겋게 달아올라 있었는데 화가 치밀어 그런지, 얻어맞아 그런지는 알 수 없었다. 그들은 현암의 사자후에 놀라 조금씩 뒤로 물러섰지만 자세를 조금도 흐트러뜨리지 않고 있었다. 방금 현암의 사자후는 급하게 발출한 나머지 사성(四成)가량의 공력이 실렸을 뿐이었지만 저 정도밖에 반응이 없다면 저들 역시 보통은 아니었다.

우 사부가 휙 하고 구멍 위로 뛰어 올라왔다. 그들은 현암처럼 도약력은 없었지만 마하딥이 제일 밑을 받치고, 그 위를 시켈이 목말을 타고, 그 위를 다시 우 사부가 짚고 올라오는 식으로 올라올 수 있었다. 이어서 백호도 겨우겨우 천장 위로 올라왔다. 백호는 올라오면서 총을 겨누려 했지만, 아까 정신없이 달리다가 떨어뜨렸는지 총이 없었다.

해밀턴 일행이 왜 올라오지 않는지 알 수 없었지만, 당장은 눈앞에 있는 적수들을 상대해야 하는 터라 그에 대해서는 아무도 신경 쓰지 않았다.

우 사부는 올라오자마자 인도인들을 보고 소리쳤다.

"타보트를 내놔라!"

그러나 우 사부는 안중에도 없다는 듯 인도인 노인은 현암에게 인도 억양이 강한, 억센 영어로 물었다.

"꼬레아에서 오신 분?"

현암은 이자가 어떻게 알고 있을까 하고 흠칫하면서 고개를 끄덕여 보였다. 노인이 고개를 끄덕이며 말했다.

"동굴 붕괴를 막아 내다니. 정말 대단들 하군."

동굴 붕괴가 멈춘 것은 기적이라고 밖에 볼 수 없었다. 그런데 그것을 왜 막아 낸 것이라 말하는지 현암 일행이 의아해하는데, 노인이 현암에게 다시 물었다.

"당신은 로파무드의 친구요?"

"당신은 누구요? 당신도 로파무드를 아시오?"

현암이 되물었지만 노인은 계속 고개만 끄덕일 뿐, 현암의 말에는 대답하지 않았다.

"당신의 심하나다는 정말 대단하군. 나는 당신과 싸우고 싶지 않소."

심하나다는 인도의 전설에서 전해지는 음공으로, 사자후와 같은 것이라고 할 수 있었다. 현암도 그것을 알고 있었다. 그사이 백호가 눈치 빠르게 밧줄을 하나 주워 던지자 마하딥과 시켈이 차례로 올라왔다. 그러나 해밀턴은 올라오지 않았다.

"잔소리 말고 타보트를 어서……."

우 사부가 욕을 하려는데, 노인이 갑자기 크게 소리쳤다.

"너는 입을 열 자격이 없다!"

그 소리는 현암의 사자후만큼이나 커서 석실 전체가 우르르 떨렸다. 우 사부나 마하딥, 시켈 같은 고수들조차 움찔하면서 비틀거리더니 뒤로 몇 걸음 물러서다가 간신히 중심을 잡아 넘어지지는 않았다. 물론 현암은 미동도 하지 않았다.

'저 노인도 사자후 같은 심하나다를 할 줄 아는구나. 그러나 나보다 강하다고는 할 수 없지.'

다만 지금 상황으로는 사 대 사의 대결이 벌어질 공산이 컸다. 그런데 현암의 사자후에 저들은 조금 움찔하고 말았지만 노인의 심하나다에 현암 쪽 사람들은 하마터면 넘어질 뻔했다.

'막상막하일까?'

방황하는 유대인 **379**

인도인 노인이 가장 고수인 것 같았지만 현암보다 강할 수는 없을 것이었다. 지금 현암은 공력이 충만한 데다 월향검과 청홍검을 모두 갖고 있어서 겁날 것이 없었다. 하지만 현암을 제외한 나머지 세 사람은 다른 세 명의 인도인을 상대하기 어려울 듯했다. 그렇다면 상황은 비슷비슷하다고 볼 수 있었다.

노인은 현암이 미동도 하지 않는 것을 보고는 한숨을 쉬며 말했다.

"사람을 더 해치기는 싫소. 그러니 그냥 물러가시오."

"당신은 누구죠?"

현암이 묻자 노인은 고개를 저었다.

"대답도 하지 않겠다는 겁니까? 당신들은 칼키파요?"

현암이 다시 묻고 노인이 고개를 젓기도 전에 우 사부가 먼저 고함을 지르면서 노인에게 달려들려고 했다.

이에 노인은 탄식인지 뭔지 알기 힘든 한숨을 다시 내쉬면서 지팡이를 까닥해 보였다. 그러자 그들의 주위를 둘러싼 세 사람이 무기를 꺼냈다. 키가 큰 남자는 품 안에서 쇠붙이 같은 것을 꺼내 들었고, 덩치 큰 남자는 어깨에 둘러멨던 깃발 같은 것을 허공에 휘둘렀다. 그러자 겉을 둘러쌌던 천이 풀어지면서 쇠로 만들어진 것 같은 테이프 뭉치가 채찍처럼 주르륵 풀어졌다. 여자는 옷자락을 한 번 떨쳤는데 그녀의 팔과 다리 그리고 온몸에서 자두만 한 물건들이 투두둑 바닥으로 떨어졌다. 그것들은 모두 그녀의 몸과 줄로 연결돼 있었다. 그리고 난 다음 키가 큰 남자는 품에서 꺼낸 물건을 손가락에 끼우고 뱅글뱅글 돌리기 시작했다. 그것은 둥근 고리 모양의 칼날 같아 보였는데 두 개는 양손 검지에서 살아 있는 듯 무서운 속도로 회전했고, 나머지는 손에 쥔 채였다. 덩치 큰 남자는 마치 기다란 총채 같아 보이는 그 무기를 허공에 휘둘렀다. 날카로운 쇠 테이프들은 허공에서 한 올도 흐트러지지 않고 우르릉우르릉 울리는 소리를 내면서 춤추었다. 이어서 기이하고도 요염한 동작으로 여자가 춤을 추자 그녀의 몸에 매달린 추들이 그녀의 몸 주위를 무섭게 회전했다.

'대단한 자들이구나.'

현암은 그들의 몸놀림을 보자 바짝 긴장됐다. 셋 다 처음 보는 무기들이었지만 그들의 솜씨는 춤을 추듯 유연하면서도 물 샐 틈이 없어서, 쉽게 찾아보기 힘든 강적들이라는 것을 알 수 있었다.

백호의 얼굴이 하얗게 질렸고, 시켈도 인상을 찌푸리면서 나지막한 소리로 백호에게 말했다.

"저 둥근 고리는 차크람. 쇠 채찍은 우르민. 차크람은 던지는 것이고, 우르민은 휘두르는 것. 셋 중엔 여자가 가장 강할 것 같은데…… 사실 가장 조심해야 할 건 저 노인이야."

긴장한 백호가 현암에게 시켈의 말을 전해 주자 현암은 말없이 고개를 끄덕였다. 우 사부는 물러서지 않고 통배권의 수법으로 양손을 휘두르면서 우르민을 휘두르는 자에게 덤벼들었다가 다시 번쩍 몸을 날려 차크람을 든 자를 덮쳤다. 그러나 두 사람은 각각 무기를 휘두르고 몸을 날려 우 사부의 공격을 피하기만 할 뿐, 아직 공격하지 않고 있었다.

우 사부도 상대가 만만치 않다고 여긴 듯, 뒤로 물러나 현암과 마하딥, 시켈 등과 나란히 섰다.

그때 마하딥이 소리쳤다.

"성당 기사단 친구들도 당신들이 해줬나?"

인도인들은 아무 말도 하지 않았다. 그러자 시켈이 외쳤다.

"타보트는?"

노인은 그들을 거들떠보지도 않고 다시 한번 아주 실망스러운 듯, 슬픈 듯한 표정으로 한숨을 쉬더니 입을 열었다.

"지금이라도 늦지 않았소. 돌아가시오."

그 말에 현암은 천천히 등에 진 배낭을 풀고 그곳에 꽂혀 있던 청홍검을 빼 들었다. 그사이에도 현암의 머리는 무섭게 돌아가고 있었다.

'우르민과 여자의 추는 거리가 멀면 공격할 수 없다. 던지는 차크람을 월향으로 막고, 청홍검으로 우르민을 막으면서 파고들어 먼저 덩치 큰 남자를 쓰러뜨리고 여자를 막으면 승산이 있다! 일대일로 싸울 것이 아니라 우선 세 사람이 각각 한 명씩 맡아 시간을 끌어 주는 동안 내가 전력으로 하나씩 각개 격파 한다면 단시간 내에 이길 수도 있겠다.'

승산이 보이자 현암은 간단히 대답했다.

"갈 수 없소."

"당신은 굉장히 강한 사람이오. 그러나 우리 모두를 이길 수는 없을 거요. 우리도 솔직히 피해를 전혀 보지 않고 당신을 이길 수는 없을 것 같소. 그런데도 굳이 싸워야만 하겠소?"

현암은 노인의 말을 들으면서 나직하게 백호에게 속삭였다.

"세 사람에게 각각 하나씩 맡아 시간을 끌라고 전해 주세요. 노인은 피하고요. 그때 내가 약한 자부터 전력으로 각개 격파한다면 승산이 있습니다."

백호는 즉각 그 말을 나머지 세 사람에게 전해 주었다.

현암이 물러설 기미가 보이지 않자 세 사람이 일제히 현암을 노리고 공격해 들어왔다. 그와 동시에 현암도 재빨리 행동에 들어갔다. 그런데 현암의 예측과 달리, 노인을 제외한 세 사람은 한꺼번에 현암에게 덤벼들었다. 우 사부나 마하딥 등이 각각 한 사람씩에게 덤벼들려 했으나 그보다는 저쪽의 동작이 더 빨랐다.

'제길!'

현암은 속으로 혀를 찼다. 현암보다 인도인들 쪽이 더 노련했던 것이다. 좌우간 이자들의 맹공을 막아 내야만 했기에 현암은 있는 힘을 끌어올렸다.

키 큰 남자는 현암에게 두 개의 차크람을 날렸다. 예상했던 공격이었다. 현암은 곧장 왼팔을 뻗어 월향검을 날렸다. 차크람은 기이하게도 현암에게 직접 날아오지 않고 반원을 그리면서 살아서 조종되는 듯 현암의 배후를 파고들었으나 의지를 지닌 월향검만큼 자유로울 수는 없었다. 두 개의 차크람이 탁탁 소리를 내며 월향검에 맞아 떨어지는 순간, 현암은 크게 기합을 넣으면서 우르민을 휘두르는 남자를 향해 몸을 날렸다. 청홍검의 날은 예리하기 이를 데 없으므로 우르민의 얇은 칼날을 말아 한 번에 잘라 볼 요량이었다.

그 순간, 우르민은 넓게 퍼지면서 청홍검의 날을 감아 들어왔다. 동시에 남자는 왼팔을 휘둘러 현암의 얼굴을 치려고 했다. 현암은 곧 자신도 왼손을 들어 남자의 주먹을 막으면서 청홍검을 돌려 쥐어 우르민의 날을 절단하려 했다. 남자의 힘은 엄청났지만 현암의 공력을 당할 수는 없었다. 커다란 돌이 부딪치는 소리 같은 것이 나면서 남자의 어깨가 뒤로 휘청 밀렸다.

현암은 양쪽 어깨에 전해 오는 날카로운 통증을 느꼈다. 우르민의 칼날은 열 가닥이 넘었고, 남자는 그것들을 자유자재로 조종할 수 있었다. 청홍검을 감은 날 말고도 두 개의 날이 숨어 있다가 현암의 목을 노리고 뒤에서 감긴 것인데, 남자가 균형을 잃는 바람에 어깨만 스친 것이었다. 비록 남자의 왼팔에 타격을 주었지만 자신도 상처를 입자 현암은 분노해 청홍검에 사성의 공력을 가했다. 월향검 말고 현암의 공력을 버텨 낼 수 있는 무기는 드물었지만 청홍검은 지극히 보기도 힘든 보검이라 현암의 공력을 받을 수 있었다.

청홍검에 검기가 맺히자 곧 우르민의 날 두 개가 끊어졌다. 남자는 상처를 입었지만 우르민의 날이 잘리는 것을 보고 급히 청홍검에서 우르민을 풀려고 했다. 하지만 현암은 내친김에 우르민의 날을 모조리 잘라 버릴 셈이었다. 그런데 다음 순간, 현암은 우르민 말고 또 무엇인가가 등 뒤를 덮쳐 오는 듯한 살기를 느꼈다. 어쩔 수 없이 현암은 우르민이 감긴 채로 청홍검을 등 뒤로 돌려 날아오는 살기를 쳐 냈다. 그것은 여자가 날려 보낸 추였다.

'여자는 상당한 거리에 있을 텐데, 어떻게 여기까지 추를 날렸을까?'

그사이 남자는 우르민을 회수했고, 현암도 균형을 잡으면서 땅에 착지했다. 그리고 잠깐 눈을 돌려 보니 여자는 여전히 먼 거리에서 무섭도록 빠른 동작으로 몸을 돌리며 춤을 추고 있었다. 그런데 그사이 다시 서너 개의 추가 현암을 향해 날아들었고, 다급해진 현암은 파사신검 중 보호식인 파사수호검(破邪守護劍)을 써 간신히 청홍검으로 추들을 막아 낼 수 있었다. 그녀의 몸에 연결된 추는 보통 줄로 연결된 것이 아니라 질긴 고무줄 같은 신축성이 있는 줄로 연결돼 있었던 터라 멀리까지도 자유롭게 추를 날릴 수 있었다.

마하딥을 비롯한 세 사람은 각각 한 사람씩을 맡으려 했으나 세 인도인의 무기는 근거리와 원거리를 동시에 공격할 수 있는 것들이었다. 때문에 세 인도인은 각자 자신들에게 가해지는 공격을 방어하면서 현암을 공격했다. 우 사부 등은 별로 안중에 두지 않는 듯 그들은 대부분의 힘을 현암을 공격하는 데 쓰고, 자신들의 방어에는 중점을 두지 않았다.

제아무리 현암의 공력이 강하다 해도 이 기이한 무기들의 합공은 정말 막기 어려웠다. 월향검으로 차크람을 간신히 거둬 내고,

청홍검으로 우르민을 막아 내더라도 벼락같이 덮치는 여자의 추는 피하는 수밖에 없었다. 두 개의 검이 묶인 셈이니 현암의 나머지 수단은 기공술뿐이었는데, 저들은 모두 원거리 공격을 주로 하는 판이라 손이 닿을 수가 없었다. 월향검은 잠깐 사이에 여섯 번이나 현암에게로 날아드는 차크람을 튕겨 냈고, 현암도 파사신검의 초식을 유감없이 사용해 우르민의 날을 두 개 더 잘랐지만 여자가 날려 보내는 철추는 진땀이 흐르게 만들었다. 때때로 현암에게로 날아드는 것을 마하딥이 중력파를 써서 간신히 억제해 주는 판이었다.

현암은 점점 손이 어지러워지는 것을 느꼈다.

'이대로 싸우다간 삼 분도 못 버티겠다.'

다행히도 마하딥과 우 사부와 시켈 등이 점차 상대를 파악하고 정확하게 공격을 가하기 시작했다. 그들이 비록 인도인들보다 강하다고 할 수는 없었지만 나름대로 으뜸가는 고수들이었다.

우 사부는 차크람을 날리는 남자에게 달려들었다. 월향검이 차크람을 쳐 내는 동안 남자는 무기가 없기 때문에 이것은 아주 적확한 선택이었다. 우 사부가 강력한 통배권으로 손바닥을 휙휙 휘두르자 바람 소리만이 아니라 실제 장풍처럼 바람이 일어나는 것이 느껴졌다. 그와 더불어 월향검이 계속해서 차크람을 번개같이 튕겨 내자 남자는 안색이 변하면서 우 사부의 무서운 손바닥을 피해 뒤로 몇 걸음이나 물러서야 했다.

시켈은 쇠 손톱을 펼쳐 재빨리 바닥에 몸을 뒹굴면서 우르민을

든 자를 공격했다. 다만 우르민이 춤추고 있을 동안은 몸을 날리거나 굴려서 멀어졌다가 청홍검과 우르민이 얽히는 순간에만 집요하게 파고들었다. 남자는 우르민을 쌌던 천 깃발을 휘둘러 시켈의 쇠 손톱을 막으려 했지만 순식간에 대여섯 군데나 긁혀 피투성이가 됐다. 그러나 그자는 무척이나 덩치가 크고 힘이 강한 데다 고집이 대단해, 조금도 물러서지 않고 버텼다.

한편, 마하딥은 중력파를 최대한 발하면서 여자에게 계속 단검을 던졌다. 여자의 추도 중력파는 벗어날 수 없어, 여자는 이미 추를 자유자재로 다루는 데 퍽 어려움을 느끼는 듯했다. 조금 전까지 여자의 춤은 매끄럽고 요염하기 그지없었는데, 중력파가 가해지자 여자는 조금씩 땀투성이가 돼 갔다. 거기에 마하딥의 단검은 꽤 신경 쓰이게 날아들어 여자는 현암을 제대로 공격하기 어려운 듯했다.

세 사람이 안정을 찾자 현암도 조금 자유로워졌다. 현암은 크게 소리를 지르면서 공력을 돋우어 훌쩍 우르민의 자루를 잘라 버리려고 청홍검 휘둘렀다. 그때 노인이 다시 크게 심하나다를 외쳤다. 순간적으로 마하딥을 비롯한 세 사람이 충격을 받아 움찔하는 사이 세 인도인의 무기가 벼락같이 현암만을 노리고 집중됐다. 전광석화 같은 기세였으며, 무척이나 많은 수련을 쌓은 솜씨임이 분명했다.

현암은 눈앞이 캄캄해지는 것 같았다. 추와 차크람과 우르민에 휩싸여 도저히 피할 수도, 움츠릴 수도 없었다. 그때 월향검이 미친 듯 회전하면서 벼락같이 허공에서 아래로 떨어져 내렸다. 사람이었다면 목숨을 버리는 결사적인 방어였다. 두 개의 차크람과 우르민 세 가닥이 월향검에 의해 튕겼다. 그 틈에 현암은 청홍검으로 우르민 두 가닥과 추 세 개를 휘감았고, 추 한 개는 급한 나머지 왼손으로 움켜쥐었다. 그런데도 추 하나가 현암의 가슴을 쳤다. 비록 공력으로 보호되고 있었지만 현암의 몸은 무쇠가 아니었다. 한 방으로 죽거나 중상을 입진 않겠지만 도망칠 곳도 없는데 상처를 입으면 가뜩이나 버티기 어려운 판에 더 많은 상처를 입을 것이고, 그러면 끝장이었다.

'아뿔싸!'

그런데 이상하게도 쨍 소리와 함께 타격감이 그리 크지 않았다. 정말 천행으로 추가 자신의 주머니에 들어 있던 뭔가에 부딪힌 것 같았다. 그것이 무엇인지 짐작해 보기도 전에 현암은 있는 힘을 다해 이번에는 사자후를 발했다. 공력이 없는 사람들에게는 좀 위험하겠지만, 그것 말고는 이 연속 공격에서 빠져나갈 방법이 없었다. 십성(十成) 전력을 사용하면 보통 사람들에게 치명적일 수 있다는 판단에 마지막 순간 힘을 줄여 팔성(八成)의 공력만 사용했다.

"어허엉……!!!"

석실 안이 무섭게 흔들렸다. 이것은 아까 현암이 발했던 사성 공력의 사자후나 노인의 심하나다와 비할 것이 아니었다. 팔성 공력을 사용했다고 사성 공력을 사용했을 때보다 두 배 더 위력적인 것은 아니었다. 어린아이보다 두 배 더 힘센 어른은 어린아이 두 명이 아니라 수십 명을 상대할 수 있듯이 두 배의 공력이란 산술적인 두 배보다 훨씬 넘는, 다른 차원의 힘을 발하는 것이다.

현암의 무지무지한 사자후에 대부분의 인부는 그만 까무러쳐 픽픽 쓰러져 버렸다. 백호는 비록 공력을 수련하지 않았지만 나름대로 상당한 무술을 익힌 건장한 남자였는데도 정신이 아득해지고 눈앞에 별이 보이는 것을 느끼면서 엉덩방아를 찧었다.

마하딥과 시켈, 우 사부 등도 얼굴이 흙빛으로 변하면서 자신도 모르게 귀를 틀어막고 비틀거렸다. 셋 중 다소 약한 시켈은 풀썩 무릎을 꿇기까지 했다. 그리고 현암을 공격하던 세 인도인도 비틀거리면서 제풀에 공격이 흐트러졌다.

그 와중에 여인의 추와 우르민이 한데 얽힌 것이 가장 큰 타격이었다. 두 사람은 깜짝 놀라 얽힌 것을 풀려고 했지만 금방 풀리지 않았다. 차크람을 조종하던 남자는 돌아오는 차크람을 받다가 놀라 손이 흔들리는 바람에 손가락 끝마디가 베였다. 그러나 노인은 어깨를 한 번 부르르 떨었을 뿐이었다.

만약 마하딥이나 우 사부가 정신을 차렸다면 이 순간을 놓치지 않고 덤벼 세 인도인을 순식간에 해치웠겠지만 그들이 받은 타격은 인도인들보다 더 심했다. 그리고 현암도 숨을 들이마시고 공력을 조종하느라 일순 몸을 움직일 수 없었다. 그때, 여태껏 움직이지 않고 있던 노인이 몸을 움직였다. 노인은 귀신처럼, 무릎도 굽히지 않았는데 갑자기 현암의 옆으로 이동해 왔다. 이어 그의 지팡이가 번개같이 움직였다.

"당신은 너무 강하군! 큰 화가 미치겠어! 내 같이 죽는 한이 있어도 당신만은 해치워야겠소."

노인이 지팡이를 휘두르는 기술은 기괴망측하면서도 번개 같았다. 현암은 삽시간에 아까 세 인도인을 상대할 때보다 더 큰 압박감을 느꼈다. 더구나 노인은 계속 현암에게 떠들어 대면서도 지팡이를 휘두르는 솜씨에는 한 점 착오가 없었다.

순식간에 현암은 몸 여기저기에 세 대를 얻어맞았는데, 지팡이의 위력은 쇠몽둥이보다도 강했다. 공력을 극도로 돌린 상태의 현암에게도 별이 보일 정도였으니 보통 사람 같으면 한 대에 뼈가 부서질 정도의 위력이었다. 다행히 월향검이 날아와 노인의 배후를 집요하게 견제해 주었기에 망정이지, 자칫했다가 현암은 그 기괴한 지팡이의 그림자에 갇혀 순식간에 박살 날 판이었다. 더구나 노인은 조금도 자신을 방어하지 않고 오로지 현암을 노리는 데만 신경을 집중하고 있었다.

현암이 만약 마음을 독하게 먹는다면 노인의 공격을 세 번 정도 몸으로 버티면서 노인을 청홍검으로 꿰뚫어 버릴 수도 있었다. 그러나 현암은 사람을 죽일 마음이 없었던지라 식은땀을 흘리면서 노인의 공격을 받아칠 수밖에 없었다.

'좋다! 해 보자!'

현암은 기를 쓰면서 파사신검의 기기묘묘한 초식을 발휘해 무서운 검막을 형성했다. 청홍검은 굳이 검기를 크게 쓰지 않아도 월향검에 비해 길고 대단히 예리하기 때문에 파사신검의 수법을 눈부신 속도로 시전하기에 알맞았다.

그렇게 되자 노인의 지팡이는 청홍검과 눈 깜짝할 사이에 타타타탁 소리를 내며 열댓 번이나 부딪혔고, 노인의 지팡이는 아주 견고해 잘리지는 않았지만 수십 군데 칼자국이 나 볼썽사납게 돼 버렸다. 지금 현암은 검술에서도 보통 사람이라면 절대 바랄 수도 없는 극도의 경지를 연출하고 있었다. 보통 사람이 아무리 수련하더라도 무지무지한 공력이 갖추어지지 않는다면 검법을 제대로 펼칠 수 없었기 때문이다.

가령 한 방향으로 검을 무섭게 휘두르고, 다음 순간 방향을 바꾸려면 검의 무게와 가속이 있기 때문에 반대의 힘을 지속적으로 가해야 한다. 그러려면 어느 정도의 시간이 걸리고, 그 순간이 만약 상대방이 공격하기 위해 무기를 돌리는 시간보다 길다면 허점을 드러내는 것이 된다. 그 때문에 모든 검법은 원초적으로 상내의 그러한 허점을 찌르면서 내 쪽의 방어를 극대화하는 수법을 모은 것이라 할 수 있다.

그런데 현암이 청홍검을 휘두르는 것은 모든 공력을 검기가 아니라 검을 휘두르는 기세에 쏟은 것이라 검을 자유자재로 조종할 수 있었다. 언제라도 위치와 방향을 순간적으로 바꿀 수 있는 힘이 항상 있다면 검법의 위력은 몇 배가 될 수밖에 없다. 더구나 현암이 사용하는 초식은 파사신검이라는 정교한 검법이었다. 현암도 눈이 빠르기는 했지만, 무시무시하게 회전하는 노인의 지팡이를 꿰뚫어 볼 정도는 아니었다. 그래서 현암은 그냥 검법의 순서

대로 무조건 최대로 검을 휘둘렀던 것이다.

노인의 지팡이술은 보지도 듣지도 못할 정도로 정교하고 위력이 엄청났지만, 무시무시한 속도로 휘두르는 현암의 검술은 노인이 따라갈 수는 없었다. 현암은 벌써 순식간에 대여섯 번이나 검초를 반복하고 있었고, 노인은 이미 현암의 검법을 파악한 상태였다. 그런데도 노인이 현암의 검을 돌파하지 못하는 것은 무지무지한 속도와 힘 때문이었다. 아무리 검법의 틈새를 알고 찔러 들어가려 해도 현암이 검을 휘두르는 속도 이상으로 지팡이를 휘두를 수가 없었다.

사실 이 노인은 지팡이의 무예로만 따진다면 전 세계에서 다섯 손가락 안에 들 수 있는 무지무지한 고수라 할 수 있었다. 노인의 한평생 동안 그의 지팡이를 삼 초 이상 막아 낸 자가 없었다. 그런데도 비록 정교하기는 하지만 같은 검초를 끊임없이 반복하는 현암을 이겨 내지 못하니 그는 내심 분통이 터졌다.

더구나 현암이 휘두르는 칼은 무서울 정도로 예리해 감히 정통으로 맞부딪칠 수도 없었다. 노인이 여유 있게 공격하고, 현암이 힘겹게 막아 내는 것처럼 보였지만 실상은 노인이야말로 지팡이가 부러지지 않도록 비지땀을 흘리는 판이었다. 검날이 아니라 옆으로 부딪혀도 지팡이에 흠집이 생기는 정도니 검날에 찍혔다가는 즉시 두 토막이 날 것이고, 그러면 자신은 죽은 목숨이나 다름없었다. 또 노인은 현암이 같은 검초를 반복하는 것이 일종의 속임수라고 믿었다. 그토록 무서운 힘을 지닌 명검을 가진 데다 등 뒤로 검을 날려 자신을 공격하기까지 하고, 이토록 정밀한 초식을 쓰는 사람이 알고 있는 초식이 한 가지뿐이라고는 누구도 짐작하지 못할 것이었다.

노인은 현암이 계속 같은 초식을 반복하면서 자신을 가지고 놀다가 틈을 봐 일격에 처치할지 모른다는 생각에, 등에 식은땀이 흐르는 판이었다. 그래서 그는 지팡이를 휘두르는 술수를 변화시켜 가면서 느닷없이 튀어나올지 모르는 현암의 일격에 대비하려 했다. 게다가 등 뒤의 월향검을 막는 데까지 신경을 집중해야 했으니 사실상 위기에 몰린 것은 노인 쪽이었다.

이런 것을 짐작할 리 없는 현암은 그냥 파사신검의 위력이 정말 절묘하다는 마음으로 죽으라고 그 검초만 반복하는 중이었다. 자신의 공력과 청홍검, 월향검의 위력에다 파사신검의 정밀한 검초를 막아 냈던 자가 여태껏 없었으니 현암은 그런 사실을 알 수는 없었다. 그러나 현암이 펼쳐 내는 반복적인 검초는 초식을 초월한 무예의 극단에 이르는 것이었다. 그에 대응하는 노인의 지팡이 또한 기교에 있어서는 또 다른 무술의 한 극단이라 할 수 있었다.

두 사람의 대결은 공전절후(空前絶後)의 싸움이었다. 아주 옛날이라면 몰라도, 총알이 난무하는 21세기에 이토록 신기에 가까운 무예의 대결이 벌어지리라고는 아무도 상상하지 못했으리라. 무술을 익히긴 했지만 고수라고 할 수 없는 백호마저 모든 것을 잊고 넋을 잃은 채 멍하니 그 광경을 바라볼 정도였다. 하물며 마하딥과 시켈, 우 사부와 세 인도인은 무기를 휘두를 생각을 하지 못하고 그 무시무시한 대결을 눈으로 좇느라 자신의 목숨마저 잊은 상태였다.

심지어 우 사부는 냉혹하고 조소적인 사람임에도 불구하고 눈물이 솟구쳐 나올 정도였다.

"정말 이건…… 당장 죽어도 여한이 없겠구나……."

우 사부가 자신도 모르게 중얼거리는 바람에 모두 환각에서 빠져나왔다. 그제야 그들은 정신을 차리고, 다시 한데 엉겨 최대한의 힘으로 싸우기 시작했다.

한편, 노인은 도저히 이대로는 현암을 당할 수 없다 싶자 최후의 방법을 썼다.

"고반다 님을 위해서라도 너는 없어져야 한다! 너는 반드시 우리 일을 방해할 테니까. 어서 날 죽여라! 우리 같이 죽자!"

노인은 미친 듯이 자신의 비밀이라 할 수 있는 이야기를 떠들어 대며 현암에게 파고들었다. 현암은 기이했다. 이 노인은 왜 구태여 묻지도 않는 것을 떠들어 대는 것일까? 그러나 고반다가 도대체 누구이며, 왜 이 노인이 죽기를 각오하면서까지 그를 위해 자신을 없앤다는 것인지 궁금하지 않을 수 없었다.

"나는 칼키파의 수석 사제다! 우리는 모두 고반다 님을 받든다. 고반다 님이 누구신지 아느냐? 내가 목숨을 바치려는 그분을 너는 아느냐?"

"그게 누구냐?!"

현암은 너무 궁금해 자신도 모르게 크게 외쳤다. 순간, 노인의 지팡이가 현암의 어깨를 일곱 번이나 내리쳤다. 공력이 도는데도 불구하고 현암은 어깨를 휘청하며 하마터면 청홍검을 떨어뜨릴 뻔했다. 천만다행히도 월향검이 죽을힘을 다해 노인의 등 뒤를 엄습하고, 노인의 지팡이가 현암의 공력에 반탄되는 바람에 노인은 그 호기를 살리지 못한 채 몇 걸음 뒤로 물러설 수밖에 없었다.

"정신 차리시오! 마음을 흐트러뜨리지⋯⋯!"

우 사부가 크게 외치는 소리가 들렸다. 노인은 기묘한 무술을 썼는데, 이는 상대가 알고 싶어 하는 비밀을 자꾸 들려줘 상대방의 정신을 헛갈리게 하는 특이하고도 다소 치사한 수법이었다.

노인은 젊었을 때 떠들어 대면서도 자신의 공격을 전혀 완화하지 않는 특이한 무술을 익혔는데, 이후 무지무지한 고수로 변하면서 그러한 치사하고 창피한 방법은 한 번도 사용하지 않았다. 그런데 현암은 노인이 평생 써 보지도 못한 기이한 술수를 총동원해도 꼼짝도 하지 않았다. 겉으로는 우세한 것 같아도 실제로는 초조하기 짝이 없어지자 노인은 나름대로 비장의 수를 쓰는 것이었다.

이러한 고수끼리의 대결에서는 머리카락 한 올만큼의 틈도 용납되지 않기 때문에 상대방의 정신을 아주 조금이라도 분산시킬 수 있다면 성공이었다. 그러나 노인이 한 가지 모르는 것이 있었다. 현암은 비록 공력을 아낌없이 사용하고 있지만 초식을 변화시키는 데 별반 신경을 쓰지 않고 손 가는 대로, 몸이 익힌 대로만 하고 있다는 사실이었다. 만약 현암이 초식 하나하나를 변화시키며 대응했다면 노인의 이 수법에 금방 파탄이 났을 것이다. 하지만 현암은 애당초 그런 변법(變法)을 사용할 줄도 모르거니와, 지금은 그냥 검법대로만 휘두르는 것 외에는 대응할 다른 방법도 없는 상황이었다.

방금 당할 뻔한 것도 무심코 말하느라 손이 흐트러진 탓이지, 말만 하지 않았다면 속으로 온갖 생각을 다 해도 조금도 흐트러지지 않았을 것이다. 현암은 한 번 당할 뻔한 다음에는 넘치는 공력으로 부동심결의 무념무상의 경지로 들어가 외우고 있는 검초만 휘둘렀다. 노인에게 한 번의 기회는 있었지만 다음 기회는 없는 셈이었다.

온 신경을 집중하자 현암의 검초는 똑같은 반복이라도 속도와 기세가 더해져 노인에게 광풍같이 밀어닥쳤다. 노인은 겉으로 보기에도 땀투성이가 돼 갔고, 평생 걸려 쌓은 무시무시하며 외부에 한 번도 공개되지 않은 비장의 술법까지 총동원하면서도 현암의 기세에서 빠져나올 수 없었다. 또 월향검은 현암이 맞는 것을 보고는 죽기 살기로 노인에게 대들었다. 노인은 워낙 엄청난 고수라 검기가 실리지 않은 월향검이 아무리 달려들어도 그것을 쳐 내는 것 정도는 쉬운 일이었지만 아무래도 손이 더 어지러워지고 힘이 드는 것은 어쩔 수 없었다.

노인은 아까 한 번 통했던 수법을 떠올리고는 물에 빠진 사람이 지푸라기 잡는 셈으로 자신의 비밀을 마구 술술 털어놓기 시작했다. 욕설이나 거짓말로는 고수들을 격동시킬 수 없다. 진정 상대방의 마음을 움직일 수 있는 비밀을 외치는 것이 최고의 방법이라고 그는 배웠다. 그래서 지금은 자신의 정체나 자신이 속한 곳의 정보가 최선의 비밀이었으므로, 그는 시키지도 않았는데 비밀을 털어놓는 셈이 돼 버렸다.

평상시 같으면 죽임을 당하는 한이 있더라도 노인은 그런 비밀을 누설하지 않을 것이었다. 그러나 노인은 평생 이기고만 살아온 사람이었다. 처음으로 무참한 패배를 맞을지 모른다고 생각하자 자신의 목숨보다 '진다'는 괴로움이 마음을 짓눌렀다. 그렇기에 노인은 이기기 위해 목숨보다도 소중한 비밀을 모조리 술술 털어놓았다. 노인으로서는 자신이 진다는 것은 상상도 할 수 없는 일이었다. 어떻게든 이기고 난 다음 모조리 죽여 버리면 비밀이고 뭐고 상관없지 않겠는가 하는 독한 심산이었다.

"고반다 님은 칼키시다! 세상을 평정하시고 다시 만드실 것이다! 그분이 왜 언약궤 같은 물건을 원하시는지 아느냐? 세상에 고반다 님의 적수가 될 수 있는 녀석은 둘뿐이다! 그 녀석을 없애려고 필요한 것이다! 그런데도 너는 싸워야 하느냐? 네가 그걸 찾는 이유는 뭐냐? 너도 아하스 페르츠를 아느냐?"

한편, 우 사부와 마하딥 등은 다른 세 인도인과 목숨을 건 혈투를 벌이고 있었다. 이미 여섯 사람은 피투성이에다 여기저기 상처를 입어 만신창이가 됐지만 모두 조금도 물러서지 않았다.

지금 현암과 노인이 팽팽하게 대적하는 상황에서 어느 편이 가세한다면 현암이나 노인 둘 중 한 명은 쓰러질 수밖에 없었고, 그러면 그들과 차원이 다른 두 명의 대고수 앞에 나머지는 우르르 쓰러질 수밖에 없는 것이다. 그들의 싸움은 집단으로 얽히는 것이라 현암과 노인의 대결만큼 오묘하지는 않았지만, 험악하고 사람의 마음을 놀라게 만들었다. 그런데 그들 모두는 노인이 떠들어 대는 소리를 들으며 누가 먼저랄 것도 없이 점점 손발이 어지러워져 갔다.

우 사부나 마하딥, 시켈은 인도인들의 비밀을 듣자 자신도 모르게 놀라고 궁금해져 손발이 어지러워졌고, 인도인들은 자신들의 윗사람인 노인이 비밀을 술술 털어놓는 것에 경악해 손발이 어지러워졌다. 이렇게 되자 그들은 평소에 사용하던, 놀랍고 화려한 수법들을 차츰 사용할 수 없게 됐다. 헛손질이 잦아지자 실수가 늘어났고, 실수를 만회하려다 보니 마구잡이식으로 치사하고 비겁한 술수까지 쓸 수밖에 없었다.

그들은 평소 잘 사용하지 않았던, 극도로 험악하고 치사한 수법까지 남김없이 사용했다. 눈이나 발을 찌르려 하거나, 먼지를 집어 던지고 머리로 들이받으며 물어뜯고 할퀸다든지 여자가 남자의 아랫도리를 공격한다든지 하는 등의 얼굴이 붉어지는 수법까지 총동원해 악투를 벌이는 판이었다. 그렇게 혼전 양상으로 바뀌자 서로 간에 점차 얻어맞는 횟수는 많아졌지만 마구잡이식으로 가해진 공격이 많아 치명타를 입히지는 못했다. 그러나 그런 식으로 엉켜 싸우는 것은 보는 사람의 간담을 서늘하게 만들기에 충분했다.

그 와중에 홀로 서 있는 사람은 백호였다. 백호는 여기 있는 사람들과 엉켜 싸울 만한 실력이 없는 데다 총마저 없어진 터라 멍하니 있을 따름이었다. 저쪽에 성당 기사단원들이 묶여 있는 것이 보였지만 성당 기사단원들도 같은 편이라고는 할 수 없는 처지 아닌가? 그래서 안절부절못하고 있는데, 노인이 목소리가 들렸다.

백호는 우 사부의 외침과 현암이 실수하는 것을 보고 화가 났다. 그래서 노인의 말을 새겨듣는 한편 목소리를 높여 노인의 말에 꼬박꼬박 대꾸했다. 백호를 제외한 사람들은 모두 목숨이 경각에 달린 판이라 비밀이고 뭐고 할 것 없이 스스로 귀를 막고 정신을 헛갈리지 않게 하려고 애쓰는 실정이었다.

그중 현암은 부동심결의 심법을 써 아예 아무런 소리도 들리지 않는 상태였다. 노인이 뭐라고 소리를 지르건 하나도 알아듣거나 기억할 수 없는 것이었다.

"안다! 너희가 언약궤를 가져간 건 아하스 페르츠를 상대하기 위해서냐?"

노인은 현암을 직접 상대하고 있었지만 그의 눈은 현암의 입을 보고 있지 않았다. 오로지 오색영롱한 빛을 그리는 청홍검의 궤적에만 온 신경을 쏟고 있었다. 그런 차에 현암과 비슷한 나이의 남자 목소리가 들리자 노인은 그 말이 현암의 입에서 나온 줄 알고, 곧 말려들겠구나 싶어 신이 나 지껄이면서 지팡이에 더욱 힘을 주었다.

"그렇다! 그는 고반다 님의 가장 큰 적수라 할 수 있다! 그 악독한 녀석은 죽지도 않으니, 그것으로 상대할 수밖에 없겠지!"

"그러면 언약궤는 지금 너희들 손에 있는 거냐?"

"이미 옮겨졌다. 지금쯤 인도양 상공을 날고 있을 거다!"

"고반다는 누구냐?"

"망령되게 그 이름을 올리지 마라! 그분은 대성인이시며, 대요기이시다!"

백호는 지난번 홍수 사건 때 바바지의 이야기를 들은 적이 있어서 즉시 물었다.

"대성인, 대요기는 바바지님 아니신가? 너희의 고반다는 사람을 죽이고 물건을 강탈하라고 시키는데, 그게 무슨 성인이 할 짓이냐?"

그 말에 노인은 무섭게 화를 냈다.

"바바지는 아무것도 아니다! 이미 바바지는 죽었다!"

"뭐? 바바지님이……?"

"고반다 님이야말로 세상을 평안케 하실 분이다! 큰일을 하려면 작은 희생은 감수해야 하는 법! 그분이야말로 모든 악을 소멸시키는 능력을 지니신……."

노인은 그 순간 아차 하면서 손이 어지러워졌다. 자기가 자기 무덤을 판 꼴이었다. 순간적으로 고반다와 바바지가 비교되자 노인은 분노할 수밖에 없었다. 퇴마사들에게도 도움을 주었던 대성인 바바지는 노인도 알고 있었고, 노인은 바바지의 죽음에 간접적으로 책임이 있는 자였다. 물론 그는 바바지보다 고반다를 더 신봉했다. 하지만 그로서도 그러한 성인의 죽음에 일조했다는 것에는 일말의 가책을 느끼지 않을 수 없었다. 그런 양심의 앙금 때문에 오히려 노인은 스스로 분노해 손이 어지러워진 것이었다.

그러나 백호는 염장을 지르는 소리를 계속해 댔다.

"정말로 악한 놈들치고 자기가 나쁘다는 놈 보지 못했다! 더구나 선의의 탈을 쓰고 악행을 한다면 그야말로 개자식이 아니고 뭐냐!"

백호는 평상시 입에도 올리지 않았던 비속어로 끝도 한도 없이 고반다를 욕했다. 알고 보니 백호의 욕 실력도 수준급이었다. 노인은 종교 단체인 칼키파의 수뇌급이자 그 일원인 만큼 자신이나 자기 어머니에 대한 욕은 참을 수 있어도 그들이 추앙하는 고반다에 대한 욕을 듣는 것은 못 참으리라는 판단에서였다.

백호의 예상은 그대로 들어맞아 노인은 알아들을 수 없는 인도어로 욕을 해 대면서 얼굴까지 붉으락푸르락해졌다. 노인은 자신이 추앙하는 대상에게 욕을 퍼붓는 것을 두 눈 뻔히 뜨고 보고만 있자니 수치도 이만저만한 수치가 아니었다. 노인은 말발로 현암을 격동시키려다 반대로 자신이 분노하게 되자 차차 실수가 많아졌다.

그러나 현암은 무념무상의 경지에서 차분히 계속 파사신검의 검법을 그대로 펼칠 뿐이었다. 현암이 검술을 이 정도로 발휘한 적은 지금까지 한 번도 없었다. 검법을 계속 반복하면서 현암은 점점 이전에는 미처 몰랐던 검법에 대한 감을 좀 더 분명하게 느껴 갔다. 그래서 현암은 노인에 대한 분노나 모든 일조차 잊은 채

검을 휘두르는 데만 전념했고 이에 노인의 손은 더욱더 어지러워져 갔다.

그래도 노인은 막강한 고수라 실수해도 기발한 변초(變招)로 지탱해 나가면서 크게 패세를 보이지 않았지만 자신도 모르게 한 발, 한 발 뒤로 물러났다. 그러면서 노인은 인도어로 뭐라고 크게 외쳤다. 그러자 일행 중 유일하게 인도어를 알아듣는 시켈이 놀라서 외쳤다.

"이자들은 이길 수 없게 되면 자폭할 생각입니다! 이 방에도 폭탄이……."

순간 시켈의 손목에 우르민이 스치고 지나가 시켈은 더 이상 말하지 못했다. 시켈의 손에서 피가 솟구치자 시켈이 사용하는 쇠손톱의 위력은 눈에 띌 정도로 약해졌다.

노인은 자신이 아무리 애써도 현암을 이길 수 없다고 여겼다. 현암의 검법은 점점 기세를 더해 가는 데 반해 자신은 점점 기운이 빠져 갔다. 이런 상황에서는 세 부하와 함께 현암을 상대하더라도 이길 수 없을 것 같았다. 그러나 자신은 수많은 비밀을 말했으므로 현암을 살려 보낼 수는 없었다. 노인은 괴로운 결단을 내렸다. 물론 아직 노인에게는 부하가 기폭 장치를 작동시키는 동안 현암을 붙잡아 놓는 충분한 힘이 남아 있었다. 그러나 조금이라도 더 시간을 끌면 언제 자신이 당할지 모르기 때문에 그는 서둘러 동시에 모두 자폭하는 길을 택하기로 한 것이었다.

악전고투를 벌이고 있던 세 인도인은 이런 변화에 즉각적으로 반응했다. 여자와 우르민의 거한은 분위기를 일신시켜 강하게 공격을 개시했고, 차크람을 던지는 남자도 차크람을 무섭게 회전시켜 던진 다음 훌쩍 뛰어 뒤로 몸을 빼냈다.

그자가 폭발물을 기폭시키려는 것이 분명해 마하딥과 우 사부, 시켈은 그를 막으려 악을 썼지만 여자와 우르민의 방해로 막을 수 없자 백호에게 외쳤다.

"어떻게든 해 보시오!"

아무리 차크람의 남자가 맨손이라고 해도 백호는 그를 막을 자신이 없었다. 하지만 상황이 상황인지라 백호는 물불을 가리지 않고 나름대로 특공 무술 실력을 발휘하면서 그에게 덤벼들었다.

차크람의 남자는 계속 차크람을 받아 던지면서 그 사이사이에 기이한 동작의 무술로 상대를 공격하는 고수였다. 그런 남자가 백호 정도의 솜씨에 당할 리 없었다. 백호는 차크람의 남자에게 누 번의 발차기와 세 번의 주먹질을 했다. 하지만 그 모든 공격은 백호가 보지도 못한 순간에 모두 막혀 버렸고, 백호는 아랫배와 아래턱에 강렬한 타격을 받고 저만치로 나가떨어졌다.

그 틈을 타 차크람의 남자는 한쪽 구석에서 조그마한 배낭 같은 것을 꺼내 들었다. 기폭 장치임이 분명했다.

"고반다 님을 위하여……!"

남자는 소름 끼치는 목소리로 크게 부르짖었고, 현암과 노인을 제외한 모두는 이제 끝장이라는 생각에 눈앞이 캄캄해졌다. 무념무상의 경지에 있는 현암만 아무것도 듣지 못한 채 검법에만 열중하고 있었다. 만약 현암이 그런 사실을 알았다면 노인에게 여러 대의 타격을 입을지언정 급히 남자를 제지했을 것이다. 그러나 현암은 무념무상의 경지에 들어가 있어 남자를 제지할 수 없었다.

그때였다. 갑자기 소름 끼치는 여자의 비명이 방 안을 가득 메웠다. 너무도 처절한 비명이었는데, 물론 철추를 조종하는 인도 여자의 비명은 아니었다. 그것은 월향검이 낸 소리였다. 현암이나 백호는 그 소리를 모르지 않았지만 다른 자들은 그것을 알 리 없었다.

대고수인 노인을 제외한 인도인들이 순간적으로 손을 멈칫했다. 그 순간, 월향검은 쏜살같이 날아들어 차크람의 남자의 손에 깊은 상처를 내며 배낭을 두 동강 내 버렸다. 차크람의 남자도 월향검을 피할 수 있을 정도의 실력이었지만 기폭 장치를 잡고 득의만면해 있었고, 아무도 자신을 말릴 수 없다며 방심하고 있었다. 남자의 상처는 상당히 심해 양 손가락을 놀릴 수 없을 정도였다. 그런데 배낭에서 쇠로 된 상자 같은 것이 툭 떨어졌다. 기폭 장치였다.

쓰러졌던 백호는 그것을 보고 서둘러 몸을 날렸다. 양손을 다친 남자도 급히 몸으로 기폭 장치를 얼싸안으려 했다. 월향검이 공중을 회전해 다시 차크람의 남자를 공격하려는데, 저쪽에서 마하딥과 싸우던 여자가 추 한 개를 날려 보내 월향검을 정통으로 맞혔다. 월향검이 튕겨 날아가자 남자가 먼저 기폭 장치를 안았다. 기폭 장치의 스위치는 손가락이 자유롭지 않아도 누를 수 있는 구조였다.

그것을 보고 백호는 비명 같은 소리를 지르면서 달려들었다.

남자는 그 와중에도 발을 귀신같이 놀려 연달아 네 번이나 백호를 걷어찼다. 백호는 죽을 각오로 기폭 장치에 매달렸지만 네 번의 발길질에 버티지 못하고 코피를 쏟으며 다시 쓰러졌다. 남자는 백호를 쓰러뜨렸지만 중상을 입은 몸으로 백호를 쓰러뜨리느라 무척이나 힘을 썼는지 숨을 헐떡이며 씹어뱉듯 말했다.

"이 끈질긴 놈……."

순간, 남자의 눈에 자신이 던진 차크람이 되돌아오는 모습이 보였다. 남자는 암담해졌다. 차크람의 날은 예리하기 짝이 없어 그것을 손상 없이 잡는 데만 수십 년 동안 수련해야 했다. 그런데 손가락이 놀려지지 않는 상황에서 돌아오는 차크람을 어떻게 잡는단 말인가? 이대로라면 남자는 자신의 차크람에 맞아 다치는 길밖에 없었다. 할 수 없이 남자는 기폭 장치를 내버려두고 풀쩍 몸을 날려 차크람을 피하려 했다. 그때, 쓰러졌던 백호가 끈질기게 남자의 다리를 붙잡고 늘어졌다. 얻어맞은 것 때문에 상황 판단이고 뭐고 할 겨를도 없이 백호는 무작정 남자를 잡고 늘어졌다. 뛰어오르는 순간 다리를 잡히자 남자의 몸은 더 이상 떠오르지 못했다. 이어 남자의 눈에 득달같이 날아드는 두 개의 차크람이 크게 확대해 들어왔다.

"으아악!"

남자의 비명이 이어지다가 뚝 끊겼다. 예리하기 이를 데 없는 두 개의 차크람 중 하나는 남자의 팔을 끊어 냈고, 다른 하나는 오른쪽 가슴을 관통해 버렸다. 남자는 더 볼 것도 없이 그대로 즉사했고, 남자의 시체는 백호의 몸 위로 풀썩 쓰러졌다. 주인 잃은 두 개의 차크람은 돌벽으로 가 박혔다.

동료 한 명이 죽자 남은 두 명의 인도인은 눈에 불을 켰다. 둘은 이미 생사를 도외시한 것 같았다. 우르민을 휘두르던 거한은 우 사부가 통배권으로 공격해 오는데도 피하지 않고 커다랗게 고함을 지르면서 양팔을 크게 벌렸다. 퍽퍽 소리가 나며, 갑옷을 입은 키건을 쓰러뜨릴 뻔했던 강렬한 통배권이 적중했는데도 거한은 무시무시한 소리를 질렀을 뿐, 쓰러지지 않았다. 곧이어 마하딥이 두 개의 단검을 여자 쪽으로 날렸지만 거한은 그것도 우르민과 맨손으로 막아 냈다. 우르민으로 한 개의 단검을 쳐 냈지만 다른 한 개는 자기 손바닥에 깊숙이 박혀 들어가 있었다. 그리고 시켈의 쇠 손톱이 얼굴을 긁어 선혈이 솟구치는데도 거한은 비명만 지를 뿐, 앞을 막아선 채 물러서지 않았다.

그 틈을 타 여자는 철추를 모조리 허공으로 퍼부어 날리고는 귀신같은 동작으로 몸을 휙 날려 백호의 옆으로 왔다. 백호는 운이 좋아 한 명을 처치한 셈이었지만, 바로 다음 순간 여자의 발차기 한 방에 벽까지 날아가 기절한 채 넘어져 버렸다. 여자는 몸매가 호리호리했지만 무시무시한 힘의 소유자였다. 그리고 그녀의 눈물 한 방울을 글썽이면서 기폭 장치를 손에 쥐었다.

세 사람에게 동시에 공격을 당한 거한은 선 자세 그대로 우르민을 놓치며 나뭇등걸처럼 뻣뻣하게 뒤로 넘어져 버렸다. 마하딥과 우 사부, 시켈은 몸을 부르르 떨었다. 거한은 얼마든지 더 싸우면서 버틸 수 있었지만 자폭하라는 노인의 명령을 수행하기 위해 스스로 맞아 죽는 길을 택한 것이었다. 거한이 목숨을 버리는 통에 기폭 장치를 움켜쥔 여자도 이제는 더 이상 미련 같은 것이 없어 보였다. 그녀는 긴말도 하지 않고 기폭 장치를 손에 쥐는 즉시 스위치를 눌렀다.

그 순간 장내의 모든 사람은 눈을 질끈 감았다. 좁은 방 안에서 폭발이 일어난다면 살아날 사람은 더 이상 없기 때문이었다.

아하스 페르츠의 정체

그런데 놀라운 일이 벌어졌다. 기폭 장치가 작동하지 않았던 것이다. 여자가 놀란 표정으로 두 번, 세 번 기폭 장치의 스위치를 비틀어 댔지만 아무런 일도 벌어지지 않았다.

분명 기폭 장치에 달린 램프는 스위치를 돌릴 때마다 노란색에서 붉은색으로 바뀌어 점멸됐지만 폭발은 일어나지 않았다. 아까 월향검에 의해 배낭이 잘리면서 바닥에 떨어졌을 때 고장 난 것일까?

그 순간 노인은 지팡이를 떨어뜨리고 비틀거리면서 뒤로 물러섰다. 아무리 노인이 고수일지라도 그 역시 죽음에 대한 두려움이 있었으며, 여자가 기폭 장치를 작동시키는 순간 그는 이제 모두 죽는다고 생각을 했다. 때문에 그는 자신도 모르게 손이 어지러워졌다. 결국 그 찰나에 청홍검을 제대로 피하지 못한 채 지팡이로 막게 됐다.

그러나 청홍검과 지팡이가 정통으로 부딪히자 지팡이는 청홍검의 예리함을 견디지 못하고 두 토막이 나 버렸다. 순간 노인은 반사적으로 뒤로 훌쩍훌쩍 몸을 날려 칼에 베이지는 않았지만 이제 더 이상 현암을 이긴다는 것은 생각할 수 없게 되고 말았다. 더구나 자신의 두 부하까지 죽고 말았으니 현암 편의 사람들의 다 같이 자기에게 덤벼들 게 아닌가? 노인은 길게 탄식하면서 그 자리에 털썩 주저앉았다.

제압당한 것은 여자도 마찬가지였다. 기폭 장치가 작동되지 않자 여자는 극도의 혼란 상태에 빠졌다. 그렇게 방심하는 순간을 마하딥이나 시켈, 우 사부가 놓칠 리 없었다. 그들 셋은 인도인 세 명과 싸우기에는 조금 힘이 들었지만 여자 한 명을 셋이 협공한다면 여유 있게 이길 수 있었다. 하물며 여자는 반쯤 얼이 빠진 상태였기 때문에 세 명은 동시에 한 방씩 날려 여자를 즉시 쓰러뜨리고 꼼짝 못 하게 만들었다. 백호도 여기저기 욱신거리는 몸을 간신히 일으켰다.

그런데 그때까지도 현암은 허공에 검법을 계속 휘두르면서 주변 상황을 알아차리지 못하고 있었다. 다른 사람들은 숨을 몰아쉬면서 의아한 눈빛으로 현암을 바라보았다. 노인을 공격하는 것도 아니면서 왜 그러는지 알 수 없다는 표정으로. 이윽고 파사신검의 초식이 다시 한번 끝을 맺자 현암은 검을 곧추세우고 길게 한숨을 내쉬었다.

"현암 씨?"

백호가 현암을 부르자 현암은 비로소 정신을 차렸다. 격전을 치르고 난 다음인데도 현암의 몸에는 원기가 충천했고, 기분이 아주 개운했다. 노인과 격전을 치르면서 현암의 무술이 한 단계 더 상승했다는 것을 알아차리지 못했지만, 현암은 검도에 있어서도 일종의 경지에 들어간 셈이었다. 그러나 자신의 눈앞에 왜 노인이 주저앉아 있는지는 즉각 알아차리지 못했다. 현암은 멍한 듯한 눈으로 주변을 둘러보기만 했다.

그때 구멍에서 해밀턴이 천천히 줄을 타고 기어 올라왔다. 그는 상당히 지친 듯한 표정이었다. 그리고 그가 올라오자마자 아래쪽에서 동굴이 무너지는 무서운 소리가 들리고, 벽이 한참이나 흔들리며 먼지가 자욱해졌다.

"모두들 괜찮습니까?"

먼지가 좀 가라앉은 후, 해밀턴이 입을 열자 우 사부가 빈정거리며 되받았다.

"다 끝났습니다. 끝난 줄 알고 올라오신 게 아니던가요? 우리는 다 죽을 뻔했소이다."

그러나 해밀턴은 마냥 피곤한 기색으로 중얼거렸다.

"미안하오. 그러나 나는 애당초 도움이 안 되는지라……."

그러면서 해밀턴은 주저앉은 노인에게 다가가 뭔가 물어보기 시작했다. 그 말은 현암이나 백호는 알아들을 수 없었지만 아무래도 인도어 같았다.

"해밀턴 씨는 인도어도 아시는군요."

백호가 현암에게 슬쩍 말하자 현암이 중얼거렸다.

"히에로글리프도 아는 분인데, 어련하겠소."

그때 현암은 어떤 생각에 골똘해 있었다. 예상보다 너무나도 의외의 일이었지만······.

'정말 그렇단 말인가? 그렇다면······.'

해밀턴과 노인의 대화는 아무도 알아들을 수 없었다. 일행 중 유일하게 인도어를 조금 알아듣는 시켈만이 몹시 심각한 표정을 짓고 있었다. 우 사부가 시켈에게 무슨 이야기를 하느냐고 물어봤지만 시켈은 대답하지 않았다. 그런데 이야기가 진행됨에 따라 시켈의 표정은 점점 창백해졌다. 조금 전까지 악전고투를 겪으면서 상당한 상처를 입었어도 얼굴색 하나 변하지 않던 시켈이 대번에 안색이 변하는 것으로 보아 뭔가 심각한 이야기가 오간 것 같았다. 시켈은 마하딥을 끌고 저만치로 가더니 둘이 뭔가 수군수군 이야기를 나누기 시작했다.

한편, 안색이 변하기는 노인도 마찬가지였다. 또 완전히 제압당해 쓰러진 여자의 얼굴도 창백하게 질리더니, 몸을 부르르 떨면서 끝내 견디지 못하고 울음을 터뜨렸다. 겉으로 보기에도 그 둘은 극도의 공포에 빠진 것이 분명해 보였다. 말 한마디로 그들 같은 고수를 그토록 두렵게 만들 수 있는 것이 과연 무엇이란 말인가?

"대체 뭡니까?"

우 사부는 기이하기도 하고 뭔가 자신만 소외당하는 것이 억울하다는 듯한 표정으로 백호와 현암에게 물었지만, 아무것도 알 수 없는 것은 백호와 현암 역시 마찬가지였다.

노인은 점차 얼굴이 창백해지며 와들와들 몸을 떨더니, 마침내 미친 듯 고개를 가로저었다. 몇 번이나 가로젓다가 노인은 갑자기 입에서 선혈을 내뿜었다.

"어?"

백호와 우 사부는 깜짝 놀랐다. 그러나 현암은 노인이 스스로 죽을 작정으로 몸 안을 격동시켰다는 걸 눈치채고 재빨리 노인 쪽으로 몸을 날렸다. 인도의 내공 수련이 어떻게 이뤄지는지는 알 수 없었지만 노인의 공력 수준은 굉장했다. 호흡법으로 얻어지는 내공 수련법은 중국에만 있는 것이 아니라 인도에도 있었다. 그렇다면 스스로 공력을 흩은 다음 일종의 주화입마 상태로 들어가 자결하는 것쯤은 쉬운 일이었다. 현암 자신도 주화입마를 여러 번 당해 본 경험이 있었기 때문에 알아볼 수 있었다.

현암이 노인에게 뛰어들자 백호와 우 사부가 깜짝 놀라는 표정을 지었다. 그에 아랑곳하지 않고 현암은 노인의 등에 양손을 얹으면서 커다랗게 외쳤다.

"저 여자가 자살하지 못하게 해 주시오!"

백호가 현암의 말에 놀라 달려가 보니 여자는 막 혀를 깨물고 있었다. 급한 김에 백호는 재빨리 여자의 뺨을 한 대 후려갈겨 입을 벌리게 했지만 이미 혀는 반쯤 잘려 선혈이 낭자했다. 그러나 급히 후송만 한다면 죽지 않을 수도 있을 듯했다.

그때 우 사부가 현암에게 소리쳤다.

"뭐 하는 겁니까? 그들을 살려서 뭘 하겠다는 거요?"

하지만 현암은 대답할 수 없었다. 현암은 여러 번 주화입마에 빠진 경험을 살려 노인의 몸속 공력을 자신의 막강한 공력으로 바로잡아 보려 했다. 하지만 현암은 그런 방법에 익숙하지 않은 데다 노인의 공력 또한 대단한 수준이라 땀을 비 오듯 흘렸다. 노인은 공력을 흩는 지독한 고통에 거의 혼절해 시체처럼 무기력해졌다. 그러나 그 안에서 충돌하는 내공력은 정말 대단했다.

'이 노인의 공력 수준은 오십 년 가까이 되는 듯하구나! 요즘 세상에 아직 이런 사람이 있다니. 정말 대단하다……'

실상 노인의 공력 수준은 예전의 도혜 선사와 맞먹거나 오히려 능가하는 것이었다. 현암은 스스로 아직도 칠십 년 내공을 지녔다고 여겼지만, 사실 현암의 내공 수위는 백 년을 훨씬 넘는 경지에 도달해 있었다. 그러나 현암 자신도 그런 사실은 몰랐다.

그때 해밀턴이 침울한 목소리로 현암에게 말했다.

"당신의 마음씨는 정말 곱군. 하지만 이 사람들은 살려고 하지 않을 거요. 공연히 애써 봤자 스스로 살 마음이 없는 사람들을 어떻게 하겠소? 그보다 어서 이곳을 떠납시다."

현암은 공력을 운행하는 중이었지만 입을 열어 대답했다. 공력을 운행하면서 입을 열어 말한다는 것은 초인적인 내공이 없고서는 불가능한 일이었다. 그런 것을 알고 있는 우 사부는 현암이 입을 열어 말하는 것을 보고 너무도 놀란 나머지 비틀거리며 뒷걸음을 치다가 하마터면 넘어질 뻔했다. 그래도 현암은 그런 것은 알지 못했다.

"왜 이 사람들이 죽으려 하는 겁니까?"

해밀턴도 공력의 운행이나 그런 것에 대한 지식이 없는지 그저 우울한 표정으로 현암의 질문에 대꾸했다.

"이들은 실패했기 때문이오."

"임무에 실패했다는 겁니까?"

"그런 것 같소."

"이들은 칼키파인가요?"

"그렇소."

"이들이 타보트를 가지고 있습니까?"

"아니, 타보트는 이미 옮겨진 듯하오. 이들은 성당 기사단 본부를 아예 매장해 버리고, 타보트가 옮겨진 사실을 눈치챈 자가 있으면 모조리 해치우라는 명을 받았다고 하오. 그러니 이들의 임무는 반은 실패했다고 봐야지."

"하지만 이들은 타보트를 훔쳐 내지 않았습니까? 그리고 타보트는 고반다인가, 누구인가 하는 자의 손에 들어갔다면서요? 그렇다면 일단 실패는 했지만 죽을죄를 지은 건 아닌데 어째서……."

해밀턴은 여전히 어두운 안색으로 다소 짜증 나는 듯한 목소리로 말했다.

"나도 잘 모르겠소. 그 고반다인가 하는 녀석이 지독한가 보지."

그때 현암은 노인의 공력을 어느 정도 수습할 수 있을 것 같은 자신감이 들었다. 현암이 다시 공력을 가하자 노인은 선혈을 토하더니 약간 정신을 차리는 듯이 보였다.

"정신이 드시오?"

현암은 반가워서 노인에게 말을 건넸다. 아직도 손은 노인의 등에서 떼지 않은 채였다. 그러나 노인은 눈을 뜨자마자 또다시 몸을 와들와들 떨면서 눈을 질끈 감고 공력을 다시 흩으려 했다. 노인의 행동에 현암은 또 한 번 놀랐다. 노인을 구하느라 공력을 많이 소모했는데, 다시 노인이 목숨을 끊으려 할 줄은 현암은 미처 예상하지 못했던 것이다. 있는 힘을 다해 노인의 공력을 유통하면서 현암은 노인에게 말했다.

"염려 마시오. 당신을 해치지는 않소. 그러니 이런 짓은 제발 그만두란 말이오!"

"아냐…… 아냐……. 난, 난 죽을 거야…… 날 죽일 거야……."

"여기 있는 누구도 당신을 해치지 않을 겁니다. 무모하게 저항하지 않는다면 말이오!"

"아니야……. 아……."

그때 뭔가가 노인의 면상으로 날아들었다. 노인은 물론이고 현암도 꼼짝하지 못하는 터라 그것을 막아 낼 겨를이 없었다. 이어 노인은 잠시 몸을 부르르 떨다가 힘없이 앞으로 풀썩 고꾸라졌다.

현암은 놀랍기도 하고, 화도 나서 벌떡 몸을 일으켰다. 노인의 미간에는 단검 한 자루가 꽂혀 있었는데 그 단검은 마하딥의 것이었다.

"무슨 짓입니까?"

현암은 불같이 화를 내며 외쳤다. 그러나 저만치 서 있는 마하딥은 슬픈 표정을 지으며 대답했다.

"그를 살려 두는 건 너무도 위험한 일입니다……."

현암은 도대체 이해할 수 없었다. 이 노인은 물론 대적하기 힘든 고수 중의 고수라고 할 수 있었다. 그러나 지금은 무기를 잃고 중과부적인 상태인데 그를 죽일 필요는 없지 않은가? 현암은 너무도 화가 치밀어 마하딥에게 소리쳤다.

"내가 보기엔 당신을 살려 두는 게 더 위험할 것 같군! 저항하지 못하는 자를 죽여 놓고도 지금 뭐라고 하는 거요?"

금방이라도 마하딥을 치기라도 할 듯 현암은 성큼성큼 앞으로 나아갔다. 그러자 마하딥이 주춤거리며 뒤로 물러섰다. 순간 현암은 마하딥의 얼굴에서 기이하게도 슬픈 표정을 보았다. 그를 알게 된 지 얼마 되지 않았지만 마하딥은 악한 사람이 아니었다. 결코 이유 없이 인명을 해칠 사람은 아니었는데…… 그렇다면…….

'그래…… 그런 걸까……?'

현암의 머리에 번개같이 스치는 생각이 있었다. 정말 상상도 못했고 이해하기 어렵지만, 그렇게 생각한다면 지금껏 쌓여 왔던 모든 의문이 풀렸다.

현암은 아무 내색하지 않고 다시 한번 또박또박 엄포를 놓았다.

"한 명이라도 더 사람을 해치면, 그땐 내 손에 죽을 줄 아시오!"

그런 다음 현암은 백호가 돌봐 주고 있는 여자에게로 다가갔다. 여자는 죽지 않았지만 상태가 몹시 좋지 않았다. 이내 현암은 자신의 사자후에 기절해 쓰러진 인부들과 성당 기사단의 기사들을 펴보았다. 기사들은 아마도 노인에게 대부분 제압당한 듯 심한 타박상을 입고 기절해 있었다. 그중 눈먼 사람이 한 명 있었는데, 그가 바로 키건인 듯했다.

상황을 살핀 뒤 현암은 힘주어 말했다.

"나는 여기 더 이상 죽은 사람이 없다는 것을 확인했소. 누군가에 의해 한 명이라도 더 목숨을 잃게 된다면 나는 그 사람과 죽을 때까지 싸우겠소!"

그러자 해밀턴이 나섰다.

"진정하시오. 아아, 좋소. 인명을 해친 건 잘못이지. 마하딥, 자네가 너무 경솔했네. 이리 와서 미스터 현암에게 사과하겠나."

마하딥은 금방 현암에게 와서 고개를 숙여 보였다. 그의 얼굴에는 너무나 고통스러운 빛이 역력했기 때문에 현암은 더 이상 화를 낼 수가 없었다.

그때 나갈 통로를 찾던 우 사부가 입을 열었다.

"나갈 길이 없습니다. 이 인부들은 통로를 열려고 했던 것 같은데, 그럼 타보트는 도대체 어찌 된 걸까요?"

우 사부가 알 수 없다는 표정을 짓자 해밀턴이 말했다.

"타보트는 인도로 옮겨졌소."

"예?"

"믿기 어려운 일이지만 분명 타보트는 옮겨졌소. 우리가 알지 못하는 기이한 힘을 지닌 이가 칼키파에 있나 보오. 고반다라 불리는 그자겠지."

그 말에는 현암도 놀라지 않을 수 없었다.

"텔레포트 능력 말입니까?"

"그런 것 같소."

"그런 힘이 있다면 아예 처음부터 왜 텔레포트 능력을 쓰지 않았을까요?"

"그건 그렇게 단순한 것이 아닌 듯싶소. 누군가 정확한 위치를 잡아 줘야 하고. 어떤 주술적인 준비를 해야겠지. 그리고 아마도 그 능력으로 사람을 옮겨질 수 없는 것 같소. 안 그랬으면 여기 이들이 남아 있지도 않았을 테지."

"이들은 왜 왔던 곳으로 다시 나가지 않았을까요? 나가고 나서 동굴을 붕괴시켜도 달라질 건 아무것도 없지 않습니까?"

"그것이 그리 간단하지 않소. 이자들은 아주 현명한 자들이오. 악숨에 성당 기사단의 본부가 있고 타보트가 보관돼 있는데, 성당 기사단원들이 이렇게 적은 숫자일 것 같소?"

"그러면 단원들이 더 많습니까?"

"그렇소. 그러나 아하스 페르츠는 자신에게 해가 될지도 모르는 그런 물건이 있다는 사실을 일반 단원들에게 알리고 싶지 않아서, 여기에는 믿을 수 있는 여섯 기사와 소수의 경비원만 배치한 거요. 악숨에만 대략 수백 명의 단원들이 있으며, 프리메이슨이나 장미 십자회의 힘을 합치면 대단한 전력이 될 거요. 이자들은 당장은 빠져나갈 수 있을지 몰라도 하루도 못 가서 행적이 들통날 것이고 그때부터 맹추격을 받을 거요. 그러나 이곳이 모두 무너져 버리고 침입자들도 같이 묻혀 버렸다고 성당 기사단이, 아니 아하스 페르츠가 여긴다면 문제가 다르지."

"왜 그렇죠?"

"생각해 보시오. 성당 기사단의 본부에서 가장 중요한 것은 바로 타보트요. 만약 누군가가 침입해 타보트를 탈취한 사실이 알려지면 전 세계의 성당 기사단원들과 장미 십자회원들, 그리고 프리메이슨의 모든 인물이 그것을 찾아 나설 거요. 아하스 페르츠가 가만히 있을 리 없지. 그러나 들어온 사람은 있어도 나간 사람이 없다면 성당 기사단 본부는 습격당했더라도 타보트는 여기 남아 있다는 소리가 되지 않겠소? 그렇다면 아하스 페르츠는 타보트가 아직 이 안에 있을 것이라고 믿고 느긋하게 발굴을 진행하든지, 아니면 그냥 놓아두겠지. 아하스 페르츠에게 타보트는 위험한 물건이니 남의 손에만 들어가지 않으면 상관없는 거요. 그러니 모두가 생매장된 것으로 알도록 입구를 완전히 붕괴시켜 버리고, 이쪽 통로를 천천히 파서 밖으로 나가면 귀신도 모르게 이들은 탈출할 수 있는 거요. 통로를 다시 파는 데 며칠이 걸릴 것이고, 그때쯤이면 혼란도 가라앉을 테니까. 물론 밖에서도 성소 쪽 통로를 살피겠지만, 아무도 그리로 침입한 흔적을 찾을 수는 없지 않겠소? 아무도 안에서 그쪽으로 통로를 내고 있으리라고는 상상하지 못할 테니까 말이오. 며칠에 걸쳐 통로를 뚫으면 외부의 경계도 풀어질 테니 그때 탈출하면 안전하다고 여긴 거요."

듣고 보니 상당히 교묘한 계획이라 할 수 있었지만 현암의 생각으로는 너무도 번거로운 것 같았다.

"이 인도인들의 실력이라면 급히 떠나는 게 더 안전할 텐데요. 약간의 추격을 받더라도 그 정도쯤 대처하지 못할 것 같지는 않은데……. 물론 안전을 위해서라고는 하지만 지나치게 신중한 것 같아 이해가 잘 가지 않는군요."

그 말에 해밀턴이 한숨을 쉬자 시켈이 끼어들어 대신 대답했다.

"당신은 아직 아하스 페르츠를 모르기 때문에 그런 말을 할 수 있는 겁니다. 이 인도인들은 물론 대단합니다. 그러나 아하스 페르츠에게는 절대로 상대가 될 수 없습니다. 이들이 정말로 무서워하는 것은 추격대라기보다 아하스 페르츠에게 자신들의 행동이 알려지는 것입니다."

"기왕 타보트가 없어졌다면 아하스 페르츠가 굳이 이들에게 신경을 쓸까요?"

이번 질문에는 시켈이 몹시 어두운 안색으로 대꾸했다.

"아하스 페르츠는 결코 잊지 않습니다……."

현암은 뭔가를 한참 생각해 보더니 주위를 돌아보며 해밀턴에게 말을 건넸다.

"알겠습니다. 그나저나 이제 밖으로 나가려면 통로를 새로 뚫어야 한다는 겁니까?"

"그런 것 같소……. 아아…… 큰일이오, 큰일……. 이렇게 일이 공교롭게 될 줄은 몰랐는데……."

그러다가 해밀턴은 현암에게 눈짓하며 말을 이었다.

"잠깐 이쪽으로 좀 오시오. 그리고 다른 분들도 모두 모여 주시기 바라오."

해밀턴의 안색이 심각해지자 현암은 곧 그 말에 따랐다. 백호와 우 사부, 마하딥 등도 한곳에 모여 해밀턴의 말에 귀를 기울였다. 해밀턴이 이야기를 시작했다.

"나는 노인에게 고반다에 대해 몇 가지를 물어보았소. 그런데 고반다는 보통의 인간이 아니었소. 아마도 아하스 페르츠에게 필적할 수 있는 인물인 듯하오. 칼키파의 사람들은 그를 '신의 대리자'라고 부르고 있으며, 절대적인 존재로 받들고 있는 듯하오. 지금 타보트는 그의 손에 들어갔는데, 그가 아하스 페르츠를 상대하는 데 그 힘을 쓴다면 좋겠지만, 솔직히 그렇게 일이 풀릴 것 같지는 않소. 그는 타보트가 가진 힘을 자신의 욕구를 위해 사용하려 할 것 같소. 그자의 하수인인 이자들이 일을 처리하는 방식으로 볼 때 고반다라는 자도 잔인하기 그지없고 목적을 위해서라면 수단 방법을 가리지 않는 자임이 분명하오."

"동감입니다."

현암은 고개를 끄덕여 보였다. 그러나 해밀턴을 바라보는 마하딥과 시켈의 얼굴은 아직도 흙빛으로 질려 있었다. 공포심이라고도 볼 수 있었다. 그것을 본 현암은 속으로 다시금 자신의 생각이 맞는 것 같다고 확신했다. 그래서 현암은 해밀턴의 이야기를 중단시키고 말했다.

"그런데 나는 또 한 가지 의문점이 있습니다. 내가 찾아 헤맨 점토판의 문제인데…… 그것이 왜 이곳에 수백 개나 복사돼 있었던 걸까요?"

"그건 나도 알 수 없소. 나는 점토판 세 개를 여기서 보관하고 있었던 것까지는 알지만, 그 이후의 일은 모릅니다."

"그렇다면 저 사람들에게 물어봐야겠군요. 어차피 발굴될 때까지는 시간이 있으니까."

현암이 말하면서 넘어져 있는 성당 기사단원들을 바라보는 순간, 갑자기 굉음이 사방으로 울려 퍼지면서 눈앞이 캄캄해졌다. 폭발음이었다. 그리고 폭음이 퍼져 나가면서 무너지는 흙먼지와 돌덩어리들로 내부는 아수라장이 돼 버렸다. 너무 급작스레 닥쳐온 폭발로 현암은 경악했다.

조금 시간이 흐른 뒤, 현암은 자신의 눈을 의심했다. 분명 방은 대규모의 폭발이 일어나 모든 것이 무너져 내렸는데, 자신은 멀쩡했던 것이다. 그리고 백호와 마하딥, 시켈과 우 사부, 해밀턴도 무사했다. 그러나 그들이 서 있던 곳 이외의 장소는 돌덩어리와 흙먼지에 깔린 아수라장이 돼 버렸다.

"이게…… 이게 도대체……."

백호가 너무도 놀란 나머지 어리벙벙한 목소리로 중얼거렸다. 우 사부 역시 먹먹한 귀를 후비면서 놀란 듯한 목소리로 말했다.

"기이한 일이로군! 아까 작동시킨 폭탄이 이제야 터진 모양인데……."

그러나 그다음 말은 아무도 하지 않았다. 폭발이 일어나 방이 모조리 무너져 내렸는데, 어떻게 자신들이 서 있는 곳만 돌덩어리가 떨어지지 않고 무사할 수 있을까?

현암은 정신을 차리는 즉시, 놀라면서 주변을 살펴 다른 생존자가 있는지 살폈다. 그러나 쏟아져 내린 돌덩어리와 자갈, 먼지와 흙에 깔려 스무 명에 가깝던 인부와 성당 기사단 기사들의 모습은 아예 보이지도 않았다.

백호가 응급 치료를 하느라 그들 근처에 있었던, 중상을 입은 여자만 떨어져 내리는 돌에 몇 번 맞기는 했어도 다행히 목숨을 잃지 않았다. 그러나 현암을 제외한 다른 사람들은 생존자를 찾기보다 폭발로 인해 생긴 다른 변화에 눈길을 돌렸다.

"출구다!"

방 내부는 인부들이 켜 놓았던 아세틸렌(에타인) 등으로 환하게 밝혀져 있었는데, 물론 그것은 방의 붕괴로 인해 모조리 꺼져 버렸다. 하지만 기절한 인부들이 있던 저쪽 구석의 벽이 폭발로 함께 무너져, 그곳에서 희미한 빛이 들어오고 있었다.

그 벽의 두께는 작게 잡아도 삼 미터를 넘어 보여, 부순다 해도 며칠이 걸릴 것이었다. 아무리 강한 폭발물을 써도 그 벽을 부수기는 쉽지 않을 텐데, 정말로 운이 좋아 벽이 무너진 것이라고 백호는 생각했다.

"정말이군! 그럼 어서 나갑시다! 이 방이 언제 무너질지 모르오!"

해밀턴의 말에 안 그래도 이 안이 답답하던 참이라 모두 통로를 향해 몰려 나갔다. 해밀턴도 그 뒤를 따라 마지막으로 나가려 하는데, 누군가가 뒤에서 해밀턴의 팔목을 잡았다. 바로 현암이었다.

"해밀턴 씨."

"왜……."

현암은 손가락 하나를 세워 입술에 대면서 쏘는 듯한 눈으로 해밀턴을 쳐다보았다.

"조용히…… 이쪽으로 와 주십시오. 다른 사람에게 알리지 말고요."

"왜 그러는 거요?"

해밀턴은 의아한 눈빛으로 현암을 바라보면서도 현암이 이끄는 대로 순순히 석실 안으로 돌아왔다. 석실 안으로 오자 해밀턴은 현암에게 물었다.

"당신, 왜 그러시오?"

현암이 입을 열었다.

"해밀턴 씨, 타보트는 지금 칼키파의 손에 들어갔습니다. 그것을 얻으려면 내 도움이 계속 필요하다고 들었습니다만."

"물론이오. 그건……."

현암은 해밀턴의 말을 중단시키며 눈을 빛냈다.

"해밀턴 씨, 한 가지 듣고 싶은 대답이 있습니다. 솔직하게 말해 주시기 바랍니다."

해밀턴의 얼굴은 어두웠다. 그는 현암의 눈을 피하듯 고개를 돌리며 물었다.

"뭐요?"

"단도직입적으로 말하겠습니다. 당신이 바로 아하스 페르츠가 아닙니까?"

순간 해밀턴은 현암 쪽으로 휙 고개를 돌렸다. 그의 눈은 이글이글 불타오르는 듯 부릅떠져 있었다.

"무슨 소리를 하는 거요!"

"솔직하게 대답해 주시기 바랍니다."

"나는 아무런 힘도 없는 늙은이에 불과하오! 나는 그에게 속박당해 죽지도 못하는 가여운 늙은이란 말이오. 그런데 내가 어찌 그 사악하고 끔찍스러운……."

"아하스 페르츠가 될 수 있느냐는 말인가요?"

"나는, 절대 아하스 페르츠가 아니오! 나는 절대! 절대 아니오! 나는 그를 증오하오! 세상의 누구보다도 그를 증오한단 말이오!"

해밀턴이 조금 흥분하는 듯하자 현암은 한숨을 쉬며 해밀턴에게 말했다.

"좋습니다. 물론 나도 믿습니다. 당신은 진정으로 아하스 페르츠를 증오하고 있으며, 그를 없애야 한다고 다짐하고 있죠. 잘 알겠습니다."

해밀턴이 약간 흥분을 누그러뜨리며 대꾸했다.

"그러니 그런 터무니없는 생각은 하지 마시오."

그 말에 현암은 딱 잘라 되받았다.

"아니요. 나는 그래도 당신이 아하스 페르츠라고 믿습니다!"

"당신의 터무니없는 주장은 정말 놀랍군. 내가 아하스 페르츠라면 당신은 부처나 노자겠구려."

해밀턴이 도리질하자 현암이 천천히 말을 건넸다.

"나도 굳이 밝히려고는 하지 않았습니다. 하지만 여기 있는 사람들의 목숨을 구하려면 당신이 솔직해져야 합니다."

"무슨 헛소리요?"

"당신이 여기 없다면 이 동굴은 언제 무너질지 모릅니다. 그러면 여기 깔린 사람들은 모두 죽어 버리겠지요. 그러나 지금 당신이 있어 준다면 나 혼자라도 돌을 들추고 생존자를 찾아볼 수 있을 겁니다. 제발 여기에 남아 있어 주십시오."

현암은 확신하고 있었다. 해밀턴은 물론 선의에 가득 찬 착한 사람이었지만, 그는 분명 그 악마 같다는 아하스 페르츠이기도 했다. 해밀턴이 아하스 페르츠가 아니라면 이 수많은 우연을 해석할 방법이 없었다.

현암의 말에 해밀턴은 낯빛이 어두워지면서 고개를 떨구었다. 양심의 가책을 심하게 느끼는 것 같았다.

"아아……."

이윽고 해밀턴은 현암에게 머뭇거리듯 물었다.

"어떻게…… 알았소?"

"우리가 처음 만난 날부터 의아하다 싶었습니다."

"구체적으로 말해 보겠소?"

"당신은 사백 년 전에 히에로글리프를 배웠다고 했지만, 그때는 누구도 히에로글리프를 알지 못하던 때였죠."

이에 해밀턴은 탄식했다.

"그렇지. 샹폴리옹은 로제타석으로 해독을 했지만 나는 토트의 예언석으로 그보다 훨씬 먼저 히에로글리프를 해독했소. 어려운 일이었지만, 나에게 남는 것은 시간뿐이었으니까."

"그리고 당신은 아하스 페르츠의 마음 상태를 너무도 잘 알고 있었습니다. 물론 그에게 직접 들었다고 말했지만, 아하스 페르츠 같은 자가 장차 자신에게 반기를 들, 자신과 전혀 맞지 않는 타입의 사람에게 그런 신세 한탄을 했다고는 믿기 어렵더군요. 또한 당신은 자신이 빌헬름이라고 했지만 자신의 이름에 별로 감흥을 지니지도 않았고, 과거의 세월을 그리워하는 것 같지도 않았습니다. 오랜 세월 이름을 감추었다가 진짜 이름을 말한다면 누구나 자신도 모르게 옛일을 조금은 기억하게 되는 법인데요. 그런데 당신은 아무런 감흥도 나타내지 않았고, 자신의 이름을 부르지 말라고 했지요. 가짜 이름은 부자연스럽기 때문이겠죠. 그리고 당신은 아하스 페르츠에 의해 팔백 년 전에 이런 몸으로 변했다고 말했지요? 게다가 자신도 아하스 페르츠처럼 죽지 않는 사람이 됐다는 것도 비추었죠. 당신이 우리를 불러들였을 때, 만약 내가 당신을 공격했다면 당신은 멀쩡할 수 없었을 겁니다. 그러나 당신은 너무도 태연자약했습니다. 스스로가 죽지 않는다는 것을 알기 때문이었겠죠. 하지만 당신, 아니 아하스 페르츠는 예수의 힘에 의해 그렇게 된 겁니다. 아하스 페르츠가 아무리 오래 살았다 해도 다른 사람을 죽지 않는 몸으로 만들 수 있을 만큼 강한 힘을 지녔다고는 보이지 않습니다. 만약 그게 가능했다면 아하스 페르츠는 벌써 죽지 않는 자들로 세상을 덮어 지배했을 테니까요."

그러다가 현암은 싱긋 웃으며 덧붙였다.

"그러나 솔직히 그것들만 가지고는 알 수 없었습니다. 아까 동굴이 붕괴할 때, 비로소 나는 확신을 갖게 됐습니다. 아까 동굴이 무너지다가 멈춘 것은 당신이 있었기 때문이겠죠?"

"그렇소······."

"그리고 당신이 올라오지 않은 것도 만에 하나 우리가 인도인들을 이기지 못했을 경우 퇴각하게 하기 위해서겠죠? 당신이 있는 한, 동굴은 무너지지 않을 테니까요."

"맞소······."

"그리고 아까 기폭 장치가 폭발하지 않은 것도 당신 때문이고, 인도인들이 자살하려 한 것도 당신의 정체를 알았기 때문이며, 방금 그 폭탄이 다시 터져 동굴이 붕괴하면서도 우리만 멀쩡했던 것도 당신 덕분이겠죠? 그리고 동굴이 붕괴하면서 하필 통로가 열려 버린 것도 역시 당신 덕이겠죠······. 맞습니까?"

"그러나! 나는 아하스 페르츠가 아니오! 나는 해밀턴, 아니 빌헬름이오."

"나도 압니다……. 나는 정신과 의사가 아니지만, 전에 재미있는 소설을 읽은 적이 있지요. 그 덕분에 눈치챌 수 있었습니다."

"소설?"

"『지킬 박사와 하이드』라는 소설 말입니다."

그러자 해밀턴은 처절하고도 허탈하게 웃어 보였다.

"하긴 나도 전에 처음 그 소설을 보았을 때 내가 그 모델인 줄 알았소. 하지만 그것과는 조금 다르오. 미스터 현암……."

아하스 페르츠, 아니 해밀턴은 천천히 현암에게 자신의 과거에 얽힌 진실을 이야기하기 시작했다.

"이천 년! 당신은 이천 년이라는 세월이 어떤 것인지 아시오? 나는 지나치게 긴 세월 동안 살았고, 너무 많은 생각을 했소. 나는 당신을 속였지만 거짓말하지는 않았소. 나는 분명 아하스 페르츠였지만 빌헬름이고 해밀턴이었소."

"당신의 몸을 빌린 것이라고 했는데, 그건 어떻게 된 겁니까?"

"용모를 빌렸을 뿐이오. 나는 거짓말을 잘 못하오. 히에로글리프를 남에게 배웠다고 한 것이 내가 당신에게 한 유일한 거짓말이었소. 나는 죽지 않은 채 이 몸과 함께 살아가고 있소. 다만 너무 많은 세월이 흐르다 보니 내 몸은 기이해졌소. 하긴 당연한 일이겠지만……."

"무슨 말씀이시죠?"

"내 몸은 불멸이니, 어떻게든 고칠 수 있다는 거요. 나는 이미 여섯 번이나 몸을 고쳤소. 키가 큰 사람이 되고 싶으면 마차로 몸을 끌어 늘렸고 작게 하고 싶으면 산더미같이 무너지는 돌에 일부러 뛰어들어 깔리기도 했소."

"아니, 그러면 목숨이……."

위험하다는 소리를 하려다가 현암은 아하스 페르츠가 불사(不死)라는 것을 깨달았다.

"그렇소. 보통은 다 죽겠지. 그러나 나는 그렇게 해도 상처 하나 생기지 않소. 내가 원해서 그런 것이니 그 현상 자체가 변하지는 않았지만, 내 몸이 그냥 변모해 변화를 수용한 거요. 그러다 보니 나중에는 얼굴 모습도 구태여 칼을 댈 필요도 없이 원하는 대로 힘을 주면 변하더군. 좌우간 그것은 중요한 게 아니오. 나는 분명 아하스 페르츠였고, 그노시스파의 일원이었으며, 빌헬름과 해밀턴의 인생을 살아오고, 성당 기사단의 지부장이자 성당 기사단의 보이지 않는 우두머리요. 즉 나는 여러 개의 인생을 살고 있다는 말이오. 이해하시겠소?"

"이해합니다……."

"나는 평범한 사람이었소. 과거에 내가 저지른 실수는 이제 기억조차 나지 않을 정도지만, 나는 정말 괴로웠소. 전에 과거의 내 심정에 대해서는 이야기한 적이 있었을 거요. 나는 착하게 살고자 하는 생각도 있었고, 복수심과 집착으로 지나치게 잔인한 성격도 커져 갔소. 그러나 그 두 가지는 공존하기 어려운 성격이오. 아마 보통 삶이라면 정신병적으로 자아가 분열됐겠지만, 나는 그보다 너무 오랜 기간을 지내야 했소. 그래서 분열된 자아가 각자 성장한 끝에, 둘이 완전히 별개의 인간이 돼 버린 셈이오. 몸을 지닌 채로 살아서 그런지, 그런 정신적인 증상이 나에게도 생기더군. 더구나 내 몸은 내 마음대로 용모를 변화시킬 수 있는지라 팔백 년 전부터 나와 아하스 페르츠는 완전히 다른 사람이 돼 버렸다고 하는 편이 옳소."

"믿기 힘든 일이지만…… 믿습니다. 해밀턴 씨."

그러면서 현암은 열심히 돌을 치웠다. 해밀턴도 나름대로 열심히 돌을 들추면서 현암에게 말했다.

"내가 두렵지 않소, 미스터 현암?"

"왜 두렵겠습니까? 당신은 해밀턴 씨가 아닙니까? 아하스 페르츠가 아니고요."

"미스터 현암, 내 알려드리리다. 나는 지금 아하스 페르츠를 억누르고 해밀턴의 성격으로 행동하고 있소. 사실 내 성격을 가진 이후부터 나는 모든 힘을 다해 아하스 페르츠를 억제해 왔소. 덕분에 아하스 페르츠가 활동한 시간은 그리 많지 않소. 그런데도 그는 엄청난 일들을 저질러 왔소. 하지만 이제 그의 힘이 점점 강대해지고 있으며, 그는 그리스도가 돌아올지 모른다는 생각에 더더욱 강해지고 있소."

"당신은 신앙인입니까?"

"물론이오……. 나는 그리스도를 직접 본 사람이오. 나만큼 신앙심이 강한 사람은 없을 것이오. 아이러니한 일이겠지만, 그리스도의 기적을 아하스 페르츠나 나만큼 믿는 사람은 없을 거요. 그 기적의 당사자이니 말이오."

"그렇군요……."

"언제 아하스 페르츠가 나타날지 모르오. 나는 점차 그를 억제하는 데 실패하고 있소. 이제 내가 아무리 정신을 차리려 해도 아하스 페르츠가 언제 눈을 뜰지 모른다는 거요. 만약 아하스 페르츠가 나타난다면 당신은 무슨 수를 써서라도 피하시오. 아시겠소? 아하스 페르츠는 이제 당신을 무척 미워할 거요."

"왜 그렇습니까?"

"나는 아하스 페르츠의 마음을 알 수 없지만, 아하스 페르츠는 내 마음을 모두 알고 있소. 불합리한 일이지만, 나는 아하스 페르츠를 거부하려 하고 아하스 페르츠는 나를 이용하려 하기 때문에 그렇게 된 것 같소. 좌우간 당신이 내 정체를 안다는 것은 아하스 페르츠로 하여금 지구 끝에까지라도 당신을 쫓아가 없앨 만한 충분한 이유가 되오. 당신은…… 당신은 몰랐어야 했는데……."

"아하스 페르츠가 나오지 못하도록 하면 되지 않습니까? 당신이 주술적인 힘으로 그렇게만 할 수 있다면……."

그러자 해밀턴은 한숨을 내쉬었다.

"아하스 페르츠는 대단하오. 물론 나도 아하스 페르츠와 같은 힘을 지니고 있지만, 단 하나의 주술도 쓸 수 없소. 왜냐하면 내가 약간의 주술이라도 사용한다면 간신히 억눌러 놓은 아하스 페르츠가 눈을 뜨기 때문이오……. 그는 힘에 대한 집착이 대단하기 때문에,

내가 힘을 쏟는다면 다시 눈을 떠 나를 지배할 것이오……."

갑자기 해밀턴은 지금까지의 고통이 되살아나는 듯, 머리를 쥐어뜯었다.

"생각해 보시오. 팔백 년! 팔백 년 동안이나 나는 나 자신을, 아니 아하스 페르츠를 죽이려 해 왔소! 독을 마시기도 했고, 불 속에 뛰어들기도 했으며, 암살자를 고용해 총에 맞아 보고, 바다에 뛰어들고, 화약 더미로 들어가기도 하고……. 해 보지 않은 방법이 없었소! 그러나 당연한 이야기겠지만 단 한 번도 성공한 적이 없소! 그리고 나의 시도가 실패할 때마다 아하스 페르츠가 나타나 악행을 저질러 왔소. 그러니 이제 섣불리 시도할 수도 없소."

"당신이 목숨을 끊으려 하면 아하스 페르츠가 나타납니까?"

"많은 경우에 그랬소. 그러니 나에게는 남은 방법이 없었소. 그래서 나는 팔백 년 전에 성당 기사단을 창시하도록 영향을 끼쳐, 단 하나의 희망인 타보트를 찾는 데 모든 힘을 기울였소……. 그러나 타보트는 너무도 늦게 발견됐고……. 이제는 그것을 코앞에 두고 또 다른 자에게 빼앗기게 되다니! 아아!!!"

현암은 해밀턴의 고통을 충분히 이해할 수 있었다. 팔백 년 동안의 고통, 그리고 자신이 어찌할 수 없는 또 다른 자신에 대한 증오…….

현암은 돌을 치우다 말고 묵묵히 해밀턴의 어깨를 토닥여 주었다. 이어 해밀턴이 목멘 소리로 말했다.

"당신은…… 당신이 처음이오……. 내 정체를 알고서도 나를 무서워하지 않는 자는…….”

"나는 당신의 친구입니다…….”

"그런 생각 마시오! 아하스 페르츠는 언제 돌아올지 모르오. 그러면 당신은 언제라도 도망쳐야 하오. 그렇지 않으면…….”

그러자 현암이 또박또박 말끝에 힘을 주었다.

"당신은 진정으로 다른 사람을 생각하는 착한 사람입니다. 내 힘이 닿는 한, 나는 당신을 구하도록 애쓰겠습니다. 아하스 페르츠와 같이 자멸하기에는, 당신은 너무도 아까운 사람입니다.”

해밀턴은 미친 듯이 고개를 저었다.

"아하스 페르츠는 악마요! 그는 세상을 망하게 할 거요!”

"그건 잘 압니다……. 그러나 둘이 같이 사라지겠다는 생각은 마십시오.”

"정말이오……? 아냐, 아냐. 당신은 틀렸소. 대단히 틀렸소. 나는 이 세상을 사랑하오. 너무 오래 살아 지치기는 했지만, 여전히 바쁘게 움직이고 활발하게 살아가는 사람들을 사랑하오. 나는…… 나는 그들을 지켜야 하오. 내 손으로 그들을 지켜야 한단 말이오…….”

해밀턴은 횡설수설하기 시작했다. 감정이 격동되는지, 그는 여태껏 수백 년을 겪어 오면서 배워 왔던 많은 언어로 떠들어 댔다. 현암은 그 말들을 알아들을 수 없었지만 이 사람의 외로움, 뼛속 깊은 곳까지 배어 있는 외로움을 분명히 느낄 수 있었다.

급기야 해밀턴이 울먹였다.

"창피하지만…… 울어도 되겠소?"

그 말에 현암은 가슴이 뭉클해졌다. 그는 해밀턴의 어깨를 힘주어 꽉 잡으며 말했다.

"됩니다."

그러자 해밀턴은 목 놓아 엉엉 울기 시작했다. 현암은 말없이 무너져 내린 돌천장을 초점 없이 올려다보았다. 아하스 페르츠가 악으로 똘똘 뭉친 존재라면, 해밀턴은 그 반대인 선으로 똘똘 뭉친 존재라 할 수 있었다. 현암은 이러한 사람을 결코 외롭게 놔두면 안 된다고 생각했다.

'이 사람의 선량함이 특출 나서가 아니다. 아니, 악인이어도 상관없다. 선인의 목숨을 악인의 목숨과 바꾸게 할 수는 없다……. 그것이 내가 지금껏 살아오게 만든 신념이고, 나를 지탱해 준 힘이었다. 결코 포기할 수는 없다. 방법을 생각하자, 방법을…….'

현암은 허공을 향해 속으로 중얼거렸다.

'그리스도여. 당신의 의도는 무엇입니까? 당신은 이미 알고 있었습니까, 이 방황하는 사람이 받을 고통을……? 당신은 천사를 만들고, 또 악마를 만들었습니다. 이제 나는 어떻게 해야 합니까? 어떻게……?'

현암이 대답 없는 물음을 계속하는 사이, 어느새 해밀턴은 울음을 그치고 현암을 향해 웃어 보였다. 아마도 해밀턴이 수백 년 만에 보인 진심에서 우러나온 웃음이었을 것이다.

"돌을 치워 봅시다. 생존자가 있을지도 모르니까. 내가 아는 한,

동굴은 절대 무너지지 않을 거요. 안심하고 치웁시다."

"그것 보십시오. 당신은 저주받은 존재만이 아닙니다. 이렇게 도움이 되지 않습니까?"

현암은 해밀턴의 말에 농담으로 대꾸하면서 환하게 웃어 보였다. 그들은 열심히 돌을 치워 몇 사람의 생존자를 찾아냈다. 그리고 어느새 왔는지 마하딥과 시켈도 함께 거들었다. 마하딥과 시켈은 이제 그의 정체를 안 듯했다. 어쩌면 현암과 해밀턴의 대화를 들었는지도 모른다.

좌우간 그들이 여기 와 있다는 것은 암암리에 현암 자신과 같은 생각이라는 것을 의미하는 것이었다. 현암은 기분이 좋았다. 대악마인 아하스 페르츠에다 고반다라는 정체 모를 자까지 나타났지만, 그리고 점토판과 타보트에 얽힌 음모를 하나도 해결하지 못했어도…….

'신부님이 그러셨던가? 내일 일은 내일 걱정하라고…….'

현암은 자신도 모르게 박 신부의 말을 떠올리고 빙긋이 웃음 지었다.

—4권에서 계속

퇴마록 말세편 3

초판 1쇄 인쇄	2025년 5월 8일
초판 1쇄 발행	2025년 6월 5일
지은이	이우혁
책임편집	양수인
편집진행	북케어(김혜인, 전하연)　**교정** 양서현
디자인	studio forb　**본문 조판** 정유정
책임마케팅	최혜령, 박지수, 도우리
마케팅	콘텐츠 IP 사업본부
해외사업팀	한승빈
경영지원	백선희, 권영환, 이기경, 최민선
제작	제이오
펴낸이	서현동
펴낸곳	㈜오팬하우스
출판등록	2024년 5월 16일 제2024-000141호
주소	서울특별시 강남구 테헤란로 419, 11층 (삼성동, 강남파이낸스플라자)
이메일	info@ofh.co.kr

ⓒ 이우혁

ISBN 979-11-94654-84-1 03810

* 반타는 ㈜오팬하우스의 출판브랜드입니다.
* 이 책은 저작권법에 따라 보호받는 저작물이므로 무단전재와 무단복제를 금지하며, 이 책 내용의 전부 또는 일부를 이용하려면 반드시 저작권자와 ㈜오팬하우스의 서면동의를 받아야 합니다.
* 책값은 뒤표지에 표시되어 있습니다.
* 잘못된 책은 구입하신 서점에서 바꿔드립니다.